Laura Labas
EWIGKEITSGEFÜGE
DRACHENMOND VERLA

DRACHENMOND VERLAG

Astrid Behrendt
Rheinstraße 60
51371 Leverkusen
http: www.drachenmond.de
E-Mail: info@drachenmond.de

Lektorat: Marlena Anders
Korrektorat: Michaela Retetzki
Satz: Marlena Anders
Layout: Astrid Behrendt
Umschlagdesign: Marie Graßhoff
Bildmaterial: Shutterstock

Druck: Booksfactory

ISBN 978-3-95991-297-6

Für Joshua

DIESE WELT

C*lan Militum* bestehend aus *Somna* und *Dormi*.

Ein *Dormis* wird von einer Art Geist begleitet, der ihm den Ort zeigt, an dem ein neues Opfer der *Mordenox* zu finden ist.

Ein *Somna* verhindert die Wandlung des Opfers zu einem *Mordenox*.

S*igna Inferre* bestehend aus *Bellatoren*

Bellatoren sind Krieger und Beschützer der Menschen. Sie durchstreifen die Nacht, immer auf der Suche nach *Mordenox*, um sie zu töten.

P*rotectoren*

In den früheren Zeiten wurden die *Protectoren* innerhalb des *Clans* und unter den *Bellatoren* sehr geschätzt, doch nunmehr stempelt man sie als Fanatiker ab.

I*gnis* der Menschen

Jeder Mensch trägt eine Glut in sich wie eine Art Seele oder auch Lebensenergie. Eine stark leuchtende Glut/Ignis lockt *Mordenox* an, die sie sich einverleiben können. So töten sie die Menschen und verwandeln sie in Mordenox.

Protectoren können den Menschen die *Ignis* entziehen und in *Licht* wandeln, meistens ohne dass die Menschen dabei sterben.

M*ordenox*

Auch genannt Kreaturen der Nacht. Tagsüber sind *Mordenox* normale Menschen, die jedoch keinen Sinn mehr für Moral oder Gerechtigkeit besitzen. Nachts verwandeln sie sich in haarlose Monstrositäten mit schwarzer Haut und ledrigen Flügeln.

T*enebrae*

Im Gegensatz zu *Mordenox* werden *Tenebrae* nicht ›gemacht‹, sondern geboren. Deshalb sind sie auch mächtiger als ihre Verwandten und können sich sowohl nachts als auch tagsüber wandeln. Ihnen ist es möglich zwischen richtig und falsch zu unterscheiden, sie sind aber für das *Böse* anfällig.

PROLOG

Da war das Licht und da war die Dunkelheit und aus dem Licht entsprangen Arax'va, Belmin und Corama. Sie waren Gottheiten, Funken, Licht. Sie vertrieben die Finsternis bis an die Grenzen unserer Welt. Der Wiederkreis ist ihr Ursprung und ihr Niedergang. Er ist die Macht des Gleichgewichts und die Macht der Quelle und gemeinsam bilden sie das Gefüge der Ewigkeit.

Aus der Dunkelheit entsprangen die Mordenox und die Tenebrae. Düsternis liegt in ihren Augen und Schatten quillt aus ihren Mündern. Sie saugen die Ignis aus den Menschen, ihre Lebensenergie, um sie in Finsternis zu wandeln.

Mächtiger und mächtiger.

Das Böse lauert in ihren Herzen.

Doch solange Arax'va, Belmin und Corama existieren, herrscht das Licht. Solange sie beieinander sind, wird die Nacht es sein, die schwindet. Solange das Ewigkeitsgefüge intakt ist, wird das Gute siegen.

Aber was geschieht, wenn das Gefüge gestört wird?

EINS

Der Schnee glitzerte im strahlenden Schein der Sonne, die heute das erste Mal seit mehreren Tagen hinter den Wolkenmassen hervorgekrochen war. Giffin instruierte gerade meinen besten Freund Ryder, wie er die Gräber von dem weißen Schnee befreien konnte, ohne dabei Schaden anzurichten. Ryders Schultern waren eingesunken und obwohl ich ein gutes Stück entfernt und im warmen Haus saß, konnte ich erkennen, wie er das Gesicht verzog, als Giffin ihm die Schaufel in die Hand drückte. Ich verkniff mir ein Lachen. Kein Wunder, dass Giffin die Arbeit draußen meistens einem seiner Mitarbeiter überließ, der sich dann seinerseits mit Ryder herumschlagen musste. Wie liebenswert und witzig der Junge mit der dunkelbraunen Haut auch war, Eifer gehörte nicht zu seinen hervorstechendsten Eigenschaften. Ein guter Freund war er mir trotzdem seit dem Tag vor über zwei Jahren, als er anfing, hier als Friedhofswärter zu arbeiten.

Zwei Jahre. Eigentlich keine so lange Zeit, wenn man in Betracht zog, dass ich bereits seit meinem sechsten Lebensjahr hier lebte und meine Familie … meine *leibliche* Familie seit über zwölf Jahren nicht mehr gesehen hatte. Ich fragte mich, ob Ryder seine Familie auch manchmal vermisste.

Seufzend legte ich eine Postkarte, die die Skyline von Arden Creek bei Nacht zeigte, zwischen die Seiten meines Buchs (Tom Hardys ›Am Grünen Rand der Welt‹) und klappte ebenjenes dann entschlossen zu. Es war viel spannender, Giffin und Ryder bei der Arbeit zu beobachten. Ich wünschte, ich wäre draußen, um ihr mit Sicherheit streitlustiges Gespräch mit anzuhören. Ryder besaß die glorreiche Fähigkeit, den Obersten des Clan Militums, dem ich angehörte, an die Grenzen seiner Selbstbeherrschung zu treiben. Manchmal beneidete ich ihn darum.

Wie gerne wäre ich auch laut und stur und beharrlich, aber ich hatte nicht mal meine Familie dazu bringen können, mich zu behalten.

Eines Tages waren Giffin und Florence, ein weiteres Mitglied des Clans, zu mir nach Hause gekommen und hatten meinen Eltern offenbart, dass es Zeit wurde, mich testen zu lassen. Für meine Eltern und meinen älteren Bruder war das nichts Neues gewesen, da sie die gleiche Prozedur bei ihm bereits durchgemacht hatten. Man testete mich darauf, ob ich die Fähigkeiten geerbt hatte, die den Clan zu dem machten, was er war. Es hatte einen gemalten Kreis aus Henna und Kreide auf dem dunklen Holzfußboden gegeben, Kerzen und fremde Wörter, die mir Angst gemacht hatten. Helles Licht und schließlich die finstere Erkenntnis auf den Gesichtern meiner Eltern.

Der Kelch ging nicht an mir vorüber und ich musste von einer Nacht auf die nächste mein Heim verlassen. Meine Eltern versicherten mir, dass sie mich jeden Tag vermissen würden, aber sie protestierten nicht, da sie schon immer von dieser Pflicht gewusst hatten. Die Pflicht, ihr Kind abgeben zu müssen, wenn es ein Somna oder ein Dormis war. Ich hatte das großartige Glück, so wie Giffin beides zu sein. Es war eher eigenartig, *nur* ein Somna zu sein. Es gab am meisten Dormi, dann diejenigen, die Dormi und Somna waren, und ganz selten existierten auch welche im Clan, die nur ein Somna waren. Meine Eltern waren beide Nachkommen der Gründerväter von Arden Creek, auch wenn sie selbst keine Gaben geerbt hatten. Die dreizehn Gründerfamilien waren mittlerweile überall auf dem Kontinent verteilt und hatten sich wie ein Wurzelgeflecht von Ort zu Ort ausgebreitet. Sie alle wussten von der Hochburg der Ungeheuer in Arden Creek und kannten ihre Pflicht. Keine Familie würde sich gegen den Clan stellen.

Meine Familie hatte ich jedoch nie wiedergesehen. Es war mir nicht erlaubt, Kontakt zu ihr herzustellen, doch die Nummer von unserem Haustelefon kannte ich noch heute auswendig.

Es war ja nicht so, dass es mir hier sonderlich schlecht erging. Die Mitglieder, die im Hauptquartier lebten, waren allesamt freundlich und zuvorkommend. Manche waren mir sogar regelrecht ans Herz gewachsen und auch Giffin, der sich zu meinem Paten und Lehrer erklärt hatte, gestaltete seine Lehrstunden mittlerweile spannender und abwechslungsreicher als noch vor geraumer Zeit, sodass ich Kreise mit Henna ziehen und die Worte des Zaubers aufsagen konnte. Alles durfte ich bisher tun – außer mich den Leichen nähern.

Entschieden löste ich mich vom Fenster, da ich Ryder begrüßen wollte. Gestern war sein Geburtstag gewesen und ich musste ihm noch sein Geschenk überreichen.

Lächelnd berührte ich das in Papier eingewickelte Päckchen, das ich in meiner Hosentasche trug. Ich hoffte, es würde ihm gefallen.

Im Flur des alten Herrenhauses zog ich eilig meinen Parka über, schlüpfte in meine Stiefel und verbarg meine Ohren unter einer Wollmütze. Für das kalte Wetter gewappnet, trat ich aus der Tür und wäre beinahe sofort der Länge nach hingeflogen. Wer auch immer Salz gestreut hatte, er hatte den obersten Treppenabsatz vergessen.

Vor mich hin grummelnd bewegte ich mich etwas vorsichtiger fort und suchte Ryder und Giffin, die sich mittlerweile getrennt hatten. Der Oberste des Clans schritt die Reihen der Gräber ab und warf hin und wieder einen verstohlenen Blick in Richtung Ryder, der die Grabsteine mit einem kleinen Handbesen vom Schnee befreite. Ich versuchte mich nicht von Giffins mahnender Präsenz einschüchtern zu lassen. Ryder war es ja wohl gestattet, eine fünfminütige Pause einzulegen, um mein Geschenk anzunehmen.

Ich näherte mich meinem besten Freund von hinten und der Schnee knirschte so laut unter meinen Sohlen, dass Ryder sich zu mir umdrehte, bevor ich die Möglichkeit gehabt hätte, ihn zu überraschen.

Er lächelte nervös, als würde ihn meine Anwesenheit hier stören, und sah zu Giffin. Befürchtete er, der Oberste würde ihn zurechtweisen? Ich streckte meine Arme aus, um ihn zu begrüßen, doch als er keine Anstalten machte, die Bewegung zu erwidern, ließ ich sie enttäuscht fallen.

»Was ist los? Giffin wird dich kaum feuern«, versprach ich ihm und lächelte aufmunternd.

»Entschuldige. Du hast recht.« Er trat vor und zog mich in eine feste Umarmung, sodass ich beinahe mit dem Gesicht im Pelz seines Parkas verschwand. »Es ist nur, den ganzen Tag hackt er bereits auf mir rum …«

»Vielleicht ist er mit dem falschen Fuß aufgestanden«, antwortete ich schulterzuckend, nachdem er mich wieder losgelassen hatte. Das

Lächeln kehrte in mein Gesicht und mein Herz zurück, als mich die Aufregung erneut übermannte. »Ich hab etwas für dich.«

»Lydia … Das ist doch nicht nötig«, protestierte er halbherzig und grinste. Ein Grübchen bildete sich auf seiner rechten Wange, während seine braunen Augen warm aufleuchteten.

»Und ob! Jedes Geburtstagskind muss mindestens ein Geschenk bekommen und da ich weiß, dass Giffin nie an so etwas denkt …« Ich machte eine wegwerfende Handbewegung. »Happy Birthday, Ryder.« Mit den Worten holte ich das flache Päckchen aus meiner Hosentasche und überreichte es ihm.

Er zog seine Handschuhe aus und legte sie auf den grauen Grabstein neben uns, bevor er das dunkelblaue Papier vorsichtig auseinanderriss. Es kam ein silberner Anhänger zum Vorschein, der die Form eines Adlers hatte und an einem schwarzen Lederband hing.

»Du sagst doch immer, dass du gerne fliegen könntest«, erklärte ich die Auswahl meines Geschenks, als Ryder die Augen weiterhin auf den Anhänger gerichtet hielt. »Gefällt er dir nicht?«

Langsam hob er seinen Blick. Tränen schimmerten in seinen Augen. Ich hatte ihn noch nie so emotional gesehen und es berührte mich tief im Inneren.

»Danke«, sagte er mit erstickter Stimme. »Hilfst du mir?«

Lächelnd wartete ich, bis er sich umdrehte, dann legte ich ihm die Kette um, die sofort unter den Kragen seiner Jacke rutschte, aber das war nicht schlimm. Er und ich wussten, dass sie da war.

»Ich wünschte mir, wir hätten uns früher kennengelernt«, murmelte er leicht abwesend.

»Noch früher? Wir kennen uns doch schon zwei Jahre.« Ich lachte.

»Und stell dir vor, wie viel mehr Spaß wir dann noch erlebt hätten?« Er bückte sich, als würde er seine Schuhe zubinden, doch als er sich wiederaufrichtete, hatte er einen ausgewachsenen Schneeball in der Hand. Ich bemerkte es zu spät, da ich gedankenverloren in den Himmel gestarrt hatte.

»Wage es ja nicht!«, quietschte ich, drehte mich auf dem Absatz um und lief los. Der Schneeball folgte sogleich und traf mich glücklicherweise nur am Rücken. Ich blieb stehen, um einen eigenen Ball zu formen, als ein Schatten über mich fiel.

»Ich bezahle den Jungen nicht dafür, dass er mit dir Schneeballschlachten bestreitet.« *Giffin.*

Ich schluckte schwer und erhob mich langsam aus der Hocke. »Äh, entschuldige?«

»Hast du nichts Anständiges zu tun?« Seine finstere Miene sagte nur zu deutlich, dass er heute nicht zu Späßen aufgelegt war.

»Ich …«, begann ich, ohne zu wissen, was ich sagen sollte, als jemand meinen Namen rief.

Ich erkannte sofort Florences Stimme. Wahrscheinlich hatte sie mich genauso wie Giffin herumalbern sehen und wollte mir nun jeden Spaß verderben.

»Ich geh dann mal«, sagte ich in Richtung Giffin, bevor ich Ryder ein letztes Mal zuwinkte und dann zurück zum Herrenhaus schritt. Meine Laune wäre dahin gewesen, wenn Ryder sich nicht derart über sein Geschenk gefreut hätte.

Das Leben hier würde mir mit Sicherheit leichterfallen, wenn ich endlich die Aufgaben eines vollwertigen Clanmitgliedes übernehmen durfte. Giffin bestand aber nach wie vor darauf, dass ich mich noch immer mit den Grundlagen beschäftigte, und so war ich weiterhin dazu verdammt, den Rest der Zeit diverse Aufgaben im Haushalt zu erledigen. Da sollte er sich nicht wundern, dass ich lieber Blödsinn veranstaltete …

Es war erniedrigend, mit achtzehn Jahren noch immer nicht als Dormis oder Somna zu arbeiten, während alle anderen aus meinem Jahrgang, alle bis auf eine Nurdormi, bereits ihren Pflichten nachkamen.

»Lydia! Ich habe nicht den ganzen Tag Zeit!«, erklang Florences Stimme erneut, als ich den Flur betrat und den Schnee von meinen Schuhen klopfte.

»Bin schon auf dem Weg«, murmelte ich leise, damit sie nicht den trotzigen Unterton hören konnte. Es gab vieles, das mir Florence verzieh, kindische Anfälle gehörten nicht dazu.

Auf dem Weg zur Küche, wo ich sie vermutete, begegnete ich niemandem, was nicht sonderlich überraschend war, da selten mehr als drei Leute gleichzeitig durchs Haus spukten. Meistens verbarrikadierte man sich in seinen eigenen Räumen, versuchte seine Sinne zu schärfen oder zu meditieren. Zu jeder Tageszeit befand sich außerdem ein oder zwei Dormi im sogenannten Sonnenzimmer. Der einzige Raum, in dem sie mit ihren Geistern in Kontakt treten konnten, die ihnen mitteilten, wo sich weitere Opfer der Monster der Nacht aufhielten.

Das Hauptquartier des Clan Militums war ruhig. Und manchmal auch einsam.

Florence lotste mich mit ihrer Brüllstimme tatsächlich in die Küche, wo sie gerade Zutaten aus den Schränken kramte, um sie auf dem länglichen Bauerntisch neu zu arrangieren. Als sie mich eintreten hörte, hob sie abrupt ihren Kopf, sodass ihre feuerroten Locken auf und ab hüpften.

»Ich rufe dich schon seit einer halben Stunde und dann muss ich sehen, dass du Ryder von seiner Arbeit abhältst!«, schalt sie mich, bevor sie ihre Hände an der weißen, leicht verschmutzten Schürze abrieb und dann nach einem Zettel griff, den sie anscheinend schon bereitgelegt hatte. Sie hielt ihn mir abwartend hin.

»Was ist das?«, fragte ich, noch während ich meine Hand danach ausstreckte.

»Eine Einkaufsliste. Ich habe gerade eine Inventur unserer Bestände gemacht und uns fehlen ein paar Zutaten. Allen voran Heidekraut«, fertigte sie mich ab und widmete sich wieder ihrer Arbeit.

»Warum muss ich das machen? Was ist mit Lola?«, rief ich empört und wedelte mit dem Zettel herum. »Als *ich* dreizehn war, wurde ich ständig zum Magic Shop geschickt!«

»Hat mich jemand gerufen?«, erschien ebenjene blondgelockte Dreizehnjährige im Türrahmen und grinste mich frech an.

»Lola hat andere Dinge zu erledigen«, antwortete Florence streng und bedachte die Jüngste im Clan, die wie ich Somna und Dormis war, mit einem tadelnden Blick. »Hausaufgaben zum Beispiel.«

Sofort verschwand das schalkhafte Lächeln und ein mitleiderregender Ausdruck trat zum Vorschein. Ich verdrehte bloß die Augen, steckte den Zettel ein und stapfte in den Flur, um mir einen wärmeren Schal anzuziehen. Trotz der Sonne herrschten draußen Minusgrade und ich wollte mir sicherlich nicht eine Erkältung zuziehen, die Giffin einen weiteren Grund liefern würde, meine Ausbildung hinauszuzögern. Wie ich es hasste, als klein und schwach abgestempelt und auch so behandelt zu werden.

»Alles in Ordnung?«, fragte Lola, die mir in den Flur gefolgt war. Ihre Stimme war kaum mehr als ein Flüstern, als würde sie wissen, dass ich über Dinge nachgrübelte, die ich Florence nicht mitteilen wollte.

»Wie immer. Ich verstehe Giffin nicht.« Kopfschüttelnd beugte ich mich herunter, um die Reißverschlüsse an meinen dunkelbraunen Stiefeln wieder hochzuziehen, da sie sich geöffnet hatten. Der linke entschloss sich dazu, festzuklemmen. »Isla hat ihre Ausbildung fast zum gleichen Zeitpunkt wie ich begonnen und sie ist schon seit vier Monaten und fünf Tagen ein vollwertiges Mitglied. Wieso sie und nicht ich?« Ich zog mit aller Kraft und schaffte es, den eingeklemmten Verschluss zu lösen, wobei ich mir fast ein Stück Haut vom Finger abriss.

»Du bekommst deine Chance bestimmt auch bald«, versprach mir Lola, obwohl sie es genauso wenig verstand wie ich.

»Ja. Vielleicht.«

Sie reichte mir den wärmeren Schal, den ich gegen den anderen austauschte und mir zwei Mal um den Hals wickelte, ehe ich die Strickmütze aufsetzte und meinen Parka schloss.

»Bis später, kleine Biene«, neckte ich sie und erntete dafür einen nicht ernstgemeinten Klaps auf die Schulter. Eilig griff ich noch nach meiner schwarzen Tasche und stolperte dann aus dem riesigen Haus.

Ich zitterte schon wie Espenlaub und da war ich nicht mal die Treppen bis zum gusseisernen Tor hinabgestiegen. Manchmal war es wirklich ein Fluch, so hoch im Norden Montanas zu leben. Besonders in der kalten Jahreszeit.

Ein eisiger Wind brachte mich dazu, meine Vorsicht über Bord zu werfen und die Glätte zu ignorieren. Ich fiel lieber hin, als dass ich im Gehen erfror.

Sobald ich das Gelände verlassen hatte, spürte ich die Anwesenheit eines Verfolgers. Ein Schatten, der mir auf Schritt und Tritt in Richtung Stadtzentrum folgte und sich nicht von etwaigen Passanten von seinem Weg abbringen ließ. Ich neigte meinen Kopf ganz leicht, bewegte auffordernd meine Hand und sah dann, dass der Schatten meiner Bitte gefolgt war, denn er ging plötzlich neben mir.

»Wie viel besser soll ich mich meiner Gaben denn noch bedienen?«, fragte ich meinen schweigenden Begleiter. »Du folgst mir doch schon ständig.« Er neigte den Kopf und ich wusste genau, was er damit sagen wollte. »Jaja, ich weiß ganz genau, dass das nicht normal ist.«

Der dunkelblonde Geist, denn nichts anderes war er, grinste zufrieden und schwebte mir nach, als ich die Straße überquerte und den neugierigen Blicken der Menschen auswich, die sich fragten, mit wem ich da redete. Nur ich konnte ihn sehen.

Den Geist, den ich Neo getauft hatte.

Die Farbe seiner moosgrünen Augen war intensiv, obwohl sein Körper eigentlich durchscheinend und blass war. Über seiner linken Augenbraue thronte außerdem ein kleines Muttermal, das ihn stets etwas erstaunt aussehen ließ. Wenn ich sein Alter schätzen müsste, würde ich aufgrund seiner schlaksigen Gestalt fünfzehn sagen, aber sein bartloses Gesicht konnte ihn auch nur jünger wirken lassen, als seine Gestalt tatsächlich war.

Die Hände in den Taschen vergraben schlenderte ich über die steinerne Brücke, die sich über den Fluss streckte, welcher in dem großen See im Park mündete. Jener hatte der Stadt ihren Namen gegeben. Arden Creek.

Zwei Straßen weiter bog ich nach links in eine gepflasterte Straße ein, an der ausschließlich merkwürdige Läden angesiedelt waren. Für mich waren sie das vielleicht nicht, da ich sie ständig besuchte; aber für Menschen, die nichts von den gefährlichen Wesen ahnten, die nachts die Stadt durchkämmten, wirkten sie seltsam und gehörten zur Kategorie abergläubischer Unfug. Und das, obwohl die Menschen *wussten,* dass Arden Creek keine normale Stadt war, doch solange man nicht als verrückt abgestempelt werden wollte, ignorierte man die Gefahren und Eigenarten unserer geliebten und verhassten Stadt. Es war nicht so, dass es nirgendwo auf der Welt das Böse gab, aber aus irgendeinem unerfindlichen Grund hatte es sich in Arden Creek eingenistet.

Vor dem Magic Shop hielt ich inne, sah mir von außen das Schaufenster an, in dem mehrere Artikel präsentiert wurden, die ich nie und nimmer berühren würde (Froschaugen, nein danke) und auf dem der Name in goldenen, verschnörkelten Lettern geschrieben stand. Neo spiegelte sich nicht in der Scheibe, was nicht weiter verwunderlich war, schließlich existierte er nur in meinem Kopf. Sozusagen.

»Du weißt, dass du nicht reinkannst«, erinnerte ich ihn und fing seinen traurigen Blick auf. »Es liegt nicht an mir, also sieh jemand anderen so an, okay? Bin gleich wieder da.«

Ich wandte mich eilig ab, lief die Stufen zur Eingangstür hoch und trat in das Königreich aus Patschuli und Champa ein, das ich nur deshalb namentlich kannte, weil ich einst den Fehler begangen und nachgefragt hatte. Poppy hatte mich eine Stunde lang in Beschlag genommen und mich in der Kunst der Räucherstäbchenherstellung unterwiesen. Der Fehler war mir nicht noch einmal unterlaufen.

Die schrullige Verkäuferin, die an ihrem Körper gleich ein halbes Dutzend Schals in verschiedenen Farben und Stoffen trug, ließ einen ihrer Kunden sofort stehen, als sie mich in der Tür warten sah. Die filigrane goldene Glocke hatte mein Hereinkommen angekündigt und ließ mir daher keine Zeit, mich allein im vollgestellten Laden umzusehen. Das war vielleicht ganz gut so, schließlich würde ich ohne Poppy kaum etwas finden, das Florence auf die Liste geschrieben hatte. Die Unordnung, die hier herrschte, war für die kleine, mollige Frau ein sorgsam gepflegtes System.

»Lydia!«, quietschte sie erfreut, breitete ihre Arme aus und zog mich in eine alles umfassende Umarmung, die mir wie immer die Luft aus den Lungen drückte. Ihr purpurner Schal, den sie als Turban um ihren Kopf trug, presste sich wie eine Erstickungsfalle an mein Gesicht.

Poppy ließ mich erst dann frei, als mir bereits dunkle Punkte vor den Augen tanzten. »Was führt dich zu mir? Ach, du wirst mit jedem Tag schöner. Komm, komm.«

Der Kunde, der nun nicht mehr von ihr bedient wurde, warf mir ein finsteres Stirnrunzeln zu und stellte die indisch angehauchte Tonfigur entschieden zurück auf das verstaubte Regalbrett. Auch Poppy erntete ein genervtes Schnauben seinerseits, bevor er auf dem Absatz seiner vom Schnee durchweichten Sneakers kehrtmachte und aus dem Magic Shop zischte.

»Also, manche Menschen heute … unfreundlicher geht es ja wohl kaum«, kommentierte sie seinen Abgang, absolut im Unklaren darüber, dass sie sich ihm gegenüber nicht gerade wie eine freundliche Verkäuferin verhalten hatte.

»Ja, echt schlimm.« Ich würde den Teufel tun und ihr widersprechen. Es war schon ärgerlich genug, dass ich diese Dienstbotenaufgabe übernehmen musste, und deshalb wollte ich sie auf keinen Fall in die Länge ziehen.

»Florence hat eine neue Liste«, kam ich auf das ursprüngliche Thema zurück. »Sie sortiert gerade unseren kompletten Bestand um.«

»Oh, aber sicher, Ordnung muss sein.« Sie nickte heftig, sodass das Ende des purpurnen Schals hin und her wippte. »Sonst vergisst man ganz schnell, was einem noch fehlt, und *Schwups* hat man es plötzlich nicht mehr, wenn man es braucht.«

Ich sah mich skeptisch zwischen den Regalen um, während Poppy über der Liste brütete, die ich ihr gereicht hatte.

Leise zu sich selbst murmelnd ließ sie mich an der Kasse stehen und begann dann, scheinbar wahllos, etwas aus Schubladen und versteckten Kisten zu kramen. Ich vertraute ihr da völlig und ließ ihr freie Hand.

Poppy wusste nicht, wofür genau Florence und ich die Zutaten brauchten, obwohl sie von Giffin von der Existenz des Clan Militums erfahren hatte, weil sie ihm und Florence über die Jahre zu einer Freundin geworden war. Doch sie hatte keinen Schimmer, was wir, die Protectoren oder die Signa Inferre, taten. Ich nahm an, dass sie uns als die gleiche Sorte Menschen ansah, der sie selbst angehörte: spirituell angehaucht und vielleicht ein kleines bisschen magisch begabt. Eine Gruppe, die sich zusammengeschlossen hatte, um eine *besondere* Religion auszuüben. Wenn ich so darüber nachdachte, wirkten wir auf sie vermutlich wie Anhänger eines dubiosen Kults …

»Ich habe gerade eine besonders schöne Mischung von Heidekraut zusammengestellt«, rief sie mir aus dem hinteren Teil zu und klang furchtbar aufgeregt. »Ich würde sie nur ungern einpacken. Meinst du, du kannst das Bündel so tragen?«

»Sicher«, schrie ich beinahe, damit sie mich verstand. Mittlerweile hatte ich den Überblick verloren und wusste nicht mehr, wo sie gerade nach Zutaten kramte. Seufzend wandte ich den Blick wieder in Richtung Kasse, um mich mit der Hüfte gegen die Theke zu lehnen. Meinetwegen konnte der Tag jetzt schon zu Ende gehen, denn auch heute hatte Giffin nicht das Gespräch mit mir gesucht. Und morgen würde er es wahrscheinlich auch nicht tun, es sei denn, er trainierte meine

Fähigkeiten, aber dann würde es ausschließlich darum gehen, meine Gabe zu kontrollieren. Wir würden uns im Sonnenzimmer einander gegenübersetzen, die Augen schließen und unsere Atmung regulieren. Er würde mir sagen, ich solle mich darauf konzentrieren, die Macht in mir zu beherrschen und mich nicht von ihr beherrschen lassen. Aus Angst, dass es meine Ausbildung weiter verzögerte, hatte ich ihm nicht mitgeteilt, dass ich Neo außerhalb des Bannkreises um unser Quartier ständig sehen konnte, dennoch befürchtete ich, dass er es bereits ahnte. Er vertraute mir einfach nicht.

Es wäre ja eine Sache, wenn ich zu den Bellatoren, den Kriegern der Signa Inferre, gehören würde, die aktiv den Kampf gegen die Kreaturen der Nacht suchten, denn für eine direkte Konfrontation mit Mordenox wäre ich definitiv noch nicht bereit. Aber die Aufgabe eines Dormis bestand lediglich darin, die Opfer zu finden; welche die Mordenox nachts hinterließen. Dazu war mein Geist da, der eigentlich nur erscheinen sollte, wenn es ein neues Opfer gab, um mich dort hinzuführen. Deshalb sollte er mir eigentlich nicht ständig an den Fersen kleben …

»Hier.«

Ich schrak zusammen, als Poppy wie aus dem Nichts neben mir auftauchte und einen bis oben hin gefüllten Korb auf die Theke stellte. Sie reichte mir das duftende Büschel getrockneten Heidekrauts, bevor sie sich daranmachte, alles andere sorgfältig zu verpacken.

»Das riecht wirklich wieder wunderbar«, sagte ich und nahm einen weiteren tiefen Atemzug durch die Nase.

»Nicht wahr?« Poppy sah nicht mal auf, so sehr ging sie in ihrer Aufgabe des Einpackens auf. Ich lächelte nachsichtig.

Das Heidekraut war besonders wichtig für die Somna unter uns, denn mit dieser Zutat wurde es jenen, und irgendwann dann auch mir, erleichtert, die Wandlung der zurückgebliebenen Opfer der Mordenox zu stoppen.

Ich erinnerte mich noch daran, als mir Giffin das erste Mal von diesen Kreaturen erzählt hatte. Mein erster Gedanke war gewesen, dass er Mordenox oder Nachtbeißer – wie sie manchmal genannt wurden – mit Vampiren verwechselte.

»Vampire sind ein Mythos, Lydia«, hatte er mir in seinem belehrenden Tonfall erklärt. »Mordenox und ihre stärkeren Verwandten, die Tenebrae, haben zwar ein ähnliches Gebiss, das sie benutzen, um Menschen zu beißen, aber sie trinken kein Blut. Ihnen geht es allein um die Ignis in ihnen.«

»Die Ignis?«

»Genau. Die Kreaturen verwandeln die Ignis, eine Art Lebensenergie in uns Menschen, in Finsternis, was schlecht ist. Dadurch werden sie mächtiger und gefährlicher. Stell dir zwei Waagschalen vor. Die linke ist mit Licht, die rechte mit Dunkelheit gefüllt. Je mehr Ignis – oder auch Glut genannt – die Mordenox aufsaugen, desto schwerer wird die mit Dunkelheit gefüllte Waagschale. Das Licht verliert an Gegengewicht.« Er hatte die Stirn gerunzelt, als würde er sich ein Szenario ausmalen, in dem die Welt von Mordenox regiert wurde. »Sie sind unsere Feinde und wir müssen verhindern, dass sie sich weiter vermehren. Das ist unsere Aufgabe. Die Aufgabe der Signa Inferre ist es, uns und die Menschen zu beschützen. Sie suchen den Kampf.«

»Und die Aufgabe der Protectoren?«

»Die ist … speziell.«

»Was meinst du damit?« Obwohl ich Giffin damals noch nicht sehr lange gekannt hatte, wusste ich, dass es ihm nicht ähnlich sah, meiner Frage mit einer solch ausweichenden Antwort zu begegnen.

»Sie sind diejenigen unter uns, die noch glauben. Sie sind sich sicher, dass die drei Funken, die Gottheiten Arax'va, Belmin und Corama, tatsächlich existieren oder existiert haben. Es gibt eine Statue von ihnen, die nur von Protectoren besucht werden darf. Vor ein paar Jahrzehnten wurden die Bildnisse von Belmin und Corama auf mysteriöse Weise zerstört. Die Protectoren sagen, es sei von selbst geschehen, als die beiden Gottheiten starben.«

»Also existiert nur noch Arax'va?«

»Wenn überhaupt …« Er hatte bei der Vorstellung, ich könnte ebenfalls dem Glauben anheimfallen, die Nase gerümpft, dabei versuchte ich bloß, alles zu verstehen. »Die Protectoren besitzen wie die Mordenox die Fähigkeit, die Glut der Menschen zu sehen. Anstatt sie jedoch in Finsternis zu wandeln, fügen sie die Glut dem Wiederkreis zu, damit sie von Arax'va in Licht verwandelt werden kann. Das ist nicht ganz ungefährlich für den Menschen, denn es gab Fälle, bei denen sie gestorben sind.«

»Dadurch füllt sich also wieder die Waagschale mit mehr Licht?«, griff ich seine Metapher erneut auf.

»Theoretisch ja.«

Mein Kopf hatte danach tagelang geraucht und es hatte Wochen gebraucht, ehe ich wirklich verstanden hatte, wie die Welt hier in Arden Creek aussah. Ich wünschte mir, ich wäre weiterhin im Unwissenden gelassen worden.

Poppy riss mich wieder aus den Gedanken, als sie mir den schwindelerregend hohen Preis nannte. Immerhin musste ich das nicht aus eigener Tasche zahlen, schließlich verdiente ich nicht gerade viel als nicht eingesetzte Dormis und Somna.

Ich verabschiedete mich von der gut gelaunten Inhaberin und trat auf die verschneite Straße. Der Himmel hatte sich während meiner Abwesenheit zugezogen und das Licht nahm bereits ab, was mich zur Eile antrieb. Es war nicht empfehlenswert, nach der Abenddämmerung noch draußen herumzulungern, insbesondere wenn man wusste, was sich in der Stadt herumtrieb, sobald die Nacht Einzug hielt.

Der Geist wartete auf mich, als hätte er nichts anderes zu tun. Nun, das hatte er vermutlich auch nicht. Seit vier Jahren verfolgte er mich, ohne ein einziges Wort zu sagen. Anfangs hatte ich mich vor ihm gefürchtet, dann war ich genervt gewesen und nun hatte seine Anwesenheit etwas Tröstliches an sich.

»Ich wünschte, du würdest mit mir reden.«

Er deutete auf sich und hob dann einen Daumen. Ihm ging es anscheinend ganz genauso …

»Wir müssen uns beeilen«, sagte ich zum gefühlt tausendsten Mal, bevor ich das Büschel und die Papiertüte fester umfasste.

Die Nacht nahm auf niemanden Rücksicht und ich wollte nicht schutzlos auf der Straße sein, wenn ich, anders als die Menschen um mich herum, wusste, dass etwas Jagd auf uns machte.

ZWEI

Froh, dass meine Handschuhe die Haut vor der beißenden Kälte schützten, nahm ich das Krautbüschel und die Papiertüte in eine Hand, um mit der anderen die Mütze tiefer über meine brennenden Ohren zu ziehen. Hin und wieder bemerkte ich, dass man mich neugierig ansah, als ich mit meinem schweigenden Begleiter sprach. Wenn man in Arden Creek schiefe Blicke zugeworfen bekam, sollte man sich vielleicht Sorgen machen, schließlich akzeptierte man bereits viel Seltsames durch die ständigen *Tierangriffe* und sah es als Normalität an, wenn man hier lebte. Ich selbst hatte mich schon daran gewöhnt und da ich nur Menschen kannte, die in der Welt der Nacht lebten, konnte ich auch leicht darüber hinwegsehen. Es war nie mein Bedürfnis gewesen, jedem zu gefallen oder mich der Gesellschaft anzupassen.

»Wir sollten heute Abend noch ein bisschen im Buch der Handrituale lesen«, schlug ich vor. Neo kratzte sich an der Wange, eher er mit einer Hand so tat, als würde er schreiben. »Ja, dieses Mal werde ich auch Notizen machen, aber glaub mir, ich werde es auch ohne irgendwann auswendig können.«

Er verdrehte die Augen, konnte sich ein Grinsen jedoch nicht verkneifen.

»Siehst du, du stimmst mir im Inneren zu.«

Die Sonne war bereits untergegangen, als ich endlich in die Straße einbog, in der der größte Friedhof der Stadt und damit auch das Hauptquartier des Clans lag. Es gab genau zweiundsiebzig Friedhöfe in ganz Arden Creek verteilt und sie alle wurden von Clanmitgliedern bewacht, auch wenn das nicht unbedingt bedeutete, dass diese Mitglieder auch Dormi oder Somna waren. Die meisten Somna lebten hier im Hauptquartier, die restlichen an zwei Friedhöfen im Stadtteil Classwood.

Schließlich erreichte ich das Tor, blieb jedoch einen Moment davor stehen, um mich von Neo zu verabschieden. Aufgrund eines Bannkreises, der auch heimlich von Giffin um den Magic Shop gezogen worden war, wurde der Kontakt zu meinem Geist verhindert. Das war ein kleiner Nebeneffekt davon, dass das Quartier vor Mordenox und Tenebrae geschützt wurde. Sie konnten weder das Haus noch den Shop betreten.

»Wir sehen uns dann vermutlich morgen wieder, wenn mich Florence auf eine weitere Einkaufstour schickt.« Ich seufzte und blickte gen dunklen Nachthimmel. Eine Flocke landete auf meiner Nasenspitze, wo sie sofort zerschmolz. »Möge Arax'va mit dir sein«, fügte ich hinzu, auch wenn ich nicht wirklich an ihn glaubte, und öffnete das quietschende Tor, um die Treppen hochzusteigen. Es war einfach eine Floskel. Nichts weiter. Als ich das nächste Mal über meine Schulter sah, war Neo verschwunden.

Die Lampen, die kreisförmig auf den glatten Flächen der niedrigen Mauer angebracht waren, spendeten kaum Licht, da sich bereits eine dünne Schneeschicht auf das Glas gelegt hatte. Immerhin war das große, dunkle Herrenhaus von innen beleuchtet, sodass ich noch immer genug sehen konnte. Als ich oben angekommen war, holte ich mehrmals tief Atem, bis die eisige Luft meine Lungen füllte.

Eilig fummelte ich mit dem Schlüssel am Schloss herum, ehe es *Klick* machte und ich die Tür öffnen konnte. Sofort umhüllte mich wohltuende Wärme, die die Kälte zurück nach draußen drängte. Ich drückte die schwere Holztür mit der Schulter ins Schloss, trat den Schnee von meinen Schuhen und schritt dann in die Küche, um als Erstes meine Ladung loszuwerden.

»Wo bist du denn gewesen?«, begrüßte mich Florence forsch, schnappte die Papiertüte ungefragt aus meinen Händen und kommentierte den Inhalt mit einem kurzen Schnauben. »Es ist bereits dunkel. Dir hätte wissen die Götter was passieren können!«

»Ich bin doch jetzt da«, murmelte ich und löste meinen Schal, da es mir zu warm wurde. Bevor ich mich aber weiter entkleiden konnte, drückte mir Florence die Tüte wieder in die Hand und deutete auf die Vorratskammer, die man nur von der Küche aus durch eine Tür erreichen konnte.

»Jaja«, winkte sie ab. »Ich habe alles sorgfältig sortiert und beschriftet. Versuche dieses Mal bitte alles vernünftig einzuordnen, verstanden?«

»Klar, versuche ich«, grummelte ich, legte Schal und Mütze ab und öffnete die dunkle Tür mit der groben Holzmaserung.

Der Raum war eng und stickig, die instabil wirkenden Regale bauten sich an drei Wänden auf und neigten sich, je höher sie reichten, immer mehr einander zu. Kopfschüttelnd betrachtete ich die in pedantischer Schreibschrift etikettierten Glas- und Plastikbehälter, um nach denen zu suchen, die meine Zutaten beinhalteten.

Nachdem ich alles eingeordnet hatte, schälte ich mich aus der Winterkleidung. Florence widmete sich dem Abendessen, Lola war vermutlich in ihrem Zimmer und erledigte ihre Hausaufgaben. Es versprach also wieder einmal ein ruhiger, ereignisloser Abend zu werden. Manchmal fragte ich mich, ob es nicht besser gewesen wäre, wenn ich als Bellator ausgebildet worden wäre. Natürlich hatte ich niemals die Wahl gehabt, nachdem Giffin mich auf die Gabe einer Somna und einer Dormis getestet hatte, doch ich verlor mich gerne in dieser Art von Was-wäre-wenn-Spielen. Ich wusste nicht viel von der Signa Inferre und wie sie ihre Krieger ausbildeten, doch hin und wieder war ich schon einem Bellator begegnet. Sie waren allesamt muskulös, wurden von einem kämpferischen Temperament beherrscht und galten als gnadenlos. Wahrscheinlich hätte ich auch dort nicht hineingepasst. Klar, im Kreis meiner Familie ließ ich nie etwas auf mir sitzen und ich war auch nicht zurückhaltend. In der Anwesenheit von Fremden sah das Ganze allerdings anders aus. Ich hatte Schwierigkeiten damit, überhaupt meinen Mund zu öffnen, geschweige denn meine Meinung in irgendeiner Weise kundzutun.

Also wäre eine Karriere als Kriegerin doch nichts für mich gewesen. Nicht dass mir die Erkenntnis in meiner aktuellen Situation half. Mir war langweilig. Ich wollte Spannung in meinem Leben und Dinge erleben. Ich wollte aktiv als Somna arbeiten. Es würde mir schon reichen, mich erst mal als Dormis zu etablieren und mir von Neo die Körper von Opfern zeigen zu lassen. Aber nein. Ich durfte nichts dergleichen tun.

Frustrierend. Frustrierend. Frustrierend.

»Wie geht es Poppy?«, riss mich Florence aus den trüben Gedanken. Ich hatte wie eine Irre ins Nichts gestarrt und mich nicht mehr bewegt.

»So gut gelaunt wie eh und je«, grummelte ich, mich an die flippige Verkäuferin erinnernd. Ich war nur dafür gut, mich dem Haushalt und den Erledigungen zu widmen. Es war gemein. Und dann fühlte ich mich auch noch schlecht, da ich nicht undankbar sein wollte.

»Das freut mich. Würdest du mal kosten?«

Ich steckte meinen Kopf in die Küche und sah, wie mir die rundliche, mütterlich wirkende Frau einen Kochlöffel mit dunkler roter Soße darauf hinhielt, von dem ein köstlicher Geruch ausging.

»Na klar«, seufzte ich und trat näher, als irgendwo im Haus eine Tür zugeschlagen wurde und schwere Schritte erklangen, die sich uns näherten. Ich wandte mich neugierig um.

Giffin bog so schnell um die Ecke, dass er mich beinahe umrannte. Ich konnte gerade so noch nach hinten ausweichen. Sein wachsamer Blick streifte erst mich und dann Florence.

»Was …«, begann Florence, doch sie brauchte ihre Frage nicht zu Ende zu formulieren, da Giffin schon zu einer Erklärung ansetzte.

»Maureen hat zwei Leichen gefunden. Sie werden hergebracht.«

»Sollten wir nicht lieber das Tageslicht abwarten?«, erkundigte sie sich, sorgenvoll die Stirn gerunzelt.

»Sie werden von zwei Bellatoren begleitet. Es sollte alles gut gehen.« Er nickte so heftig, dass ihm ein paar dunkelgraue Strähnen in die Stirn fielen. »Sie werden in einer halben Stunde erwartet.«

»Ich nehme an, das heißt, dass das Abendessen ausfällt?«, murrte ich und setzte mich auf einen der vier Hocker, die vor der Kücheninsel standen. Schlecht gelaunt verschränkte ich die Arme vor meinem Oberkörper.

»Du kannst Isla holen und anschließend Lola vom Sonnenzimmer fernhalten«, wies mich Giffin an, ohne auf meine Bemerkung einzugehen. Er kannte mich zu gut, wusste, dass mit mir in einer solchen Situation nicht zu diskutieren war. Wahrscheinlich hatte er nicht mal *große* Lust, mir meine Position hier erneut darzulegen. *Frustrierend*, sagte ich doch bereits.

Ich tat schließlich wie geheißen, da mir ja sonst nichts anderes übrig blieb. Isla würde unter Giffins Beaufsichtigung die Wandlung der beiden menschlichen Opfer in Mordenox verhindern und die Stadt wäre für einen weiteren Tag gerettet.

Ich wünschte, ich hätte den Mut zu rebellieren und für mich einzustehen.

Isla war kleiner als ich, hatte ein freundliches, herzförmiges Gesicht und wäre mir eine gute Freundin gewesen, hätte ich es nur zugelassen. Doch meine Eifersucht trieb einen Keil zwischen uns. Sie selbst hatte meinen Neid längst erkannt, sodass sie mir ihre Arbeit nie unter die Nase rieb, gleichzeitig nahm sie sich aber auch nicht zurück, wofür ich dankbar war. Ich wollte trotz allem nicht, dass sie sich meinetwegen schlecht fühlte. Es fiel mir bloß schwer, besonders nett zu ihr zu sein.

»Es gibt zwei neue Opfer. Du sollst ins Sonnenzimmer gehen«, rief ich, nachdem ich an ihre Tür geklopft hatte, ohne mir die Mühe zu machen, sie zu öffnen.

Henry und Paella, die sich am Ende des Flurs miteinander unterhalten hatten, warfen mir wissende Blicke zu. Sie beide waren auch Somna und dadurch in der Lage, die Wandlung zu stoppen. Da Giffin Islas Ausbildung aber vorantreiben wollte, hatten sie momentan eher weniger zu tun und widmeten sich den ›normalen‹ Arbeiten von Friedhofswärtern und Leichenbestattern. Irgendwie mussten wir den Clan ja finanzieren.

»Ich komme«, erwiderte Isla. Die Aufregung in ihrer Stimme wurde zwar durch das schwere Holz der Tür gedämpft, doch ich konnte sie trotzdem vernehmen.

Vor mich hin grummelnd suchte ich Lola auf, die wie erwartet an ihrem Schreibtisch saß und über ihren Hausaufgaben grübelte. Sie hatte schon immer Schwierigkeiten damit gehabt, sich zu konzentrieren, weshalb Florence ständig hinterher sein musste. Ich selbst fand es nicht sonderlich schlimm, da wir in unserer Sparte kaum jemals unsere schulische Ausbildung benötigten. Wir würden ohnehin nie eine Karriere außerhalb das Clans starten, also warum dann die Illusion aufrechterhalten?

»Sollst du auf mich aufpassen?«, fragte sie, ihre dunklen Augen neugierig auf mich gerichtet, bevor sie das Ende ihres Bleistifts erneut in den Mund nahm, um darauf herumzukauen.

»Du hast es erfasst.« Ich trat in ihr unordentliches Zimmer. Es wirkte so, als wäre darin eine Farbbombe geplatzt, so bunt waren Einrichtung und Wände. »Es gibt zwei neue Opfer.«

»Isla ist bestimmt nervös.«

»Nervös? Wie kommst du denn darauf? Sie hat die letzten drei Monate kaum was anderes gemacht.«

Lola zuckte mit ihren schmalen Schultern. »Sie hat es mir gesagt.«

»Dass sie nervös ist?« Wieso kam diese Enthüllung so überraschend für mich?

»Sie macht immer noch nicht alles richtig und braucht Giffins Hilfe. Manchmal fürchtet sie sich vor seiner schroffen Art«, gab sie Islas Worte an mich weiter, die das schlechte Gewissen in mir zurück an die Oberfläche zerrten. Ich war eine schreckliche Kollegin. Wieso konnte ich nicht einfach für Isla da sein? Warum musste ich aus allem einen Konkurrenzkampf machen, den ich eh nur verlor?

Lola kam mir in diesem Moment um so vieles klüger vor, als ich es jemals sein würde. Andererseits war sie nicht in meiner Situation.

»Wie auch immer. Sie hat die Chance, sich zu verbessern, während ich …«, sagte ich und ließ mich rücklings auf das Einzelbett fallen, »… noch immer auf der Stelle trete.«

»Vielleicht sollest du noch einmal mit Giffin reden«, schlug sie vor. Ihre Hausaufgaben waren völlig vergessen.

»Das versuche ich doch ständig, aber er blockt einfach ab. Ich komme mir vor wie ein nörgelndes Kind. Es macht keinen Sinn. Er wird seinen Standpunkt nicht ändern, nur weil ich ihn nerve.«

»Stimmt.«

»Danke für deine Unterstützung«, murmelte ich. Es gefiel mir ganz und gar nicht, untätig auszuharren. »Hast du Lust, Mäuschen zu spielen?« Ein schelmisches Grinsen breitete sich auf ihrem Gesicht aus, das ich einfing und erwiderte. »Dann los!«

Wir schlichen uns aus ihrem Zimmer nach unten und den Flur entlang. Glücklicherweise begegneten wir niemandem, sonst wäre unsere Spionageaktion bereits im Keim erstickt worden. Die Tür zum Sonnenzimmer war fest verschlossen, doch wir wollten sie gar nicht öffnen. Es reichte, einen Blick durch das große Schlüsselloch zu werfen, wie es sie zuhauf in diesem alten Haus gab. Lola und ich wechselten uns ab. Ich war als Erste an der Reihe damit, meine Stirn gegen das kühle Holz zu pressen, und konnte erkennen, wie die Leichen gerade von zwei Bellatoren auf dem Boden arrangiert wurden. Isla, Giffin,

Maureen und Baker, ein weiterer Somna, standen so, dass ich lediglich ihre Profile in dem schwachen Kerzenschein erkennen konnte. Ihre Gesichter wirkten grimmig. Oder es war ein Trugbild der Schatten. So oder so, die Szene wirkte ernst und irgendwie auch beängstigend.

»Lass mich mal«, zischte Lola und schob mich unsanft beiseite.

Kopfschüttelnd überließ ich ihr den Platz und stellte mir vor, was nun geschehen würde, bevor Lola mich grob am Arm packte und hochzog.

»Was?«

»Die Bellatoren gehen«, stieß sie voller Angst, entdeckt zu werden, hervor.

Die Augen aufreißend schüttelte ich ihre Hand ab, damit ich besser fliehen konnte, und lief in Richtung Küche. Dort angekommen, merkte ich erst, dass mir Lola nicht gefolgt war. Anscheinend hatte sie die Abzweigung zum Wohnzimmer genommen, was vermutlich besser war, denn so war sie Florences Zorn entkommen.

Sie stemmte die Hände in die Hüften. »Du hast gelauscht. Und wenn ich es nicht besser wüsste, würde ich behaupten, dass …« Sie konnte ihren Satz nicht beenden, da sich die fremden Bellatoren und Maureen von uns verabschiedeten, ehe sie aus dem Haus in den Schnee stapften.

Ich war schon dabei, aus dem Zimmer zu schlüpfen, als Florence mich mit dem Ausruf meines Namens zurückhielt. Sich ertappt zu fühlen, war kein Gefühl, das ich gerne empfand. Noch schlimmer war allerdings, dass ich mir erneut wie das Kind vorkam, das Giffin noch immer in mir sah.

»Wo ist Lola?«, verlangte Florence zu erfahren und verzichtete damit auf eine weitere Standpauke. Vielleicht verschob sie diese auch nur auf einen späteren Zeitpunkt.

»Keine Ahnung«, antwortete ich möglichst unschuldig, setzte eine neutrale Miene auf und zwang mich aufzuhören, mit Strähnen meines dunkelblonden Haares zu spielen.

»Soso.« Sie hob misstrauisch eine Augenbraue. »Bring das in die Vorratskammer und dann sehen wir weiter«, wies sie mich an, keineswegs von meiner Schauspielkunst überzeugt, und hielt mir ein Büschel Heidekraut hin.

Resignierend senkte ich die Schultern, nahm das Kraut an mich und schlurfte in die Kammer. Die Tür quietschte laut, als ich sie aufzog.

Um Platz zu schaffen, verschob ich ein Marmeladenglas, das mit fliederfarbenen Blüten gefüllt war, auf einem der oberen Regalbretter, als ein ohrenbetäubendes Kreischen durch das gesamte Haus hallte. Das Geräusch ging mir durch Mark und Bein und meine Härchen in meinem Nacken richteten sich auf. Ich unterdrückte den Impuls, die Hände auf meine Ohren zu schlagen, und drehte mich stattdessen zur Küche um.

Florence erschien in der Tür und sah mich mit aufgerissenen Augen an. Mein Herz rutschte mir in die Hose. Ich wusste, dass das Kreischen unser Alarm war, aber ich hatte nicht den blassesten Schimmer, wieso er losgegangen war. Es konnte doch nur ein Fehlalarm sein, oder? Es war nicht möglich, dass …

»Komm nicht raus«, zischte die Dormis und begann, die Tür zu schließen. »Und keinen Ton. Hast du verstanden?« Sie wartete keine Antwort ab, sondern drückte die Tür entschlossen zu und ließ mich allein in der dämmrigen Kammer zurück.

Blinzelnd kämpfte ich gegen die plötzliche Starrheit in meinem Körper an, die von meiner Panik genährt wurde.

Sobald ich wieder Herrin meiner Sinne war, trat ich vor und kniete mich hin, sodass ich durch das breite Schlüsselloch blicken konnte. Das Heidekraut hielt ich noch immer fest umfasst.

Florence sah aus dem Fenster, drehte sich aber sofort wieder um, als unser Oberster Giffin und sein Stellvertreter Mason in die Küche eilten. Ich konnte ihre Gesichter nicht sehen, doch ihre Körperhaltung verriet mir, dass auch sie überrascht worden waren. Es war also keine Übung.

Der Alarm hörte abrupt auf. Stille legte sich wie ein Grabtuch über uns.

»Was geht hier vor sich?«, fragte Florence mit erstickter Stimme und legte sich eine Hand aufs Herz.

»Ich weiß es nicht«, antwortete Giffin frustriert. »Mason hat bereits …« Er kam nicht mehr dazu, seinen Satz zu vollenden, da die Raumtemperatur absackte. Das war natürlich Einbildung, doch sie war so gut wie die Realität. Die Fenster beschlugen und die Luft im Raum wurde schwer wie Blei. Dann brachen drei Mordenox hintereinander durch die Fenster.

Glas splitterte und fiel klirrend herab, als noch ein weiteres Monster durch die Tür schritt, als hätte es alle Zeit der Welt. Es öffnete seinen Mund, die dunkle, spitze Zunge zuckte hervor, dann legte es abwartend den Kopf schief, während es die drei Gefangenen betrachtete.

Die Luft schien in meinen Lungen festzustecken, als ich diese finsteren Kreaturen das erste Mal vor mir sah. Die Skizzen in den Büchern, die mir Giffin zur Verfügung gestellt hatte, wurden ihrer wahren Erscheinung kaum gerecht.

Ihre entblößten Körper, die tagsüber denen normaler Menschen glichen, waren von ledriger, schwarzer und haarloser Haut überzogen, die ihre Köpfe merkwürdig verschrumpelt und bösartig aussehen ließ. Die Zähne, die aus ihren dunklen Mündern hervortraten, liefen spitz zu und waren so lang, dass sie über ihre Lippen ragten. Aus ihren Rücken, an denen sich jeweils ihre Wirbelsäulen so deutlich wie Schlangen unter der Haut abzeichneten, sprossen fledermausartige Flügel mit gehörnten Spitzen. Knurrende und kreischende Geräusche entflohen ihren Kehlen, als sie die drei ranghöchsten Mitglieder des Clans umkreisten. Blutlust stand in ihren seltsam verzerrten Gesichtern geschrieben. Sie griffen jedoch nicht an.

Wie war es ihnen gelungen, den Bannkreis zu überwinden? Den Bannkreis, der in all den Jahren seit Giffins Beschwörung nicht einmal versagt hatte?

Dann, niemand schien sich mehr bewegt zu haben, hörte ich schwere, gezielt gesetzte Schritte, die sich uns immer mehr näherten. Mein Herz schlug in doppelter Geschwindigkeit weiter.

Im nächsten Augenblick trat ein attraktiver Mann mit dunkler, glatter Haut, kantigen Gesichtszügen und in einen teuren Anzug gekleidet in die fast schon überfüllte Küche. Ich wusste, dass er kein Mensch war. Dafür waren seine Augen zu schwarz und das Lächeln auf seinen vollen Lippen zu raubtierhaft. Er war ein Tenebrae.

Tenebrae waren Verwandte der Mordenox und wenn sie sich verwandelten, sahen sie fast genauso aus. Der Unterschied zwischen ihnen bestand darin, dass Tenebrae geboren und Mordenox erschaffen wurden. Während Mordenox sich wandelten, sobald die Sonne untergangen war, konnten Tenebrae diesen Impuls kontrollieren und sich zu jeder Tageszeit verändern.

Ich war mir sicher, wir würden hier und heute sterben. Es gab kein Entrinnen mehr für uns.

»Gaspard«, knurrte Giffin so feindselig, wie ich ihn noch nie zuvor erlebt hatte. Der Schrecken in mir erstarrte für wenige Sekunden, während ich die Bedeutung des ausgesprochenen Namens begriff. Es war wirklich Gaspard. Der mächtigste Tenebrae in Arden Creek, und er war nicht gekommen, um mit uns Tee zu trinken. Jeder im Clan Militum, unter den Protectoren und der Signa Inferre wusste von ihm, doch nur sehr wenige waren ihm bereits begegnet und hatten es überlebt. Giffin gehörte dazu. Vor zehn Jahren war er nachts auf den Straßen gewesen, um eine Leiche abzuholen, als er und zwei Bellatoren von einem Mordenox und einem Tenebrae angegriffen worden waren. Der Mordenox starb und der Tenebrae konnte fliehen. Es war Gaspard gewesen, der Giffin seitdem jedes Jahr eine Nachricht per Post zukommen ließ. In ihnen befand sich nicht viel mehr als ein Versprechen. Ein Versprechen, das besagte, dass Gaspard früher oder später als Sieger aus dem Kampf hervorgehen würde.

Anscheinend war heute der Tag gekommen.

»Giffin, mein Freund. Es ist sehr freundlich von dir, dass du mich in dein trautes Heim gelassen hast«, antwortete Gaspard lässig. »So einer Einladung wie heute konnte ich einfach nicht widerstehen. Du verstehst das sicher. Nachdem du mir all die Jahre nicht auf meine Liebesbriefe geantwortet hast …« Seine Glatze glänzte im Schein der Deckenlampe, als er seinen Kopf leicht neigte.

Eine Bewegung neben mir riss mich aus der Konzentration. Beinahe wäre ich nach hinten gefallen, konnte mich aber gerade noch auf den Fußballen halten. Neo war aufgetaucht und sah mich betrübt an. Seine Anwesenheit sollte mich wohl nicht wundern, da der Bannkreis ganz offensichtlich zerstört worden war.

Dann erklangen laute, panische, schmerzerfüllte Schreie aus den obersten Stockwerken, die mich bis ins Mark erschütterten. Ich wollte aus der Kammer stürzen und helfen. Oder Hilfe holen, aber mir war klar, dass ich die Küche nicht mehr verlassen würde, sobald man mich entdeckte.

Tränen unterdrückend lehnte ich meine Stirn zurück an die Türklinke und blickte erneut durch das Schlüsselloch. Giffin hatte sich dem Ausgang genähert, doch ein Mordenox sprang ihn sofort an und schleuderte ihn zurück.

»Warum tust du das?«, zischte Giffin, obwohl sich die Klauen des Mordenox' erneut in seinen Arm bohrten. Blut tropfte auf die Holzdielen. *Tropf. Tropf. Tropf.* »Nur weil du damals wie ein Feigling geflohen bist? Du hättest mir jederzeit draußen auflauern können ... wieso bist du hier?«

Gaspard schüttelte den Kopf. »Meine Zeit zu herrschen ist gekommen, Giffin. Es hat kaum etwas mit unserem Treffen damals zu tun. Das ist nur ein kleiner Bonus, schätze ich. Es trifft sich einfach nur so, dass du ein Somna bist und mir deshalb im Weg stehst.«

»Was redest du da? Du willst herrschen und greifst *uns* an?« Der Oberste blinzelte ungläubig und vergaß aufgrund seiner tief empfundenen Überraschung sogar, sich weiter zu wehren. »*Wir* beherrschen nichts! Wir räumen hinter dir und deinen Monstern auf! Unser Tod bringt dir nichts.«

»Ihr verhindert natürlich ganz uneigennützig, dass ich weitere Menschen verwandeln kann.« Die Mordenox wurden immer unruhiger, schienen allein von der Willenskraft ihres Meisters in Schach gehalten zu werden. Er war ihr Meister, da er sie erschaffen hatte.

Die Schreie meiner Familie, des Clan Militums, waren mittlerweile verstummt. Ich wollte nicht darüber nachdenken, was das zu bedeuten hatte.

»Wie soll ich denn sonst eine Armee erschaffen können, wenn es noch Somna unter euch gibt?«, fuhr Gaspard fort und strich mit den Fingern über die Maserung der Tischplatte, als würde er die Umstände wirklich bedauern.

»Bitte ...«, wimmerte Florence, die sich bisher nur an Masons Seite gepresst und gen Boden geschaut hatte.

»Wie höflich«, höhnte Gaspard, bevor die Mordenox, ohne ein sichtbares Zeichen von ihm, angriffen und den drei Clanmitgliedern die Kehlen rausrissen. Blut spritzte umher und ich vernahm das Knacken von Knochen, als ihre Körper anschließend so gebogen wurden, dass ihre Wirbelsäulen entzweibrachen.

Ich schloss die Augen, während ihre Schreie und Hilferufe mein ganzes Sein durchfluteten und meine Seele in tausend Stücke zerriss.

Schließlich wurde es still. Totenstill, und ich wagte einen weiteren Blick durch das Schloss. Gaspard sah auf die Körper meiner Familie hinab, die ich aufgrund der Theke im Raum nicht sehen konnte. Seine Miene war nachdenklich, ehe sie erkaltete.

»Seid ihr sicher, dass sich niemand mehr im Haus aufhält?«

»Heidekraut«, grollte der Mordenox, der ihm am nächsten stand. Von seinen Klauen tropfte Blut. Ich hatte nicht gewusst, dass sie sprechen konnten und das erschreckte mich mehr, als ich hätte zugeben können. »Es vernebelt unsere Sinne.«

Der Griff um das Büschel in meiner Hand wurde fester.

»Dann durchsucht jedes Zimmer einzeln, bis ihr ganz sicher seid.« Sein Blick wanderte zu der Vorratskammer, ehe er sich ihr langsam näherte.

DREI

Ich zog mich bis in die hinterste Ecke zurück. Meine Hände fühlten sich taub an. Das Herz in meiner Brust schien stillzustehen.

Gaspard würde mich finden und töten.

Das Blut rauschte so laut in meinen Ohren, dass ich seine sich nähernden Schritte nicht mehr vernehmen konnte. Als sich auch noch Neo vor mich stellte, versperrte er mir zudem teilweise die Sicht. Er war zwar ein Geist, was bedeutete, dass sein Körper durchlässig war, aber er war nicht vollkommen durchscheinend. Ich konnte noch Schemen und Schatten durch ihn hindurch sehen, mehr jedoch auch nicht. Aber es machte wohl keinen Unterschied, ob ich den Tod kommen sah oder nicht.

Das Kraut presste ich eng an meine Brust, während ich in der Ecke gegen die Regale gedrückt kauerte und zu Neo, der mir den Rücken zugewandt hatte, hochblickte. Dann hörte ich, wie sich die Tür langsam öffnete und Gaspard eintrat. Er schien in der Mitte des Kämmerleins stehen zu bleiben, wo er für ein paar Momente innehielt, bevor er mehrere Regelbretter von ihren Lasten befreite. Glas zerschellte und Ton zerplatzte auf dem Boden. Mehrere Scherben und Splitter rutschten bis zu meinen Schuhspitzen, aber Gaspard trat nicht näher. Ich konnte ihn jedoch noch immer nicht sehen und war mir nicht sicher, wohin er sah; was er dachte.

Entgegen aller Wahrscheinlichkeit entdeckte er mich nicht.

Ich traute mich nicht, mich auch nur einen Millimeter zu bewegen, und so blieb ich auf der Stelle sitzen, selbst dann noch, als Gaspard den Raum längst verlassen hatte und Neo zur Seite getreten war. Die Tür war angelehnt.

»Eine Somna fehlt«, grollte einer der Mordenox so tief, dass ich ihn kaum verstehen konnte. Ich schlang die Arme um meine Knie und hoffte, dass sie endlich verschwinden würden.

»Wir finden sie«, war Gaspards selbstsichere Antwort. »Erledigt den Rest. Wir haben noch viel zu tun.«

Mein Herz pumpte das Adrenalin durch meine Adern, das mir half, bei klarem Verstand zu bleiben und nicht in Hysterie auszubrechen. Noch hatte ich nicht verstanden, was gerade geschehen war. Noch war alles ein böser Albtraum.

Möbel wurden umgekippt, Gläser zerschellten und Holz zerbrach, bevor es ruhiger wurde. Ein letztes Mal knallte die Vordertür ins Schloss.

Ich spitzte die Ohren und blieb weiterhin sitzen. Es war mir unmöglich, mich zu bewegen. Was, wenn ein Mordenox sicherheitshalber zurückgeblieben war?

Neo drehte sich zu mir um und deutete mit einem Finger erst auf seine Brust und dann in Richtung Küche. Ich hoffte, dass das bedeutete, er würde nach dem Rechten schauen und mir Bescheid geben, wenn die Luft rein war.

In meinem Hals bildete sich ein unangenehmer Kloß, der es mir erschwerte, die Tränen zu unterdrücken. Neo schritt durch die angelehnte Tür hindurch. Wie sollte ich jemals die Kraft finden, diesen Raum zu verlassen, wenn ich doch genau wusste, was mich hinter der Tür erwartete? Es durfte einfach nicht geschehen sein. Wenn uns eines während unserer Ausbildung beigebracht worden war, dann, dass es unmöglich für die Mordenox und Tenebrae war, unsere Häuser zu betreten. Wieso war heute alles schiefgelaufen? Wieso war ausgerechnet *ich* davongekommen? Hatte noch jemand überlebt?

Als meine Beine steif wurden und sich mein Rücken aufgrund der gekrümmten Sitzhaltung beschwerte, tauchte Neo wieder vor mir auf, um mir zu gestikulieren, dass niemand mehr im Haus war.

Niemand, der noch lebte.

Ich schniefte, wischte mir über die Augen und zog mich dann an einem der Regale hoch. Weitere Gläser fielen zu Boden, ihr Aufprall schien durch das ganze Haus zu hallen. Langsam setzte ich einen Fuß vor den anderen, ließ das Heidekraut fallen und legte eine Hand an die gemaserte Tür. Wenn ich sie öffnete, würde sich meine ganze Welt verändern.

Vielleicht hatte sie das aber auch schon längst getan.

Noch einmal holte ich zittrig Luft, bevor ich schließlich die Tür aufstieß und in mein neues Leben trat.

Meine Augen huschten kurz zu den bewegungslosen, verstümmelten Körpern der drei Obersten meines Clans, der nicht mehr zu existieren schien. Ich wusste, dass ich sie nicht mehr retten konnte, und doch fiel es mir unglaublich schwer, mich von ihnen abzuwenden. Mein Herz schrie nach Florence und Giffin. Mein Verstand wollte sich in die Vergangenheit graben und eine Decke des Vergessens über die Gegenwart legen. Ich selbst bewegte mich wie eine Marionette von Raum zu Raum; immer in der Hoffnung, noch jemanden zu finden, der atmete, der lebte. Als ich Lola in der Badewanne fand, die Kehle aufgeschlitzt und die Augen gen Decke gerichtet, zerbrach etwas in mir, das nie wieder heilen würde.

Ich hatte alles verloren und aus irgendeinem Grund wurde ich das Gefühl nicht los, dass es meine Schuld war.

Die Schuld des Überlebenden, würde Giffin nun ganz analytisch sagen. Aber selbst die darin enthaltene Wahrheit erleichterte mir die Momente nicht, in denen ich weiter durch das Haus geisterte, das den Odem des Todes ausstieß.

Es gab nur eine Sache, die mich nicht den Verstand verlieren ließ. Ryder war nicht hier gewesen. Es war mir erspart worden, seinen gekrümmten, leblosen Körper zu finden.

Langsam suchte ich mein Zimmer auf, das unberührt und ahnungslos auf mich wartete. Mit mechanischen Bewegungen packte ich eine Tasche, holte das Foto meiner Familie unter dem Kopfkissen hervor und wandte mich dann ohne Abschied um. Ich musste von hier weg und zwar sofort.

Ich trat aus dem Haus in den fallenden Schnee und rutschte mehr oder weniger die Treppen hinab. Neo folgte mir schweigend, ließ sich zurückfallen, um dennoch plötzlich an der nächsten Straßenecke auf mich zu warten.

Bevor ich jedoch zu ihm aufholen konnte, hörte ich das laute Motorengeräusch eines Motorrads. Ich wandte mich unwillkürlich um, sodass ich das schwarze Bike sehen konnte, das direkt neben mir zum Stehen kam. Für einen kurzen Moment war ich mir sicher, Gaspard wäre zurückgekommen, um seinen Job zu beenden, und machte mich zur Flucht bereit, doch dann nahm der Fahrer seinen Helm ab. Vor Erleichterung hätte ich beinahe laut aufgeschluchzt. Er war es nicht.

Neo schwebte zurück an meine Seite und musterte neugierig den Fremden, dessen dunkelbraune Augen mich erst aufmerksam fixierten, bevor sein Blick zum Herrenhaus wanderte, das bedrohlich hinter uns aufragte.

»Du gehörst zum Clan, nicht wahr?« Seine Miene wirkte wachsam.

»Wer bist du?« Gehörte er der Signa Inferre an? Selbst durch die schwarze Motorradkleidung konnte ich erkennen, dass er den erwartungsgemäßen muskulösen Körperbau aufwies.

»Ace Reiden, Protector«, stellte er sich vor, stieg ab und legte langsam seinen Helm auf den Sitz. Erst als er sich mir wieder zuwandte, sah ich die lange Narbe, die sich quer über seine linke Wange zog. Schneeflocken betteten sich auf sein kurzgeschorenes braunes Haar und schmolzen Sekunden später. »Ich war zufällig in der Nähe, als ich den Alarm auf meinem Handy gesehen habe. Geht es allen gut?«

Ich lachte. Sofort legte ich eine Hand auf meinen Mund, um diesen unpassenden Laut zu ersticken. Ging es uns allen gut?

Ace runzelte die Stirn. »Was ist passiert?«

»Mordenox. Gaspard«, antwortete ich mit erstickter Stimme. »Sie sind schon weg.«

»Und deine Leute? Giffin?« Als ich nichts sagte, fuhr er sich mit einer Hand frustriert durchs Haar. »Warte hier«, wies er mich an, während er sein Smartphone zückte und eine Nummer eintippte. Er begrüßte jemanden am anderen Ende der Leitung und entfernte sich während des Gesprächs von mir. Vorsichtig bewegte er sich auf dem gewundenen Pfad Richtung Herrenhaus.

Unsicher sahen Neo und ich ihm hinterher. Wir wussten, welcher Anblick ihn im Inneren erwarten würde.

»Was soll ich nur machen?«

Neo streckte eine Hand nach mir aus, ohne mich berühren zu können. Seine Miene verriet sein Bedauern, aber ich konnte nicht sagen, ob er es bereute, mich nicht berühren oder mir nicht helfen zu können.

Eigentlich hatte ich vorgehabt, so schnell wie möglich zu verschwinden, doch nun, da eine andere Person hier war, die mir helfen konnte, blieb ich unschlüssig stehen.

Nach wenigen Minuten schon kehrte der Protector wieder zurück und wirkte etwas blass um die Nase. Sein Handy hatte er weggesteckt.

In seiner Miene sah ich die gleiche Erkenntnis, die auch ich erlangt hatte: Es gab keinen Überlebenden außer mir.

Er öffnete den Mund, um etwas zu sagen, als von beiden Seiten der Straße schwarze Autos herangerast und direkt neben uns schlitternd zum Stehen kamen. Schmutziger Schnee wurde aufgewirbelt. Sofort trat ich einen Schritt zurück und wäre dadurch beinahe durch Neo gegangen, wenn er sich im letzten Moment nicht in Luft aufgelöst hätte. Er tauchte nicht wieder auf.

Ace stellte sich neben mich, als würde er mich vor der Flut an Bellatoren, die nun aus den Wagen stürzten, abschirmen wollen. Sie hatten bereits ihre Schwerter und Waffen anderer Art gezückt, noch bevor sie die Grundstücksgrenze erreicht hatten. Suchend blickten sie sich um, richteten ihre Gesichter gen Himmel, als würden sie einen Luftangriff erwarten, und verteilten sich in bestimmten Zweier- und Dreiergruppen. Einer von ihnen näherte sich Ace und mir.

»Protector Reiden«, begrüßte er Ace mit kühler Stimme. Er war ganz in Schwarz gekleidet, trug einen Rollkragenpullover, eine weite Hose und eine gemütlich aussehende Lederjacke. Ich schätzte ihn auf fünfunddreißig, vielleicht vierzig Jahre.

»Bellator Weston.« Ace neigte zur Begrüßung den Kopf. »Die Mordenox sind bereits fort. Es hat niemand bis auf …« Ich sah, wie er die Brauen zusammenzog, als er sich daran erinnerte, bisher nicht nach meinem Namen gefragt zu haben.

»Lydia«, half ich ihm aus.

»Bis auf Lydia hat niemand überlebt.«

»Es war Gaspard«, erklärte ich langsam, da mich nun Protector und Bellator mit ihren fragenden Blicken durchbohrten. »Der Tenebrae ist mit seinen Mordenox gekommen und sie … Er wollte …« Ja, was hatte er gewollt? Den ganzen Clan auslöschen?

Weston nickte. »Am besten schaffst du sie hier weg. Wir werden das Anwesen absichern und uns um den Rest kümmern.«

Ace knirschte mit den Zähnen. »Natürlich.« Nachdem sich Weston von uns entfernt hatte, wandte sich der Protector mir zu. »Ich bringe dich zu unserem Hauptquartier, okay?«

Ich nickte, weil ich nicht wusste, was ich sonst tun sollte; wohin ich sonst gehen sollte.

Da Ace nur einen Helm besaß, bot er ihn mir an, was ich zu schätzen gewusst hätte, wenn ich an etwas anderes als an die Leichen in meinem Zuhause hätte denken können. Die Bilder der leblosen Körper blitzten immer wieder vor meinem inneren Auge auf und ließen sich nicht vertreiben, so sehr ich mich auch darauf konzentrierte.

Vorsichtig setzte ich mich hinter Ace auf das Motorrad und dachte darüber nach, dass ich genau das tat, was Giffin vermutlich nicht gewollt hätte: Ich begab mich in das Hauptquartier von religiösen Fanatikern. Protectoren waren nichts ohne ihren Glauben an unseren Gott Arax'va und sie versuchten ständig, den Clan von seiner Existenz zu überzeugen. Es hatte eine Zeit gegeben, da waren wir ein Teil des Glaubens gewesen, doch irgendwann sahen wir ein, dass die Bellatoren mit ihren schimmernden Schwertern viel mehr ausrichten konnten als Protectoren mit ihren zweifelhaften Ritualen, in denen sie die Ignis der Menschen dem Wiederkreis hinzufügten. Diesem entnahm angeblich Arax'va selbst die Glut, um sie in Licht zu wandeln. Früher einmal haben das auch Corama und Belmin getan. Die Göttin Corama und der Gott Belmin waren der Legende nach verschollen oder tot, sodass nur noch Arax'va geschwächt und allein für die Menschheit kämpfte.

Leider war sich heutzutage niemand mehr außer den Protectoren sicher, dass es Arax'va je gegeben hatte und ob der Wiederkreis nicht nur irgendein schwarzes Loch war, das die Glut fraß, damit sie nicht von den Mordenox genutzt werden konnte.

Ace klappte schließlich den Ständer des Bikes hoch und fuhr los, sobald ich meine Arme zögerlich um seine Mitte geschlungen hatte. Ich kniff die Augen zu und hoffte, dass er auf den teilweise noch schneebedeckten Straßen keinen Unfall verursachte. Es war Wahnsinn, im Winter mit einem Motorrad zu fahren.

Während der Fahrt wurde mir abwechselnd siedend heiß und eiskalt, als ich von Bildern überflutet wurde. Bilder, die zeigten, wie die Mordenox über Giffin und Florence herfielen. Bilder von Gaspard, als er sich mir näherte, ohne dass Neo als Schutzschild zwischen uns fungieren konnte. Meine Hände verkrampften sich, aber Ace ließ sich nicht das Geringste anmerken. Vielleicht spürte er meine Fäuste nicht mal unter seiner dicken Kleidung.

Die Fahrt zum Hauptquartier der Protectoren verlief recht ereignislos. Neo war nicht zu mir zurückgekehrt, als würde er Ace meiden oder mir Zeit geben wollen.

Das Gebäude, in dem sich das Hauptquartier befand, war einst eine Bank gewesen und wirkte von außen edel und wahnsinnig groß. Ohnehin standen im Classwood Viertel kaum Häuser, die weniger als eine halbe Million Dollar wert waren, was auch einer der Gründe war, weshalb ich mich bisher noch nie hierher verlaufen hatte. Hier musste man wahrscheinlich noch dafür bezahlen, durch die Straßen zu schlendern.

Ace fuhr eine Betonrampe zu einer weitläufigen Tiefgarage hinunter, in der sich ausschließlich Edelkarosserien befanden.

Wir ließen die Wagenreihen hinter uns, bis wir das Ende erreichten und der Protector sein Motorrad auf einem gekennzeichneten Parkplatz abstellte. Ich schlüpfte vom Sitz, zog den Helm aus und legte diesen zurück auf das Bike.

Ace deutete mit einer Handbewegung zu den beiden Aufzügen, die sich links von uns befanden. Zitternd rieb ich mir über die Arme und hoffte, dass es im eigentlichen Gebäude mindestens zehn Grad wärmer war als hier.

Die Türen des Lifts glitten auseinander, sobald Ace auf den Knopf drückte, und offenbarten ein hochmodernes Inneres. Die Wände waren allesamt verspiegelt, nur die Decke und der Boden waren aus einem edlen, dunklen Holz gefertigt.

Ich presste meine Tasche eng an die Seite und versuchte, dem Blick meines eigenen Spiegelbilds auszuweichen. Stattdessen betrachtete ich den Mann neben mir, der fremd und vertraut zugleich wirkte. Es ging eine angenehme Ruhe und Ernsthaftigkeit von ihm aus, die mich umhüllten und die Panik auf Abstand hielten. Was hätte ich getan, wenn er nicht aufgetaucht wäre? Wo wäre ich hingegangen? Zu Ryders Wohnung?

»Was jetzt?«, stieß ich hervor, nachdem er auf die 2 gedrückt hatte. Auf meiner Zunge hatte sich ein pelziger, unangenehmer Geschmack gebildet, den ich bestmöglich zu ignorieren versuchte.

»Lockington erwartet dich sicher schon«, war seine kühle Antwort, bevor er die Arme verschränkte. »Ich habe ihn vorhin angerufen.«

Schweigend nickte ich und hielt mich aufrecht. Was auch immer mich nun erwartete, ich würde es überstehen.

VIER

Das Büro des Obersten der Protectoren grenzte an einen Flur, der von sehr vielen seiner Mitarbeiter frequentiert wurde. Ace musste mich abschirmen, um mich vor sich hektisch bewegenden Männern und Frauen zu beschützen. Positiv war, dass sie kaum auf ihre Umgebung achteten und dabei auch mich nicht wahrnahmen. Anscheinend wusste niemand außer Lockington selbst, dass ich erwartet wurde.

Eine kleine, dunkelhaarige Frau, die mir kaum bis zu den Schultern reichte, blieb vor uns stehen und fixierte Ace mit so großen Augen, dass sie einer Eule ähnelte.

»Ich habe dich gesucht. Es gibt noch Probleme bezüglich der *Cresceo.* Du hast nicht vergessen, dass sie in deinem Aufgabenbereich liegt, oder? Du hättest dich schon vorgestern damit auseinandersetzen müssen und nach dem ganzen Clan-Militum-Desaster wirst du mit Sicherheit erst einmal nicht dazu kommen. Wie soll ich das alles wieder unter einen Hut bringen, hm? Hast du dir mal Gedanken darüber gemacht?«, plapperte sie wie ein Wasserfall drauflos, ohne einmal Atem zu schöpfen. Mir fiel vor Erstaunen die Kinnlade herab, während ich von ihr zu Ace sah, dessen Miene und das tiefe Einatmen seine Ungeduld widerspiegelten.

»Wir sprechen später darüber, Gregoria«, sagte er bestimmt. »Ich habe einen Termin mit Lockington. Wenn es dir nichts ausmacht …« Er beendete den Satz nicht, doch Gregoria verstand ihn auch so und machte für uns beide Platz, wobei sie mich das erste Mal beachtete. Sie riss ihre Augen noch weiter auf – was ich kaum mehr für möglich gehalten hätte –, als hätte sie mich augenblicklich erkannt. Ich war froh, dass sie jedoch nichts mehr sagte und uns gehen ließ.

Schließlich gingen wir weiter und erreichten eine Tür, deren oberer Teil aus Milchglas bestand, sodass man das Zimmer dahinter nicht genau erkennen konnte. Ace wies mich an, hier zu warten, während er nachsah, ob Lockington für mich bereit war.

Ich fragte mich, was die Protectoren so besonders Wichtiges zu tun hatten. Der Clan Militum verhinderte die Erschaffung von weiteren Mordenox und die Signa Inferre tötete ebenjene, die bereits existierten. Soweit ich wusste, suchten Protectoren unter den Menschen nach denjenigen, die eine strahlende Ignis in sich trugen. Was sie danach mit ihnen machten und wie das Ritual aussah, war mir nicht klar. Giffin war den Protectoren nicht immer abgeneigt gewesen, aber mit der Zeit hatte er viel lieber mit der Signa Inferre zusammengearbeitet als mit den Gläubigen unter uns. Ich selbst verließ mich auf sein Urteil, besonders jetzt, da ich niemanden mehr hatte, der mich beraten konnte.

Seufzend lehnte ich mich gegen die Wand. Um nicht wieder in den Strudel aus Blut und Schuldgefühle zu geraten, konzentrierte ich mich darauf, meine Atemzüge zu zählen, und legte eine Hand an meine Brust. Schon nach wenigen Minuten hatte ich mich soweit beruhigt, dass ich meine Augen schließen und an nichts denken konnte. Es war so befreiend, nichts zu fühlen. Kaum noch zu existieren.

»Du kannst reinkommen.« Ohne es zu bemerken, hatte Ace die Tür neben mir geöffnet und seinen Kopf hinausgestreckt. Er sah mich abwartend an.

»Es ist ja nicht so, dass ich unbedingt *möchte*«, murmelte ich, folgte ihm aber nach drinnen. Je eher ich dieses Gespräch hinter mich brachte, desto schneller war ich frei und konnte mich auf das Wesentliche konzentrieren – nämlich, wie es nun weitergehen würde.

Das Büro war zwar nicht übermäßig protzig eingerichtet, aber ich konnte durchaus erkennen, dass Arthur Lockington Wert auf teures Mobiliar legte. Er selbst saß vor der Glasfassade, die den Blick auf die schneereiche Nacht erlaubte, und thronte über seinem ordentlich wirkenden Schreibtisch.

Lockington war ein gut aussehender Mann in den Vierzigern. Sein Teint neigte ein bisschen ins Rötliche, als hätte er zu viel Zeit in der Sonne verbracht. Sein Haar war hell und kurz geschoren, der Bart dicht, aber gestutzt, sodass ich das freundliche Lächeln auf seinen Lippen gut erkennen konnte. Er erhob sich und deutete auf einen der beiden Stühle vor dem Schreibtisch.

Langsam schritt ich darauf zu, wartete aber, bis sich auch Ace gesetzt hatte. Warum, wusste ich nicht so recht. Vielleicht hielt ich mich einfach nur an etwas fest, das mir bekannter war als der Oberste oder das Hauptquartier der Protectoren.

Ich legte die Tasche in meinen Schoß und knetete diese nervös. Lockington ließ sich langsam auf seinen lederbezogenen Bürostuhl nieder.

»Ace hat mir berichtet, was geschehen ist, und ich habe mich vorhin mit der Obersten Daltry kurzgeschlossen«, begann Lockington leise und mit dunkler Stimme. Daltry war die Anführerin der Signa Inferre. »Es tut mir sehr leid, was dir zugestoßen ist.«

»Mir ist nichts zugestoßen«, widersprach ich augenblicklich. »Ich lebe noch. Die anderen nicht.«

Er zuckte nur ganz kurz bei meinen Worten zusammen und hatte sich so schnell wieder im Griff, dass ich mir letztlich nicht sicher war, es wirklich gesehen zu haben.

»So oder so, es ist eine Tragödie«, überging er meinen Einwand galant, beugte sich leicht vor und legte seine Unterarme auf die Tischplatte. »Wie genau ist es passiert?«

»Die … die Alarmanlage ging los«, flüsterte ich, da ich mich innerlich dagegen sträubte, die Ereignisse aus meiner Erinnerung zu zerren, um sie Lockington und Ace zu präsentieren. Doch sie mussten wissen, dass die anderen keine Chance gehabt hatten. Ich erzählte ihnen von den Mordenox, die wie Wespen durch unser Quartier gestoben waren, immer auf der Suche nach neuen Opfern. Und ich wiederholte die Worte, die Gaspard mit meinem Obersten gewechselt hatte, bevor man diesen tötete.

Ace saß starr neben mir und hielt seinen Blick auf Lockington gerichtet, als würde er meinen Anblick nicht ertragen können.

»Das ist … Es tut mir sehr leid, dass du das miterleben musstest.« Er klang ehrlich, auch wenn ich ihn schwer lesen konnte. »Giffin hat mir gegenüber erwähnt, dass er damit rechnete, irgendwann durch Gaspard zu sterben, doch ich schätze, mit solch einem hinterhältigen Angriff hat sogar er nicht gerechnet.« Er presste die Lippen kurz zusammen. »Wo hast du dich versteckt?«

Ich versuchte mir nichts anmerken zu lassen. Irgendetwas hielt mich davon ab, ihm von Neo und seiner Rolle zu erzählen. Selbst ich wusste nicht, was genau geschehen war, und ich war Neos geisterhafte Anwesenheit seit vier Jahren gewohnt. Es hätte nicht sein dürfen, dass Neo und ich so stark waren. Wir hätten nicht dazu fähig sein sollen, unsere Präsenz vor Gaspard zu verschleiern. Wahrscheinlich würde mir Lockington ohnehin nicht glauben oder verkünden, dass der große Arax'va mich beschützt hatte. Trotzdem wollte ich das Risiko nicht eingehen.

»Heidekraut«, entschlüpfte es mir schließlich und so falsch war die Antwort nicht. »Ich hielt ein Bündel Heidekraut in den Händen und versteckte mich in der Speisekammer. Der Geruch hat ihre Sinne verwirrt. Darüber wissen wir ja Bescheid.«

Bildete ich es mir nur ein oder wirkte er tatsächlich etwas enttäuscht über meine fast schon banale Erklärung? Seine Miene verriet jedenfalls nichts, als er sich zurücklehnte, um dann aufzustehen.

»Nun gut. Dann wäre das also geklärt.« Die Luft knisterte. Ich wollte hier nur noch weg. »Lydia, du musst wissen, wir werden alles in unserer Macht Stehende tun, um dich zu beschützen. Es sind neben dem Hauptquartier noch zwei weitere Friedhöfe überfallen worden. Dort gibt es keine Überlebenden.«

Ich erstarrte. Mit allem hatte ich gerechnet, nur nicht damit.

»Wir wissen noch nicht, *wie* er es geschafft hat, die Bannkreise zu umgehen, aber wir werden es herausfinden, Lydia. Du hast nicht zufällig eine Idee? Einen Anhaltspunkt?« Ich schüttelte langsam den Kopf. Er zeigte keinerlei Reaktion, als hätte er nichts anderes erwartet.

»Es tut mir leid, dir das sagen zu müssen, aber nach unserem jetzigen Wissensstand bist du die letzte lebende Somna.« Seine eisblauen Augen bewegten sich nicht von meinem Gesicht weg, während ich versuchte, seine Worte zu begreifen. Gaspard hatte tatsächlich getan, was er angekündigt hatte. Zumindest fast. Indem alle Somna getötet worden waren, war es unmöglich, die Wandlung von Mensch zu Mordenox zu verhindern. »Aber mach dir keine Sorgen. Er wird dir nichts tun. Wir beschützen dich«, wiederholte er leise.

»Mich beschützen?«, wiederholte ich schwach. »Das ist doch … Wie soll ich darauf vertrauen? Ihr glaubt an einen Gott, der das hier hat geschehen lassen! Ihr gebt die Verantwortung für das ab, was passiert ist«, schluchzte ich, bevor ich tief durchatmete, um weitersprechen zu können. Ich war so verzweifelt. So verloren. »Schon vor langer Zeit hättet ihr euch mit der Signa Inferre zusammentun und uns helfen können! Doch alles, was ihr tut, ist euch vor dem Krieg dort draußen zu verschanzen und wie die Mordenox Jagd auf Menschen mit der Ignis zu machen, um sie dem Mythos des Wiederkreises hinzuzufügen. Und dabei interessiert es euch genauso wenig, ob sie dabei draufgehen. Also, in welchem Punkt unterscheidet ihr euch von den Nachtbeißern und Tenebrae? Darin, dass ihr an eine höhere Macht glaubt, die zulässt, dass ein halber Clan ausgelöscht wird? Darauf und auf euren Schutz kann und werde ich verzichten. Ich fühle mich hier nicht sicherer als anderswo.«

Schwer atmend erhob ich mich von dem ungemütlichen Stuhl und starrte Lockington unverwandt an. Dieser zuckte nicht einmal mit der Wimper, als würde er so einen Ausbruch jeden Tag erleben. Es sah mir überhaupt nicht ähnlich und ich hasste mich ein wenig dafür.

»Lasst mich einfach in Ruhe«, fügte ich leise hinzu.

Ich hielt meine Tasche fest und stürmte ungehalten aus dem Büro, in dem ich erstickt wäre, wenn ich noch weiterhin hätte bleiben müssen.

»Warte!« Ace umfasste meinen Arm und stellte sich vor mich. Seine Schultern hatte er zurückgezogen, als er seine Hand sinken ließ. »Du kannst nicht gehen.«

»Wieso nicht?« Ich stieß einen ungläubigen Laut aus. »Du hast mir gesagt, ich muss mit deinem Obersten sprechen und das habe ich getan. Jetzt will ich hier weg.«

»Lydia. Sieh es doch ein. Du bist hier sicher.«

»Wollt ihr mich gegen meinen Willen festhalten?«

»Nein, aber wie Lockington sagte, es ist zu deinem eigenen Schutz. Komm schon.« Er suchte meinen Blick. »Ich bringe dich in ein Zimmer und dann kannst du dich ausruhen.«

Widerwillig folgte ich ihm zurück in den Lift. Ich wusste, er würde nicht mit sich reden lassen, das hieß aber nicht, dass ich schon bereit war aufzugeben.

Im dritten Stock stiegen wir aus und schritten im angespannten Schweigen den Flur entlang, bis Ace vor einer scheinbar beliebigen Tür innehielt und anklopfte. Ein großer, bärenhafter Mann trat heraus und begrüßte den Protector mit einem brummigen Lächeln.

»Harry, das ist Lydia«, stellte Ace uns einander vor, lüftete damit aber noch nicht das Mysterium, warum er ihn aus seinem Zimmer gelockt hatte.

Harry nickte und streckte mir seine Hand hin, die ich zögerlich annahm.

»Was gibt's?«, fragte er an Ace gewandt.

»Ich sag's dir gleich«, versprach der jüngere Protector und ging weiter, bevor er eine weitere Tür öffnete.

»Das hier ist dein Reich. Auf dem Flur gibt es zwei Toiletten und einen Flur weiter sind die Duschen. Wenn du etwas brauchst, melde dich bei Harry. Er wird auf dich aufpassen. Alles klar, Harry?«

»Sicher.« Der Angesprochene faltete die Hände vor seinem leicht gewölbten Bauch.

Endlich fiel der Groschen und ich bedachte Ace mit dem kältesten Blick, den ich zustande bringen konnte. »Du meinst, Harry ist mein Gefängniswärter«, korrigierte ich ihn, was ihm anscheinend nicht passte.

Er runzelte als Antwort die Stirn und verschränkte abweisend die Arme. »Gute Nacht«, sagte er bloß, bevor er Harry ein letztes Mal zunickte und dann verschwand, als wäre er heilfroh, die Verantwortung für mich endlich losgeworden zu sein.

Ich sah ihm erstarrt und vollkommen ratlos hinterher.

FÜNF

Harry gestattete mir ein paar Minuten im Badezimmer, wo ich gründlich meine Hände wusch. Ich unterdrückte ein Schluchzen, da ich mich dann vermutlich nicht mehr würde zusammenreißen können.

Eilig putzte ich mir mit der Zahnbürste, die mir zur Verfügung gestellt worden war, die Zähne.

Obwohl sich ein großer Teil in mir dagegen wehrte, würde ich den Protectoren eine Chance geben. Wenn sich meine Befürchtung, hier wie eine Gefangene eingeschlossen zu sein, als falsch herausstellte, wenn ich mich also frei in diesem Gebäude bewegen dürfte, würde ich meine Vorbehalte runterschlucken und versuchen, ein normales Gespräch mit Ace oder Lockington zu führen. Vielleicht könnten wir gemeinsam eine Lösung finden. Vielleicht würden sie mich zu den Überlebenden meines Clans gehen lassen oder … mich zu meiner leiblichen Familie bringen, so absurd letztere Möglichkeit auch war. Aber ich wollte, dass es mir freistand, zu entscheiden.

In *meinem* Zimmer sah ich mich nur einen kurzen Moment um. Viel gab es ohnehin nicht, das meine Aufmerksamkeit verdient hätte. Ein Bett, ein Stuhl, eine Kommode. Man konnte an den bodenlangen Fenstern und dem hellgrauen Teppichboden erkennen, dass dies ein ehemaliges Büro gewesen war. Die Fenster waren leicht verschmutzt, da sich niemand die Mühe gemacht hatte, sie zu säubern. Als ich sie nachdenklich betrachtete, tauchte Neo plötzlich hinter dem Glas auf und schwebte so hoch in der Luft, wie ich es noch nie gesehen hatte. Normalerweise begnügte er sich damit, über den Boden zu schlurfen, ohne diesen zu *berühren.*

»Neo«, wisperte ich heiser, trat an die Scheibe und legte eine Hand auf das kalte Glas. Anstatt die Geste zu erwidern oder nur im Entferntesten traurig auszusehen, gestikulierte er mit den Händen, bis ich schließlich verstand, was er von mir wollte. »Du bist verrückt oder genial. Ich kann mich noch nicht ganz entscheiden.«

Ich wappnete mich innerlich, öffnete die Tür und wartete, bis Harry meine Anwesenheit bemerkt hatte. Er saß an einem Stuhl neben der Tür zu meinem Zimmer und war tief in seine Lektüre versunken. Der Umschlag war in so dunklen Farben gestaltet, dass ich den Titel im Zwielicht nicht lesen konnte.

Hier und jetzt würde sich nun entscheiden, ob ich Neos Vorschlag annehmen oder ablehnen würde.

»Ich bin hungrig«, verkündete ich, als er mich endlich ansah. »Könntest du mir etwas bringen?«

»Natürlich«, antwortete er und legte das Buch beiseite, ohne seine aktuelle Seite zu markieren. »Während ich weg bin, werde ich deine Tür allerdings abschließen.«

Eine Hand legte sich um meine Eingeweide und drückte zu. Ich war also tatsächlich eine Gefangene. Meine Betroffenheit und die Tränen, die in meinen Augen brannten, waren nicht gespielt.

»Ist das wirklich nötig?«

»Sicher ist sicher«, grunzte er lediglich, als würde er jeden Tag Teenager in ihren Zimmern einschließen.

Mit gesenkten Schultern schlüpfte ich zurück in den verhassten Raum. Der Schlüssel wurde zweimal umgedreht, dann herrschte Stille.

Neo wartete noch immer vor den Fenstern und deutete auf den Bürostuhl. Der heutige Tag würde also mit einer Flucht enden. Wie passend. Ich packte den Stuhl, schob ihn direkt vors Fenster und hob ihn dann umständlich an. Trotz der Unhandlichkeit gelang es mir, ihn mehrmals gegen das Glas zu stoßen. Es tat sich nichts, obwohl mir bereits der Schweiß auf der Stirn stand und ich panische Angst hatte, dass jemand etwas hören und mir auf die Schliche kommen würde.

Schwer atmend stellte ich den Stuhl auf dem Boden ab und stützte mich auf ihm auf. Ja, es war anstrengend, und ja, die Chance, dass es mir wirklich gelang, die Scheiben zu zerschmettern, war schwindend gering, aber ich musste es versuchen. Neos aufmunternder Blick gab mir einen Ruck.

Ich hob den Stuhl erneut an und hielt ihn so, dass die Füße als Erstes auf der Scheibe auftreffen würden. Ich zählte bis drei und ließ dann meine ganze Kraft in die Bewegung fließen. Zuerst knirschte das Glas und nach einem weiteren Schlag zerbrach die Scheibe in tausend unterschiedlich große Splitter. Der Stuhl fiel ohne den Widerstand aus dem nunmehr leeren Fenster in die Nacht hinaus und ich betete inbrünstig, dass sich niemand auf dem Bordstein befand.

Der Wind hüllte mich ein, während ich zurückeilte, meine Jacke anzog und meine Tasche schulterte. Wahrscheinlich würde meine Flucht nicht lange unentdeckt bleiben, also sollte ich mich besser beeilen.

Neo deutete auf den Vorsprung, der erschreckend schmal war. Ich sah ihn zweifelnd an.

»Ist das dein Ernst?« Er schwebte zwei Meter weiter links, wo sich eine Feuertreppe befand, auf die er zuvor gedeutet hatte. Als das Fenster noch heile gewesen war, hatte ich sie nicht sehen können.

Er hielt die Daumen hoch und grinste zuversichtlich.

»Also gut.« Ich presste mich mit dem Bauch an die Glasscheibe des Nachbarzimmers, die mit Vorhängen verdeckt war, sodass mich niemand sehen konnte, selbst wenn sich jemand in dem Raum aufhielt. Meine Hände klammerten sich um eine schmale Leiste auf Kopfhöhe.

Ganz langsam arbeitete ich mich vor, während der Schnee bereits auf meine Mütze und meine Schultern rieselte und den Vorsprung rutschig machte. Der Wind riss an meiner Jacke und ich war mir sicher, ich würde jeden Moment fallen und sterben.

Ganz einfach.

Denk nicht daran, schalt ich mich selbst und zwang mich zur Konzentration. Meine Finger wurden taub, je fester ich sie an die Leiste drückte, bis das eiserne Konstrukt der Feuerleiter endlich in greifbare Nähe kam. Ein letztes Mal atmete ich tief durch und dann überwand ich den halben Meter mit einem uneleganten Sprung. Meine Tasche knallte mir hart in den Rücken und schubste mich dadurch nach vorne, sodass ich auf allen vieren auf dem Gitter aufkam und dabei meine Knie und Handballen aufschrammte.

»Das war das Verrückteste, was ich je getan habe!«

Fassungslos über so viel Glück schüttelte ich den Kopf, dann rappelte ich mich auf und machte mich an den eiligen Abstieg. Ich hatte schon genügend Zeit verplempert. Die würde ich jetzt wieder rausholen müssen. Wer wusste schon, wann Harry mit dem Essen zurückkehren würde?

Die Leiter endete rund zweieinhalb Meter über dem Asphalt, aber dieser Sprung war nur noch ein Klacks. Ich schleuderte zunächst meine Tasche nach unten und folgte dann selbst, indem ich mich zuerst herunterhängen ließ, um den letzten Meter fallend zu bewältigen. Leider sah es nicht so cool aus wie in den Actionfilmen, die Lola immer verschlungen hatte, zudem knickte mein linker Fuß schmerzhaft weg. Zischend sog ich die Luft ein.

Versuchsweise belastete ich den Knöchel und fand, dass der dumpfe Schmerz gerade noch auszuhalten war. Ich hob meine Tasche auf und folgte Neo langsam die verlassene, schneebedeckte Nebenstraße entlang, an deren Ende ich bereits eine Hauptstraße erkennen konnte.

An der folgenden Kreuzung bewegte ich mich augenblicklich von dem Bankgebäude weg und hielt Ausschau nach der nächsten Bushaltestelle. Ich teilte Neo mit, wonach ich suchte und er war es, der mich nach kurzem Verschwinden in die richtige Richtung wies.

Laut dem Plan an der Haltestelle würde in nur zwei Minuten ein Nachtbus halten, der nach West Bloom fahren würde. Durch den starken Schneefall kam er vermutlich ein paar Minuten später, aber das wäre auch noch in Ordnung. Solange es nicht *zu* spät war.

Nervös begab ich mich neben die zwei anderen Wartenden in die überdachte Haltestelle und vergrub meine aufgeschürften Hände in den Taschen. Wo hatte ich nur meine Handschuhe gelassen?

Von einem Fuß auf den anderen tretend sah ich mich möglichst unauffällig um. Niemand rannte auf mich zu. Das bedeutete hoffentlich, dass man mein Verschwinden noch nicht bemerkt hatte.

Das Pärchen, das neben mir wartete, wärmte sich gegenseitig in einer innigen Umarmung und schien blind gegenüber mir und ihrer Umgebung zu sein. Neid überfiel mich vollkommen unerwartet. Ich wünschte mir, ebenfalls jemanden zu haben, auf den ich mich verlassen und dem ich vertrauen konnte. Und dann fiel mir ein, dass ich genau so jemanden besaß.

Endlich tauchte der riesig wirkende Bus auf, dessen Scheinwerfer den Schnee bei seinem Tanz beleuchtete. Es war ein Schauspiel, in dem ich mich noch vor zwei Tagen verloren hätte. Nun besaß ich nicht mehr länger die Fähigkeit, die Schönheit darin zu erkennen.

Ich löste beim grimmig dreinschauenden Busfahrer ein Ticket und ließ mich dann in der Mitte auf einem Platz am Gang nieder. Die Heizung blies so stark, dass sich meine Augen sofort trocken anfühlten. Ich blinzelte mehrmals, als sich das Fahrzeug in Bewegung setzte und wir die Bank und damit das Hauptquartier der Protectoren hinter uns ließen.

Nachdem wir schon ein gutes Stück weitergefahren waren, erlaubte ich mir das erste Mal zu entspannen. Wie auch immer es mir gelungen war, ich hatte es geschafft, mich zu befreien, und ich würde sicherlich nicht noch einmal zurückkehren. Die Frage war nur, was ich jetzt vorhatte. Ich könnte zu meinem Hauptquartier zurückkehren, allerdings wäre die Präsenz der Polizei durchaus mit einzuberechnen. Zusätzlich war ich mir nicht sicher, ob ich es wirklich ertrug, in dem Haus zu wohnen, in dem erst vor wenigen Stunden so viele Morde begangen worden waren.

Und obwohl ich im Unterbewusstsein mein Ziel bereits kannte, verlor ich mich in einem Luftschloss aus Wünschen und dem übermäßigen Verlangen, mich in den Schutz meiner Familie zu begeben. Zu gerne würde ich sie anrufen und fragen, ob sie mich zurücknahmen. Ich sehnte mich nach einer mütterlichen Umarmung und nach einem väterlichen Gespräch.

Wie glücklich es mich machen würde, meine Familie wiederzusehen. Meine Eltern und meinen Bruder, der jetzt schon seit ein paar Jahren auf dem College sein musste. Ich fragte mich, für welches er sich letztlich entschieden hatte, da seine erste Wahl früher Harvard gewesen war. Allerdings war es schon fast unmöglich, einen Platz an dieser Eliteuniversität zu ergattern. Aber vielleicht, ja, vielleicht hatte Carter es ja geschafft.

»Tierklinik West Bloom, Endstation«, rief der Busfahrer durch sein Mikrofon, bevor sich alle Passagiere erhoben. Neo blieb weiterhin an meiner Seite, was mich ungemein beruhigte.

Wir befanden uns inmitten des Stadtteils West Bloom und ich kämpfte mich langsam aus meinem Traum hervor.

Der Schneesturm hatte während der Fahrt ein wenig nachgelassen, doch die Temperaturen sanken weiter und schon bald würde es zur Qual werden, draußen ziellos umherzuirren.

Ryder. Ich würde zu Ryder gehen, was mein Unterbewusstsein bereits bei meiner Flucht für mich entschieden hatte. Er lebte noch. Er würde mich aufnehmen.

»Was hältst du von Ryder?«, fragte ich Neo, der lächelnd nickte. »Sehr gut.«

Ich erwiderte das Lächeln und schritt weiter die Straße entlang, bis ich einer Passantin begegnete, die ihren kleinen Yorkshire spazieren führte.

»Entschuldigen Sie bitte«, sprach ich sie an. »Wissen Sie, wie ich am schnellsten zur Matthäuskirche komme?« Ich hätte ihr zwar Ryders Adresse mitteilen können, aber ich nahm an, dass sie eher den Weg zu einer Kirche als zu einer der Hunderten von Straßen kannte.

»An dem Backsteingebäude links abbiegen und immer geradeaus«, murrte sie, zog die Leine an und stapfte im Schnee an mir vorbei. Sprachlos sah ich ihr nach. War meine Frage so unfreundlich gewesen?

»Immerhin hat sie mir geantwortet, oder?«, sagte ich, ehe ich meine Tasche schulterte und die Hauptstraße hinter mir ließ, um die Straße zu betreten, auf welche die Dame gedeutet hatte. An dieser mündeten gleich mehrere Vorgärten, die sich in unterschiedlichen Graden des Verfalls befanden.

Ein scharfer Wind umwehte mich, sodass ich mein Gesicht tiefer in meinen Schal presste und die Augen zusammenkniff.

Ich war bis auf die Knochen erschöpft, aber ich durfte nicht aufgeben. Ryder würde mir schon bald die Geborgenheit schenken, nach der ich mich so sehnte. Ich brauchte jemanden, der mir sagte, dass alles wieder gut werden würde; jemanden, dem ich vertrauen konnte.

»Wessen Idee war das noch mal, nachts bei Minusgraden und während eines Schneefalls auszubrechen?« Ich warf Neo einen vieldeutigen Blick zu, den er mit einem schelmischen Grinsen und einem lässigen Zucken seiner Schultern quittierte.

Wir bogen in eine kleinere Seitenstraße ein, die in eine wieder etwas größeren Straße mündete, die ich bereits ausmachen konnte. Bevor wir die Kreuzung allerdings erreichten, spürte ich, wie sich mein geisterhafter Begleiter anspannte. Ich folgte seinem Blick nach oben in den weiß gepuderten Himmel und kämpfte mit den Lidern gegen die Flocken an, um etwas zu sehen.

Nichts.

Ich zog mein Tempo trotzdem an und atmete erleichtert auf, als ich die Matthäuskirche erkannte. Zwei Minuten später stand ich vor dem unscheinbaren grauen Wohnhaus, in dem Ryder lebte. Entschlossen presste ich meine Fingerkuppe auf den eisigen Klingelknopf.

Es vergingen ein paar Sekunden, die sich länger anfühlten, als sie waren, ehe die Tür mit einem blechernen Geräusch entriegelt wurde. Eilig trat ich in den windstillen, wenn auch nicht sehr warmen Flur und betätigte den Lichtschalter, dessen Position ich noch von meinen vorangegangenen Besuchen kannte. Die Dunkelheit wurde nur mäßig vertrieben, da lediglich zwei der fünf Lampen funktionierten. Ich zählte die Glühbirnen, während ich mich in den dritten Stock begab. Schließlich blieb ich vor verschlossener Tür stehen. Irritiert blinzelte ich und versuchte, daraus schlau zu werden. Normalerweise begrüßte Ryder seine Freunde und vor allem mich mit einem breiten Lächeln.

Neo und ich sahen uns ratlos an, dann drehte ich den Knauf, da ich nicht länger wie der letzte Depp im Flur stehen bleiben wollte, nur um mich im größten Chaos auf Erden wiederzufinden. Die Tür schwang problemlos nach innen, bis sie gegen einen Haufen Schuhe traf. Ryder war zwar nie besonders ordentlich gewesen, aber er hatte doch eine gewisse Neigung zum Stapeln seiner Eigentümer entwickelt, sodass immerhin der Boden stets von sämtlichen Objekten befreit gewesen war. Gerade waren seine gesamten Bücher, Kleidung und diverse andere Gegenstände, die sich im Laufe seines jungen Lebens angesammelt hatten, überall verteilt. Ich fürchtete bereits, gleich einem Mordenox gegenüberzustehen, doch da trat Ryder aus der Küche und sah mich mit schreckgeweiteten Augen an. Er war unglaublich blass und das hatte bei seiner dunkelbraunen Haut etwas zu sagen.

»Du hast davon gehört?«, fragte ich leise. Jedes Wort war ein Kampf, den ich mühsam austragen und gewinnen musste. Aus dem Augenwinkel sah ich, wie Neo mit einem sanften Lächeln verschwand, als würde er die Verantwortung für mich nun an Ryder weiterreichen.

»Du … lebst?« Das war Antwort genug. Anscheinend hatte ihm niemand gesagt, dass man meinen Körper nicht gefunden hatte. Ob ihn die Signa Inferre kontaktiert hatte, um zu überprüfen, wie es ihm ging? Schließlich kannte er unser Geheimnis, arbeitete für uns und hätte womöglich etwas Wichtiges beobachten können.

»Oh Ryder, es war so schrecklich«, brach ich in Tränen aus, ließ meine Tasche fallen und stürzte in seine Arme.

Er war so überrascht, dass er verdutzt und vollkommen starr stehen blieb, während ich mich schluchzend an ihn klammerte. Irgendwann, während ich ihm von Gaspard und den Nachtbeißern berichtete, erwiderte er meine Umarmung, nur um sie Sekunden später wieder zu unterbrechen. Ich versuchte mich zusammenzureißen, zog meinen Parka aus und redete immer weiter und weiter. Die Tränen schienen nicht mehr versiegen zu wollen und schließlich war ich so aufgelöst, dass ich kein Wort mehr hervorbringen konnte.

»Dir geht es gut«, murmelte Ryder ungläubig in das Schweigen hinein. Er musterte meinen gesamten Körper, wie um sich noch einmal zu vergewissern, dass es mir gesundheitlich auch an nichts mangelte. »Dir geht es gut«, wiederholte er, nachdem er seine Inspektion abgeschlossen und sich zur Küche abgewandt hatte.

»Ryder? Alles in Ordnung?« Ich trat einen Schritt näher, stieß aber gegen einen Stapel Bücher und verlor dabei fast mein Gleichgewicht. »Wieso hast du alles aus deinen Regalen geräumt?«

»Ich war verzweifelt«, antwortete er mit monotoner Stimme. »Ich dachte, du …«

»Oh, okay. Ich verstehe, dass das ein Schock für dich sein muss. Haben sie dir nicht gesagt, dass ich überlebt habe? Ich bin bei den Protectoren gewesen«, sagte ich und sah mich in dem kleinen Raum um, in dem kaum das Sofa und das Bücherregal auf meiner linken Seite passten.

»Nein. Niemand hat mir etwas gesagt.« Er warf mir einen etwas wärmeren Blick als noch zuvor über die Schulter zu.

Ich zwang mich zu einem beruhigenden Lächeln, dann erinnerte ich mich wieder an das, was geschehen war.

»Weißt du, ich verstehe nur nicht, wie die Mordenox und Gaspard den Bannzauber übertreten konnten. Der Alarm hat funktioniert, aber der Bannzauber, den Giffin vor so vielen Jahren gezogen hat … Er hätte eigentlich halten müssen und …«

»Als ich mich von Giffin verabschiedet habe, war noch alles in Ordnung«, erklärte er kopfschüttelnd. Er schien sich wieder halbwegs gefangen zu haben, da die Blässe aus seinen Wangen verschwunden war und seine Stimme wieder so klang, wie ich sie von ihm gewohnt war. »Ich bin bloß froh, dass dir nichts geschehen ist, aber … wieso bist du hier?«

»Ich … Es ist kompliziert«, wich ich aus, ehe ich mich auf das dunkelgrüne Sofa niederließ und mein Hände knetete. »Es war alles zu viel und … ich weiß auch nicht. Ich musste einfach weg. Die Protectoren haben mich nicht sonderlich gut aufgenommen.« Zitternd dachte ich daran zurück, wie sie mich eingesperrt hatten.

»Verstehe«, nickte mein bester Freund und rang sich ein leichtes Lächeln ab. »Du kannst hier so lange bleiben, wie du willst«, versprach er mir, ehe er sich neben mich setzte, um mich erneut in den Arm zu nehmen.

Lange Zeit saßen wir so da, schweigend, in Erinnerungen schwelgend und das Grauen vertreibend. Ich beruhigte mich nicht völlig, doch immerhin so weit, dass ich in einen traumlosen Schlaf gleiten konnte.

Als ich wieder erwachte, gab es keine Sekunde, in der ich nicht wusste, was geschehen war. Sofort war das Wissen um die Gräueltaten vorhanden und prasselte wie Steine auf mich nieder.

Das Licht des Tages ließ den chaotischen Raum etwas freundlicher wirken als noch am Abend zuvor. Anscheinend hatte Ryder ein klein wenig aufgeräumt und mich mit einer kratzigen Wolldecke zugedeckt. Seufzend legte ich mich auf die andere Seite, der Lehne zugewandt. Ich wollte mich nicht der Realität stellen.

Es waren nur wenige Stunden vergangen, doch diese reichten aus, um auf der einen Seite zu begreifen, was geschehen war, und auf der anderen Seite nicht zu verstehen, dass ich Giffin, Isla, Lola und Florence nie wiedersehen würde. Nicht mehr lebend jedenfalls.

»Hey«, riss mich Ryder aus meinen düsteren Gedanken, als er durch die Tür hereinkam. Ich drehte mich langsam zu ihm um. Er hatte Kaffee und Frühstück besorgt, aber allein bei dem Geruch rebellierte mein Magen. »Du bist wach«, kommentierte er überflüssigerweise. Es zeigte nur, wie nervös er war und dass er keine Ahnung hatte, was er ansonsten sagen sollte. Hinter ihm trat Neo aus der Tür, als wäre er ebenfalls unterwegs gewesen. Er winkte mir zu, aber ich ignorierte ihn.

»Ich bin nicht hungrig«, sagte ich über meine Schulter hinweg, um mich dann erneut unter meiner Decke zu vergraben.

»Du solltest aber etwas essen«, erklärte er. Ich hörte, dass er sich mir näherte, um Becher und Papiertüte mit dem Schriftzug von Macy's Gebäckladen auf den Wohnzimmertisch abzustellen.

»Sag mir nicht, was ich tun oder nicht tun soll«, rief ich energisch aus – mit mehr Kraft, als ich erwartet hatte. Ich zwang mich, tief durchzuatmen. »Gibt es Neuigkeiten?«

Ich kämpfte mich in eine sitzende Position. Ryder zog gerade seine schwere Winterjacke aus.

»Nein, mit mir redet niemand.« Es klang nicht verbittert, es war lediglich eine Feststellung. »Was willst du jetzt machen? Zu deinem Clan zurückgehen? Sie suchen dich sicherlich schon.«

»Vielleicht …«, antwortete ich knapp und griff dann doch nach dem Kaffeebecher. Mir war so kalt. »Ich brauche erst mal etwas … Zeit. Ich weiß nicht, ob ich zu der Signa Inferre gehen soll. Behandeln sie mich dann genauso wie die Protectoren?«

»Du wirst dich hier nicht für immer verstecken können.« Sein Handy klingelte laut und zerstörte unser kurzzeitiges harmonisches Zusammensein. Seine Miene verdüsterte sich, als er den Anrufer erkannte. »Entschuldige mich bitte.«

Er verließ die Wohnung, sodass ich das Gespräch nicht mitbekam. An dem Kaffee nippend fragte ich mich, wer an dem anderen Ende der Leitung war. Ein Zittern durchfuhr meinen Körper, dann kehrte Ryder zurück.

»Ich muss noch mal los. Brauchst du etwas?« Seine Frage war zwar zuvorkommend und freundlich, aber in seinen braunen Augen sah ich, dass er mit den Gedanken längst Welten entfernt war. Ich hoffte, er würde die Signa Inferre nicht hierher lotsen, falls sie hinter dem Anruf steckten.

»Nein, alles gut. Geh nur.« Ich war gerade ohnehin keine angenehme Gesellschaft und am liebsten würde ich mich wieder einrollen und weiterschlafen, denn dann würde ich mich nicht mit meiner Trauer auseinandersetzen müssen. Ryder nickte, nahm sich den zweiten Kaffee und verschwand dann aus der Tür. »Du kannst auch gehen«, murmelte ich in Richtung Neo, der entspannt auf dem Boden gesessen hatte. Er legte den Kopf schief, als würde ihn mein abweisendes Verhalten verwundern, doch schließlich gehorchte er mir. Nach einem Augenblinzeln hatte er sich in Luft aufgelöst.

Es stellte sich heraus, dass ich in den nächsten zwölf Stunden keine Gesellschaft sein musste, denn Ryder war verschollen. Er antwortete auf keinen meiner Anrufe. War ihm etwas zugestoßen? Ein schmerzender Klumpen setzte sich in meinem Magen fest. Ich durfte ihn nicht auch noch verlieren.

Unruhig lief ich im Zimmer auf und ab, sah verstohlen aus dem Fenster, knetete meine Hände und versuchte fanatisch, meine Gedanken in Ordnung zu bringen. Was sollte ich bloß tun?

Als ich kurz davor war, in Panik auszubrechen, hörte ich, wie ein Schlüssel im Schloss umgedreht wurde. Ryder trat eine Sekunde später ein. Seine Augen fuhren über die leere Couch und ein Gefühl wie … blanke Angst breitete sich auf seinem Gesicht aus, dann erkannte er mich am Fenster stehend und der Moment war verstrichen.

»Wo warst du?«

»Weg, sagte ich doch.« Er schlug die Tür hinter sich zu, ließ den Schlüssel auf den Wohnzimmertisch fallen und fuhr sich erschöpft über das Gesicht, als würde er sämtliche Emotionen von seiner Haut reiben wollen. »Ich … Wieso bist du noch hier?«, fragte er zerstreut.

Stirnrunzelnd trat ich auf ihn zu. »Du hast mir gesagt, ich kann so lange bleiben, wie ich will.«

»Hm, ja«, brummte er. »Es ist gar nicht gut. Nicht gut.«

Der Klumpen in meinem Magen wurde schwerer. Etwas lief hier falsch.

»Ist etwas passiert?«

Er sah mich lange an. Seine braunen Augen wirkten stürmisch und fremd, bevor er endlich das Gesicht abwandte und den Kopf schüttelte. Ein Lächeln zog an seinem rechten Mundwinkel, als er sich das nächste

Mal zu mir umdrehte, und ich sank erleichtert zusammen. Was auch immer geschehen war, es hatte nichts mit mir zu tun.

»Nein. Alles gut. Bist du hungrig?«

»Ein bisschen«, gab ich zu und begleitete ihn in die Küche. »Hast du was da?«

Er zog noch im Gehen seinen Parka aus und warf diesen über den Tisch, ohne sich um die Teller und Essensreste zu kümmern, die sich darauf stapelten. Ich bemühte mich, nicht vor Ekel das Gesicht zu verziehen.

»Glaub nicht«, grunzte er und öffnete einen Schrank nach dem anderen. Unser Fund beschränkte sich schließlich auf zwei Packungen Käsecracker und abgelaufene Milch. »Lass uns was bestellen, ja?«

»Okay. Chinesisch?«

»Klingt gut. Ich glaube, neben der Tür liegen ein paar Broschüren.«

Ich ließ ihn allein, damit er sich sammeln konnte, und durchwühlte den Stapel Papiere, bis ich die Karte eines asiatischen Schnellrestaurants fand. Nachdem ich uns eine Variation an Gerichten bestellt hatte, stellte ich mich unter die Dusche.

Wenn ich die mentale Kraft dazu gehabt hätte, hätte ich es schon vorher getan, da das Gefühl von heißem Wasser auf meiner Haut befreiend und auch innerlich säubernd war. Es befand sich zwar kein Blut auf meinem Körper, aber die Erinnerungen an das Geschehen hatten mich beschmutzt. Jedes Mal, wenn ich die Augen schloss, sah ich die verrenkten und blutigen Körper meiner Familie. Es war nicht fair.

Ryder lieh mir einen seiner Pullover und eine Boxershorts, damit ich nicht wieder in meinen Jeans schlafen musste. Wir saßen uns schweigend gegenüber, während wir uns durch die verschiedenen Boxen aßen.

»Die Frühlingsrolle schmeckt echt lecker«, nuschelte ich mit vollem Mund und wischte mir danach etwas Soße vom Kinn. »Ich hab noch nie was bei denen bestellt.«

»Sie sind ziemlich populär hier in der Nachbarschaft«, antwortete er sofort, wirkte aber noch immer neben der Spur.

»Meinst du, sie suchen mich?«

»Wer? Die Chinesen?«

Ich schnaubte. »Keine Ahnung. Such dir jemanden aus.« Ich zeichnete eine scharfe Linie mit meinen Händen. »Die Polizei? Die Protectoren? Die Signa Inferre?«

»Mit Sicherheit.« Er legte seine Essstäbchen beiseite, lehnte sich in dem durchgesessenen Sessel zurück und fuhr sich mit einer Hand durchs struppige schwarze Haar. »Wie lange willst du dich hier verstecken?«

»Gar nicht lange«, empörte ich mich. »Ich … ich muss nur etwas Geld abheben und dann bin ich weg.«

»Wohin?«

»Ich weiß nicht, vielleicht … vielleicht zu meiner *richtigen* Familie«, korrigierte ich. »Hauptsache weg von hier, eigentlich. Ich habe dieses Leben nie gewollt.« Und Giffin hatte mir nie erlaubt, es zu genießen.

»Hältst du das für eine so gute Idee?«

»Was ist denn deine?«, rief ich wütend und sprang auf. »Du wirkst so, als würdest du mich gleich rausschmeißen wollen. Ist doch klar, dass ich einen Weg suche, Arden Creek verlassen zu können!«

»Mach dich nicht lächerlich. Natürlich schmeiß ich dich nicht raus.« Er verdrehte die Augen, bevor er ein tiefes Seufzen ausstieß. »Ich hab eben nur erfahren, dass ich den Job nicht bekommen habe, für den ich mich beworben habe. Das ist alles.«

»Was für ein Job? Du arbeitest doch bei uns!«

»Ich dachte, es wäre ganz cool, wieder zur Schule zu gehen. Meinen Abschluss nachzuholen«, erklärte er langsam. »Aber dafür muss ich vorher etwas sparen. Giffin hat mir ein Vorstellungsgespräch in dem Blumenladen neben dem Magic Shop besorgt, aber … anscheinend waren sie nicht begeistert von mir.«

»Oh, das tut mir leid, Ry. Und besonders jetzt … Wenn ich dir irgendwie helfen kann, sag Bescheid.«

»Hast du Kontakte zu jemandem, der mir einen Job anbieten kann?«, erwiderte er scharf. Ich presste traurig die Lippen zusammen, bevor Ryder ein tiefes Seufzen verlauten ließ. Er streckte eine Hand aus und legte sie auf mein Knie. »Um noch mal zum Thema zurückzukommen: Bleib erst mal hier, ruh dich aus und überlege dir ganz genau, was du mit deinem Leben vorhast, okay? Du musst vorsichtig sein.«

»Wieso?« Stirnrunzelnd setzte ich mich wieder hin und zwang mich zur Ruhe.

»Dieser … Gaspard scheint alle Somna töten zu wollen, sonst hätte er euch nicht akribisch abgezählt, oder?« Ich hob unsicher die Schultern. »Früher oder später wird er herausfinden, wer du bist. Darauf musst du vorbereitet sein.«

»Selbst wenn er herausfindet, wer ich bin, wird er keine Ahnung haben, wohin ich gehe, sollte ich meine Familie aufsuchen. Außenstehende wissen kaum darüber Bescheid, dass Somna und Dormi ihren Familien entrissen werden. Alle denken, wir sind von Anfang an Teil des Clans.«

»Stimmt. Und das ist auch deine Chance. Aber tu nichts Unüberlegtes, ja? Du stehst noch unter Schock.«

»Und was machst du, Ryder? Du hast weder deinen alten noch einen neuen Job«, gab ich leise zu bedenken. Innerlich war ich erleichtert, dass er tatsächlich auf meine Anwesenheit bestand. »Sorry, wenn ich dich daran erinnere.«

»Schon okay.« Er zwang sich zu einem Lächeln. »Ich hab ein wenig gespart und ich werde irgendwo anders was Neues finden. Keine Sorge. Wir schaffen das.«

»Danke, Ry. Das weiß ich wirklich zu schätzen.«

»Wir sind Freunde. Das tut man nun mal.« Er erhob sich. »Bier?«

»Ja, okay.«

»Hier.« Dieses Mal setzte er sich neben mich auf die Couch und wir nippten in einvernehmlichem Schweigen an unserem Bier.

Ich wusste nicht, wie lange wir so saßen, aber irgendwann konnte ich meine Augen nicht mehr offen halten und hätte beinahe die Flasche fallen lassen. Also führte mich Ryder in sein Schlafzimmer und überließ mir freundlicherweise das Bett. Ich war schon eingeschlafen, bevor er das Licht ausgeschaltet hatte.

SECHS

Mich suchten in dieser Nacht gleich mehrere Albträume heim. Immer wieder tauchte Gaspards gehässiges Lachen im Hintergrund auf, ganz egal, ob ich mich in Arden Creek, am Strand oder in Ryders Wohnung befand. Er war immer da und er brachte stets die Leichen des Clans mit. Sie verteilten sich über den Weg, den ich gehen musste, um vor ihm zu flüchten – und sie griffen nach mir. Blasse Hände packten meine Fußgelenke. Schwarze Zähne gruben sich in das Fleisch meiner Waden. Blut floss in Bächen vom Himmel.

Schwitzend und keuchend wachte ich immer wieder wie im Delirium auf, doch der Schlaf hielt mich weiterhin in einer erstickenden Umarmung. Ich schlug um mich, verhedderte mich in der Decke und kämpfte mich nach Stunden wieder an die Oberfläche.

Heftig atmend nahm ich das sanfte Sonnenlicht wahr, das durch die Schlitze zwischen den Jalousien in Ryders Schlafzimmer drang. Es gab keine Schonfrist. Ich war in dem Wissen erwacht, was vor wenigen Tagen geschehen war.

Ich drehte mich auf die Seite, klemmte meine Hände unter die Wange und starrte lustlos und verloren die weiße Wand mit dem gelblichen Stich an. Farbe blätterte an einigen Stellen bereits ab und Wasserspuren liefen die Wand entlang.

»Guten Morgen, Sonnenschein.« Ich drehte mich um und sah Ryder im Türrahmen stehen. Er hielt zwei Kaffeetassen in den Händen. »Wie hast du geschlafen?«

»Schlecht.« Ich rappelte mich auf und nahm eine der Tassen entgegen. Nachdenklich schlürfte ich an dem heißen Getränk und spürte sofort eine Verbesserung. Ryder setzte sich zu mir aufs Bett. »Ich kann noch immer nicht glauben, dass sie tot sind, Ry.«

»Aber doch nicht alle, Lydia. Ich kann nicht glauben, dass Gaspard jeden Friedhof überfallen und jedes Clanmitglied getötet hat.« Um seine Worte zu unterstreichen, schüttelte er den Kopf.

»Du hast recht. Lockington sagte, dass es *nur* zwei andere Friedhöfe getroffen hat. Ich … Egal, wie lange ich darüber nachdenke, dass ich die letzte Somna war, das ist …« Ich hob unschlüssig eine Schulter.

Er berührte mich kurz am Arm. »Wie wäre es, wenn ich es überprüfe? Und du denkst weiter darüber nach, was du machen willst?«

»Das ist lieb, aber …« Ich stöhnte. »Wenn ich hierbleibe, bekomme ich noch einen Lagerkoller. Ich muss raus, hebe etwas Geld ab und besorge mir was Neues zum Anziehen. Wir treffen uns dann später wieder hier, okay?«

Er wirkte zutiefst skeptisch, gab aber schließlich mit einem Nicken nach und erhob sich leichtfüßig.

»Ich such dir den Ersatzschlüssel raus. Sei vorsichtig, ja?« Er fuhr sich mit einer Hand durchs kurze Haar. Seine Zähne glänzten weiß, als er mich anlächelte.

»Natürlich.« Ich erwiderte das Lächeln.

Nachdem ich gefrühstückt und mich angezogen hatte, verließ ich zusammen mit Ryder und Neo, der meine verbesserte Stimmung vielleicht hatte fühlen können und wieder zu mir gestoßen war, die Wohnung.

Draußen waren die Straßen bereits durch Räumfahrzeuge vom Schnee befreit worden, sodass wir keinerlei Probleme hatten, voranzukommen. Ryder nutzte den Bus, während ich den Weg in die Innenstadt zu Fuß auf mich nahm. Ich brauchte zwar rund vierzig Minuten, bis ich die Brücke überquerte, die zur Haupteinkaufsstraße führte, doch dafür konnte ich die kühle Luft und Neos Anwesenheit genießen. Er war trotz seiner Schweigsamkeit mein Fels in der Brandung. Ich war unglaublich dankbar für seine Anwesenheit, da ich mich durch diese nicht einsam und verloren fühlte ohne Ryder. Selbst wenn ich ihn nicht sah, so konnte ich seine Präsenz doch immer spüren.

Während ich mit den Händen in den Taschen an den Geschäften vorbeischlenderte, dachte ich darüber nach, ob man die Leichen bereits identifiziert und aufgebahrt hatte. Oder hatte sich die Polizei eingemischt und würde sie zurückhalten, bis die Körper jemand beanspruchte? Ich hoffte, Ryder käme mit guten Nachrichten zurück.

Jemand außer mir.

Ich verbrachte die Zeit damit, Geld abzuheben, mir einen Pyjama zu kaufen und Poppy einen Besuch abzustatten. Als sie mich hereinkommen sah, wurden ihre Augen riesig und sie riss mich in eine feste Umarmung.

»Du lebst!«, rief sie überflüssigerweise aus, umfasste meine Schultern und schüttelte mich, als ob sie wirklich sicherstellen wollte, dass ich kein Geist war, der sie heimsuchte.

»Psst!« Ich sah mich unsicher in dem Laden um, doch es schienen sich hier keine Kunden zu befinden.

»Oh, entschuldige.« Sie watschelte in ihren bunt glitzernden Mokassins zum Eingang, blickte durch das Glas und drehte den Schlüssel herum. »Es wird überall nach dir gesucht.« Sie rang ihre Hände.

»Was meinst du damit?« Es überraschte mich schon sehr, dass sie bereits so gut informiert war, wo sie doch kein Teil des Clans war.

»Komm. Setz dich, trink einen Tee.« Sie führte mich durch ihren chaotischen und nach Salbei und Lavendel duftenden Laden, bis wir eine Hintertür erreichten, die mir während all meiner Einkäufe nicht ein einziges Mal aufgefallen war. Da an der Tür drei kleine Regalbretter angebracht waren, hatte ich immer angenommen, es handelte sich eben darum: ein Regal.

Hinter der Tür befand sich ein ebenso unordentliches Kämmerlein wie der Verkaufsraum, doch in der Mitte zwischen den gut gefüllten Regalen waren ein kleiner Tisch mit Mosaikplatte und zwei nicht dazu passende Stühle positioniert.

Ich setzte mich zögerlich auf den rot bestrichenen Stuhl mit dem blauschwarzen Seidenkissen. Poppy werkelte in einer Ecke herum, setzte Wasser auf einer einzelnen Kochplatte auf und kehrte mit zwei bunten Tontassen zurück, die sie vor uns abstellte. In der Mitte des Tisches entzündete sie ein Räucherstäbchen, auf das ich getrost hätte verzichten können.

»Sencha?« Sie hielt mir ein Einwegglas hin, in dem sich getrocknete Kräuter befanden. Ich nahm einen tiefen Atemzug und erkannte den typischen Geruch von Grünem Tee.

»Gern.« Wir saßen eine Weile schweigend da, während sich der nach Patschuli duftende Rauch in der kleinen Kammer verteilte. Dann stieß der Kessel auf dem Herd ein ohrenbetäubendes Pfeifen aus und ließ mich zusammenzucken. Poppy sprang sofort auf und kümmerte sich um das Aufgießen unseres Tees.

»Was wolltest du vorhin sagen, Poppy? Was hast du gehört?« Wie Blitze schossen die Bilder von Giffin und Florence auf mich ein. Ich stellte mir Lolas gebrochenen Körper vor und Islas Lächeln, das für immer verloschen war.

»Die Protectoren suchen nach dir. Jemand war vorhin hier und hat mich nach dir ausgefragt«, antwortete sie schließlich mit zittriger Stimme. Sie wusste nicht, dass unsere Gruppierungen einen tieferen, magischen Sinn besaßen. Oder sie ahnte es, war aber nicht fähig zu begreifen, dass wir im Gegensatz zu ihr wirklich Magie anwenden konnten. Sie kannte unsere Quartiere, wusste, dass der Clan die Friedhöfe führte und die Signa Inferre die Menschen als eine Art Bürgerwehr beschützten. Aber niemals wurde eine ihrer Vermutungen von einem der Obersten bestätigt. Das würde gegen unsere Gesetze verstoßen, nach denen wir vor den Menschen das Wissen um unsere Existenz und die der Mordenox geheim halten sollten. »Es tut mir so leid, was passiert ist, Liebes. Ich bin mir sicher, du willst nicht darüber reden, wie die Diebe … diese *Mörder* in euer Haus eingedrungen sind.« Diebe? Mörder? Das war dann wohl die *offizielle* Version von dem, was geschehen war. »Kann ich dir irgendwie helfen?«

Ich hielt die heiße Tasse fest umfasst, auch wenn meine Handflächen brannten. Der dumpfe Schmerz half mir, fokussiert zu bleiben. War Ace der Protector gewesen, der Poppy einen Besuch abgestattet hatte?

»Nein. Ich werde Arden Creek verlassen.« Vielleicht hätte ich meinen Mund halten sollen. Es war besser für Poppy, wenn sie so wenig wie möglich wusste.

Ihre blau geschminkten Augen weiteten sich. »Verlassen? Hältst du das für eine so gute Idee? Vielleicht solltest du bei der Signa Inferre Schutz suchen? Oder bei der Polizei? Ich weiß ja nicht, was das für Mörder waren und ob sie ihren Job beenden wollen …«

Ich dachte eine Weile darüber nach. Die Signa Inferre existierte, um uns und die Menschen zu beschützen, aber wollte ich von ihnen beschützt werden, wenn es bedeutete, mein Leben von ihnen bestimmen zu lassen? Ich konnte nicht wissen, ob sie mich genauso einsperren würden wie die Protectoren, doch ich wollte es nicht riskieren.

»Wenn ich die Stadt hinter mir gelassen hab, gibt es kein Grund mehr, Schutz zu suchen«, erwiderte ich schließlich und stellte die Tasse ab. »Entschuldige mich, aber ich muss los. Ich will nicht mehr Zeit als notwendig hier ausharren.«

Poppy sah mich mit einem mitleidigen Ausdruck in den Augen an, protestierte aber nicht, als ich mich erhob. Sie schloss die Tür für mich auf und drückte mich noch einmal zum Abschied an sich.

»Sei vorsichtig, Lydia.«

»Versprochen, Poppy«, murmelte ich und trat in die Kälte hinaus, wo Neo bereits auf mich wartete. Zeit, zurück zu Ryder zu gehen.

Zu spät fiel mir ein, dass ich auch Poppy nach weiteren Informationen hätte fragen können. Doch ich wollte nicht umkehren, aus Angst, sie würde mich doch noch überzeugen, die Signa Inferre aufzusuchen.

Da Ryder noch nicht zurückgekehrt war, als ich in seiner Wohnung ankam, nutzte ich die Zeit, um etwas aufzuräumen. Was auch immer ihn dazu veranlasst hatte, solch ein Chaos anzurichten, würde ihn hoffentlich nicht noch einmal überkommen.

Nachdem ich gerade die Küchenablage gesäubert hatte, hörte ich, wie die Tür geöffnet wurde. Ryder stampfte mit einer prall gefüllten Einkaufstasche herein und grinste mich glücklich an. Für einen Augenblick fiel jedwede Anspannung von mir ab.

Wir entschieden uns dazu, einen Gemüseauflauf mit viel Käse zu backen, sodass wir uns am Tisch gegenübersaßen und Paprika, Tomaten und Zucchini würfelten.

»Gaspard hat insgesamt drei Friedhöfe getroffen. Zwei in Classwood und das Hauptquartier in Beringham. Soweit ich weiß, gibt es keine Überlebenden, also auch keine Somna. Mehr konnte ich leider nicht herausfinden.« Damit bestätigte er Lockingtons Worte.

Ich kaute auf meinem Daumennagel herum. War es wirklich so einfach für Gaspard gewesen, uns auszulöschen?

»Schon okay«, flüsterte ich, obwohl nichts okay war. Ich wollte nicht mehr darüber reden; wollte mir keine Gedanken mehr über den Verlust machen oder über meine unsicher gewordene Zukunft.

Wir genossen den Abend mit leckerem Essen und einem niveaulosen Fernsehprogramm, bis ich gegen Mitternacht müde ins Bett fiel und sofort einschlief.

Träume rissen mich erneut in ein düsteres Loch, das mit dem Hass und den Schreien Verstorbener gefüllt war. Ich wusste zunächst nicht, ob es die Flucht im Albtraum war, die mich aufweckte, oder etwas anderes, bis ich den dunklen Schemen an meiner Bettkante erkannte.

»Ry?« Ich rieb mir verschlafen die Augen. Licht drang durch den Türspalt herein. Seinen Kopf hielt er gesenkt, während er mit einem Gegenstand, den ich nicht erkennen konnte, in den Händen spielte. »Was ist los?«

»Nicht viel, ehrlich gesagt.« Er stieß ein hohles Lachen aus. »Ich wollte es nicht, Lydia. Ehrlich nicht. Aber was bleibt mir für eine andere Wahl? Er hat … *Er* ist vorhin sehr deutlich geworden. Ich …« Seine Stimme bebte, ehe sie vollkommen zerbrach.

»Ich verstehe nicht … Wer?« Ich richtete mich langsam auf und berührte meinen besten Freund an der Schulter. Er bewegte sich nicht. »Ryder? Du machst mir Angst.« Meine Stimme klang zwei Oktaven zu hoch. Unwillkürlich zog ich meine Hand zurück. Neo tauchte wie aus dem Nichts neben dem Kleiderschrank auf, als hätte er meinen Aufruhr gespürt. Seine Miene war konzentriert und doch genauso verwirrt, wie ich mich fühlte.

»Ich war es«, gestand mein bester Freund heiser und besah sich den Gegenstand in seinen Händen genauer. Dieses Mal erkannte ich, was es war. Ein Küchenmesser. Die Klinge glänzte im schwachen Lichtschein. »Ich habe den Bannzauber zerstört, um Gaspard einzulassen.«

»Nein!« Ich schüttelte vehement den Kopf. »Das glaube ich dir nicht!« Mein Herz setzte bei seinem Geständnis einen Schlag aus. Halluzinierte er? Hektisch suchte ich nach einer anderen Erklärung. Etwas, das ihn durcheinandergebracht hatte. »War es Giffin? Hat er dir aufgetragen, das zu tun, weil er einen neuen Zauber weben wollte?« Es interessierte mich nicht, dass diese Erklärung nicht für die anderen beiden Friedhöfe herhalten würde. Zu akzeptieren, dass mein bester

Freund, dem ich vertraute und den ich schätzte, die Schuld an dem Angriff trug, war einfach zu viel.

»*Er* hat mich dazu gezwungen«, war Ryders lahme Antwort. Vorsichtig zog ich meine Beine unter der Decke hervor. »Gaspard hat mich beauftragt und ich habe ihm gehorcht. Es war ziemlich einfach. Ich musste nur in die Sonnenzimmer gehen und den Hennakreis zerstören. Alle vertrauten mir. Niemand hielt mich auf. Aber jetzt bist du hier und du lebst …«

»Nein«, flehte ich und schüttelte apathisch den Kopf.

»Ich dachte, ich kann ihm deine Anwesenheit verheimlichen, aber … er weiß einfach alles. Er kann mich lesen wie niemand sonst.«

Er sagt die Wahrheit, schoss es mir durch den Kopf. Er arbeitete wirklich für einen Tenebrae!

»Wie konntest du das tun?«, schrie ich völlig außer mir und stolperte auf der anderen Seite vom Bett. Beinahe wäre ich der Länge nach hingefallen, doch im letzten Moment konnte ich mich an der Fensterbank festhalten. »Sie haben sie alle getötet! Selbst Lola, Ryder! Sie war erst dreizehn Jahre alt … Wie konntest du nur?«

»Es tut mir so leid«, schluchzte er und legte einen Unterarm über seine Augen, als würde er sich vor der Welt, vor mir abschirmen wollen. »Gaspard, er … er hat mich von der Straße geholt, als ich noch klein war und er … ich konnte nicht anders, Lydia. Es war furchtbar, unter ihm zu leben. Ich habe jede einzelne Sekunde gehasst, und dann … als er mich zu euch schickte und Giffin mich aufnahm, da erkannte ich erst, wie wundervoll das Leben sein kann. Wie wundervoll es ist, eine Familie zu haben!« Resigniert ließ er seinen Arm wieder fallen. Vor der eigenen Schuld konnte man sich nicht verstecken. Langsam erhob er sich und drehte sich zu mir um. »Ich lernte euch kennen. Dich. Ihr wart alle so nett zu mir und ich wollte mich widersetzen, aber das ließ er nicht zu.« Er hob sein T-Shirt an und offenbarte selbst auf dieser kleinen Stelle Hunderte kleine Narben und auch neue Wunden, die ihm erst vor Kurzem zugefügt worden sein mussten. Sie bluteten noch. Sein T-Shirt war zwar dunkel, doch ich erkannte in dem schwachen Licht aus dem Flur, dass es mit seinem Blut besudelt war. Anscheinend hatte er Gaspard gerade erst aufgesucht.

Erst jetzt wurde mir klar, dass er im Sommer stets lange Ärmel getragen hatte. Warum hatte ich ihn vorher nie danach gefragt? Möglicherweise hätte ich all das verhindern können … Ich war zu sehr auf mich selbst und Giffins Ungerechtigkeit mir gegenüber fixiert gewesen.

Ich hob das Kinn und suchte Ryders Blick, bevor ich meinen zu dem Messer in seiner Hand wandern ließ.

»Und jetzt wirst du deinen Job beenden? Weil er es will? Weil er dich erneut … gefoltert hat?«, fragte ich beinahe trotzig, obwohl ich einfühlsamer sein sollte. Ich sah Neo an und eine Welle der Trauer überkam mich. Was würde nach meinem Tod mit ihm geschehen? Würde er einfach verschwinden? Mit mir sterben?

Ryder schüttelte jedoch den Kopf und berührte mit den Fingern der anderen Hand den Adleranhänger, den ich ihm erst vor ein paar Tagen geschenkt hatte. »Ich kann nicht … Niemals«, schluchzte er, bevor er den Abstand zwischen uns so schnell überbrückte, dass ich keine Zeit hatte, zurückzuweichen. »Du musst mich töten.«

»Was?«

Ich spürte den Griff des Messers in meiner Hand und fasste automatisch zu. Schockiert durch diese Bitte, schüttelte ich den Kopf.

»Du bist wahnsinnig!«, rief ich und streckte meine Hand aus, um ihm das Messer zurückzugeben, doch er nahm es nicht an.

»Ich kann dich nicht am Leben lassen. Gaspard würde mir schreckliche, grausame Dinge antun. Das hat er selbst gesagt und … gezeigt.« Seine Lippen zitterten, während Tränen über seine Wangen rannen. »Bitte, Lydia. Befreie mich.«

»Nein!«, entgegnete ich vehement und wandte mich bereits ab, als Ryder mich an den Haaren packte und zurückzerrte. Tränen brannten in meinen Augen. Er ließ mich erst los, als er mich entschlossen von sich wegschleuderte. Mit der Stirn knallte ich gegen die Kommode. Das Messer fiel mir aus der Hand, dann stürzte ich benommen zu Boden.

Panisch kämpfte ich gegen die Ohnmacht an und versuchte gleichzeitig, zurück auf die Beine zu kommen, doch da war Ryder wieder hinter mir, schubste mich ein weiteres Mal und drehte mich schließlich um, bis ich mit dem Rücken auf dem harten Fußboden knallte. Er setzte sich auf meinen Bauch und drückte meine Luftröhre zu. Für einen Moment war ich so betäubt, dass ich sogar vergaß, mich zu wehren. Dann setzten meine Instinkte ein, ich zappelte und schlug um mich. Aber Ryder war zu stark. Was auch immer er vorhin gesagt hatte, er hatte es sich anscheinend anders überlegt und würde eher mich töten, als mit leeren Händen zu seinem Meister zurückzukehren, nun, da ich seine Bitte abgewiesen hatte.

Aus dem Augenwinkel bemerkte ich das Messer, das ich vorhin fallen gelassen hatte, und streckte die Hand, die nicht über die Haut seiner Arme kratzte, danach aus. Nur noch ein paar Zentimeter und schon berührten meine Fingerkuppen das warme Metall.

Ohne nachzudenken packte ich den Griff und hob das Messer. Ich hatte noch nie vorher einen Menschen angegriffen, doch in dieser Sekunde zählte allein der Wille zu überleben. Und das wurde mir bewusst: ich *wollte* leben. Trotz allem hatte ich noch nicht aufgegeben.

Die Klinge fuhr durch Haut, Fett und Muskeln, ehe sich die Spitze in eine Rippe bohrte und stecken blieb. Ryders braune Augen sahen auf mich herab, während sich sein Griff um meinen wunden Hals lockerte.

»Lydia«, hauchte er, bevor sich seine Lippen rot färbten und er Blut hustete. Eine Sekunde später zerschellte das Fenster, Glasscherben prasselten auf uns nieder und ein Mordenox landete auf der Fensterbank. Es zog seine Flügel ein und betrachtete uns aus schwarzen Augen.

SIEBEN

Ryder gurgelte, hustete und erstickte schließlich an seinem eigenen Blut. Alles innerhalb weniger Sekunden, bevor er zusammensackte. Der Mordenox riss sein Maul auf und kreischte ohrenbetäubend laut. Ich ließ die Hand um den Messergriff los und presste die Handflächen auf meine Ohren.

Der Nachtbeißer erschien mir noch größer und gefährlicher als diejenigen, die ich im Hauptquartier gesehen hatte. Seine ledrige schwarze Haut, die sich über seinen schlaksigen Körper spannte und in zwei breiten Fledermausflügeln endete, schien das Licht der Straßenlaternen von draußen aufzusaugen. Die Augen glänzten hingegen wie schwarzes Pech, die Fangzähne ragten aus dem raubtierhaften Maul heraus und die Ohren verliefen wie die Flügel zu gehörnten Spitzen.

Ich kämpfte hysterisch gegen Ryders Körper über mir und versuchte ihn von mir zu stoßen, doch er war zu schwer. Sein Herz war stehen geblieben und sein Körper förmlich zu Stein erstarrt.

Die Kreatur der Nacht folgte mir allein mit ihrem animalischen Blick. Es war leicht zu vergessen, dass sich Mordenox, sobald der erste Lichtstrahl die Stadt berührte, in Menschen zurückverwandelten, die jedoch vollkommen gewissenlos der nächsten Nacht entgegenfieberten.

Fast verfiel ich dem Glauben, er würde mich nicht angreifen, als er ein weiteres Kreischen ausstieß und dann auf mich zustürzte. Ich schrie verzweifelt auf und presste erneut mein ganzes Gewicht gegen Ry, doch es brachte nichts. Mein Schicksal schien in Stein gemeißelt …

Der erwartete Angriff blieb aus, stattdessen hörte ich das Bersten von Holz. Der Mordenox ragte über mir auf, war von der Fensterbank auf den Boden gesprungen, sodass sich seine klauenartigen Füße links und rechts neben meinem und Ryders Körper befanden. Sein Blick war aber auf den Fremden gerichtet, der ins Schlafzimmer stürzte. Das Licht des Flurs erhellte ihn von hinten, weshalb ich eine Sekunde brauchte, ehe ich seine menschliche Silhouette erkennen konnte. Meine Augen waren von dem dämmrigen Licht verwöhnt worden.

Der Fremde trug ein blitzendes Schwert und auch wenn ich seine Miene nicht sehen konnte, so war ich mir sicher, dass sie entschlossen war. Ein Bellator, wie er einer sein musste, war stets kampfbereit.

Ich konnte mein Glück kaum fassen und schluchzte vor Erleichterung auf. Ein Krieger der Signa Inferre hatte mich gefunden.

Er schwang das Schwert kunstvoll, aber eindeutig gefährlich in die Richtung des Mordenox', der einen frustrierten Laut ausstieß. Es wirkte, als würde er es bedauern, sich nicht zuerst um mich kümmern zu können.

Der Krieger wartete nicht, stürmte auf den Nachtbeißer zu und holte mit seinem Schwert aus. Der Mordenox sprang auf das Bett und wich dadurch der tödlichen Waffe aus, die ihn andernfalls durchbohrt hätte. Sie verschrieben sich beide vollkommen diesem faszinierenden Kampf, den sie im Flur fortsetzten, als hätte der Bellator den Mordenox absichtlich von mir weggelockt.

Ich verdoppelte meine Anstrengungen, unter Ryders Körper hervorzukriechen, da ich mir keineswegs sicher war, dass der Bellator als Sieger aus dem Kampf hervorging.

Schließlich gelang es mir, als ich das Klirren von Geschirr und einen weiteren Schrei des Mordenox' vernahm. Als ich meine Beine befreit hatte, drehte ich Ryder trotz der gefährlichen Situation sanft auf den Rücken und schloss ihm die Augen.

Mein Nachthemd hatte sich mit dem Blut … *seinem* Blut vollgesogen, das auch an meinen Händen klebte. Der Anblick raubte mir beinahe den Verstand, doch die Kampfgeräusche, die aus dem Wohnzimmer zu mir drangen, rissen mich aus meiner Lethargie.

Ich beugte mich hinab und zog das Messer aus Ryders Bauchhöhle. Damit bewaffnet schlich ich in den Flur. Zittrig, bebend. Ich sollte weglaufen, aber selbst in meinem Zustand erkannte ich, dass ich blutverschmiert und nur mit einem Nachthemd bekleidet nicht weit kommen würde.

Als ich das verwüstete Wohnzimmer betrat, umrundete der unbekannte Bellator gerade den an den Armen verwundeten Nachtbeißer, sodass ich nun endlich sein schmales Gesicht sehen konnte. Er besaß hohe Wangenknochen, eine leicht gebogene Nase, moosgrüne Augen und ein kleines Muttermal über seiner linken Augenbraue, das mich erstarren ließ.

»Er sieht aus wie du«, flüsterte ich und sah von Neo zum Fremden und wieder zu Neo. Ja, die Ähnlichkeit war verblüffend. Der Fremde sah eindeutig wie eine ältere Version von Neo aus. »Du kannst doch nur das Aussehen von Toten annehmen!«, flüsterte ich in Richtung Geist. Zumindest war mir dies vom Obersten Giffin so beigebracht worden.

Neo sah genauso geschockt aus, wie ich mich fühlte.

Ich hielt das Messer trotz meiner Überraschung fest in den Händen und verfolgte jede Bewegung des Mordenox', der sich sehr behäbig drehte, als wäre er schlimm verwundet.

Der Fremde kam nicht einmal ins Schwitzen und wirkte sogar, als hätte er Spaß. Während sich der Nachtbeißer allein auf seine messerscharfen Krallen verließ, zeigte der Bellator, dass er aus besserem Holz geschnitzt war. Er duckte sich unter einem Schlag der linken Klaue hindurch, trat dem Mordenox gegen das Schienbein und wich zurück, bevor sich dieser rächen konnte. Das Monster stolperte über den Wohnzimmertisch, der unter seinem Gewicht zerbrach. Der Nachtbeißer richtete sich erneut auf und breitete wütend seine Flügel aus. Es dauerte eine Weile, bis er eine Schwäche offenbarte, die der Krieger für sich nutzen konnte, aber währenddessen kamen sie mir nie zu nah. Entweder hielt ihn der Bellator absichtlich von mir fern oder es war der Natur des Kampfes geschuldet.

Mittlerweile klebte sein hellbraunes Haar schweißnass an seinem Kopf, aber an seinen Lippen haftete noch immer der Hauch eines angestrengten Lächelns, bis er die Klinge des glänzenden Schwerts in die Brust des Nachtbeißers stieß. Der Fremde zog das Schwert wieder hervor und beobachtete reglos, wie der Mordenox leblos zu Boden fiel. Blut färbte Bücher und Holzsplitter schwarz.

Der Bellator köpfte diese schreckliche Kreatur und wandte sich anschließend mir zu. Ein lockeres Grinsen breitete sich auf seinen Lippen aus, als er sich den Schweiß von der Stirn wischte und sich mir bis auf zwei Meter näherte.

»Wer zum Teufel bist du?« Kopfschüttelnd versuchte ich die Ähnlichkeit, die nicht hätte sein dürfen, zwischen ihm und Neo zu begreifen.

»Und ich dachte, ich verdiene ein Dankeschön.« Er grinste noch immer vergnügt. Die mit schwarzem Blut besudelte Klinge wischte er an dem haarlosen Körper der Kreatur ab, erhielt letztlich aber nur ein mäßiges Ergebnis. Die klebrige Flüssigkeit war wohl hartnäckiger als gedacht, doch es schien ihn nicht zu stören, da er das Schwert trotzdem in die Scheide schob, die er an seinem Gürtel trug.

»Mein Name ist Tristan Crowe. Ich bin Bellator, was du vermutlich schon geahnt hast.« Seine Augen blitzten amüsiert auf.

»Wieso glaubst du das? Ich könnte nur eine einfache Bewohnerin sein …« Eine einfache Bewohnerin, die ihren besten Freund getötet hatte.

Bei Arax'va, was habe ich getan?

Er hob eine helle Augenbraue. »Eine einfache Bewohnerin wäre schon längst schreiend davongelaufen.«

Mein Argwohn ließ ein wenig nach, aber noch nicht vollständig. Es war immer noch ungeklärt, wieso er wie Neo aussah. Oder warum Neo eine jüngere Version von ihm war. Und wieso er wie ein Berserker in die Wohnung gestürmt war …

»Außerdem weiß ich ganz genau, wer du bist. Das ist der Grund für meine Anwesenheit.«

»Wie bitte?«, schreckte ich aus meinen Gedanken und wich einen Schritt zurück, während ich das Messer weiter anhob.

Das Lächeln auf seinen Lippen wurde breiter, bevor er sein Smartphone aus der Hosentasche hervorholte, etwas eintippte. Dann hielt er mir das Display hin, ohne sich mir weiter zu nähern, als würde er mir keine Angst einjagen wollen.

Misstrauisch trat ich zu ihm – um den Körper des Mordenox' herum –, bis ich erkennen konnte, dass er mir ein Bulletin mit meinem Foto zeigte. Jemand hatte mich als vermisst gemeldet.

Ich starrte das Display weiterhin an, als würde sich jeden Moment die Information darin verändern – oder im günstigsten Fall einfach in Luft auflösen. »Was bilden sich die Protectoren eigentlich ein? Sie tun ja so, als würde ich ihnen gehören!«

»Das waren nicht die Protectoren«, widersprach mir Tristan seelenruhig und steckte das Telefon wieder ein. Er war mir mittlerweile so nah, dass ich mir sicher sein konnte, dass seine Jacke sehr teuer gewesen sein musste. So edles Leder hatte ich immer nur in den Markenshops gesehen, die sich entlang der Hauptstraße tummelten und kaum mehr als fünfzig Kleidungsstücke auslegten. Verdiente man so viel als Krieger der Signa Inferre? »Wir selbst haben dein Foto veröffentlicht.«

Im ersten Moment war ich mir nicht sicher, ob ich richtig gehört hatte, doch dann sickerten die Worte in meinen Verstand. Ich drehte mich zitternd um. »Ich werde …«

»Was willst du tun?« Seine Stimme war leise, aber eindringlich. Er stockte, dann schob er sich an mir vorbei und steuerte das Schlafzimmer an.

»Nein! Warte!«, rief ich und eilte ihm hinterher, doch als ich ihn erreichte, hatte er den Raum bereits betreten. Er betrachtete reglos den Leichnam meines besten Freundes. Ich konnte nicht sagen, was in Tristan vorging.

»Was ist passiert?« Er hob langsam den Blick und suchte den meinen, doch ich wich ihm aus und sah stattdessen Neo an. Er war mir gefolgt und legte nun seinen Handrücken gegen meinen, ohne dass ich etwas anderes außer einen kalten Lufthauch spüren konnte.

»Ich werde weder zu den Protectoren zurück- noch zum Hauptquartier der Signa Inferre gehen«, sagte ich leise und blieb ihm dadurch eine Antwort schuldig.

Als ich mich wieder zu ihm wandte, bemerkte ich sein Schmunzeln, als wäre das alles hier für ihn nur ein großer Spaß. Er hob eine Hand und rubbelte sich damit kräftig über die untere, glatt rasierte Hälfte seines Gesichts. »Was hältst du davon, mit zu mir zu kommen? Nur du und ich, keine Signa Inferre oder Protectoren. Ich wohne allein. Morgen früh, *nachdem* die Sonne aufgegangen ist, bringe ich dich dahin, wohin du willst, und vielleicht überzeuge ich dich währenddessen, zur Obersten Daltry zu gehen. Die Signa Inferre ist gar nicht so schlecht, *aber* – wie gesagt – ich werde dich zu nichts zwingen. Wie klingt das für dich?«

Tristan wirkte zwar recht vertrauenswürdig, insbesondere da er mir nur wenige Minuten zuvor das Leben gerettet hatte, aber hieß das auch, dass er mich nicht genauso *in Gefangenschaft* nehmen würde, wie Ace es getan hatte? Wenn ich nur an diesen unverschämten Protector dachte, kochte das Blut in meinen Adern. Hätte ich nicht so unter Schock gestanden, wäre ich niemals mit ihm zum Hauptquartier gefahren. Und überhaupt, dann hätte ich mich nicht einsperren lassen und dann … dann wäre Ryder vielleicht noch am Leben. Ich hätte die Stadt verlassen können und …

Sieh nicht hin. Sieh nicht hin.

»Ich …« Mein Blick huschte zu Neo, der den Krieger von allen Seiten betrachtete, ohne dass dieser etwas mitzubekommen schien. Seine Lider flatterten zwar etwas, als Neos Nase die seine berührte, aber das war oft normal und passierte mir auch manchmal. Es war, als würde Neo hin und wieder einen Lufthauch aufwirbeln, der uns in seiner Nähe berühren konnte. Endlich drehte er sich wieder zu mir um und hob dann ratlos die Schultern. Ich machte ein fragendes Gesicht, woraufhin er die Hände hob, als hätte er keinen blassen Schimmer, wie das möglich war und ob wir dem Bellator trauen konnten.

»Hab ich etwas im Gesicht?«, erkundigte sich Tristan und stellte sich vor einen kleinen, rechteckigen Wandspiegel, um ebenjenes zu überprüfen. Ich hätte beinahe die Augen verdreht, wenn die Situation nicht so ernst gewesen wäre.

Sieh nicht zu Ryder. Sieh nicht zu Ryder. Sieh nicht zu Ryder.

»Hast du deinen Ausweis dabei, oder so?«, fragte ich, anstatt auf seinen Vorschlag einzugehen.

Er zeigte seinem Spiegelbild gerade die Zähne und fuhr mit einem Fingernagel einen Zwischenraum entlang, als hätten sich da Essensreste verfangen. Ich bemühte mich, nicht das Gesicht zu verziehen.

»Du traust mir nicht? Nachdem ich gerade einen Mordenox für dich erledigt und nicht die Polizei gerufen habe, *obwohl* du jemanden getötet hast?« Er sah mich über den Spiegel an.

»Kannst du's mir verübeln?«, erwiderte ich.

Sieh nicht hin.

»Hier.« Er wandte sich zu mir und holte aus einer Innentasche einen aufklappbaren Ausweis hervor, den ich bereits im Unterricht mit Giffin gesehen hatte. Alle Bellatoren besaßen so einen, da sie ihn bei einer Polizeikontrolle vorweisen mussten, um nicht wegen illegalen Waffenbesitzes angezeigt zu werden.

Zögerlich nahm ich den laminierten Ausweis und überprüfte Namen und Foto. Beides passte zu seinen Informationen. Ich versuchte mir zusätzlich sein Geburtsdatum einzuprägen, falls ich später noch herausfinden wollte, warum er wie Neo aussah.

»In Ordnung.« Ich gab ihm die Papiere zurück. »Sobald ich aber merke, dass du irgendein falsches Spiel mit mir treibst, werde ich gehen«, teilte ich ihm meine Entscheidung mit und ballte die Hand, die nicht das Messer hielt, zu einer Faust. »Ist das klar?«

»Kristallklar«, lächelte er, bevor er eine kurze Nachricht in sein Smartphone tippte.

»Was tust du?«

»Jemand muss sich um die Körper kümmern«, antwortete er so prompt, dass ich beschloss, es ihm zu glauben. Und irgendwie hatte er ja auch recht. Schließlich wusste ich, dass Bellatoren die Körper normalerweise bei meinem Clan ablieferten, damit wir sie auf unseren Friedhöfen vergruben. Aber was würde mit Ryders Körper geschehen?

Sieh nicht hin. Sieh nicht hin.

Sieh.

Nicht.

Hin.

Ich kniff die Augen fest zusammen.

»Wusstest du, dass ich hier bin?«, zwang ich mich dann doch zu fragen, obwohl ich nichts lieber getan hätte, als mich von dem blutigen Nachthemd zu befreien. Ich erinnerte mich schwach daran, dass er etwas in der Art gesagt hatte.

Tristan zögerte einen Moment zu lange, was er schließlich auch erkannte. Seufzend fuhr er sich durchs Haar. »Die Oberste Daltry hat mich geschickt. Sie wusste von Ryder und ahnte, dass du hier Zuflucht suchen würdest, als sie von deinem Verschwinden hörte. Der Mordenox saß auf dem Dach, als würde er auf etwas warten, und stürzte durch das Fenster ins Zimmer, kurz bevor ich das Haus betreten konnte.«

Nachdenklich biss ich mir auf die Unterlippe. Vermutlich war er Ryder von seinem Treffen mit Gaspard gefolgt und als er gesehen hatte, dass ich … Da musste er die Sache selbst in die Hand nehmen.

»Wird Daltry nicht misstrauisch werden, wenn du mich nicht zu ihr bringst?«

»Sie sagte nichts davon, dass ich dich zu ihr bringen soll«, antwortete er mit einem spitzbübischen Lächeln, das mir einen Schauder über den Rücken jagte. Ich mochte seine lockere, sorgenfreie Art nicht. »Ihre genauen Worte waren: Überprüfe Ryders Wohnung und halte nach der Somna Ausschau. Das habe ich getan.«

Es fiel mir schwer, ihm zu vertrauen, aber noch schwerer war es, es nicht zu tun. Mir blieb keine andere Wahl, wenn ich nicht von der Polizei verhaftet werden wollte.

Ich verließ schließlich das Zimmer mit einem Bündel Kleidung und suchte das Bad auf, wo ich das blutbesudelte Messer in das Waschbecken legte. Einen Moment gönnte ich mir, in dem ich einen lautlosen Schrei ausstieß und Arax'va, Corama und Belmin verfluchte, dann zog ich mit fahrigen Bewegungen das Nachthemd aus, um meine Hände und meinen Bauch zu waschen. Die Platzwunde auf meiner Stirn versorgte ich mit Pflastern, die ich im Medizinschrank fand.

Als ich angezogen ins Wohnzimmer zurückkehrte, reichte mir Tristan meine Jacke. Ich nahm sie zögerlich entgegen, zog sie mir über und suchte dann meine Sachen zusammen, um sie in meinen Rucksack zu stopfen.

Sieh nicht hin. Sieh ihn nicht an.

Und ich tat es dennoch. Mein Blick berührte seine Gestalt, strich zittrig über sie und saugte das Bild auf. Er hatte mich verlassen. Er hatte uns alle verraten.

Vergiss das niemals. Du kannst niemandem vertrauen, wenn dich selbst dein bester Freund hintergeht.

Ich beugte mich hinab, fuhr mit meinen Fingern unter seinen Kragen und riss die Kette von seinem Hals. Der Adler glänzte rein. Unschuldig. Unwissend.

Innerlich erkaltet verließ ich als Erste die Wohnung, in der ich ein Menschenleben genommen hatte. Tristan folgte mir auf dem Fuß und zog die Tür hinter sich zu. Mit einer lockeren Handbewegung deutete er auf die Treppe und überließ mir erneut den Vortritt.

Der Parka wärmte mich, sodass mein Zittern allmählich verebbte. Allerdings hatte ich noch immer einen rosafarbigen Hauch von Ryders Blut an den Händen und das Gefühl auf meiner Haut rief mir die Tat ins Gedächtnis zurück. Immer und immer wieder. Ich wusste, ich balancierte nur gerade so am Abgrund und war kurz davor, hinabzustürzen.

Als wir uns zu dritt vom Wohnhaus wegbewegten, dachte ich, wir würden uns in demselben Schweigen hüllen, das auch Ace bevorzugt hatte, doch da hatte ich die Rechnung ohne Tristan gemacht.

»Manchmal passiert nächtelang überhaupt nichts und ich laufe mir in meinem zugeteilten Bereich die Füße wund«, begann er seinen Monolog, nachdem wir die Matthäuskirche passiert hatten. »Meine Partnerin und ich halten uns dann mit ein paar Spielen warm.«

»Was für Spiele?«, fragte ich bloß, weil ich nicht unhöflich sein wollte, und ich nahm an, dass es nicht schaden konnte, mehr über diesen Bellator zu erfahren. Neo bedeutete mir mit einem Nicken seine Zustimmung. Auch ihm war der Krieger noch nicht ganz geheuer.

»Ach, wir lauern dem anderen auf, erschrecken ihn, testen seine Reflexe. So was eben …« Er lächelte schief.

»Wie lange bist du schon Bellator?«

»Ein paar Jahre. Aber ich bin eher so der Durchschnitt und habe keine besonderen Ehrabzeichen, falls du das wissen willst.«

Neo hob seine Schultern und ich unterdrückte ein Seufzen. Anscheinend war ich nicht so subtil, wie ich glaubte zu sein, also wechselte ich das Thema. Mir blieb voraussichtlich noch die halbe Nacht, um ihn zu löchern und herauszufinden, warum er und Neo dasselbe Aussehen teilten.

»Und was passiert, wenn du einem Mordenox begegnest?«

»Dann kämpfe ich. Ich will mich ja nicht rühmen, aber …«, sein Augenzwinkern suggerierte eindeutig das Gegenteil, »… ich habe schon vielen Menschen das Leben gerettet. Eigentlich stimmt mich das ziemlich positiv, aber … glaubst du wirklich, irgendjemand hätte mir gedankt?« Er setzte eine dramatische Pause und sah mich mit weit aufgerissenen Augen an.

Ein Spiel. All dies hier, unsere Realität ist für ihn ein Theaterstück, in dem er sich selbst so inszenieren kann, wie er gesehen werden will.

»Niemand. Kein Einziger. Sie alle laufen weg, sobald sie nicht mehr von Nachtbeißern angegriffen werden. Ihnen ist es schlichtweg egal, was mit mir passiert. Hauptsache, sie können sich in Sicherheit begeben und ihre kostbare Haut retten.« Er stieß ein missbilligendes Schnauben aus.

»Ach, ich glaube nicht, dass alle so sind«, sagte ich, da ich annahm, dass er einen Widerspruch erwartete, obwohl ich wirklich keine eigenen Erfahrungen in dem Bereich hatte und eher schlecht einschätzen konnte, wie sich andere in solch einem Moment der Gefahr verhielten. Und dann fiel mir ein, dass auch ich ihm nicht gedankt hatte. Nun schien seine Aussage gar nicht mehr so weit hergeholt.

»Glaub mir, sie sind alle so.« Er kratzte sich am Kinn. »Vielleicht gehe ich aber auch zu harsch mit ihnen ins Gericht. Wer weiß, wie ich reagieren würde, wenn ich mich plötzlich mit einem Monster konfrontiert sähe, gegen das ich mich nicht verteidigen könnte.« Er sah mich ernst an, als würde er plötzlich nicht mehr von Mordenox sprechen.

Plötzlich spürte ich es bis in mein Innerstes. Die Wahrheit, die nur langsam in meinen Verstand sickerte, bis sie sich bis in den letzten Winkel meiner selbst ausbreitete.

Ich hatte Ryder getötet.

Ich hatte ihn ermordet.

Er war tot.

Ich bin eine Mörderin.

Sieh nicht hin. Aber die Leiche lag vor mir. Der Anhänger grub sich in die Faust, die sich in meiner Tasche darum geschlossen hatte. *Sieh nicht hin.* Doch er war da. Der leblose Körper. Das Blut. *Sieh nicht hin.*

Mir wurde so schlecht, dass ich zu dem Rand einer Rasenfläche wankte und kniend zu Boden fiel, bevor ich sämtlichen Mageninhalt hervorwürgte.

Tränen flohen aus meinen Augenwinkeln und rannen meine kühlen Wangen hinab. Zittrig holte ich Atem, als das Würgen allmählich nachließ und der Schnee meine Hose vollkommen durchweicht hatte. Da mir das Gewicht der Tasche plötzlich viel zu schwer war, versuchte ich mich blind und panisch davon zu befreien, bis Tristan mir zu Hilfe kam. Er reichte mir anschließend Papiertaschentücher, mit denen ich mir Mund und Hände abwischte.

»Ich habe jemanden … getötet.« Beinahe erstickte ich an diesen Worten. Eine neue Welle der Übelkeit überrollte mich, aber dieses Mal war ich stark genug, sie zurückzudrängen.

»Ich bin mir sicher, du hattest keine andere Wahl.«

»Man hat immer eine Wahl«, flüsterte ich, bevor ich mich langsam aufrichtete. »Lass uns weitergehen.«

Ich achtete kaum auf den Weg, den wir gingen, und konzentrierte mich allein darauf, gegen meine Übelkeit anzukämpfen. Neo blieb dicht an meiner Seite, seine Miene war traurig und mitfühlend zugleich. Für den Moment hatten wir beide das Rätsel um Tristan aufgegeben.

»Hier ist es«, verkündete Tristan und holte mich damit abrupt aus meinen Gedanken. Er deutete auf einen farblosen Wohnkomplex, der zwar nicht sonderlich schön, dafür aber sauber und sicher wirkte.

»Ich dachte immer, ihr Krieger würdet wie Protectoren und wir Clanmitglieder zusammenwohnen?« Wir betraten das Foyer des zehnstöckigen Hauses, das leer, aber gepflegt war. Natürlich hatte Tristan bereits verraten, dass er allein lebte, aber erst jetzt war ich ruhig genug, um nachzuhaken, warum das so war.

»Wir können, wenn wir wollen. Prinzipiell ist es uns freigestellt, solange wir im stetigen Kontakt zu der Hauptstelle stehen«, antwortete er mir und dirigierte mich mit einer Hand an meinem Rücken zu einem der beiden Fahrstühle, dessen silberne Türen erst nach ein paar Sekunden auseinanderglitten. »Ich für meinen Teil schätze meine Privatsphäre etwas mehr als die meisten anderen.«

Das Innere des Lifts war keineswegs so edel ausgestattet wie die Version in der Bank, was mich nicht im Geringsten störte. Ich verspürte ohnehin nicht das Bedürfnis, mich selbst im Spiegel anzusehen. Neo war nicht mit eingestiegen, was aber nicht daran lag, dass ihn ein Bannzauber zurückhalten würde, da er uns durchaus bis zum Fahrstuhl begleitet hatte. Vielleicht sah er sich einfach nur um.

»Es gab eigentl…«, begann Tristan, bevor er von einem Hustenfall unterbrochen wurde, der ihn durchschüttelte. Er beugte sich vornüber und hustete ununterbrochen, während ich hilflos über seinen Rücken strich, als würde ihm das helfen.

Ich befürchtete schon, er würde jeden Moment zusammenbrechen, als er sich allmählich wieder beruhigte. Der Husten ließ nach.

»Was war das?«, fragte ich entsetzt, als Tristan scheinbar unbewegt den Knopf zur siebten Etage drückte.

Nun, da er sich wiederaufgerichtet hatte, ließ ich peinlich berührt meine Hände sinken. Tristan kommentierte meine Geste mit keinem Satz oder Blick. Seine Augen waren starr auf die Knöpfe gerichtet.

»Ich war erkältet. Sind wohl nur noch ein paar Nachwehen«, sagte er etwas unterkühlt, aber ich hakte nicht weiter nach. Anscheinend mochte er es nicht, wenn man ihn geschwächt sah.

Der Fahrstuhl spuckte uns schließlich im Flur des siebten Stocks aus, der ein wenig muffig roch und mit einem verblassten Teppich ausgelegt war. Die Deckenlampen flackerten auf, als Tristan den Schalter betätigte und anschließend an meiner Seite zur letzten Tür auf der rechten Seite schritt. Er kramte einen einfachen Schlüssel ohne Anhänger aus seiner Jackentasche hervor und schloss die Tür auf, um mich als Erste einzulassen.

Das Apartment dahinter war klein, aber gemütlich. Es gab eine Pantryküche, eine Tür zu einem Badezimmer und einen Tisch, auf dem ein alter Fernseher stand. Statt eines Bettes oder einer Couch befand sich hier lediglich eine Matratze, die auf dem Boden lag und auf der sich mehrere Kissen und Decken türmten.

»Setz dich.« Tristan deutete auf die Matratze, während er sich selbst seiner Jacke entledigte, die er über den Stuhl warf, den ich erst jetzt bemerkte. Das Schwert – mir fiel wieder ein, dass es unter den Signa Inferre den Namen Chilanum trug – lehnte er gegen die Wand. »Willst du Bier, Bier oder … Bier?« Er grinste mich an, was mich endlich aus meiner Starre holte.

»Bier ist okay.« Das letzte Mal hatte ich zusammen mit Ryder Bier getrunken und nun war er tot. Für immer.

Sieh nicht hin.

Mich in Richtung Fenster bewegend, stellte ich meine Tasche ab und zog meinen Schal und die Jacke aus. Beides legte ich auf die Tasche, bevor ich den Blick vom Schneegestöber abwandte und die Bierflasche nahm, die mir Tristan reichte. Das Bier vertrieb glücklicherweise den restlichen Geschmack von Erbrochenem in meinem Mund. Ich war trotzdem froh, wenn ich mir bald die Zähne putzen konnte.

»Du schaust so skeptisch«, lachte er, bevor er sich auf der Matratze niederließ. Er streckte beide Beine aus, lehnte sich mit dem Hinterkopf an die Wand und bedachte mich mit einer Art Schlafzimmerblick, wie man sie in romantischen Komödien zuhauf fand. Es nervte mich und doch wollte ich nicht unhöflich sein, schließlich konnte er mich noch immer gegen meinen Willen an die Signa Inferre ausliefern.

Vorsichtig näherte ich mich der Matratze und positionierte mich nah am Rand.

»Es ist nur, ich hab mir jetzt in den fünf Minuten, in denen wir uns kennen, keine besondere Vorstellung von deiner Wohnung gemacht, aber ...« Ich sah mich bedeutungsvoll in dem kargen Apartment um. »Mit ein paar mehr Möbeln hätte ich schon gerechnet.« Und ihm schien es ja offensichtlich nicht an Geld zu mangeln, wenn man seine Jacke betrachtete. Auch die Jeans, die er trug, oder der dunkelblaue Pullover schienen nicht billig gewesen zu sein.

Er zuckte mit den Schultern. »Zum Schlafen reicht's«, erklärte er, bevor er einen Schluck des bitteren Getränks nahm, ohne mich dabei aus den Augen zu lassen. Ich stellte die Flasche auf den Boden.

Als ich aufsah und Tristans durchdringenden Blick auffing, wusste ich, was er fragen würde, noch bevor er die Worte überhaupt formuliert hatte.

»Was ist passiert, Lydia?«

»Ich ... Es ...«, begann ich stotternd und plötzlich unglaublich hilflos. Mir fiel es schwer, mich zu öffnen, da ich ständig Ryders Gesicht vor meinem inneren Auge sah. *Ihm* hatte ich vertraut und er hatte mich verraten. Aber ich brauchte jemanden, der mir zuhörte, bevor ich vollkommen den Verstand verlor. Ace oder Lockington hatten mir nicht mal die Chance gegeben, Atem zu schöpfen. Ich seufzte. Ich tat ihnen, was das anging, Unrecht. Mein Verhalten war abweisend und kindisch gewesen, trotzdem ... »Alles ging so schnell.«

»Ist er dir zu nahe gekommen? Ryder meine ich?«

Ich schüttelte den Kopf, presste die Lippen zusammen und ließ dann den angehaltenen Atem heraus. Es war eine Sache, dem Bellator nach Hause zu folgen, aber eine ganz andere, ihm von dem Mord an meinem besten Freund zu erzählen. Ich schätzte, die Entscheidung ließ sich letztlich nur deshalb treffen, weil er bereits über den Umstand, *dass* es geschehen war, Bescheid wusste. Einmal angefangen, ließen sich die Worte nicht mehr zurückhalten, stoben wie der Schneesturm draußen aus meinem Mund und hüllten Tristan und mich ein.

Der Krieger hörte schweigend zu, bis ich geendet hatte.

»Es tut mir sehr leid«, raunte er. Zum ersten Mal seit unserem Aufeinandertreffen war das Vergnügen vollkommen aus seinem Gesicht und seiner Stimme verschwunden.

Er löste sich von der Wand und berührte mich zögerlich an der Schulter, als würde er mir Trost spenden wollen, aber nicht wissen, wie er es anstellen sollte.

Von ihm abrückend wischte ich mir über die nassen Wangen, griff nach meiner Bierflasche und nahm einen weiteren tiefen Schluck. Das Gebräu schmeckte bitter und half mir nicht wirklich, mich von dem Schmerz zu befreien, den dieses Gespräch in mir ausgelöst hatte.

»Wieso bist du vor den Protectoren geflohen?« Er stützte sich mit seinen Händen links und rechts von sich auf der Matratze auf und ließ seinen Kopf kreisen, als würde er dadurch eine Verspannung in seinem Nacken lösen wollen.

»Sie haben mich eingesperrt«, antwortete ich heiser. »Nachdem sie mir sagten, dass ich die letzte Somna bin, brachten sie mich in ein Zimmer und verriegelten die Tür. Anscheinend vertrauen sie mir genauso wenig wie ich ihnen.«

»Das hätten sie nicht tun sollen.« Er sah mich mitleidig an.

»Nein«, stimmte ich ihm zu. »Das hätten sie nicht.«

Daraufhin zuckten seine Mundwinkel amüsiert. »Vielleicht wollten sie dich erst einmal bekehren.«

Ich schüttelte schmunzelnd den Kopf. »Ich weiß nicht. Giffin hat gesagt, dass sie trotz ihres … starken Glaubens nie versucht haben, uns damit zu ersticken. So oder so … ich bin eh der Meinung, dass es Arax'va vermutlich nie gegeben hat. Er ist wie die anderen Götter, nur eine Sagengestalt.«

»Du sagst *vermutlich*. Also hast du die Möglichkeit noch nicht ganz ausgeschlossen«, bemerkte er leise.

Stirnrunzelnd wandte ich mich ihm ganz zu, als uns ein lautes Krachen auseinanderfahren ließ. Ich wandte mich abrupt ab und erkannte Ace, der im Türrahmen stand und uns aus zornfunkelnden Augen anblickte.

Scheiße.

ACHT

»Ein ungebetener Gast«, sagte Tristan gedehnt. Nichts war mehr von dem einfühlsamen Krieger zu sehen, der mir gerade noch so aufmerksam gelauscht hatte. Auf seinen Lippen zeichnete sich ein süffisantes Lächeln ab, als wüsste er genau, *wer* durch die Tür gekommen war, und als würde er demjenigen keinerlei Sympathien entgegenbringen. Ob es wegen dem war, was ich ihm erzählt hatte, oder ob es sich um eine allgemeine Antipathie gegenüber Protectoren handelte, konnte ich nicht sagen.

Ich sprang auf und blickte Ace unsicher an. Seine Miene verriet deutlich, was er empfand. Wut und Erleichterung, die miteinander zu kämpfen schienen.

»Ich entschuldige mich für die Tür«, sagte er seelenruhig und überging damit die Bemerkung des Bellators. »Aber ich war in Eile.«

Verfluchter Mist, er hatte tatsächlich die Tür *eingetreten!* Wie irgendein Barbar aus der Antike, der keine Manieren kannte.

»Solange du die Kosten übernimmst, zuzüglich fünfzig Prozent Zinsen, werde ich von einer Anzeige absehen.«

»Ich leite das an meinen Boss weiter.« Ace machte eine wegwerfende Bewegung mit der Hand. Sein Blick war dabei für keine Sekunde von mir gewichen. »Lydia, komm bitte mit mir.«

»Ich denke nicht«, erwiderte ich kühl und verschränkte die Arme vor meinem Oberkörper. Ein Schauer rann meinen Rücken hinab, als ich daran dachte, erneut eingesperrt zu werden.

Er trat näher an mich heran und überragte mich auf eine Art und Weise, die nicht nur an seiner Größe lag. Es war seine ganze Erscheinung, seine Ausstrahlung und am meisten die Wut, die jetzt durch seine starre Maske flackerte.

»Und wieso nicht? Willst du jetzt wirklich Schutz bei einem Bellator suchen? Ist es das?«

»Und wenn es das wäre?«, konterte ich.

»Dann hättest du mit uns reden können, anstatt mitten in der Nacht abzuhauen«, zischte er. »Du hättest angegriffen werden können!«, knurrte er, was mich daran zweifeln ließ, dass ihm mein Wohlergehen wirklich so am Herzen lag, wie er mir gerade weiszumachen versuchte.

»Oh, sie ist angegriffen worden«, mischte sich Tristan ein, der besonders interessiert seine Fingernägel betrachtete. Er lag noch immer auf der Matratze und gab sich so lässig, als hätte er keine einzige Sorge, die ihn des Nachts wachhielt.

Es waren jedoch die falschen Worte, denn Aces Hände ballten sich zu Fäusten. Bevor er dem Bellator aber sagen konnte, was er von seinem vergnügten Tonfall hielt, atmete er tief durch die Nase ein, dann lockerte er seine Finger wieder. Der Zorn in seiner Miene machte Sorge Platz, als er mich durchdringend ansah.

»Geht es dir gut?«

»Ich …« Ich versuchte ihm von Ryder zu erzählen. Von dem Mordenox in dessen Wohnung und von Tristan, aber ich fühlte mich innerlich so leer. Also übernahm der Bellator für mich und weihte den Protector in die Geschehnisse ein. Er erzählte ihm von Ryder und seinem Verrat.

»Du hast getan, was du tun musstest«, sagte Ace im Brustton der Überzeugung, ohne den geringsten Raum für Zweifel zu lassen. »Ich hoffe, das weißt du.«

Ich verstand nicht, wieso er sich so sicher sein konnte.

»Wie hast du sie gefunden?«, warf Tristan ein und lenkte unsere Aufmerksamkeit erneut auf ihn.

Ace rang mit sich selbst. Wahrscheinlich würde er mich am liebsten packen und davonlaufen, allerdings würde Tristan das wohl nicht zulassen und ich erst recht nicht. Das schien auch Ace letztlich zu erkennen und gab sich geschlagen.

»Ich habe halb Arden Creek nach dir abgesucht«, brummte er düster. »Dann erhielt ich einen Anruf von Natalie, dass sie eine Ahnung hätte, wo du stecken könntest.«

»Natalie?«, fragte ich stirnrunzelnd. »Wer ist Natalie?«

Tristan machte sich endlich die Mühe, aufzustehen und schlenderte zum Fenster, wo er sich mit der Hüfte gegen die hervorstehende Bank lehnte. »Meine Partnerin.«

»Ich«, kam es dann aus dem Flur und eine junge Frau schälte sich aus der Dunkelheit hinter Ace, bis sie neben ihm zum Stehen kam. Als Erstes fielen mir ihre langen, glatten und feuerroten Haare auf, bevor ich dann ihr hübsches, aber zu einer genervten Grimasse verzogenes Gesicht wahrnahm. »Ich war ihm noch etwas schuldig, nachdem er mir damals bei der Prüfung geholfen hatte. Sorry.«

»Sehr nett von dir, Nat. Das nächste Mal informiere ich dich nicht über die spannenden Ereignisse in meinem Leben«, grummelte Tristan.

»Ich wollte ja eigentlich schon längst verschwunden sein, aber das Theaterstück, das ihr vorführt, ist einfach zu spannend«, erklärte sie zuckersüß. »Wie geht es nur weiter? Wer wird das Herz der Prinzessin erobern?«

Ich wusste nicht, ob ich lachen oder sie zornig anfunkeln sollte, dafür, dass sie sich so über meine Situation lustig machte.

»Ich wäre dafür, dieses wunderschöne Treffen jetzt aufzulösen«, murrte Tristan, der sich offensichtlich lieber über andere amüsierte, anstatt selbst auf die Schippe genommen zu werden.

»Lydia …«, murrte Ace und wollte nach mir greifen, doch ich wich zurück.

»Mann, sie will anscheinend nicht mit dir kommen«, stellte Tristan klar und positionierte sich direkt neben mir. Die geheuchelte Langeweile war durch tödlichen Ernst ersetzt worden.

»Der Kampf der Titanen«, hörte ich Natalie murmeln. Sie lehnte mit vor der Brust verschränkten Armen neben der Tür und zog schon wieder eine Grimasse.

»Kannst du es ihr wirklich verübeln, nachdem ihr sie wie ein wildes Tier eingesperrt habt?«, sagte Tristan und überging damit Natalies genuschelte Worte.

»Eingesperrt?«, wiederholte Ace ehrlich bestürzt. »Was redest du da?«

»Jetzt tu nicht so, du weißt genau, wovon ich rede.« Tristan gab keinen Zentimeter nach.

»Lydia?«, wandte sich der Protector an mich.

»Es stimmt. Mein Aufpasser, den du ausgewählt hast, hat mich eingeschlossen. Vielleicht brauche ich Schutz, aber ich muss dazu nicht hinter Schloss und Riegel versauern.«

In seinen Augen blitzte eine starke Emotion auf, die ich nicht genau deuten konnte.

»Lass sie jetzt in Ruhe«, verlangte Tristan.

»Ich kann für mich selbst eintreten, Tristan, aber danke«, fühlte ich mich verpflichtet zu sagen.

»Misch dich nicht ein«, sagte Ace gleichzeitig in Richtung Bellator. Mit ihm war heute Nacht anscheinend nicht zu spaßen. »Das hier geht dich nichts an.«

»Und ob. Schließlich war ich es, der sie gefunden hat«, konterte er erbarmungslos. »Wo bist du gewesen?«

»Du …«

»Hört auf!«, herrschte ich sie beide an und legte die Hände an meine pochenden Schläfen. »Ace, ich will bis zum Morgen warten und mir überlegen, was ich als Nächstes tun möchte. Es gibt keinen Grund, weshalb ich in dein Hauptquartier zurückkehren sollte.«

»Denk doch mal nach. Was ist, wenn Gaspard deine Identität herausfindet? Er wird dich bis ans Ende der Welt jagen«, beharrte er auf seinem Standpunkt.

»Und wer hat es ihm so einfach gemacht?« Ich erzählte ihm von dem Fahndungsfoto.

»Das war in der Tat nicht das Klügste, geht aber auf die Kappe der Signa Inferre«, bestätigte er, was Tristan schon zugegeben hatte. »Gib mir fünf Minuten. Ein Gespräch. Nur du und ich, und wenn du dich dann immer noch dafür entscheidest, hierzubleiben, werde ich dich nicht zwingen, mich zu begleiten.«

Ich seufzte.

Das war ein verlockender Vorschlag, den ich beim besten Willen nicht ablehnen konnte, wenn es bedeutete, diese Sache ein für alle Mal zu klären. Meine Schultern senkten sich, ehe ich nickte und Ace nach draußen auf den Flur folgte. Wir schlossen die mitgenommene Tür hinter uns und ließen die Deckenlampen ausgeschaltet. Es drang einzig das blinkende grüne Licht vom Notausgangschild zu uns herüber.

»Also?« Ich lehnte mich gegen die Wand und hob abwartend eine Augenbraue. »Mit was willst du mich jetzt umstimmen?«

»Die Stadt braucht dich.« Verdutzt sah ich ihn an.

»Wie bitte?«

»Arden Creek. Wir brauchen deine Fähigkeiten als Somna. Du bist die letzte Überlebende«, erklärte er. Er presste seine Lippen zusammen und blickte für einen Moment hilflos gen Decke.

»Das musst du wahrlich nicht noch öfter wiederholen«, entgegnete ich starr. Natürlich hatte ich diesen Umstand nicht ein einziges Mal vergessen.

»Aber du scheinst den Sinn dahinter noch nicht begriffen zu haben«, stieß er erneut in die pochende Wunde in meinem Inneren. »Wer außer dir soll denn die Aufgabe einer Somna in Arden Creek übernehmen? Es würde Wochen dauern, bis wir jemanden finden würden, der von außerhalb den Posten in unserer Stadt besetzen könnte.«

»Aber … Giffin, er sagte mir immer, dass ich noch nicht bereit dazu bin. Noch nie durfte ich bei einer Leiche helfen. Immer wurde ich von den Opfern ferngehalten«, erwiderte ich, überfordert von diesem Vorschlag.

»Du wirst es sein müssen.« Er näherte sich mir, sodass ich meinen Kopf in den Nacken legen musste, um seinen durchdringenden Blick weiterhin zu erwidern.

»Warum interessiert es dich so sehr?«, wisperte ich. »Im Hauptquartier konntest du dich nicht schnell genug von mir entfernen …«

»Weil … es wichtig ist. Du sagtest, dass wir Protectoren mehr für unsere Gesellschaft tun könnten, als die Ignis dem Wiederkreis hinzuzufügen ... Wie kannst du dann nur daran denken, nicht deine Pflicht zu tun?«

Ich öffnete den Mund und schloss ihn wieder, da ich nicht wusste, was ich erwidern sollte. Er hatte recht. Natürlich hatte er recht.

»Du trägst jetzt die Verantwortung für den Clan«, schob er hinterher.

»Ich weiß nicht, ob ich das kann«, flüsterte ich, lockerte meine Arme und rieb mir dann übers Gesicht. »Ich meine, selbst wenn ich zustimme, bin ich mir nicht sicher, ob ich die nötige Konzentration dafür aufbringen kann. Es ist eine Sache, an einer Puppe zu üben, und eine andere, eine richtige Leiche vor sich zu haben.«

Ace berührte mich sachte an der Schulter. »Du wirst dich daran gewöhnen. Wir alle tun das.«

»Na schön«, gab ich schließlich nach. »Ich bin aber keine Gefangene, Ace. Wenn ich mit dir gehe, tue ich das zu *meinen* Bedingungen. Ihr dürft mir Ratschläge geben und mir helfen, aber ich werde weder dir noch deinem Obersten gehorchen. Ich werde mich nicht wieder einsperren lassen …«

»Ich dachte, wir hätten geklärt, dass dies ein Missverständnis gewesen ist?« Er zog die Brauen grimmig zusammen.

»Nichts haben wir geklärt. Noch vertraue ich dir nicht«, stellte ich klar. »Also?«

Das Schweigen dehnte sich bis ins Unermessliche aus, ehe er nickte. »Ich bin einverstanden.«

Die Anspannung in meinem Körper löste sich. »Da ist noch was.« Abwartend sah er mich an. »Was geschieht mit Ryder? Und wird die Polizei nach mir fahnden?«

Er kratzte sich am Hinterkopf. »Ich kenne zwar nur euren Bericht, aber es scheint mir, als hätten die Bellatoren das in der Hand. Die Polizei wird mit den üblichen Ausreden gefüttert werden, aber wenn es dich beruhigt, werde ich mich persönlich darum kümmern.«

»Das tut es, danke.«

Ich zwang mich zu einem Lächeln, bevor wir in das Zimmer zurückkehrten, in dem sich Natalie an meinem Bier bediente. Da ich nichts dagegen einzuwenden hatte, überging ich dies und begann mich schweigend anzuziehen.

»Also hat er dich um seinen Finger gewickelt?«, fragte Tristan und ließ meinen Schal durch seine Hände fahren.

»Er hatte ein paar gute Argumente«, murmelte ich und nahm das Kleidungsstück an, das er mir reichte.

»Ich war so frei, meine Nummer in deinem Handy einzuspeichern«, wisperte er so leise, dass nur ich ihn hören konnte. »Melde dich, wenn sie dich wieder schlecht behandeln. Bis bald.«

»Bis dann.« Ich winkte Natalie zu, die zur Antwort bloß beide gezupften Augenbrauen hob, bevor ich mit Tasche und Ace aus dem Apartment verschwand.

Als wir in die Nacht hinaustraten, wurden wir sofort von weißen Flocken umhüllt.

»Ich bin zu Fuß gekommen. Macht es dir was aus?«

Ich zitterte schon jetzt wie Espenlaub. »Fährt kein Bus mehr?«

»Wir können nachschauen«, stimmte er meinem implizierten Vorschlag zu und führte uns an.

»Wäre es nicht besser gewesen, die Bellatoren als Beschützer mitzunehmen?«, erkundigte ich mich reichlich spät.

»Wenn es hart auf hart kommt, bin ich durchaus dazu in der Lage, uns zu verteidigen«, war seine überraschende Antwort, die er in einem leicht beleidigten Ton vortrug.

»Das sollte keine Kritik sein.«

»Ach nein?« Er sah mich skeptisch an. »Das hörte sich während deines Ausbruchs in Lockingtons Büro aber anders an.« Dieses Mal war der gekränkte Unterton verschwunden und durch ein zaghaftes Lächeln ersetzt worden, als würde er versuchen, mich aufzuziehen, aber noch unsicher darüber sein, ob ich dazu bereit wäre.

Ich konnte nicht verhindern, dass ich errötete. »Sorry. Ich bin etwas außer mir gewesen.«

Er stieß ein leises Seufzen aus. »Du brauchst dich nicht zu entschuldigen. Du hattest jedes Recht, so auszurasten. Ich weiß nicht, was ich mir dabei gedacht habe.«

»Was meinst du?«, hakte ich neugierig nach, nachdem wir die erste Haltestelle passiert hatten, ohne dass einer von uns stehen geblieben war. Es schien weder ihn noch mich zu stören. Mittlerweile hatte auch das Zittern nachgelassen und die Bewegung wärmte mich ausreichend.

»Ich hatte zwar den Auftrag, in eurem Clanhaus nach dem Rechten zu sehen, aber ...« Er fuhr sich durch seine vom Schnee feuchten Haare. Sie waren fast so kurz geschnitten wie die von Lockington, was sein attraktives Gesicht noch stärker betonte. »... ich habe nicht wirklich daran geglaubt, dass etwas passiert ist. Deshalb habe ich mir auch keinen Plan zurechtgelegt, wie ich mit der Situation umgehen sollte.«

»Und dann triffst du mich völlig verstört vor einem Haus voller ... Leichen«, führte ich seinen Gedankengang zu Ende. »Ich mache dir keinen Vorwurf. Nicht mehr. Wahrscheinlich standst du genauso wie ich unter Schock«, schloss ich. Ich meinte jedes Wort. Wirklich. »Und jetzt triffst du mich erneut und erfährst, dass ich einen

Mord in der kurzen Zeit seit unserem letzten Treffen begangen habe.« Ich stieß ein hohles Lachen aus. »Ich bin wirklich überrascht, dass du dir überhaupt noch die Zeit genommen hast, mich von einer Rückkehr zu den Protectoren zu überzeugen.«

Plötzlich hielt er inne und umfasste meine Schultern. Seine braunen Augen schienen zu brennen. »Denk das nicht.«

»Was?«

»Du hast keinen *Mord* begangen.« Er betonte jedes einzelne Wort.

»Ryder ist tot.«

Er hob eine Hand an mein Gesicht. »Ich sage es dir gerne so oft, bis du selbst daran glaubst. Du hast in Notwehr gehandelt. Er hätte dich sonst getötet.«

Ich wollte ihm glauben. So sehr. Aber es fiel mir schwer.

»Er hat mich darum *gebeten*, ihn zu töten, Ace, weil er mich nicht töten wollte.« Ich stieß einen frustrierten Laut aus und biss mir verzweifelt auf die Unterlippe. »Er hätte mich nicht erwürgt. Da bin ich sicher. Trotzdem habe ich zugestoßen und ich weiß nicht, warum.«

»Er hätte es getan«, widersprach er mir vehement.

Ich schüttelte seine Arme ab und wandte mich aufgewühlt von ihm ab. »Nein«, beharrte ich. »Hätte er nicht. Er war zu gut.«

»Wie gut kann er schon sein, Lydia? Er hat die Bannzauber dreier Quartiere zerstört und damit den Mord an deinen Leuten initiiert! Das kann niemand Gutes tun. Ryder war *kein* guter Mensch.«

»Er war mein bester Freund!«, schrie ich. Überrascht über diesen Ausbruch, schlug ich eine Hand vor meinen Mund. »Er war mein bester Freund«, sagte ich leiser. »Wie konnte er das tun?«

Ace verringerte erneut den Abstand zwischen uns. »Wäre er dein bester Freund gewesen, hätte er dich nach allem, was ich weiß, nicht betrogen. Hättest du ihn nicht zuerst getötet, hätte er dein Leben genommen. Für ihn gab es nur noch zwei Möglichkeiten. Du warst der Schlüssel zu beiden. Du hast für ihn entschieden, weil er zu schwach war, es selbst zu tun. Gib dir nicht die Schuld für deine eigene Stärke.«

Ich blinzelte die aufsteigenden Tränen fort, ehe ich abrupt nickte. »Vielleicht.«

Ein kleines Lächeln bildete sich auf seinen Lippen und er legte eine Hand an meinen Rücken. »Das reicht mir für den Augenblick.«

»Trotzdem wünschte ich mir, du hättest mich früher gefunden«, beichtete ich. »Du bist es doch gewesen, der im Magic Shop nach mir gefragt hat, nicht wahr?«

Er zog seine Parkakapuze auf dem Kopf zurecht. »Du bist also wirklich noch mal zu ihr zurückgekehrt? Ich dachte, es wäre ein Versuch wert, aber … ich war nicht sonderlich überrascht davon, dass sie keine Ahnung hatte, wo du dich aufhältst.« Als Antwort auf seine Frage nickte ich leicht. »So nah liegen Tod und Leben beieinander. Wenn ich dort zur selben Zeit wie du gewesen wäre, hättest du Ryder vielleicht nicht töten müssen, ja«, gab er zu. »Aber wir hätten dann nie herausgefunden, wer Gaspards Handlanger gewesen ist.«

Ich schwieg, weil ich wusste, dass er recht hatte. Zugeben wollte ich diese Tatsache jedoch nicht und deshalb führte er mich in vollkommenem Schweigen tiefer in die Stadt hinein.

NEUN

»Es tut mir leid, dass du das Gefühl hattest, weglaufen zu müssen«, nahm Ace das Gespräch nach einer Weile des Schweigens wieder auf. Wir hielten uns auf den belebten Straßen, auf denen auch nachts noch einige Leute entlangwanderten.

»Das ist es, was dir leidtut?« Ich versuchte, die Schärfe aus meiner Stimme herauszuhalten. Wir hatten uns vorhin so gut unterhalten, da wollte ich die Spannung zwischen uns nicht wiederaufleben lassen. Wir sollten uns gegenseitig nicht mehr wie Feinde behandeln.

Er ließ seinen Arm sinken. Anscheinend hatte das mit der Schärfe doch nicht so geklappt.

»Lydia …«

»Nein, ist schon okay«, winkte ich ab. »Wirklich, du kannst nichts dafür, was danach geschehen ist. Ich hätte mich nicht so von Harry aus der Ruhe bringen lassen sollen, als er das Zimmer abgeschlossen hat, aber …«

»Du hast nichts falsch gemacht.« Er kratzte sich hinterm Ohr. »Wir haben uns schon mal besser unseren Gästen gegenüber verhalten. Das stimmt. Und ich werde mit Harry reden.«

Ich zwang mich zu einem nachsichtigen Lächeln. »Ich kann noch immer nicht fassen, was geschehen ist.« Vielleicht würde ich es nie tun. »Ryder … er war mein letzter Anker und jetzt ist auch er mir entglitten.«

»Ich kann nicht so tun, als würde ich verstehen, wie sich das anfühlt«, sagte er leise, »aber es ist nicht das Ende deiner Welt. Es wird eine Zeit dauern, ja, aber du wirst wieder zu dir finden und nach vorne sehen können. Deine Vergangenheit muss nicht deine Zukunft bestimmen.«

Ich legte den Kopf in den Nacken und genoss für einen Moment den Schnee auf meinen geschlossenen Lidern, während ich mir Aces Worte durch den Kopf gehen ließ. Er hatte recht. Auch wenn ich mir noch keine Zukunft vorstellen konnte, so war ich doch trotz allem zuversichtlich, dass es eine geben würde.

Ich dachte schließlich an all die verstorbenen Somna und auch an alle Dormi und mir wurde bewusst, dass ich vermutlich nicht mal alle gekannt hatte und mich auch nicht an sie erinnern würde. Gaspard hatte mich der Chance beraubt, sie kennenzulernen. Er hatte ihre Leben genommen, ohne an ihre Hoffnungen und Wünsche zu denken. Als Mörder musste man sich mental von seinen Opfern distanzieren. Wie sonst könnte man ein Leben beenden?

Ja, wie sonst, Lydia? Wie genau hast du Ryders Leben beendet? Wütend presste ich die Lippen zusammen, öffnete die Augen und setzte den Weg fort.

»Danke. Ich werde mich wohl für eine Weile an deiner Zuversicht bedienen müssen, bevor ich Kraft genug für meine eigene habe.« Meine Stimme war ungewohnt rau. Ich ließ mich einen Moment von der Stille tragen, ehe ich wieder in die Realität zurückkehrte. »Wird es eine Beerdigung geben?«

»Natürlich. Der Rest deines Clans wird sich um die Bestattung kümmern. Du brauchst dir keine Sorgen zu machen.«

»Ich möchte ihr beiwohnen.«

»Das lässt sich bestimmt arrangieren. Ich werde mit Lockington reden.« Er lächelte mich vorsichtig an. Es schien seine ganze Präsenz zu erhellen und berührte mich tief im Inneren, dann schien er von weniger schönen Gedanken heimgesucht zu werden und das Lächeln schwand. »Ich bin wirklich froh, dass der Bellator zur Stelle war, um dich zu beschützen. Andernfalls wäre es …« Er stockte, als könnte er sich nicht dazu überwinden, den schlimmen Gedanken auszusprechen.

»Dann wäre es nicht gut ausgegangen, das stimmt.« Wir bogen um eine Hausecke und betraten eine viel befahrene Straße, die direkt nach Classwood führte.

»Ich weiß nur nicht, ob man ihm trauen kann. Natalie kenne ich zwar schon länger, aber Tristan …«

»Warum nicht? Ich glaube, durch meine Rettung hat er sich ausreichend bewiesen, oder nicht?« Ich spürte, wie sich der Protector neben mir bei meinen nächsten Worten versteifte. »Das ist es doch, was sie tun. Menschen beschützen. Sie töten diese anormalen Kreaturen.«

»Wir beschützen euch auch«, erwiderte mein Begleiter leise, aber nicht minder ernst, dann jedoch lachte er entschuldigend, während er seine Hände aneinanderrieb. »Sorry, man kann mich vielleicht eifersüchtig nennen.«

»Wieso solltest du eifersüchtig auf ihn sein?«

»Nicht speziell auf ihn … Es ist wohl eine Tatsache, dass uns Protectoren immer weniger Vertrauen entgegengebracht wird, und ich reagiere … übertrieben, wenn ein Bellator das tut, was ich gerne tun würde.«

»Mordenox abschlachten?«, hakte ich überrascht nach.

»Menschen beschützen, auf eine Art, die von allen anerkannt und respektiert wird. Ich …« Er rang einen Moment lang nach Worten. »Es ist notwendig, die Ignis, die in den Menschen steckt, dem Wiederkreis hinzuzufügen. Arax'va braucht die Kraft, um daraus Licht zu kreieren. Ich weiß, es ist schwer für euch, uns zu glauben, dass die zwei anderen Gottheiten verschwunden sind.«

»Ihr sagtet, dass die Statue zerstört worden ist, nicht wahr?«

»Vor ein paar Jahrzehnten zogen sich Risse durch die Bildnisse von Corama und Belmin«, erklärte er. »Diese Statuen sind heilig und eine direkte Verbindung zu den Gottheiten. Sind es schon immer gewesen, aber bis vor fünfzig Jahren haben nicht nur Protectoren an sie geglaubt.«

Ich unterdrückte ein Schnauben. Ace war mir zwar in jenem Moment nicht der liebste Mensch auf Erden, aber aufgrund seines versöhnlichen Verhaltens in der letzten Stunde war ich geneigt, ihm etwas mehr Respekt entgegenzubringen.

»Du glaubst wirklich, dass sie existieren? Als richtige Personen unter uns Menschen? Oder nur als Formen der Macht?«

»Ich sehe jeden Tag den Beweis, dass es sie gegeben hat … dass es zumindest ihn noch immer gibt.« Er wirkte so sicher und standhaft in seinem Glauben. »Ohne Arax'va würde der Wiederkreis nicht existieren und diesen kann ich sehen. Er ist wie ein konstanter Strom aus Licht und Feuer, mit allem und mit nichts verbunden. Ich sehe ihn überall. Er schlängelt sich durch Straßen, Fenster und Türen.« Er atmete durch die Nase aus. »Nur leider wird er von Woche zu Woche schwächer, dunkler und langsamer. Wie zähes Blut fließt er durch die Adern der Stadt.«

Ich hing an seinen Lippen. Noch nie hatte ich solch einer faszinierenden Beschreibung des Wiederkreises gelauscht. Mir fiel es schwer, meine Skepsis nicht sofort über Bord zu werfen und zustimmend zu nicken.

»Aber ich dachte, Arax'va entstammt dem Wiederkreis?«

»Der Wiederkreis hat ihn erschaffen, damit er die Ignis, die wir dem Kreis hinzufügen, zu Licht wandelt. Das war seine Aufgabe und die der anderen Gottheiten.« Damit holte Ace weiter aus und schien völlig darin aufzugehen, mir von den Geschichten zu erzählen, deren Wahrheit er bis aufs Blut verteidigen würde. »Die Aufgabe von Arax'va, Belmin und Corama ist es, das Licht immer stärker leuchten zu lassen als die Finsternis, die von den Mordenox erschaffen wird.« So hatte es mir auch Giffin damals erklärt.

»Aber die Menschen … sie sterben während eurer Rituale«, warf ich stirnrunzelnd ein. »Inwiefern unterscheidet ihr euch also von den Nachtbeißern?«

»Es ist schon sehr lange her, seit das letzte Mal jemand dabei sein Leben hat lassen müssen. Natürlich gibt es stets das Risiko, schließlich hält die Ignis den Menschen am Leben, doch anstatt sie dem Menschen vollkommen zu entziehen, bemühen wir uns, nur einen Teil zu nehmen.«

»Aber Bemühungen reichen nicht immer aus.«

»Lydia, wir müssen die ganze Pflanze zerstören und nicht nur die Blätter. Solange die Wurzel noch existiert, wird die Pflanze immer wieder neu sprießen.«

Ich zuckte unschlüssig mit den Schultern. »Ich glaube einfach nicht daran, dass Arax'va plötzlich auftauchen und uns helfen wird. Selbst wenn er existiert. Selbst wenn er plötzlich in Fleisch und Blut vor mir stehen würde. Die Mordenox sind nun schon so lange in der Überzahl.«

»Mein Glaube ist stark genug für uns beide«, entgegnete Ace zuversichtlich und lächelte. Er war vielleicht neidisch auf das Ansehen der Bellatoren, doch er würde deshalb seinen Glauben niemals verraten.

Wir erreichten das in der aufgehenden Sonne schimmernde Bankgebäude gerade, als der Schneefall nachließ und schließlich vollkommen versiegte. Mir war zwar kalt, da wir den ganzen Weg zu Fuß zurückgelegt hatten, allerdings war ich nicht durchgefroren. Unser Tempo hatte mich warm gehalten, genauso wie unsere Unterhaltung, in der wir zwar auf keinen gemeinsamen Nenner gekommen waren, die aber dennoch ihren Zweck der Ablenkung erfüllt hatte.

Als wir in das Foyer traten, wurden wir sofort von mehreren ernst dreinblickenden Protectoren aufgehalten. Eine Frau unter ihnen wollte sogar nach mir greifen, was aber von Ace verhindert wurde, indem er sich entschieden vor mich stellte.

»Sie ist freiwillig hier«, erklärte er den umstehenden Leuten, die zweifellos nur auf Geheiß Lockingtons agiert hatten. »Deshalb wird sie auch in der Wohnung meiner Familie unterkommen, damit sie sich als ein Teil von uns fühlt und nicht als Außenseiterin. Sie darf sich frei bewegen. Ist das deutlich genug?«

Ich blinzelte erstaunt und betrachtete seinen Körper, den ich nur von hinten sehen konnte. Es fühlte sich plötzlich seltsam gut an, von ihm beschützt und nicht von ihm verbal angegriffen oder vollkommen ignoriert zu werden. Anders als Tristan verteidigte er mich zwar nicht vor den gefährlichen Klauen eines Mordenox', doch das machte die Handlung nicht minder wertvoll. Manchmal konnten Menschen genauso Furcht einflößend sein.

»Natürlich, Reiden«, murrte ein Mann mit grau melierten Schläfen und neigte leicht den Kopf. »Ich werde den Obersten von ihrer Rückkehr unterrichten.«

»Tu das«, sagte Ace und dann an mich gewandt: »Komm.« Er sah mich über seine Schulter hinweg an, streckte seinen Arm aus und wartete, bis ich mich bei ihm eingehakt hatte. Die Protectoren um uns herum zerstreuten sich, auch wenn sie alle etwas verwirrt über Aces Verkündung zu sein schienen.

Gemeinsam schritten wir zu den Fahrstühlen, die wir das letzte Mal durch die Tiefgarage betreten hatten. Das Foyer war vom Stil so elegant gehalten wie die Lifte und weniger spartanisch eingerichtet als die Garage. Alles war blitzblank und nirgendwo schien ein Gegenstand aus der Reihe zu tanzen. Alles war geschmackvoll und sehr, sehr teuer eingerichtet. Ich fragte mich, woher sie ihr Geld bekamen. Unser Clan hatte sich immer auch über das normale Geschäft als Bestatter und Friedhofswärter finanziert. Wie würde das nun geregelt werden? Jetzt, da wir so dezimiert worden waren und keine Führungsperson mehr besaßen. Ich hoffte, dass einer der Dormi als Oberster einspringen würde.

Dieses Mal waren wir nicht allein im Lift, der in fast jeder Etage hielt, um Menschen zu schlucken und wieder auszuspucken. Allesamt wussten sie, wer Ace war und begrüßten ihn sehr respektvoll. Mich hingegen musterten sie neugierig, manchmal auch äußerst mitleidig, und immer warfen sie nur ein scheues Hallo in meine Richtung, als würde ich bei jedem weiteren Wort plötzlich in mich zusammenfallen. Es störte mich nicht allzu sehr. Aber wenn ich daran dachte, dass mich diese Fingerspitzen-Behandlung mein restliches Leben begleiten würde, spürte ich den nahenden Wahnsinn.

Schließlich erreichten wir den zehnten Stock, in dem bloß Ace und ich ausstiegen. Hier wirkte alles weniger klinisch und direkt wohnlicher. Ich teilte meinem Begleiter die Beobachtung mit und er bestätigte meine Ahnung.

»Ja, das hier waren schon vorher Apartments. Die mussten wir nicht mehr neu ausstatten.« Er steuerte die zweite Tür auf der rechten Seite an und öffnete diese, ohne einen Schlüssel hervorgeholt zu haben. Anscheinend vertrauten sie einander sehr. »Die Bankiersfamilien haben hier gewohnt. Oder sie wurden als Gästesuiten benutzt.«

Der Flur war weitläufig und gemütlich. Mehrere Türen zweigten von ihm ab, bis er in einem riesigen Wohnzimmer mit angeschlossener Küche mündete. Alles war modern und elegant eingerichtet. Selbst die Florteppiche wirkten unberührt und frisch einem Einrichtungshaus entwendet. Auch der Geruch, der in den Räumen lag, glich dem in einem Möbelhaus. In der Küche gab es einen langen, schwarz glänzenden Tisch, an dem gerade drei Menschen saßen und verdutzt zu uns aufschauten. Aces Familie.

»Mom, Dad, Maisie, das ist Lydia Prescott«, stellte mich der Protector vor. »Lydia, das sind Colin und Torrey, meine Eltern, und meine Schwester Maisie.«

»Hallo.« Ich winkte ihnen zu und lächelte zaghaft, ehe ich wieder meine Tasche umklammerte.

Colin legte seine Zeitung beiseite, erhob sich und reichte mir freundlich lächelnd die Hand. Er schien das komplette Gegenteil von seinem Sohn zu sein. Seine Statur war schmaler, drahtiger. Seine Haare waren bereits ergraut und kleine Fältchen hatten sich um Mund und Augen gegraben, die andeuteten, wie gerne er lachte. Seine Augen hingegen waren von dem gleichen warmen Braun. Torrey besaß wie Maisie blaue Augen und beide waren groß und gertenschlank mit langen, dunkelbraunen Haaren. Aces Schwester wirkte, als wäre sie ein paar Jahre älter als Ace. Sie waren mir auf Anhieb sympathisch, nicht zuletzt, da sie mich durch ihre Wärme sofort an meine eigene Familie erinnerten, die ich seit Jahren schmerzlich vermisste.

»Du hast unser von Herzen kommendes Beileid«, versicherte mir Torrey, als sie meine Hand schüttelte und anschließend sanft über meinen Handrücken strich. »Ace, wieso zeigst du ihr nicht das Gästezimmer und dann bereite ich euch etwas zum Frühstück vor?«

Es wunderte mich schon etwas, dass sie alle um sechs Uhr morgens bereits so munter waren, ich sagte aber nichts.

»Was meinst du?«, fragte mich der Freund, der noch vor wenigen Stunden mein Feind gewesen zu sein schien.

Ich nickte zaghaft. »Klingt gut.«

Er zeigte mir das Badezimmer, die Toilette, deutete mit einer Hand jeweils in Richtung seines Zimmers und die seiner anderen Familienmitglieder, ehe er zu dem Gästezimmer kam, das sehr gemütlich wirkte. Aus den Fenstern konnte man einen Blick über die gesamte erwachende Stadt werfen, während der Rest des rechteckigen Raumes von dem breiten Doppelbett mit blauer Tagesdecke eingenommen wurde. Die linke Wand wurde von einem großen, bis an die Decke reichenden Kleiderschrank verdeckt, neben dem sich eine kleinere Holzkommode befand, auf der ein ovaler Spiegel thronte.

»Gefällt es dir?«, fragte Ace, der am Türrahmen gelehnt stehen geblieben war.

»Ja, es ist wundervoll«, antwortete ich beeindruckt und stellte meine Tasche ab, bevor ich meinen Parka und den Schal aufs Bett legte.

Wir schritten zurück in die Küche, in der sich nur noch Torrey aufhielt, die uns mit einem leckeren Frühstück versorgte. Mein Appetit war nicht sonderlich groß, obwohl ich mich nicht mal mehr an meine letzte Mahlzeit erinnern konnte. Als ich es endlich aufgab und einen letzten Schluck von meinem Orangensaft nahm, führte mich Ace zurück ins Gästezimmer, in dem ich zumindest nicht mehr Torreys mitleidigen Gesichtsausdruck ertragen musste.

»Am besten ruhst du dich etwas aus. Wenn irgendwas ist, sag Bescheid, okay?« Ich war kurz davor, ihn zu bitten, bei mir zu bleiben, doch da war der Moment auch schon verstrichen und er hatte die Tür hinter sich geschlossen.

Nachdenklich betrachtete ich das einladend wirkende Bett. Ich war todmüde, trotzdem bezweifelte ich, dass ich auch nur ein Auge zutun würde. Seufzend begann ich mich zu entkleiden und sagte innerlich die Telefonnummer meiner Eltern auf, um mich zu beruhigen. Immer und immer wieder.

ZEHN

Ich befand mich in einer Welt aus tintenschwarzer Tiefe und endlos hallender Leere. Das Licht floh in kleinen Kreisen an mir vorbei und verhöhnte mich, sobald ich nach ihm greifen wollte. Jedes Mal löste es sich zwischen meinen Fingern auf, entglitt mir und umkreiste weiterhin meine Gestalt, die tonnenschwer und schwerelos war. Verzweifelt schrie ich um Hilfe.

Mir gelang es nicht, das Licht zu bewahren, es zu halten. Wie sollte ich mich aus dieser Welt der Finsternis befreien, wenn ich dafür zu schwach war? Meine Arme wurden schwerer, je länger ich der Glut im Nichts nachjagte. Mein Herz pochte schnell und das Blut rauschte laut in meinen Ohren, die gespitzt waren und doch nichts über die Geräusche meines eigenen Körpers hinweg vernehmen konnten.

Dann schwand das Licht und ich blieb allein zurück. In der Dunkelheit klebend, als würde sie sich wie Kletten an meine Glieder haften und mich hinunterziehen. Ich weinte und schrie, kämpfte gegen diese übernatürliche Schwärze an, während sie mich immer enger umfasste, bis sie in Wellen über meinem Kopf zusammenschlug und mir die Luft zum Atmen nahm. Sie war ein Gegner, gegen den ich mich nicht wehren konnte.

Verzweifelt und unkoordiniert herumzappelnd wurden meine Augen plötzlich wieder sehend und ich erkannte die Schemen, die sich aus dem Nichts herauskristallisierten. Florence und Giffin, die mich ausschimpften, wie sie es immer taten, wenn ich unkonzentriert war. Hinter ihnen erhob sich ein monströser Schatten, der sie allesamt zu verschlucken drohte. Ich schrie, um sie zu warnen, aber sie hörten einfach nicht auf, mich zu rügen. Ihre Augen waren allein auf mich gerichtet, als der Schatten sie erreichte und ihnen Arme und Beine ausriss, als wären sie ausgediente Porzellanpuppen. Ich spürte, wie der Schrei mein Bewusstsein aus dem Traum katapultierte.

»Es ist alles gut«, hörte ich jemanden flüstern, als sich die Schwärze wieder über mir zusammenfaltete und ich wusste, dass ich den Traum hinter mir gelassen hatte. »Du bist in Sicherheit, Lydia.«

Ich spürte starke Arme, die mich hielten und wiegten, während ich den Schlaf aus meinen Augen rieb. Meine Kehle fühlte sich trocken und rau an, als ich mich endlich traute aufzusehen und Aces Blick begegnete. Er sah mich nicht voller Mitleid an, sondern mit Verständnis und Ruhe. Langsam versuchte er, seine starken Arme von mir zu lösen, doch ich hielt sie fest. Ich war noch nicht bereit, mich der Welt allein entgegenzustellen.

»Es war nur ein Albtraum«, sagte er beruhigend.

»Nicht alles«, widersprach ich leise, denn die Wahrheit war, dass mein halber Clan auch in der Realität tot war. Sie waren jedoch nicht von einem Schatten in Stücke gerissen, sondern von einem Monster getötet worden.

Ace saß nur mit T-Shirt und Shorts bekleidet auf der Bettkante, als ich vorsichtig von ihm abließ und ihm erlaubte, mich loszulassen. Mir wurde kalt, obwohl die Decke noch immer über meinen Beinen lag und ich mich sogar mehrmals in ihr verknotet zu haben schien.

»Ich weiß«, antwortete Ace, hob eine Hand und rieb sich über das stoppelige Kinn.

»Wie spät ist es?«

»Kurz nach eins«, sagte er prompt, als hätte er das sofort nach seinem Erwachen durch meine Schreie überprüft. »Zieh dich in Ruhe an. Ich warte in der Küche auf dich, okay?«

»Klar.«

Leichtfüßig stand er auf, ehe er an der Tür noch einmal innehielt und mir einen undefinierbaren Blick zuwarf. »Du bist nicht allein, Lydia.«

Er wartete keine Antwort ab, sondern verschwand nach draußen, um sich vermutlich selbst etwas überzuziehen. Stöhnend ließ ich mich wieder rücklings auf die Matratze fallen und legte einen Arm über meine Augen, um die Helligkeit zu dämpfen, die durch die Fenster ins Zimmer strahlte.

Es wäre schön gewesen, den Traum einfach als Albtraum abzuschreiben und meinem normalen Alltag nachzugehen. Leider lag das nicht im Bereich des Möglichen. Mein Clan war bis zur letzten Somna ausgerottet und die wenigen Dormi, die noch lebten, hatten ohne mich keinen Job. Was nützte es ihnen, die Opfer der Nachtbeißer zu finden, wenn kein Somna da war, um die Wandlung zu verhindern? Gut, sie konnten die Opfer vergraben oder verbrennen, allerdings würden sie dann gegen das Bündnis verstoßen, dass der Clan mit den Protectoren geschlossen hatte. Jeder Mensch, der von einem Mordenox gebissen wurde, musste von einem Somna behandelt werden. Der Legende nach würde sich der Körper sonst aus der Asche oder seinem Grab erheben und gewandelt sein. Ich wusste nicht, ob das stimmte, aber ich wollte es eigentlich auch nicht herausfinden. Giffin war, was diese Sache betraf, immer sehr penibel gewesen und hatte sofort nach der Entdeckung einer Leiche einen Somna ausgesandt oder die Leiche in unser Quartier bringen lassen. Ich erinnerte mich noch daran, als Isla, die die Ausbildung mit mir begonnen hatte, das erste Mal bei einem dieser Rituale aktiv daran hatte teilnehmen dürfen. Sie hatte eine Woche lang nur davon gesprochen, wie sie sämtliche Vorbereitung übernommen und direkt neben Giffin hatte stehen dürfen, als er die Wandlung verhinderte. Ich war so schrecklich neidisch gewesen, hatte sie nur ignoriert oder angezickt. Schließlich hatte sie meine Eifersucht gespürt und sich von mir zurückgezogen. Unsere Freundschaft hatte meine niederen Gefühle nicht überlebt und ich konnte nur mich selbst dafür verantwortlich machen. Es wäre nicht schwer gewesen, mich für sie zu freuen, und doch war es damals ein unüberwindbares Hindernis gewesen.

Während meine Gedanken vergangene Gefilde erkundeten, gönnte ich mir eine lange, heiße Dusche und föhnte anschließend meine mittellangen blonden Haare. Meine Augen fingen den Blick meines Spiegelbilds auf. Am liebsten hätte ich sie geschlossen, da mir nichts anderes als tief empfundene Reue begegnete, aber ich konnte nicht. Ich war es den Toten schuldig, weiterzuleben und meiner Berufung nicht den Rücken zu kehren. Zumindest so lange nicht, bis man eine weitere Somna finden würde. Dann könnte ich vielleicht meine Familie suchen und dieser grausamen Welt für immer entfliehen. Ganz egal, was Ace sagte. Ich würde schon einen Weg finden, mir Gaspard vom Leib zu halten.

Schließlich schlich ich in die Küche, in der Ace sich gerade eher behelfsmäßig am Herd zu schaffen machte. Er wirkte nicht gerade wie ein Naturtalent im Kochen, aber immerhin hatte er bisher nichts angebrannt. Ganz im Gegenteil, es roch trotz seiner hektischen Bewegungen ziemlich gut.

»Was brutzelst du da?« Ich trat an seine Seite, lehnte mich aber nach hinten gegen den Tresen, um ihm nicht im Weg zu stehen.

»Pfannkuchen«, presste er angestrengt zwischen seinen zusammengebissenen Zähnen hervor, als er hochkonzentriert den Pfannenwender zur Hand nahm, um den kreisrunden Teig zu wenden. Es gelang ihm erst beim zweiten Mal.

»Es riecht gut«, versicherte ich ihm und brachte sogar ein kleines Lächeln zustande, das der Protector mit einem knappen Nicken quittierte.

Stirnrunzelnd beobachtete ich seinen angespannten Rücken. Wieso auf einmal die kalte Schulter? Hatte ich etwas gesagt oder getan, dass er mir übel nahm? Ich dachte zurück an das Gespräch auf unserem Rückweg, in dem es um seinen blinden Glauben gegangen war. Natürlich hatte ich ihm nicht zugestimmt, aber das schien ihn keineswegs gestört zu haben. Es musste etwas vor Kurzem passiert sein.

Ich setzte zu einer Frage an, als ich vernahm, wie eine Tür geöffnet wurde und gleich mehrere Personen den Flur betraten. Leises Stimmengemurmel ging ihnen voraus. Mein Mund blieb versiegelt, denn Aces Angespanntheit wurde mit dem Eintreten unseres Besuches nur zu gut erklärt.

Auf einen Schlag änderte sich die ganze Atmosphäre in der Wohnung, wurde von angenehm zu angespannt, als Lockington mit Tristan, Natalie, zwei Fremden und Katriona Daltry im Gefolge auftauchte. Katriona war die Oberste der Signa Inferre und eine knallharte, wunderschöne Frau in den Dreißigern. Ich war ihr bereits einige Male begegnet, da sie zu Giffins engsten Vertrauten gezählt hatte. Manchmal hatte ich sogar durch die Blicke, die sie sich zugeworfen hatten, vermutet, dass sie mehr als nur Freunde waren, aber es war nicht an mir gewesen, bei Giffin nachzuhaken.

Heute war die Oberste in einen schwarzen Hosenanzug gekleidet, trug silberne Ohrringe sowie eine glatte Lederhandtasche. Sie wirkte ganz und gar nicht wie eine Kriegerin, aber das musste sie als Oberste auch nur noch in Notsituationen sein. Sie richtete ihre braunen Augen auf mich, während ich mich noch immer hinter dem Tresen versteckte. Ace hatte mittlerweile das Kochen aufgegeben und mich umrundet, um alle zu begrüßen. Selbst Tristan streckte er die Hand hin, die von dem Bellator ohne Zögern angenommen wurde.

»Wie ich sehe, hast du dich entschlossen, wieder zurückzukehren«, begann Lockington und wirkte so selbstzufrieden wie eh und je. Ich mochte ihn nicht und das lag definitiv nicht an seinem Glauben an Arax'va, denn dieser verhinderte ja auch nicht, dass ich Ace mittlerweile Sympathien entgegenbrachte.

»Unter der Bedingung, nicht wie eine Gefangene behandelt zu werden, ja«, bestätigte ich und ballte die Hände zu Fäusten. »Sie hätten mich nicht wegsperren dürfen, nachdem ich gerade erst den Tod meiner Familie mit ansehen musste.«

»Und auch sonst nicht«, sagte Ace leise und ich schenkte ihm ein knappes Lächeln.

»Du warst nicht klar bei Verstand.« Lockingtons Augen blitzten gefährlich auf. »Ich bin mir sicher, dass Harry nur zu deinem Schutz so gehandelt hat.«

Ich erstarrte und spürte, wie mir jegliches Blut aus dem Gesicht wich. Mein Herz blieb sogar für den Bruchteil einer Sekunde stehen, bevor es in doppelter Geschwindigkeit weiterschlug. Ich wusste nicht genau wie, aber Lockington hatte genau gewusst, was Harry getan hatte; hatte dies vielleicht sogar veranlasst.

»Sie hat recht, Arthur. Du hättest etwas einfühlsamer sein müssen.« Das Lächeln, das mir die Oberste schenkte, schien ehrlich gemeint zu sein, hatte aber nicht die Macht, mich zu beruhigen.

Lockington stieß einen missbilligenden Laut aus. »Oh bitte, Kat, das sagst du doch nur, weil du sie auf deiner Seite haben willst.«

»Es gibt keine Seiten. Wir handeln alle im Sinne von Arax'va.« Ihre Stimme bekam eine besondere Schärfe.

»Wem willst du das glauben machen? Ihr Bellatoren seid doch am weitesten von unserer Religion entfernt.« Er schüttelte den Kopf.

»Lass deine Scheinheiligkeit lieber sein. Wir konzentrieren uns jetzt am besten auf Lydias Rolle als Somna.«

Daltry murmelte etwas, das ich nicht verstand, mich aber auch nicht interessierte. Vielmehr war ich von Lockingtons Worten eingenommen.

»Wir haben einen Raum hier für dich vorbereitet, der von allen Bannzaubern befreit ist und in dem du deine Fähigkeiten als Somna und Dormis ausüben kannst«, klärte mich der Oberste auf, nachdem sich niemand weiter in den Disput eingemischt hatte.

»Wie soll das funktionieren?« Ich schüttelte stirnrunzelnd den Kopf. Meine Hände hatten sich zwar wieder gelockert, klammerten sich aber nun an den Tresenrand. »Zu Hause haben sich rund um die Uhr Dormi in einem der Sonnenräume befunden, um mögliche Opfer sofort aufspüren zu können.«

»Es gibt noch genug andere Dormi, die diese Aufgabe auch weiterhin übernehmen werden«, warf Daltry ein, die offensichtlich bereits von dem Plan in Kenntnis gesetzt worden war, bevor sie mich mit einem Besuch beehrt hatten.

»Das wird auch nicht deine Hauptaufgabe sein«, schloss sich ihr Lockington an.

Den Streit von vorhin vergaßen sie anscheinend, um gemeinsam ihr Ziel zu erreichen.

Meine Augen waren jedoch weiterhin auf die Oberste der Signa Inferre gerichtet. Ich suchte in ihrem Gesicht nach Anzeichen jedweder Trauer, stieß aber lediglich auf kühle Berechnung. Hatte ich mich also immer getäuscht und sie hatte nichts für Giffin empfunden?

»Sondern meine Somnafähigkeiten?«, führte ich den in der Luft hängenden Gedanken zu Ende, so wie es von mir erwartet wurde.

Der Oberste nickte. »Ganz genau. Du bist die letzte lebende Somna, …« (Ich konnte diesen Ausdruck schon jetzt nicht mehr hören.) »… von der wir wissen. Nur du kannst die Wandlung verhindern.«

Ich stieß schwer den Atem aus, ehe ich mich vor diese Wand aus Menschen stellte, die alle etwas von mir zu erwarten schienen. Es machte mir Angst.

»Das klingt in der Theorie ja schön und gut«, zwang ich mich zu sagen. Es fiel mir nicht leicht, den Obersten entgegenzutreten. »Sie haben nur eine kleine Tatsache vergessen.«

»Und die wäre?«

»Ich weiß nicht, ob ich als Somna irgendetwas tauge.« Ich zuckte hilflos mit den Schultern. »Giffin hat mich nie an einem richtigen Opfer üben lassen.«

»Theoretisch kennst du dich aber aus?« Lockington ließ nicht locker.

Seufzend nickte ich.

»Du musst es versuchen. Wir haben alles, was du brauchen wirst, aus deinem Hauptquartier hergeholt. Auch Giffins Bücher, in denen das Ritual in aller Ausführlichkeit beschrieben ist. Ich glaube, dass er diese auch als Lehrmaterial für junge Somna nutzte?«

»Kann schon sein«, murmelte ich unverbindlich, da ich erkannt hatte, dass die Schlacht verloren war. Natürlich würde ich es versuchen.

Das war meine Verantwortung als Somna.

»Nachdem das geklärt ist …« Daltry trat einen Schritt zur Seite, sodass Tristan und Natalie mehr im Mittelpunkt standen. »Ihr kennt euch ja schon, nicht wahr?«

Tristan hatte bisher besonders gelangweilt gewirkt, jetzt breitete sich allerdings ein schelmisches Lächeln auf seinen vollen Lippen aus.

Natalie wirkte im Gegensatz zu gestern Nacht unsicher, als würde sie sich im Herzen der Protectorengemeinschaft unwohl fühlen. Es war ungewöhnlich für eine Bellatorin, sich die Gefühle derart ablesen zu lassen. Meiner Erfahrung nach hatten sie die Selbstsicherheit für sich gepachtet. Sehr seltsam.

»Flüchtig«, antwortete ich nach meiner kurzen Musterung. Aces Anspannung war nicht gewichen. Er war wieder näher an mich herangetreten, als befürchtete er, einer von ihnen würde mich jeden Moment attackieren.

»Lockingtons und meine Vereinbarung ist, dass dich mindestens einer meiner Bellatoren begleitet, wenn du das Hauptquartier der Protectoren verlässt.« Sie neigte leicht den Kopf, sodass in dem stechenden Licht der aufgehenden Sonne ihre hohen Wangenknochen noch stärker zur Geltung kamen. Ich war kurz davor, ihr einen Pfannkuchen anzubieten. Der würde ihr definitiv guttun. »Zu deiner Sicherheit, versteht sich.«

»Ich kann sie ausreichend beschützen«, protestierte Ace prompt.

»Willst du also abstreiten, dass mein Bellator sie gestern aus einer heiklen Situation gerettet hat?«

»Ich gebe zu, ihre Anwesenheit ist von Vorteil, durchaus, aber ihr solltet Lydia wenigstens um Erlaubnis fragen.« Innerlich feuerte ich den Protectoren an, da er all das aussprach, was ich liebend gern gesagt hätte, wenn Angst und Respekt mich nicht zurückgehalten hätten. »Wir wollen doch nicht, dass sie sich noch einmal wie eine Gefangene fühlt, oder?«

Daltry und Lockington sahen sich kurz an, bevor sie gleichzeitig die Arme verschränkten.

»Lydia, was sagst du zu unserem … Vorschlag?«

»Sehr gerne nehme ich ihn an. Danke. Aber in Zukunft würde ich gerne mitbestimmen, wenn es … nun … um mich geht.« Verblüffung sprang von Gesicht zu Gesicht. Die Worte gaben mir die Kraft, mich aufzurichten.

Lockington schmunzelte, Daltry schien von meiner Forderung nicht sonderlich angetan zu sein. So viel zu ihrer kurzzeitigen Allianz.

»Da wäre noch eine Sache.« Damit meldete sich Ace erneut zu Wort. »Lydia möchte der Bestattung ihres Clans beiwohnen. Ich habe ihr versprochen, dass das möglich sein wird.«

Lockington schien seinen Protector mit seinem Blick zu erdolchen. »Es liegt nicht bei dir, Versprechungen zu machen, Ace.«

»Sie ist eine Somna. Natürlich kann ich das versprechen«, konterte der Jüngere und schien sich nicht vor der Kälte zu scheuen.

»Gibt es ein Problem?« Ich schloss die letzte Distanz zwischen Ace und mir, sodass sich unsere Arme berührten. Es tat gut, sich mit jemandem zusammenzutun, anstatt allein gegen alle zu kämpfen.

»Nein. Es wird arrangiert werden.« Der Oberste neigte seinen Kopf.

»Und was ist mit Ryder?«

»Was soll mit ihm sein?«

»Ich möchte, dass er auch auf dem Friedhof beigesetzt wird. Er hat sonst niemanden, der sich darum kümmern würde.«

»Ich halte das für keine so gute Idee.« Mit seinen zusammengepressten Lippen offenbarte er mir nur zu deutlich, dass er dem Gespräch überdrüssig wurde. Umso besser war es, ihn jetzt weiter zu drängen, da er die Unterhaltung wahrscheinlich so schnell wie möglich beenden wollte.

Ich nahm all meinen Mut zusammen.

»Sie fragt aber keiner«, entgegnete ich leise, aber bestimmt. »Ich habe ihn getötet, weil ich Angst hatte. Vielleicht bin ich noch nicht bereit, ihm zu verzeihen, aber die Zeit wird kommen und wenn sie da ist, soll er ein Grab haben, das ich besuchen kann.« Ich klang selbstsicherer, als ich mich fühlte. Vielleicht wäre ich nie bereit, ihm zu vergeben, aber diese Wahrheit würde Lockington nicht milder stimmen. »Wenn Sie sich nicht darum kümmern, dann werde ich das übernehmen. So oder so, es wird geschehen. Es liegt bloß an Ihnen, wie viel Arbeit es letztlich wird.«

»Schön. Ich kümmere mich darum«, blaffte er, nun vollkommen aus der Reserve gelockt. Anscheinend hatte er sich das Aufeinandertreffen mit mir ganz anders vorgestellt. Mit dem Gespräch von vor ein paar Nächten im Hinterkopf konnte ich es ihm nicht verübeln. Andererseits hätte ein Blinder erkennen können, dass ich noch unter Schock gestanden hatte. Trotzdem machte es mir Angst, dass mich nur sehr wenig davor bewahrte, wieder eingesperrt zu werden. Weder Giffin noch Florence würden mir zu Hilfe eilen können. Ich sollte also vorsichtig sein.

»Sonst noch was?«

Ich schüttelte, meine zitternden Hände im Rücken verschränkend, den Kopf, was er als sein Stichwort auffasste, die Wohnung mit seinen Begleitern zu verlassen.

Daltry blieb einen Moment unschlüssig stehen, bevor sie meinen Blick suchte. »Auf ein Wort?«

Zögerlich folgte ich ihr in den nunmehr leeren Korridor und wartete, bis sie mit der Sprache herausrückte, da ich ihr für meinen Teil nichts zu sagen hatte.

»Du hast mein aufrichtiges Beileid, Lydia.« Ihre Stimme und ihre Ausstrahlung waren plötzlich vollkommen anders als noch Momente zuvor. Die Stärke, mit der sie Lockington begegnet war, war verschwunden, als würde sie diese nun nicht mehr brauchen.

»Äh, danke«, sagte ich, unsicher, was ich von dieser Veränderung halten sollte.

»Wir wollen alle nur das Beste für dich und manchmal ist es vielleicht das Falsche, aber du solltest wissen, dass es von einem Ort der Liebe stammt und nicht des Hasses.«

»Sie … Wollen Sie damit sagen, dass ich Lockington verzeihen soll?«

Ein schmales Lächeln erschien auf ihren Lippen, als sie meine Hand in ihre nahm und diese kurz drückte. »Das, was geschehen ist, … es hat uns alle unvorbereitet getroffen. In diesen schweren Stunden sollten wir zusammenhalten.«

»Selbst mit Protectoren?« Ich runzelte verwirrt die Stirn. War es nicht die Signa Inferre gewesen, die am meisten gegen Protectoren gewettert hatte?

»Wir können es uns nicht leisten, weiter auseinanderzubrechen. Der Frieden muss unter allen Umständen bewahrt werden und du bist das Bindeglied zwischen zwei Extremen. Giffin hat in dieser Sache nicht immer … klar gesehen. Sei dir dieser Verantwortung also bewusst.«

Ihre Worte sanken erst nach und nach in meinen Verstand, doch als sie mich erreichten, erkannte ich die Wahrheit in ihnen. Behutsam entzog ich ihr meine Hand und nickte.

»Das werde ich.«

»Nun gut. Ich schätze, dann werden wir uns spätestens bei der … Beerdigung sehen. Bis bald, Lydia.«

Wortlos sah ich ihr nach, bis sie im Fahrstuhl verschwand. Ihre Freundlichkeit hatte mich vollkommen überrascht, aber sie gab mir eine wohltuende Wärme, die das Zittern meiner Hände beendete.

Nachdenklich ging ich zurück in die Küche und bedachte Natalie und Tristan mit einem neugierigen Blick. Sie hatten sich nicht vom Fleck bewegt.

Ich hatte mich zwar sehr leicht geschlagen gegeben, was die Begleitung von Tristan und Natalie anging, aber in meinem Inneren sah es noch lange nicht so klar aus. Nach wie vor war ich mir nicht sicher, ob ich Tristan vertrauen konnte. Es war immer noch ungeklärt, wieso er wie eine ältere Version von Neo aussah. Natalie hingegen warf keine derartige Frage auf und als Bellatorin war es ihre Pflicht, mich zu beschützen, und ich wusste, dass ich bei ihr darauf vertrauen konnte.

»Wonach duftet es hier denn?«, durchbrach Tristan das Schweigen und näherte sich ungefragt der Herdplatte, um die Pfannkuchen zu inspizieren. »Mmh, sieht lecker aus.«

Schon hatte er sich selbst bedient und setzte sich mit Teller und Besteck an den Tisch. Bevor er seinen ersten Bissen vom Pfannkuchen nahm, hob er seine Beine und legte seine Füße auf der Tischkante ab, als wäre das hier sein Zuhause.

Ich sah aus den Augenwinkeln, dass der Protector innerlich brodelte.

»Bist du hungrig?«, fragte er mich schließlich, während sich Natalie zu Tristan setzte und mit ihrem Smartphone herumspielte.

»Total«, ließ sie verlauten, ohne die Augen vom Display zu nehmen.

»Ich kann mir auch selbst was zubereiten«, bot ich im Gegensatz zu ihr an, was die Spannung in Aces Schultern löste. Seine Mundwinkel zuckten sogar ein klein wenig, als er sich zurück zur Herdplatte begab und den Teig umrührte.

»Nicht nötig«, erwiderte er dann, ehe er uns allen jeweils einen Pfannkuchen zubereitete.

»Habt ihr euch für den Job gemeldet oder war das allein Daltrys Idee?«, erkundigte ich mich, hoffentlich ohne zu neugierig zu wirken. Ich wünschte, Neo wäre hier und könnte mir helfen, das Rätsel um Tristans Aussehen zu lösen.

»Ich berichtete ihr von dem Vorfall gestern Nacht und sie hielt es für das Beste, Bellatoren einzusetzen, denen du bereits begegnet bist und vertraust«, antwortete Tristan, während er eine ganze Ladung Ahornsirup auf seinem Pfannkuchen verteilte. Natalie entriss ihm die Flasche, als die zähe Flüssigkeit bereits über den Tellerrand zu fließen drohte.

»Pass doch auf«, zischte sie.

»Du bist nicht meine Mutter«, erwiderte er.

»Aber *du* bist zu Gast.«

Ich mochte es, dass sie sich trotz ihres offensichtlichen Unwohlseins hier im Quartier nicht davon abbringen ließ, ihre Meinung zu sagen und Tristan in seine Schranken zu weisen. Aces Mundwinkel zuckten, als würde er ähnliche Gedanken hegen.

»Findet ihr es nicht langweilig, mir überallhin folgen zu müssen, anstatt Jagd auf Mordenox machen zu können?«, hakte ich schließlich weiter nach, um ein Gefühl für die Bellatoren zu bekommen. Ich hatte immer gedacht, dass die Krieger der Signa Inferre nichts lieber taten, als sich mit den Kreaturen der Nacht anzulegen.

»Es ist mal was anderes«, sagte Tristan schulterzuckend. »Und es ist ja nicht für immer.«

»In der Tat«, stimmte ihm Ace zu und legte seine Gabel lautstark auf den nunmehr leeren Teller.

»Ich würde gerne den Raum sehen«, verkündete ich, nachdem auch ich den letzten Bissen des köstlichen Pfannkuchens gegessen hatte. »Es war übrigens sehr lecker. Danke, Ace.«

Ich wartete nicht auf jemandes Einverständnis, sondern erhob mich, stellte das Geschirr in die Spüle und ging in mein Zimmer, um meine Handtasche zu holen, in der ich noch immer das Büschel Heidekraut aufbewahrte. Womöglich würde es sich besser in dem Raum machen, wo es auch seinen eigentlichen Nutzen entfalten konnte.

Alle drei folgten mir in den Lift, der zu viert zwar nicht gerade beengend war, aber durch die Antipathie, die ganz offensichtlich zwischen Tristan und Ace herrschte, wirkte das Innere doch kleiner, als es in Wirklichkeit war.

»Wo ist der Raum?«, erkundigte ich mich.

»Im Untergeschoss«, antwortete Tristan und betätigte den Knopf dieser Etage.

Ace verzog das Gesicht zu einer Grimasse. Ich konnte seine Reaktion nachvollziehen. Er schien Lockingtons rechte Hand zu sein, wurde aber seit meinem Auftauchen hier nicht mehr in die wichtigsten Entscheidungen mit einbezogen. Das musste frustrierend sein.

Sekunden später öffneten sich die Türen wieder und wir stiegen gemeinsam aus dem Lift, um in einen langen, mit Metall verkleideten Gang zu treten, an den die einstmals mit Wertgegenständen und Geld befüllten Tresore grenzten. In einem davon war der Bannzauber aufgehoben worden, der das restliche Gebäude umgab, um mir zu ermöglichen, meine Kraft als Somna und Dormis zu benutzen.

Tristan führte uns zu einer riesigen Tresortür, die man lediglich mithilfe eines Codes öffnen konnte, den er uns allen mitteilte. Die fünfstellige Nummer war nicht schwer zu behalten, aber ich sagte sie sicherheitshalber ein paar Mal in meinem Kopf auf.

Der Raum war anders, als ich ihn erwartet hatte. An den Wänden waren metallene Regalbretter angebracht worden, auf denen im starken Kontrast zu ihrer edlen Optik Gläser standen, gefüllt mit verschiedenfarbigen Flüssigkeiten, getrockneten Kräutern und Samen. Ein dunkler, massiver Holztisch, der so lang war, dass ein Mensch sich darauf problemlos ausbreiten konnte, thronte in der Mitte. Auf ihm befanden sich zwei Bücherstapel und mehrere Utensilien für das Mischen der Zutaten, die ich als Somna benötigte. Dicke weiße, grüne, rote und blaue Kerzen, Streichhölzer und Stofffetzen lagen auf einem Brett direkt rechts von mir. Es gab zudem ein paar Tonbehälter, in denen sich vermutlich Hennapulver befand.

Bisher hatte ich nur einen Schritt in diese unheimliche Kopie des Sonnenraumes im Hauptquartier meines Clans getan, weshalb mir niemand gefolgt war. Ich drehte mich zu den anderen um und bat sie, draußen zu bleiben und die Tür zu schließen.

»Ich brauche ein paar Minuten für mich selbst, bitte«, erklärte ich, als meine Augen längst wieder auf Neo gerichtet waren, der geduldig auf mich wartete.

Das elektrische Licht flackerte, während die Tresortür hinter mir ins Schloss gedrückt wurde und dabei ein lautes, dumpfes Geräusch verursachte. Ich legte meine Tasche im Vorbeigehen auf der Tischplatte ab und stellte mich Neo gegenüber. Er hielt die Arme vor seinem schmalen Körper verschränkt und bedachte mich mit einem traurigen Ausdruck in seinen moosgrünen Augen.

»Wir befinden uns in einer ganz schön aussichtslosen Situation, hm?« Er hob eine Schulter und war damit wenig hilfreich. Ich seufzte. »Hast du mittlerweile eine Ahnung, wieso Tristan so aussieht wie du?« Er biss sich auf die Unterlippe, bevor er seinen Kopf erst nach links und dann nach rechts neigte. »Ist das ein Ja oder ein Nein?« Seine Miene verzog sich zu einer frustrierten und dann traurigen Grimasse. »Ich wünsche mir, wir könnten nach Hause gehen«, gestand ich seufzend, als er sich nicht mehr bewegte. Ich streckte eine Hand nach ihm aus. Er tat schließlich das Gleiche, sodass unsere Handflächen sich in der Luft trafen, sich aber nicht berührten. Wenn ich sie einen Millimeter weiter bewegen würde, würde sie einfach durch seine Haut hindurchgehen.

Plötzlich riss mich ein penetrantes Klingeln aus der Starre. Verwirrt sah ich mich um, bis ich die Tasche bemerkte. Mein Handy! Hatte ich tatsächlich hier drin Empfang?

Hektisch lief ich zurück, kramte in der Handtasche herum, bis ich das Smartphone gefunden hatte. Auf dem Display war eine mir unbekannte Nummer eingeblendet. Zögerlich drückte ich auf *Annehmen* und hielt mir das Telefon ans Ohr.

»Hallo?«, beantwortete ich den Anruf mit klopfendem Herzen.

»Lydia, Lydia, Lydia«, ertönte eine bekannte Stimme, die mir selbst durch den Hörer unter die Haut ging. »Wie schön, dass ich dich erreiche.«

ELF

Auf alles war ich vorbereitet gewesen, nur nicht darauf, dass mich der Mörder meiner Clanleute kontaktieren würde. Für mehrere Sekunden stierte ich schweigend ins Nichts, bevor mich die brodelnde Wut langsam aus der Starre befreite.

»Was willst du?«, zwang ich mich schließlich zu fragen.

Neo schüttelte vehement den Kopf. Anscheinend wollte er, dass ich auflegte. Irgendetwas hielt mich jedoch davon ab.

»Was ich will?« Er stieß ein volltönendes Lachen aus. »Die Liste ist lang. Sehr lang. Für den Moment interessiert mich sehr die Antwort darauf, wieso wir dich nicht finden konnten. Du warst in dem Haus, da bin ich mir sicher. Was ich nicht weiß, ist, wo du dich versteckt hast.«

»Fahr zur Hölle.« Ich knirschte mit den Zähnen.

»Ich bin mir sicher, dass du das nicht so meinst.«

»Jedes Wort. Du hast meine Familie getötet, du Monster!«

»Wenn du ein liebes Mädchen gewesen wärst, würdest du sie jetzt nicht vermissen.« Ich vernahm leichte Ungeduld in seiner Stimme.

»Du meinst, ich wäre genauso tot.«

»Kluges Kind …«

»Wie bist du an meine Nummer gekommen? Woher weißt du, dass ich übrig geblieben bin?«, stellte ich endlich die wichtigen Fragen.

»Ryder. Sehr traurig, dass du ihn getötet hast. Er ist eine außerordentlich stetige Quelle des Wissens gewesen.« Er klang nicht wirklich betrübt über sein Ableben. »Hätte ich gewusst, dass er der Aufgabe, dich zu töten, nicht gewachsen ist, hätte ich ihm mehr als nur einen Mordenox hinterhergeschickt.«

»Du Monster.«

»Jetzt wiederholst du dich allmählich.« Seine vergnügte Stimme verlor ihre Leichtigkeit und wurde durch Ernst ersetzt. »Du wirst mich schon bald besuchen kommen.«

»Ganz sicher nicht.«

»Ich warte auf dich, Lydia.« Er legte auf.

Ich zitterte am ganzen Körper, bevor ich mit einer langsamen, vorsichtigen Bewegung das Smartphone zurück in meine Tasche gleiten ließ, als handelte es sich dabei um ein schlafendes Raubtier, das jeden Moment erwachen und zubeißen könnte. Auch als sich die Tür ein Stück öffnete und Ace in den Raum trat, hatte ich mich nicht vom Tisch wegbewegt. Neo wich zurück, damit sich der Protector neben mich stellen konnte, ohne durch den Geist hindurchschreiten zu müssen. Natürlich hätte er nichts davon gemerkt, aber ich nahm an, dass es Neo nicht sonderlich gefiel.

»Was ist passiert?« Ich sah Aces besorgtes Gesicht. »Du siehst aus, als hättest du einen Geist gesehen.«

»Gaspard hat mich angerufen«, antwortete ich ruhig, wieder zu mir selbst findend.

Ace erstarrte mitten in der Bewegung, sich übers Haar zu streichen, dann ließ er die Hand ganz langsam runter.

»Was …?«

»Er hat mich angerufen. Er sagte, dass ich früher oder später zu ihm kommen werde. Er weiß, wer ich bin«, murmelte ich, in der leisen Hoffnung, er würde mir sagen, dass ich gerade nur geträumt hatte. Dem war leider nicht so. Ace löste sich aus seiner Starre und begann dann, in meiner Tasche herumzuwühlen.

»Ace! Was tust du da?« Ich packte seine Handgelenke und hielt seine Hände damit an Ort und Stelle. Entschlossen hob er sein Kinn an.

»Wir müssen dein Handy zerstören. Der Tenebrae kann dich vermutlich dadurch orten.« Er schüttelte den Kopf. »Ich hätte früher an diese Möglichkeit denken sollen.«

»Es ist nichts passiert und nein, wir zerstören es nicht.« Ich spürte, wie sich seine Arme entspannten, ließ sie aber noch immer nicht los. Sein Gesicht war meinem so nah, dass ich die hellbraunen Sprenkel in seinen Iriden erkennen konnte. »Er braucht eine Möglichkeit, mich zu kontaktieren, aber ja, ich sehe ein, dass du recht hast. Es würde mir ganz und gar nicht passen, wenn er weiß, wo ich mich aufhalte, sobald ich die Bank verlasse. Hier sind wir immerhin sicher vor ihm, solange er keinen Verrä…« Ich unterbrach mich selbst. »Solange er niemanden wie Ryder hat, der die Bannzauber für ihn zerstört. Also, können wir uns darauf einigen, dass ich das Handy einfach hierlasse?«

»Aber wieso?«

Ich runzelte die Stirn und ließ endlich von ihm ab. Er holte seine Hände langsam aus der Tasche hervor.

»Was meinst du?«

»Wieso willst du, dass er eine Möglichkeit hat, dich zu kontaktieren?«

»Das weiß ich noch nicht«, antwortete ich ehrlich, wandte mich aber ab. Aus den Augenwinkeln sah ich, wie Ace sich, während er mit sich selbst haderte, über das Gesicht rieb, ehe er seine Arme hilflos ausbreitete.

»Okay. Gut. Du lässt das Smartphone hier, aber sobald er sich noch mal meldet, gibst du mir Bescheid, alles klar?« Ich nickte, da mir bewusst war, dass dies die einzige Möglichkeit war, Ace zu beruhigen. Außerdem wollte ich ihm nichts verheimlichen.

»Könnten wir das unter uns behalten?«

Er verdrehte die Augen, aber ich sah ihm bereits an, dass er mich auch in dieser Entscheidung unterstützen würde. Ein kleines Lächeln bildete sich trotz des eben erlebten Schocks auf meinen Lippen, als er abrupt nickte. Die Anspannung ließ etwas nach.

»Du sollst dir nur bewusst machen, dass er dir dadurch immer einen Schritt voraus sein wird«, redete er mir ins Gewissen. »Er wird jedes Gespräch, das er mit dir suchen wird, kontrollieren und du wirst immer im Nachteil sein.«

»Aber … vielleicht finden wir eine Lösung, es auch für uns zu nutzen? Seine Nummer wurde zwar unterdrückt, aber vielleicht macht er einen Fehler.«

»Du meinst, er könnte mit einer Nummer anrufen, die wir nachverfolgen können?«, folgte er meinem Gedankengang.

Ich nickte. »Es wäre eine Möglichkeit, sein Versteck zu finden.«

Er rieb sich das Kinn, ohne mich aus den Augen zu lassen, dann breitete er die Arme aus und seufzte. »Das könnte klappen. Lass dich aber nicht von ihm manipulieren oder Ähnliches …«

»Keine Sorge.« Ich warf ihm ein zuversichtliches Lächeln zu. »Also, ähm … das hier sieht alles ganz gut aus.«

»Scheint so, als wäre Lockington während meiner Abwesenheit fleißig gewesen«, kommentierte Ace mit einem bitteren Unterton in der Stimme.

»Habt ihr euch gestritten?«

»Nein, ich glaube nur, er mag es nicht, dass ich dich in meine Wohnung geholt habe, ohne vorher mit ihm darüber zu sprechen.« Ich war von seiner ehrlichen Antwort sehr überrascht, da ich doch eine Fremde für ihn war.

»Aber er ist der Oberste, könnte er nicht einfach etwas Gegenteiliges empfehlen?« Nicht, dass ich ihm gehorchen würde.

»Wahrscheinlich, aber er will es sich nicht noch einmal mit dir verscherzen.« Ace zog eine zusammengefaltete graue Kappe aus seiner hinteren Hosentasche und setze sie sich falsch herum auf.

Schweigen senkte sich über uns, während sich Neo auf den Tisch setzte und seine Beine hin und her baumeln ließ. Offensichtlich war ihm langweilig – genauso wie mir.

»Und was machen wir jetzt?«, fragte ich zögerlich.

»Hast du nichts … gesehen? Hier?« Er deutete auf den Raum. »Als Dormis, meine ich. Keine neuen Opfer?«

»Nope.« Neo schüttelte noch einmal bestätigend den Kopf.

»Ich schätze, dann bist du frei, zu tun, was du willst.« Er zuckte mit seinen muskulösen Schultern.

»Okay.« Ich zog das Wort in die Länge. »Aber was machst du denn? Normalerweise?«

»Tagsüber bewege ich mich meistens in der Stadt, um Menschen mit einer großen Ignis zu finden. Da begegne ich immerhin keinen Mordenox.«

»Das klingt spannend.« Ich neigte leicht den Kopf.

»Das ist es nicht wirklich.«

»Ich möchte dich begleiten.«

»Was? Wieso?« Er wirkte seltsam berührt. Warum, war mir nicht ganz klar. »Ich halte das für keine so gute Idee.«

»Du sagtest selbst, dass wir keinen Mordenox begegnen. Sie wandeln sich nur nachts und es ist besser, als allein hier herumzuhocken«, beharrte ich.

»Aber Tenebrae können uns noch immer auflauern und zufälligerweise ist genau so einer hinter dir her. Hast du schon vergessen, dass sie sich jederzeit und überall in Monster wandeln können? Sie müssen nicht auf den Einbruch der Nacht warten«, entgegnete Ace ebenso stur und verschränkte unnachgiebig die Arme vor seinem Oberkörper, während er auf mich heruntersah. Plötzlich überkam mich der Impuls, seine Narbe mit meiner Fingerkuppe nachzuzeichnen, aber ich konnte ihn erfolgreich unterdrücken.

»Bitte, Ace.« Ich wich seinem Blick nicht aus, auch wenn mir das Herz bis zum Hals schlug. »Wir können Tristan und Natalie mit uns nehmen. Ich kann nicht allein hierbleiben, nur um über das nachzudenken, was in den letzten Tagen geschehen ist.«

Er stieß ein resignierendes Seufzen aus und löste seine verschränkten Arme. Seine blauen Shirtärmel rutschten von seinen Ellbogen wieder nach unten. »Okay.«

Ich grinste, umarmte ihn kurz und lief dann zum Ausgang, um Tristan und Natalie in unseren Plan einzuweihen. Ace nahm meine Tasche mit nach draußen, die wir in meinem Zimmer deponierten. Ich zog mir meinen dicken Parka über und band mir den Schal um, sodass ich für die eiskalten Temperaturen draußen gewappnet war. Immerhin hatte es bisher nicht mehr geschneit, was Ace fröhlich bemerkte, da er dadurch wieder sein Bike ausführen konnte.

Tristan betrachtete das Motorrad skeptisch. »Willst du nicht lieber mit uns fahren? Das ist bestimmt sicherer …«

Ein Blick in Aces abwartendes Gesicht und auf den zweiten Helm, den er mir hinhielt, reichte aber aus, um Tristans Angebot abzulehnen. »Ich glaube, ich brauche für ein paar Minuten das Gefühl von Freiheit.«

Ich sah dem Bellator an, dass er ganz und gar nicht begeistert von meiner Entscheidung war und am liebsten weiter protestiert hätte, allerdings hatte ich da schon den Helm aufgesetzt und mich hinter Ace positioniert. Auch wenn ich den Kriegern der Signa Inferre im Allgemeinen größeres Vertrauen entgegenbrachte als Protectoren, fühlte ich doch, dass ich Ace als Person mehr schätzte als Tristan. Vielleicht lag es daran, dass er sein Verhalten mittlerweile überdacht hatte und mir mit Respekt und Freundlichkeit begegnete. Tristan hatte mich zwar ebenfalls freundlich behandelt, aber in seiner Anwesenheit fühlte ich mich aufgrund seiner Ähnlichkeit zu Neo und seiner lässigen, beinahe respektlosen Einstellung nicht vollkommen wohl.

»Wir sehen uns«, sagte Natalie kurz vorm Einsteigen und winkte mir und Ace zu.

Der Motor wurde gestartet und wir düsten davon. Ich lachte leise, ehe wir die Garage hinauffuhren und in das Sonnenlicht eintauchten. Der Wind ließ mich erzittern, sodass ich mich noch enger an Aces warmen Rücken presste, während ich das Gefühl von Glück genoss, das mich bei der Geschwindigkeit überkam. Glück, das mir vor wenigen Tagen genommen worden war. Es hatte sich angefühlt, als hätte mir jemand das Herz bei lebendigem Leib aus der Brust gerissen. Aber jetzt, für wenige, kostbare Augenblicke, in denen sich meine Adern mit Adrenalin füllten und ich die Freiheit kosten konnte, fühlte ich mich gut. Ich konnte alles vergessen und mich allein auf den Moment konzentrieren. Es gab mir genug Kraft, weiterzumachen.

ZWÖLF

Wir machten vor der Bar *Half Beer, Half Bear* im Studentenviertel in West Bloom halt. Ich hatte mich so sehr an Aces Körper angelehnt, dass es mir schwerfiel, mich jetzt von ihm zu lösen.

Der Protector wartete geduldig, bis ich vom Bike stieg. Ich zog mit klammen Fingern den Helm aus. Er tat es mir nach und beobachtete mich die ganze Zeit durchdringend.

»Was ist los?«, fragte ich peinlich berührt über diesen intensiven Ausdruck in seinen Augen. »Hab ich was im Gesicht?«

»Nein.« Er deponierte unsere Helme auf dem Bike, ehe er sich durch sein kurz geschnittenes Haar fuhr und dann seine zuvor eingesteckte Kappe wieder aufsetzte. »Es ist nur … du lächelst.«

Ich hob eine Hand an meine Lippen und befühlte meine hochgezogenen Mundwinkel. Es war mir nicht mal aufgefallen. »Ist das schlecht?«

»Natürlich nicht.« Er zog die Stirn kraus. »Nur, ich an deiner Stelle wäre vermutlich schon einem Zusammenbruch nahe.«

Mein Lächeln schwand und ich wandte mich ab, um den sich nähernden Volvo zu beobachten.

»Wer sagt, dass ich es nicht bin?«

Daraufhin schwieg der Protector.

Wir warteten, bis sich Tristan und Natalie uns genähert hatten. Sie wirkten nicht gerade begeistert von dem Ort, den Ace ausgesucht hatte.

»Müssen wir hier auf unsere Geldbeutel und Wertgegenstände aufpassen?«, grunzte Tristan und blickte sich düster um.

»Ich bezweifle, dass jemand etwas von *dir* haben will«, lachte Natalie.

»Wow, wolltest du mir in Zukunft nicht wieder den Rücken *decken,* anstatt mir in diesen zu fallen?«

»Konnte nicht widerstehen. Sorry«, grinste sie und zwinkerte mir vergnügt zu. Ihre Stimmung hatte sich anscheinend gelöst, seit wir das Quartier verlassen hatten.

»Du kannst gerne draußen warten, Bellator«, schlug Ace gnadenlos vor, als er sich in Richtung Tür aufmachte. »Ich hab kein Problem damit.«

»Wir sind zu ihrem Schutz hier, Protector, nicht du«, antwortete Tristan. »Vergiss das nicht.«

»Sie wird euren Schutz nicht brauchen.«

»Sie hat ihn schon einmal gebraucht«, erinnerte ihn Tristan.

»Nur weil ich nicht in der Nähe gewesen bin.«

»Wir werden alle auf sie achtgeben«, mischte sich Natalie entschieden ein. »Können wir jetzt reingehen? Mir ist kalt.«

Tristan nickte und Ace zog die Tür auf, um mich als Erstes durchzuwinken. Nacheinander betraten wir die Bar, die auch am Nachmittag gut besucht war. Anscheinend servierte man hier nicht nur Getränke, sondern auch warme Mahlzeiten. Es roch köstlich, wenn nicht gerade der Hauch von Bier zu mir herüberwehte.

Wir setzten uns an einen Vierertisch. Der Stuhl kratzte über den Boden, als ich ihn hervorzog, während mein Blick über die Gäste streifte. Studenten. Die meisten schienen in meinem Alter zu sein und befanden sich unter Freunden, unterhielten sich über die anstehenden Prüfungen und diverse Dozenten, die ihnen wieder einmal zu viel abverlangten. Der Neid, der mich daraufhin erfasste, kam unerwartet und heftig.

Ich hatte überhaupt nicht gewusst, dass ich zu diesem erlesenen Kreis dazugehören wollte. Für mich hatte es seit meinem sechsten Lebensjahr allein den Clan gegeben. Es war kein Platz für Träumereien außerhalb dieses engmaschigen Lebens gewesen, weshalb meine Gedanken auch selten in die Richtung gegangen waren, einmal ein College zu besuchen. Doch jetzt, da alles auseinandergefallen war, und noch bevor die ersten Gräber ausgehoben worden waren, breitete sich eine neue mögliche Zukunft vor mir aus. Es machte mir Angst und zusätzlich ein schlechtes Gewissen. Wie konnte ich an eine Zukunft denken, wenn meine Clanmitglieder tot und kalt in ihren Särgen lagen? Giffin würde mich voller Abscheu ansehen und Florence … Nein, darüber konnte und wollte ich nicht nachdenken.

»Warum hier?«, fragte ich, nachdem ich meine Jacke ausgezogen und über die Stuhllehne gehängt hatte.

»Ich suche immer gerne Orte, an denen sich viele Menschen befinden. Aber nicht zu viele«, antwortete Ace, während er eine der hübschen Kellnerinnen zu uns herüberwinkte. »Hektik ist auch eher ein negativer Faktor. Bars und Cafés sind die besten und einfachsten Optionen.«

»Was kann ich für euch tun?« Sie lächelte freundlich, aber nicht aufreizend. Ich an ihrer Stelle hätte vermutlich dümmlich gegrinst und einen kläglichen Flirtversuch gestartet. Erbärmlich, ich weiß. Tristan und Ace waren sehr, sehr gut aussehend. Ich ließ Ace für mich bestellen, der sich für Eistee entschied. Die anderen orderten allesamt Bier und mussten dafür ihre Ausweise vorzeigen. Wahrscheinlich hatte Ace das geahnt und hatte sich deshalb für mich für Eistee entschieden, schließlich hatte ich meinen Ausweis in meiner Tasche, die im Hauptquartier lag.

Schweigen senkte sich über uns, was dieses Mal aber nicht schlimm war, da wir von einer gewissen Geräuschkulisse umgeben waren. Jeder hing seinen eigenen Gedanken nach, beobachtete die anderen Gäste und wartete auf sein Getränk, das schon wenig später von der gleichen Kellnerin gebracht wurde.

»Und was siehst du jetzt?«, hakte ich nach, als uns die Kellnerin wieder verlassen hatte. Ich beugte mich ein wenig zu Ace hinüber, damit er mich über den Lärm hinweg verstehen konnte.

»Es ist … schwer zu erklären«, murmelte er leicht frustriert. Ich wollte schon zurückweichen, als er mir sein Gesicht zuwandte. »Aber ich kann es dir zeigen.«

»Zeigen?«, wiederholte ich atemlos, gefangen von seinen Augen, die mich ganz in ihren Bann geschlagen hatten.

»Gib mir deine Hand«, forderte er mich auf und legte die seine mit dem Rücken auf die Tischfläche. Zögerlich legte ich meine hinein und er umschloss sie sanft, aber entschlossen. Ich konnte meinen Blick nicht abwenden, bis er mich darum bat. »Sieh dich um.«

Alles war mit einem Mal von einem grauen Filter überdeckt. Die Farben verblassten, der Kontrast wurde erhöht und in jedem Gast leuchtete ein kleiner roter Punkt auf, mitten in ihren Oberkörpern. »Siehst du das immer so? Alles in Grau?«

»Nein, nur wenn ich mich darauf konzentriere.«

»Wow.«

Vollkommen fasziniert sah ich um mich, bis eine junge Frau die Bar betrat. Der sonst kleine Punkt war bei ihr ein großer Tropfen. Er pulsierte rot und scheinbar voller Leben.

»Sie alle tragen die Glut in sich, aber nur sie hat genug, um damit sowohl als Nahrung für die Mordenox als auch als Quelle für den Wiederkreis zu dienen«, erklärte mir der Protector und entzog mir seine Hand. Sofort kehrten die Farben zurück.

»Wie willst du sie jetzt ins Hauptquartier bringen?«, hakte ich nach, da wir schließlich aus diesem Grund hier waren.

Er lächelte schelmisch. »Das wird nicht nötig sein. Es reicht erst mal, an ihre Informationen heranzukommen. Danach werde ich mich entweder mit ihr verabreden oder wir … entführen sie zu einem späteren Zeitpunkt, ohne dass sie sich später an etwas erinnern kann.«

»Ziemlich radikal.«

»Aber notwendig.«

»Und wie kommst du an ihre Infos?«

»Mit meinem Charme natürlich.« Sein Lächeln war so strahlend, dass seine Narbe auf der Wange beinahe in dem Grübchen verschwand. Mein Herz setzte kurzzeitig aus. »Bis gleich.«

Er nahm seine Bierflasche, erhob sich und schlenderte zu der hübschen Frau, die ihm bestimmt schon nach wenigen Minuten verfallen sein würde. Ich spürte, wie sich meine Laune aus unerfindlichen Gründen verschlechterte.

Grummelnd war ich unfähig, den Blick vom Geschehen abzuwenden, aus Angst, etwas zu verpassen, doch da führte Ace sie auch schon nach draußen. Sprachlos starrte ich die sich schließende Tür an.

Ich war kurz davor, aufzuspringen und ihm nachzulaufen, als Tristan seine Bierflasche härter als nötig zurück auf die zerkratzte Tischplatte stellte.

»Und, wie gefällt es dir jetzt bei den *Protectoren?*« Er betonte das letzte Wort in etwa so wie alle Krieger – außer Daltry. Daltry wollte sich anscheinend nicht mehr dazu hinreißen lassen, etwas Abfälliges über einen anderen Clan zu sagen. »Du kannst dich noch immer umentscheiden. Natalie und ich können dir ja mal unser Hauptquartier zeigen.«

»Das würde Spaß machen«, stimmte ihm die Kriegerin zu und zwirbelte eine Strähne ihres roten Haares.

»Solange sie sich an unsere Abmachung halten, gibt es keinen Grund, den Ort zu wechseln«, antwortete ich und nippte an meinem Eistee. Meine Augen huschten immer wieder zur Tür, doch Ace kehrte nicht zurück. »Aber euer Hauptquartier würde ich trotzdem gerne mal sehen.«

»Und dann wirst du dich für uns entscheiden«, presste Tristan weiter, bevor er einen weiteren Schluck vom Bier nahm.

»Ich …« Mir fiel keine passende Antwort ein.

Natalie nutzte die Chance, lehnte sich vor und legte ihre Unterarme auf dem Tisch ab. »Wir können dich dort vermutlich besser beschützen als die Protectoren.«

»Natalie hat recht. Was bringt es dir, bei den Protectoren zu bleiben? Sie sind nicht für den Schutz ausgebildet, auch wenn manche von ihnen sich bestimmt selbst verteidigen können. Und dennoch«, beharrte Tristan und lehnte sich weiter vor, »sie wollen uns damit nur deutlich machen, dass sie wichtiger sind, indem sie die letzte Somna beherbergen.«

»So oder so, ich bin nur ein Spielball eurer Eitelkeiten«, erwiderte ich seufzend. »Ja, vielleicht könnt ihr mich in eurem Hauptquartier besser schützen, aber noch hat Gaspard keinen Weg gefunden, den Bann mit eigenen Händen zu zerstören. Und so fanatisch die Protectoren auch sind, ich glaube nicht, dass sich unter ihnen ein einziger finden lassen wird, der ihre Sache hintergehen würde.«

»Du hältst sie für fanatisch?« Natalie runzelte die Stirn.

Ich hatte nach meinem Monolog mit jeder Frage bezüglich meines Aufenthalts dort gerechnet, nur nicht mit dieser.

»Ihr nicht?«

»Nun, ich …«, begann die Bellatorin, doch Tristan unterbrach sie. »Lass gut sein, Nat. Lydia hat genügend eigene Probleme.«

Sie sahen sich schweigend an und fochten ein Blickduell aus, bei dem ich froh war, nicht teilnehmen zu müssen.

Meine Gedanken wanderten weiter und ich dachte wieder an Ace und was er gerade tat. Wie weit würde er gehen, um an ihre Handynummer und an ihre Adresse zu kommen?

Neo tauchte unerwartet vor mir auf und wedelte direkt vor meinem Gesicht wild mit den Händen. Ich schenkte ihm widerwillig meine Aufmerksamkeit, da ich gerade keine Lust hatte, mich mit ihm auseinanderzusetzen, denn dann wurde ich wieder an meine Aufgabe erinnert, mehr über Tristan und seine Vergangenheit zu erfahren.

Neos Augen waren weit aufgerissen und spiegelten den Schrecken wider, den er nicht anders äußern konnte. Eine Art Saite wurde in mir angestimmt und der Klang hallte in meinem ganzen Körper nach. So etwas hatte ich noch nie empfunden.

Wie hypnotisiert erhob ich mich und folgte Neo quer durch die Bar. Nur ganz entfernt nahm ich wahr, dass die Bellatoren nach mir riefen, aber ich konnte ihnen nicht antworten. Es war viel wichtiger, Neo nicht aus den Augen zu verlieren.

Folge mir, schien er zu sagen. *Weiter.*

Wir verließen die Bar und wären beinahe in Ace und die Fremde hineingerannt. Im letzten Moment sprang der Protector zur Seite und zog die junge Frau mit sich.

Als er erkannte, dass ich es war, streckte er eine Hand nach mir aus. »Was ist los?«

Ich wich zurück. »Fass mich nicht an«, zischte ich wie fremdgesteuert. Niemand durfte mich berühren. Niemand durfte mich aufhalten.

Weiter.

Die anderen folgten mir in einigem Abstand, aber keiner von ihnen versuchte noch einmal, mich zum Anhalten zu bewegen.

Weiter.

Ich wusste nicht, wieso ich diesen Drang verspürte, Neo unbedingt zu folgen, bis wir eine kurze Sackgasse erreichten, in der sich lediglich die Hinterausgänge von drei verschiedenen Restaurants und Bistros befanden. Die Kälte stieg mir bis in die Knochen, trotzdem nahm ich sie sehr distanziert wahr, als wäre ich losgelöst von meinem Körper. Es war ein seltsames Gefühl, das sich weiter steigerte. Meine Hände verkrampften sich, bis Neo vor zwei Müllcontainern stehen blieb und auf den Zwischenraum deutete. Ich sah als Erstes die in Jeans gehüllten Beine, ehe mein Blick am Körper der Frau hinaufwanderte und ich Strähnen blonden Haares erkannte, die ihr Gesicht bedeckten.

Tristan trat vor, um das zu bestätigen, was wir ohnehin schon alle ahnten. Neo verschwand, als der Krieger die Haare beiseitewischte und dadurch die Wunde an ihrem schlanken Hals offenbarte. Das war es jedoch nicht, was mich am meisten erschütterte.

»Sie sieht dir verdammt ähnlich«, raunte Tristan.

»Wie bitte?« Ace trat weiter vor. »Das ist …« Er verschluckte sich an seinen eigenen Worten.

»Eine Nachricht von Gaspard«, wisperte ich und begann wie Espenlaub zu zittern, als die Kälte über mir hereinbrach wie ein einstürzendes Haus, das mich in Schutt und Asche hüllte. Tristan und Natalie spannten sich sofort an, zogen ihre Waffen und blickten sich aufmerksam um. Dieses Mal begnügten sie sich mit einfachen Dolchen. Vermutlich waren Schwerter am Tag zu auffällig.

»Das kann auch nur ein Zufall sein«, wehrte sich Ace gegen die Schlussfolgerung, während er mir meinen Parka reichte, in den ich eilig schlüpfte. Seine Hand legte er an meinen Rücken, um mich so im Notfall schnell wegziehen zu können.

»Es ist Tag«, murmelte Tristan, der wieder von der Leiche zurückgetreten war, um sie aus der Ferne zu betrachten. »Nur ein Tenebrae kann seine Gestalt auch bei Tageslicht verändern. Ihr Körper dürfte noch nicht sehr lange hier liegen. Es befindet sich kein Schnee auf ihm und es hat erst nach Tagesanbruch aufgehört zu schneien.« Der Bellator sah von Ace zu mir. »Was mich viel eher interessieren würde, wäre, woher du wusstest, dass sie hier ist.«

»Intuition«, antwortete ich ausweichend, da ich keine Lust hatte, ihm zu erklären, was es bedeutete, eine Dormis zu sein.

Normalerweise begleiteten die anderen meiner Art ihre Geister nur in Anwesenheit von ihrem jeweiligen Vorgesetzten, wenn Giffin nicht zur Verfügung stand. Wenn man den Körper des Opfers dann fand, kontaktierte man Bellatoren und Protectoren, weil es das Protokoll so verlangte. Deshalb wussten diese meistens nicht genau, wie wir die Leichen fanden. Ich hatte keinen Schimmer, was sie annahmen, wie das Ganze funktionierte. Manchmal ließen wir uns von Bellatoren begleiten, wenn die Nacht noch nicht vorüber war, deshalb war es ihnen zumindest nicht neu, auf diese Art und Weise eine Leiche zu finden. In wenigen Fällen kam es auch vor, dass unsere *Geister* uns mit einer Art Gebärdensprache mitteilen konnten, wo die Opfer zu finden waren und wir mussten die Krieger nur kontaktieren. Da die meisten Dormi jedoch, anders als ich, nicht im ständigen Kontakt zu ihren Geistern standen, war es schwierig, ihnen die Gebärden beizubringen.

»Wir sollten sie zu euch bringen, damit du deine Arbeit als Somna machen kannst«, riss mich Natalie aus meiner Starre. Ich blinzelte die Spinnweben alter Erinnerungen fort und stimmte ihr zu.

»Ich hole das Auto.« Tristan wartete keine Antwort ab, sondern machte sich auf den Weg. Wahrscheinlich hatte er erkannt, dass es die einzige Möglichkeit war, die Leiche zu transportieren. Wir mussten nur darauf achtgeben, dass sie von keinem Passanten entdeckt wurde, der daraufhin panisch die Polizei rufen und unser ganzes Unterfangen aufs Spiel setzen würde.

Wir stellten uns also vor die Container und verhielten uns möglichst unauffällig. Es funktionierte nicht sonderlich gut. Die Anspannung war jedem von uns nur zu deutlich ins Gesicht geschrieben. Immerhin hatten wir Glück, da sich niemand in unsere Richtung verirrte.

Tristan fuhr den Wagen rückwärts in die enge Straße, bevor er ausstieg, um dabei zu helfen, den Körper in den Kofferraum zu hieven. Ich musste den Blick abwenden. In einer Woche hatte ich schon mehr Leichen gesehen, als manche Menschen in ihrem gesamten Leben, es reichte.

»Ich denke, ich fahre im Auto mit«, verkündete ich, als der Kofferraum wieder geschlossen wurde. »Ich will sie nicht allein lassen.« Eigentlich wäre mir nichts lieber, als mich so weit wie möglich von dem Geruch des Todes zu entfernen, aber das ließ mein Gewissen nicht zu. Es war gut möglich, dass sie nur meinetwegen gestorben war.

»Bist du sicher?«

Ich nickte und zwang mich zu einem Lächeln, bevor Natalie verkündete, dass sie stattdessen mit Ace fahren würde.

»Ich will dieses Gefühl von Freiheit auch mal ausprobieren, von dem du gesprochen hast.« Sie lächelte erwartungsvoll. Natürlich hatte ich kein Recht, zu widersprechen, schließlich war hinter Ace nun ein Platz frei, also schwieg ich und setzte mich tief durchatmend auf den Beifahrersitz. Während Tristan einstieg, befestigte ich den Gurt.

»Hast du Angst?«, fragte er mich, nachdem wir die Sackgasse und die erste Straßenkreuzung schweigend hinter uns gelassen hatten.

»Wovor?«

»Gaspard.«

»Ich denke, es wäre dumm von mir, keine Angst vor dem Mörder meiner Familie zu haben«, grummelte ich etwas genervt von dieser so offensichtlich unnötigen Frage.

»Er wird dich nicht auch töten.«

»Doch, das wird er.« Ich seufzte. »Wenn die Protectoren recht haben und Arax'va wirklich existiert und weiterhin schwächer wird, wird Gaspard umso mehr Macht bekommen. Dann gibt es niemanden mehr, der die Finsternis ausbalancieren könnte. Der ihn aufhalten könnte.«

»*Wenn* … also glaubst du selbst doch nicht an ihn?« Er warf mir einen neugierigen Seitenblick zu. Ich ließ meine Augen starr auf die Frontscheibe gerichtet. Mir war nicht danach, seinen durchdringenden Blick zu erwidern.

»Ich bin mir nicht mehr sicher, was ich glauben soll und was nicht, aber mittlerweile bin ich dazu bereit, *alles* zu tun, wenn es mir nur hilft«, antwortete ich ehrlich. Ich war so verwirrt und unsicher wie schon lange nicht mehr. Nichts ergab mehr einen Sinn.

Kurz dachte ich, Neo auf der Motorhaube liegen zu sehen, doch nach einem weiteren Blinzeln war das Bild wieder verschwunden. Stirnrunzelnd erinnerte ich mich daran, warum ich seine Anwesenheit nicht gewollt hatte.

»Sag mal … hast du eigentlich Familie hier? In der Nähe?«

Tristan hob eine Augenbraue. »Nope.«

Das nannte man dann wohl eine Abfuhr. Ich wusste nicht, wie ich das Thema seiner Herkunft weiterverfolgen konnte, ohne zu auffällig zu sein, also ließ ich es vorerst auf sich beruhen.

Müde und erschöpft von den jüngsten Ereignissen lehnte ich meine Stirn an die Fensterscheibe und schloss die Augen für ein paar wohltuende Minuten. Während ich versuchte, mich selbst in einem schönen Traum zu verlieren, sickerte erstmals wahrhaftig der Gedanke zu mir durch, dass wir eine Leiche im Kofferraum transportierten und womöglich in gravierende Schwierigkeiten geraten würden, sollten wir von der Polizei angehalten werden. Daraufhin riss ich die Augen auf und sah mich hektisch um. Tristan bemerkte meinen ängstlichen Blick.

»Was ist los?«

»Wir haben eine Leiche im Kofferraum!«, zischte ich möglichst leise, als würde uns jemand belauschen.

Tristan schien die Situation sehr amüsant zu finden, da er schmunzelte, bevor er mich kopfschüttelnd anblickte. »Ist dir das wirklich erst jetzt aufgefallen? Ich dachte, du wärst beim Einladen dabei gewesen«, sagte er gespielt grübelnd. »Vielleicht habe ich mir das auch nur eingebildet. So außergewöhnlich bist du jetzt nicht, dass ich dich jedes Mal bemerken würde.«

»Du weißt, wie man Komplimente verteilt«, murmelte ich abwesend.

»Hast du dir gewünscht, ich hätte etwas anderes gesagt?«, fragte er beinahe schon provozierend, als er vor einer roten Ampel zum Stehen kam.

»Darum geht es doch gar nicht«, widersprach ich augenblicklich.

»Ach ja, und worum dann?«

Er setzte das Auto wieder in Bewegung und mir wurde klar, dass wir die Hälfte des Wegs bereits hinter uns gelassen hatten, ohne dass ich in größere Panik ausgebrochen war. Mir war klar, dass ich das lediglich Tristan zu verdanken hatte. Ich ließ mich zu einem freundlichen Lächeln herab, dem er mit einem wissenden seinerseits begegnete.

»Wir sollten keine Witze reißen, während sich eine Leiche im Auto befindet«, merkte ich leise an und knetete die Hände in meinem Schoß.

»Du hast recht. Ich entschuldige mich.«

Nachdem wir in der Tiefgarage einen Parkplatz nahe der Fahrstühle gefunden hatten, stiegen wir aus und warteten auf Ace, der mit Natalie hinter sich heranraste. Sie stiegen nacheinander vom Motorrad.

»Alles in Ordnung?«, erkundigte sich Ace bei mir. Nachdem ich ihm zuversichtlich zugenickt hatte, wandte er sich einem Protector zu, der neben einem Fahrstuhl eine rauchte. »Wir brauchen eine Bahre. Sofort.«

»Ja, Sir.« Er schnipste seine Zigarette weg und betrat den Fahrstuhl.

»Ich hätte auf mein Bauchgefühl hören sollen«, nuschelte Ace unweit neben mir. Tristan lehnte sich mit der Hüfte gegen den Volvo und Natalie schloss zu mir auf.

»Was meinst du?«, fragte sie, bevor ich es hätte tun können.

»Es ist besser, wenn Lydia hierbleibt. Es ist einfach zu gefährlich«, erklärte Ace und vollführte eine entschiedene Geste mit den Händen.

»Sie schwebte in keiner Sekunde in Gefahr«, widersprach Natalie. »Du machst dir zu große Sorgen.«

»Ich …«, begann Ace, doch er wurde unterbrochen. Der Protector, den er losgeschickt hatte, trat mit einem weiteren Mann aus dem Lift. Sie trugen eine Bahre zwischen sich, auf die sie die Leiche hievten und anschließend nach oben brachten.

Ace, die Bellatoren und ich stiegen dann in den anderen Fahrstuhl. Ich knetete unruhig meine Hände und hielt die Augen auf den glänzenden Boden gerichtet, der von dem schmelzenden Schnee an unseren Sohlen ganz glitschig wurde.

»Ich bin mir nicht sicher, ob ich es tun kann«, entfloh es mir dann doch unwillkürlich und ich zog somit alle Blicke auf mich. Gerade glitten die Türen im Untergeschoss auseinander und Tristan und Natalie schritten hinaus. Ace stellte sich vor mich, ließ die Türen wieder zusammenfahren und drückte auf den roten Knopf, von dem ich angenommen hatte, dass man diesen unter keinen Umständen drücken durfte. Der Lift bewegte sich nicht mehr und ein schrilles Klingeln ertönte.

Er ergriff meine Hände. »Vielleicht wäre es einfacher für dich, wenn du deinen Lehrer dabei hättest und nicht dieses Gewicht auf deinen Schultern lasten würde, aber das lässt sich jetzt nicht ändern. Du bist stark genug, dass du gegen deine Unsicherheit ankämpfen kannst, hörst du?« Er strich eine Strähne von meiner Wange. »Ich glaube an dich«, wiederholte er und sah mich voller Inbrunst an. Er wartete jedoch keine Antwort ab und stoppte den Alarm.

Seine Worte hatten mir ein wenig geholfen. Zumindest fühlte ich mich nicht mehr so, als würde ich jeden Moment zusammenbrechen. Sicher, dass ich die Wandlung würde stoppen können, war ich mir allerdings noch immer nicht. Ace kannte mich kaum, was seinen Worten einen kleinen, aber spürbaren Dämpfer verlieh.

Tristan war verärgert über Aces Aktion, beschränkte seinen Zorn aber vorerst auf eine grimmige Miene, als er uns zum Tresorraum führte, dessen Tür sperrangelweit offen stand. Die zwei hilfsbereiten

Protectoren traten gerade hinaus und lehnten die nunmehr leere Bahre hochkant an die Wand.

Ich blickte in den fensterlosen Raum hinein und erkannte, dass Neo bereits auf mich wartete. Er lächelte mich zuversichtlich an, was mir genügend Kraft verlieh, einzutreten. Ace und die Bellatoren blieben draußen und schlossen die schwere Tür geräuschvoll hinter mir. Ein Grollen fuhr durch meine Glieder.

»Hast du gehört, dass ich Tristan nach seiner Familie gefragt habe?« Ich trat näher an den Körper der Fremden. »Nachdem du mir diese tolle Nachricht überbracht hast, bist du ziemlich schnell abgehauen, aber ich habe nicht vergessen, dass eure Ähnlichkeit ein Grund zur Sorge ist.«

Er antwortete mir nicht. Natürlich nicht. Es hätte mich mehr erschreckt, wenn plötzlich Worte aus seinem Mund gepurzelt wären, stattdessen wurde sein Lächeln nur etwas angestrengter. Trotzdem war das Schweigen ein Segen, den ich nutzte, um konzentriert die Zutaten zusammenzusuchen, die ich für dieses Ritual benötigte. Das war ein Aspekt, der in mir keine Furcht aufkommen ließ, da ich den praktischen Teil in- und auswendig kannte. Hier konnte nichts mehr schiefgehen oder mich verunsichern.

»Giffin hat mir immer gesagt, ich wäre noch nicht so weit«, murmelte ich und schob mir mit dem Handrücken die Haare aus der Stirn. »Ich verstehe jetzt, wieso. Ich bin einfach noch zu unsicher …«

Neo sah mich skeptisch an, bevor ich mich von ihm abwandte, um das Heidekraut auf die längst vertrocknete Halswunde zu legen. Jemand hatte ihre Lider geschlossen und ihr dunkelblondes Haar, das meinem so ähnelte, zurückgestrichen. Es mussten die Protectoren gewesen sein. Ich hatte sie nicht für so empfindsam gehalten und war unglaublich dankbar dafür. Es wäre mir nur noch schwerergefallen, wenn ich in ihre Augen hätte schauen müssen.

Nachdem ich meinen Parka endlich ausgezogen hatte, schob ich die Ärmel meines Pullis hoch und wandte mich einem kleineren Tisch zu, auf dem ich das Henna anrührte. Ich ließ mir von Ace etwas Wasser bringen und versank dann in der meditativen Aufgabe, den Wiederkreis auf den Bauch der Frau zu malen. Es kostete mich Überwindung, ihre Bluse zu öffnen, weshalb ich nur die untersten Knöpfe löste und den Stoff bis zu ihrem BH hochschob.

»Es tut mir so leid«, flüsterte ich und begann dann damit, das dunkelbraune Henna auf die zarte Haut aufzutragen.

Der Wiederkreis bestand aus insgesamt neun konzentrischen Kreisen, die mit verschiedenen magischen Symbolen ausgefüllt wurden. Es war wichtig, die Striche, Punkte und Kreise präzise auszuführen, um dem Zauber genügend Kraft zu verleihen. Giffin hatte mich das Auftragen des Hennas bereits mit neun Jahren gelehrt und ich hatte es seitdem geübt, sodass ich das Muster schließlich blind hätte zeichnen können. Trotzdem war es etwas anderes, den Kreis auf die Haut einer Toten aufzumalen.

Während das Henna trocknete, zog ich die Plastikhandschuhe aus und nahm etwas von dem Heidekraut gemischt mit Lavendel aus einem der Gläser. Tief durchatmend fasste ich mit der freien Hand um ihr Kinn und zog ihren Kiefer nach unten, um die Kräuter in ihren Mund zu legen. Auf diesen Teil hätte ich gerne verzichten können, doch er war wichtig, um einen Teil meiner Ignis anschließend in ihr zu halten.

Als Nächstes entzündete ich die dunkelblaue Kerze, die aus Bienenwachs, Heidekraut, Andorn und Malve bestand und deren Wachs ich in die Mitte des Wiederkreises träufeln ließ, bevor ich eine Hand über ihre Brust und die andere über meine legte. Es war so weit.

Ich schloss die Augen, atmete tief durch und begann, in der alten Sprache die für dieses Ritual wichtigen Verse zu rezitieren. Die Worte fielen mir schwer, fühlten sich falsch auf meiner Zunge an und schienen sich in eine andere Richtung zu bewegen, als sie über meine Lippen perlten. Mir wurde schlecht.

Ganz eindeutig versagte ich als Somna. Ich hätte nicht als Einzige überleben sollen. Vielleicht wäre es besser gewesen, wenn sich Neo schützend vor Isla gestellt hätte. Sie war immerhin dazu in der Lage gewesen, ihre Fähigkeiten als Somna einzusetzen.

Wütend wischte ich die Tränen von meinen Wangen, senkte die Arme und wich zurück, bis ich das Regal in meinem Rücken spürte. Meine Augen waren noch immer auf die leblose Gestalt gerichtet, die beinahe die ganze Tischlänge einnahm. Sie schien sogar so groß zu sein wie ich. Das konnte nur eine Nachricht von Gaspard sein und ich spielte ihm direkt in die Hände, wenn ich mein *Amt* nicht ausüben konnte.

Ich konnte ihn nicht gewinnen lassen. Er hatte mir alles genommen. Fast alles. Meine Gabe würde er mir nicht auch noch nehmen.

Eine Bewegung an der Tür ließ mich hochsehen. Neo deutete auf sie und formte dann mit seinen Fingern ein großes A. Es brauchte kein Genie, um zu erraten, was er von mir wollte. Allerdings war ich mir nicht sicher, warum ich Ace hereinholen sollte, bis ich mich wieder an den Moment in der Bar erinnerte, in dem er mir gezeigt hatte, was er sehen konnte.

»Gute Idee«, lobte ich den Geist, der sehr zufrieden mit sich selbst wirkte, als ich an ihm vorbeischritt und die Tür aufdrückte, bis ich mich Ace gegenübersah. Er hatte sich keinen Millimeter wegbewegt, seit er mir das Wasser gebracht hatte. Von den anderen beiden war keine Spur zu sehen, aber ich suchte auch nicht wirklich nach ihnen.

»Hast du's geschafft?«, fragte er sofort.

Ich schüttelte den Kopf. »Würdest du mit reinkommen?«

Er zögerte keinen Moment und das bewunderte ich am meisten an ihm. Seine Entschlossenheit, mir zu helfen, ganz egal, was es ihn kostete.

»Es tut mir leid, was ihr geschehen ist«, sagte er leise, als er den Tisch mit der aufgebahrten Leiche erreicht hatte. Meine Lider senkten sich voller Mitgefühl. »Ganz egal, ob es nun Gaspard war oder ein anderer Tenebrae, der sich in unsere Stadt verirrt hat. Tatsache ist, sie hatte es nicht verdient zu sterben. Wer weiß, wie viele Menschen sie hinterlässt? Wie ihr Plan für die kommende Woche ausgesehen hat?« Er schüttelte betrübt den Kopf. Es war neu für mich, einen Protector so zu sehen. Bisher hatte ich angenommen, sie würden sich nur um ihre Religion sorgen und kaum einen Gedanken an die Opfer der Nacht verschwenden.

Schließlich hob Ace seinen Kopf und fixierte mich mit einem durchdringenden Blick, von dem ich mich nur sehr schwer lösen konnte.

»Wie kann ich dir helfen?«

»Komm her«, bat ich ihn, als ich wieder nach dem Büschel Heidekraut griff, das ich zuvor, frustriert über mein Versagen, abgelegt hatte. »Würdest du mich berühren? Während ich das Ritual vollziehe?« Er sah mich fragend an, als würde er nicht ganz verstehen, worauf ich hinauswollte. »Ich muss die Ignis sehen. Anders scheine ich die Wandlung nicht stoppen zu können. Giffin hatte recht. Ich bin einfach noch nicht dazu bereit, es allein zu bewerkstelligen.«

Er streckte seine Hand aus und schloss seine Finger um das Gelenk meiner Hand, die über dem Herzen der Frau schwebte. Allein seine Nähe schenkte mir Kraft, bevor die Welt um mich herum in Grau getaucht wurde. Als ich erst an mir, dann an Ace heruntersah, sah ich, dass es in seiner und meiner Brust rot leuchtete. In der meinen um ein Vielfaches heller als bei ihm.

»Dann schaffen wir es eben gemeinsam«, sprach er mir Mut zu. Ich konzentrierte mich wieder auf meine Atmung, bevor ich die rituellen Worte nacheinander ausstieß, in der Hoffnung, dass sie dieses Mal meine Macht freisetzen würde.

»Der Tenebrae hat ihre gesamte Ignis ausgesaugt«, erklärte ich Ace, der mich weiterhin berührte, sodass wir beide die Finsternis in ihrer Brust erkennen konnten. »Wir Somna müssen einen Teil unserer eigenen Ignis in ihren Körper zurückleiten, die daraufhin die Dunkelheit bekämpft und eine Wandlung verhindert.«

»Aber hast du dann irgendwann selbst keine Glut mehr?«, erkundigte er sich und klang ehrlich besorgt, vielleicht sogar etwas entsetzt. Ich konnte die Emotionen nicht genau bestimmen, da ich mich auf das Ritual konzentrieren musste, aber ich verstand seine Angst. Niemand außerhalb des Clans wusste, wie unsere Macht funktionierte. Rauch stieg mir in die Nase, was mich daran erinnerte, mich zu beeilen und das Ritual zu beenden, bevor die Kerze ausbrannte. Sie bestand aus keinem normalen Bienenwachs, sondern war von geübten Dormi aus Magie gezogen worden, die die Somna unterstützen sollte. Zudem existierten nur sehr wenige von ihnen, da deren Kreation mehrere Monate in Anspruch nahm. Eine Zeit lang hatte ich mit dem Gedanken gespielt, ebenfalls den Beruf in der Kerzeninnung einzuschlagen, doch Giffin hatte mir davon abgeraten. Meine Gabe wäre als Wachszieherin verschwendet gewesen. Er hatte mir versprochen, dass ich bald schon meinem Erbe als Somna gerecht werden würde. Bis dahin bräuchte ich nur ein wenig Geduld. Er hatte an mich geglaubt, also sollte ich es auch tun.

Jetzt, da ich die Glut in mir visuell vor Augen hatte, wenn ich meinen Blick senkte, fiel es mir leichter, den rituellen Worten einen Sinn beizufügen. Ich konnte sie mit Macht schmücken und die Kraft aus mir selbst filtern, ehe sich ein kleiner Teil meiner Ignis abspaltete und wie ein schwereloser Ball, kaum größer als ein Nadelkopf, zu dem Körper der jungen Frau flog. Er schwebte ein paar Zentimeter über ihrer Brust und wartete auf die Richtung, die ihm meine Worte gaben. Im nächsten Augenblick sank das dunkelrote Licht hinab in Richtung ihres Bauches und in die Mitte des Wiederkreises. Das fest gewordene Wachs wurde wieder flüssig und verteilte sich über die Hennakreise. Die Ignis verschwand und vertrieb die alles vernichtende Dunkelheit, die Gaspard in dem Körper gepflanzt hatte.

Ich atmete aus und sank in mich zusammen. Das Ritual war vollendet. Es war mir tatsächlich gelungen.

»Meine Glut wird sich wieder erholen«, sagte ich schließlich erschöpft, als ich mich wieder an seine Frage erinnerte. »Solange sie nicht vollständig aufgebraucht wird.«

»Die Frau wird nicht wiedererwachen?«, fragte Ace mit deutlicher Verblüffung in der Stimme, als er mich zu der Stufe brachte, die zur Tür führte. Wir setzten uns hin und er ließ endlich mein Handgelenk los, sodass meine Welt wieder Farben annahm. »Obwohl sie einen Teil deiner Ignis besitzt?«

»Nein. Weder als normaler Mensch noch als Mordenox. Gaspard hat sie getötet«, antwortete ich und rieb mir über die verschwitzte Stirn. Wahrscheinlich fühlte sich Ace durch seine erste Teilnahme an diesem Ritual überwältigt und konnte nicht mehr klar denken. »Danke, dass du mir geholfen hast. Allein hätte ich das niemals geschafft.«

»Klar.« Er tätschelte mein Knie, bevor wir beide in einvernehmliches Schweigen verfielen und überall hinsahen, nur nicht auf den Tisch.

DREIZEHN

Wir verabschiedeten uns von Natalie und Tristan, die beide zum Hauptquartier der Signa Inferre gerufen worden waren. Hätte ich vor, die Bank zu verlassen, sollte ich sie kontaktieren, damit sie mir Geleitschutz geben konnten. Da ich mich nicht danach fühlte, jemals wieder die Straßen von Arden Creek zu betreten, winkte ich diese Bitte nur ab.

»Das Angebot steht.« Tristan war an mich herangetreten und sah mich durchdringend an. »Du musst nur sagen, wann du die Tour durch unser Quartier starten willst.«

»Ich werde bestimmt darauf zurückkommen«, versprach ich, da es mich wirklich interessierte. Ich war zwar darüber unterrichtet worden, wie die anderen Gemeinschaften aufgebaut waren, doch vor Gaspards Überfall hatte ich keines der anderen Hauptquartiere gesehen.

»Wir sehen uns.« Er stieg dann mit seiner Partnerin in den Lift.

»Bist du hungrig?«, erkundigte sich Ace, als wir in den anderen Fahrstuhl stiegen, um das Untergeschoss zu verlassen.

»Ein wenig«, murmelte ich bloß, da ich wusste, dass ich etwas essen sollte. Aber wenn ich daran dachte, was ich bis vor wenigen Minuten noch getan hatte, wurde mir schlecht. Ja, ich hatte im Guten gehandelt, doch das änderte nichts an der Tatsache, dass ich Zeit, viel Zeit, in der unmittelbaren Nähe einer Leiche verbracht hatte.

Natürlich war ich auf einem Friedhof aufgewachsen, aber – es war schwer zu erklären – Giffin und Florence hatten die Fähigkeit besessen, den Tod nicht so überwältigend wirken zu lassen. Nun war ich auf mich allein gestellt und alles war finster und unheimlich.

»Was passiert jetzt mit ihr? Der Leiche.«

»Du weißt es nicht?« Er sah mich ganz überrascht an, als die Türen auseinanderglitten und ein paar Leute einstiegen. Wir zogen uns nach hinten zurück und standen letztlich so eng beisammen, dass unsere Arme aneinanderrieben. Ich erinnerte mich an das strahlende Lächeln, das er mir in der Bar zugeworfen hatte, und genoss das Gefühl dieser unwillkürlichen Berührung, ohne zu wissen, was das zu bedeuten hatte.

»Nun, ich weiß, was passiert, wenn dem Clan Militum die Leichen der unbekannten Opfer und der Mordenox übergeben werden«, erklärte ich leise, damit uns niemand belauschte. Die anderen Protectoren waren aber ohnehin zu sehr in ihren eigenen Unterhaltungen gefangen. »Aber dieser Schritt hier? Vor dem hat mich der Oberste immer ferngehalten. Ich durfte das Henna anmischen, Kreise auf Papier ziehen, die verschiedenen Anwendungen von Kräutern auswendig lernen, aber niemals ließ man mich in die Nähe der Leichen. Vielleicht wollte mir Giffin den Anblick ersparen, bis es wirklich nötig sein würde. Manchmal glaube ich sogar, er hat es bereut, mich nach Arden Creek geholt zu haben.« Meine Stimme war immer leiser geworden, bis selbst ich sie kaum noch vernahm. Ein Seitenblick auf Ace verriet mir jedoch, dass er jedes einzelne Wort verstanden hatte. Seine Augen sprachen von Mitleid, als er seine Finger über meinen Handrücken streichen ließ.

»Wieso denkst du das?«

»Er hat mich anders behandelt. Auch wenn er streng war, so verhielt er sich mir gegenüber oftmals mehr wie ein Vater als ein Lehrer …« Er war mir stets so nah gewesen, hatte mir über den Kopf gestrichen, mir Rat gegeben und doch … gleichzeitig hielt er mich von meiner Berufung fern. Ich würde seine Gründe dafür wohl nie erfahren.

Dann erreichten wir den richtigen Stock und mussten aussteigen.

»Das ist doch nicht schlecht. Anscheinend liebte er dich wie eine Tochter.«

»Und fand mich gleichzeitig inkompetent.« Ich seufzte. »Aber das war nicht meine Frage …«

»Trotzdem können wir darüber reden.«

»Das möchte ich aber nicht. Also?«

Er hob seine Kappe an, strich sich einmal durchs Haar und setzte sie anschließend wieder auf. »Die Bellatoren haben ihren Ausweis mitgenommen und werden nun nach ihren Verwandten suchen«, griff der

Protector meine eigentliche Frage auf, als ich nichts mehr sagte. »Sie haben ein paar Polizisten in ihren Reihen, die Eltern oder Ehemann benachrichtigen werden. Eines der Bestattungsunternehmen deines Clans wird sich dann der Aufbewahrung der Leiche widmen, bis sich die Hinterbliebenen selbst um die Beerdigung kümmern oder euch engagieren.«

Ace öffnete die Tür und ließ mich als Erste eintreten. Ich hängte Jacke und Tasche an der Garderobe auf, ehe ich ins Badezimmer trat, um mir Hände und Gesicht zu waschen. Die Tür ließ ich dabei geöffnet, um die Unterhaltung fortzusetzen.

»Es gibt so viel, das ich noch nicht weiß«, seufzte ich und trocknete mich an einem der flauschigen weißen Handtücher ab. »Wie soll ich jemals den Status als Somna ausfüllen? Allein? Wir hatten zwar nicht übermäßig viele unter uns, aber es waren genug gewesen, um sich gegenseitig zu unterstützen. Wie konnte Gaspard nur alle auf einen Schlag auslöschen? Wir hätten damit rechnen müssen. Wir hätten auf der Hut sein sollen«, stammelte ich recht zusammenhangslos, bis ich mich daran erinnerte, was geschehen war, bevor wir die Leiche entdeckt hatten. Mit Schrecken richtete ich mich auf, lief an Ace vorbei und stürzte in mein Zimmer, um mein Smartphone auf Nachrichten zu überprüfen.

»Was tust du?«

»Die Leiche, sie war eine eindeutige Warnung an mich. Vielleicht hat uns Gaspard vorher einen Hinweis gegeben«, versuchte ich, meine überbrodelnden Gedanken in sinnvolle Worte zu kleiden. »Damit auch wirklich *ich* diejenige bin, die die Nachricht findet.«

»Falls es wirklich Gaspard war und kein anderer Tenebrae.« Es hätte mich gewundert, wenn Ace mir einfach zugestimmt hätte. »Sein Sohn soll sich angeblich auch in der Stadt aufhalten, auch wenn die Quellen das bisher nicht bestätigt haben.«

»Sein Sohn?« Stirnrunzelnd sah ich auf. Ich hatte nicht gewusst, dass Gaspard Familie besaß.

»Ein hartnäckiges Gerücht«, antwortete Ace schulterzuckend und folgte mir in mein Zimmer.

Schließlich hielt ich das Smartphone in den Händen und switchte durch diverse Nachrichten von Clanmitgliedern, aber keine von ihnen gehörte Gaspard. Frustriert ließ ich das Handy auf die Matratze fallen.

»Du siehst enttäuscht aus.«

»Vielleicht hast du recht und er war es gar nicht.« Seufzend setzte ich mich hin und rieb mir die Augen. »Es macht mich nur unruhig, es nicht genau zu wissen.«

»Das ist doch exakt das, was er will.« Ace trat näher und hockte sich vor mich hin. Seine großen, schwieligen Hände umfassten die meinen. »Versuche dich nicht zu sehr darauf zu versteifen, okay?«

Ich öffnete bereits meinen Mund, um ihm zu widersprechen, doch da erwiderte ich endlich seinen Blick und ich vergaß, was ich hatte sagen wollen.

»Lydia …«, begann er, doch bevor er weiterreden konnte, hatte ich bereits meine Stimme erhoben.

»Warum sorgst du dich so sehr?«, entfloh es mir. »Wieso lässt du mich nicht einfach machen? Ich bin schließlich nur eine Pflicht, die Lockington dir auferlegt hat, oder nicht?« Mein Herz pochte aufgeregt, weil mir die Antwort so wichtig war.

»Weil …« Er erhob sich und fuhr sich durch sein Haar, nachdem er seine Kappe kurz angehoben hatte. »Ja, am Anfang war es eine Pflicht, aber ich mag dich und ich denke, wir könnten sogar Freunde sein.« Als ich schwieg, ließ er seine Hand sinken und sah mich unsicher an. »Natürlich nur, wenn du das möchtest und du über die Tatsache hinwegsehen kannst, dass ich mein Leben den Gottheiten gewidmet habe.«

Ich lächelte sanft, stand auf und umfasste seine linke Hand. »Das will ich.«

»Das macht mich verdammt froh.«

»Ist es dir erlaubt zu fluchen?«, erwiderte ich grinsend.

»Sehr witzig.« Seine Augen strahlten, als er meine Hand ebenfalls drückte. »Komm, ich koche etwas, solange wir nur zu zweit sind.«

»Ja, ich bin gleich da«, versicherte ich ihm. »Gib mir nur ein paar Minuten.«

»Wie findest du Spaghetti?«

»Sie sind ein Geschenk an die Menschheit.«

Lachend zog er die Tür hinter sich zu.

VIERZEHN

Es war mehr als eine Woche vergangen, seit mein Leben auf so brutale Weise zerstört worden war. Nichts konnte mich vor den grausamen Stunden des Schlafs bewahren und wenn ich wach durch das Bankgebäude wandelte, hatte ich das Gefühl, nicht mehr ich selbst zu sein. In den vergangenen Tagen geschahen keine weiteren Morde. Gaspard und seine Mordenox hielten sich im Hintergrund, trotzdem versiegte die innere Unruhe nicht. Immer und immer wieder sagte ich im Kopf die Telefonnummer meiner Eltern auf, nutzte sie als Rettungsseil, um nicht dem Wahnsinn anheimzufallen. Ace war eine zusätzliche Stütze, denn als Freund war er mir unersetzlich.

Leider war er viel unterwegs, auch wenn er versuchte, mich in das Leben eines Protectors miteinzubeziehen, indem wir mit seiner Familie zusammen aßen oder ich einen Blick in diverse Bereiche des Quartiers werfen konnte. So hatte ich zum Beispiel die Computerzentrale gesehen, in der die Informationen der Menschen, die eine große Ignis in sich trugen, von Protectoren eingespeist wurden. Hier wurde alles gesammelt und verarbeitet.

Die Momente, die mir Frieden gaben, waren jedoch in meinem eigenen, von Bannzaubern befreiten Raum, denn nur dort konnte mir Neo Gesellschaft leisten. Er sprach zwar nach wie vor nicht, aber das hatte mir nur selten etwas ausgemacht. Allein seine Anwesenheit spendete mir Trost und das war schon viel wert. Hin und wieder spielten wir Schach, das mir Ace freundlicherweise zur Verfügung gestellt hatte. Er fand es keinesfalls seltsam, dass ich scheinbar gegen mich selbst spielte, oder aber er hatte mich angelogen, nachdem ich ihn gefragt hatte. Leider gewann weder ich noch Neo, da er oder ich ständig die Lust verloren, bevor es so weit hätte kommen können. Es war wie verflucht.

Heute allerdings würde ich keine Zeit für ihn finden, da die Beerdigung meiner ermordeten Clanmitglieder auf dem Friedhof unseres Hauptquartiers in Beringham stattfand. Die Obersten der Signa Inferre und der Protectoren nahmen an der Bestattung teil sowie die restlichen Mitglieder des Clan Militums, sodass wir eine ziemlich große Gruppe waren. Ein paar Krieger, unter anderem auch Tristan und Natalie, standen etwas abseits und waren zu unserem Schutz da, auch wenn wir nur von Tenebrae angegriffen werden konnten, da es nicht Nacht war. Wir lauschten schweigend den Worten des Priesters der Protectoren. Er gehörte nach wie vor zu unseren Beerdigungen dazu, obwohl unser Verhältnis zu ihnen schon seit einer Weile angespannt war.

Arax'va, wo auch immer du bist, wir brauchen dich, betete ich innerlich, ohne wirklich daran zu glauben, dass es uns helfen würde.

Ich vergrub meine Hände tiefer in den Taschen meines Mantels, den ich über einem schwarzen Spitzenkleid trug, das ich mir von Aces Schwester geliehen hatte. Mit der Sohle meines Stiefels rieb ich über den Schnee, während ich die Rede des Priesters ausblendete.

Letztendlich fühlte ich aber nichts. Meine Anwesenheit brachte weder den mehr als zwei Dutzend Särgen etwas noch spürte ich eine Veränderung in mir selbst. Giffin, Florence, Lola, Isla und viele weitere waren tot.

Und ich hätte nicht überleben sollen.

Ryders Sarg befand sich ebenfalls unter ihnen, da ich darauf bestanden hatte, doch jetzt machten sich erste Zweifel in mir breit. Was, wenn ich falsch gehandelt hatte? Was, wenn ich den Toten dadurch ihre Würde nahm? Gemeinsam mit dem Helfer ihres Mörders begraben …

Wie in Trance erhob ich mich von einem der weißen Plastikstühle und schritt über den freigeschaufelten Weg zum Haus, das sich düster und einsam vor dem weißen Himmel abzeichnete. Neo folgte mir, hielt aber einen gewissen Abstand bei, da er spürte, dass ich seine Gesellschaft gerade nicht benötigte.

Meine Augen wanderten zwischen den alten, kahlen und manchmal gut gepflegten Gräbern umher, die ich sonst keines Blickes würdigte, hinauf bis zu den steinernen Stufen, die mir noch nie so dunkel vorgekommen waren. Jemand hatte Salz gestreut, sodass die Körner unter meinen Schuhsohlen knirschten.

Ich berührte mit meinen Fingerspitzen die Holzmaserung der Tür, während ich meine Lider schloss und die Trauer zuließ. Mein Herz fühlte sich nicht mehr leicht und frisch an, sondern schwer und alt. Es war wie aus Eis und drohte in tausend Splitter zu zerspringen.

Kalte Leere und schneidende Trostlosigkeit erwarteten mich im Inneren, als ich den Weg nahm, den ich auch das letzte Mal gegangen war, um Florence die Einkäufe zu bringen. Man hatte hier grob Ordnung geschaffen, doch das Blut war in den Holzboden gesickert und die Seele der Zerstörung lag in jedem Möbelstück, in jedem Staubkorn.

Ich rieb mir die kalten Hände, um gleichzeitig das Frösteln in meinem Inneren zu vertreiben, bevor ich das Sonnenzimmer erreichte, in das sich Giffin stets zurückgezogen hatte. Langsam und vorsichtig setzte ich mich auf das ausgeblichene Sofa. Immerhin schien in diesem Raum niemand getötet worden zu sein. Ich konnte weder Blut noch zerstörtes Mobiliar sehen.

Im nächsten Moment vernahm ich schwere Schritte im Flur, die sich mir unweigerlich näherten. Ich sprang auf, bevor Lockington eintrat und mich von oben bis unten musterte.

»Hier.« Er hielt mir ohne Umschweife einen großen, glänzenden Gegenstand entgegen. Ich erkannte erst, worum es sich handelte, nachdem ich es angenommen hatte. Der Schlüssel zum Hauptquartier.

»Was bedeutet das?«, fragte ich etwas perplex und besah mir den goldenen Schlüssel genauer. Er war beinahe so groß wie meine ganze Hand und einer der Dinge, die nur vom Obersten zu Obersten weitergereicht wurden.

»Es gehört dir«, antwortete mir Lockington, verschränkte seine Hände hinter dem Rücken und schlenderte scheinbar gelassen und vollkommen in seinem Element zum Fenster, das auf den Friedhof hinausging. Er musste die Zeremonie genauso wie ich mittendrin verlassen haben. »So wie alles hier. Du bist die neue Oberste des Clan Militums«, verkündete er in einer sehr offiziellen Art und Weise, obwohl er mich nur über seine linke Schulter hinweg anblickte. Er wirkte mächtig und Respekt einflößend, wie er so in seinem schwarzen Anzug, Wollmantel und dem kurz geschorenen Haar in dem schwachen Licht der Nachmittagssonne dastand. »Das ist dein Haus. Dein Anwesen. Deine Leute stehen dort draußen.«

»I-ich weiß nicht, was ich sagen soll«, stotterte ich vollkommen überwältigt. Das kam für mich aus heiterem Himmel. »Wieso?«, entschlüpfte mir dann doch eine der wichtigen Fragen, die in meinem Kopf ziellos umherwirbelten. »Ich bin nur ein Mädchen, das nicht mal ihre Ausbildung abgeschlossen hat.«

»Du bist die letzte Somna. Schon allein das befähigt dich dazu, den Platz der Obersten einzunehmen«, gab er eines der Gesetze des Clans wieder, die ich eigentlich alle hätte auswendig kennen müssen. Mein Verstand fühlte sich gerade jedoch mehr wie ein Sieb als ein Tresor an.

»Aber da ist noch mehr?«, hakte ich nach, da ein gewisses Zögern in seiner Stimme gelegen hatte.

»Giffin wollte, dass du dieses Amt übernimmst. Er hat es seit deiner Anreise hier geplant und wollte dich darauf vorbereiten.« Lockington hatte sich mittlerweile wieder ganz zu mir gedreht. »Wenn überhaupt, überrascht es mich, dass du nicht einmal den leisesten Hauch einer Ahnung davon gehabt hast.«

Ich ließ die Schultern sinken. »Vielleicht gab Anhaltspunkte, aber … trotzdem habe ich nicht damit gerechnet.«

»So oder so, du bist nun die neue Oberste.« Er lächelte aufmunternd, als er sich mir wieder näherte. »Du wirst allerdings weiterhin mit dem vereinbarten Arrangement leben müssen.«

»Was meinen Sie damit?«

»Du lebst bei uns und wirst bei deinen Aufenthalten von Bellatoren beschützt. Es ist nicht sicher für dich da draußen, bis Arax'va wieder an Stärke gewinnt und wir mit seiner Hilfe Gaspard besiegen …« Seine Augen blitzten voller Überzeugung auf. »Währenddessen wirst du aber dein Bestes tun müssen, um den Clan zu alter Stärke zu bringen. Ich bin mir sicher, dass du Hilfe in deinen Kreisen finden wirst.«

»Sicher. Danke«, sagte ich bereits leicht abwesend. Es gab so viel, über das ich nun nachdenken musste und das mir Kopfzerbrechen bereitete.

Lockington drückte kurz meine Schulter, ehe er das Sonnenzimmer verließ.

Der Gedanke, nun für so viele Menschen verantwortlich zu sein, war erschreckend und beängstigend zugleich. Ich wollte sie nicht enttäuschen, aber gleichzeitig hatte ich keine Ahnung, wie ich das vermeiden sollte. Natürlich hatte ich Giffin als meinen Lehrer näher gestanden als jedem anderen, doch seine Pläne hatte er stets für sich behalten und in diesem Moment hasste ich ihn dafür. Er hatte mich hilflos und unwissend zurückgelassen.

Ich rieb mit dem Zeigefinger über meine Schläfe, bevor ich meinen Mantel auszog und mich wieder auf das Sofa setzte. Den Schlüssel wog ich noch immer in der einen Hand, da ich mich noch nicht von ihm lösen wollte. Allmählich nahm das leicht angelaufene Metall die Wärme meiner Haut an.

Es vergingen ein paar Minuten, in denen ich dem Atmen des Hauses lauschte, ehe Ace in der Tür auftauchte, ohne dass ich seine Schritte vernommen hätte.

»Du kannst dich ziemlich gut anschleichen«, sagte ich und beobachtete, wie er sich neben mir niederließ.

»Wenn ich möchte«, gab er zu. »Ich war mir nicht sicher, ob du gestört werden willst.«

»Schon okay. Zu viel Zeit allein ist gerade nicht besonders hilfreich.« Ich steckte den Schlüssel in die Manteltasche. »Weißt du, es ist nur etwas mehr als eine Woche her, aber es kommt mir bereits vor, als wären Monate vergangen. Oder ich habe noch nicht realisiert, dass sie nicht mehr wiederkommen.« Meine Schultern hoben und senkten sich wieder, als würde ich damit meine Unentschlossenheit ausdrücken wollen. »Es fühlt sich einfach alles falsch an. Unwirklich. Surreal.«

Ace legte seinen Arm um mich, ohne eine Silbe zu verlieren, und das gab mir mehr, als es ein Wort gekonnt hätte. Ganz egal, was geschehen war, ich war froh, dass ich diesen verantwortungsvollen und oft lächelnden Protector kennengelernt hatte.

Irgendwann fühlte ich mich wieder stark genug, ein paar Klamotten aus meinem Zimmer einzupacken, um sie mit zur Bank zu nehmen. Ich wollte mir nicht noch mehr Kleidung von Maisie ausleihen müssen. Es war schon nett genug von ihr und ihren Eltern, dass sie mich in ihrem Loft schlafen ließen.

Ace und ich wurden von Natalie und Tristan zurück ins Hauptquartier gefahren, nachdem ich von meinen Leuten umarmt worden war. Sie alle versprachen mir, mich zu unterstützen und mir zu helfen, soweit es in ihrer Macht stand. Natürlich freute ich mich, dass ich in dieser Situation nicht allein war, doch nach drei Gesprächen, die in der gleichen Art und Weise verliefen, spürte ich, wie es an meiner Energie nagte, weiterhin aufmerksam zu sein und mich jedes Mal zu bedanken. Der Dank war ernst gemeint, nur hätte ich ihn besser formulieren können, wenn man mich nicht derart belagert hätte.

»Gratulation«, sagte Natalie und blickte mich über ihre Schulter hinweg an. »Zur Position als Oberste. Daltry hat uns eingeweiht.«

»Danke. Ich hoffe, ich werde der Aufgabe gerecht«, murmelte ich und knibbelte unruhig an meinen Nägeln. »Ich weiß gar nicht, wann Giffin den Job übernommen hat.«

»Vor zwanzig Jahren«, antwortete Ace prompt. »Ich weiß das nur, weil auch Lockington den Posten im gleichen Jahr übernommen hat.«

»Wow. Zwanzig Jahre, in denen er den Clan geprägt hat.« Bewunderung und Angst mischte sich in meine Stimme. Würde ich es schaffen, meine Leute zwei Dekaden lang anzuleiten?

»Natürlich wäre es einfacher, ein paar Krieger auf die Straßen zu schicken und Fäuste sprechen zu lassen, aber du wirst den Clan schon zusammenhalten«, beschwichtigte mich Ace nicht ohne einen Seitenhieb gegen Tristan.

»Du kannst gerne laufen, *Protector*«, zischte Tristan.

»Was? Hast du ein so dünnes Fell, dass du keine Sticheleien aushältst?«

Tristan trat so hart auf die Bremse, dass wir alle nach vorne geschleudert wurden, doch glücklicherweise verhinderten die Gurte Schlimmeres.

»Verflucht, pass doch auf«, fauchte Natalie und schlug ihren Partner hart gegen die Schulter.

»Die Ampel ist plötzlich auf Rot gesprungen«, grummelte der Krieger.

»… und fahren kann er auch nicht«, nuschelte Ace und starrte konzentriert aus dem Seitenfenster.

Ich war froh, dass Tristan nicht zum Gegenschlag ausholte und wir schweigend auf einem Parkplatz direkt vor dem Eingang hielten. Tristan und Natalie hatten noch ein Meeting in ihrem Hauptquartier mit anderen Kriegern, um sich über die Sicherheitspläne auszutauschen, die sie für die Zukunft nutzen wollten.

»Danke fürs Fahren«, lächelte ich, ehe ich einem wortkargen Ace nach draußen folgte und die Tür hinter mir zuschlug. »Es würde dir sicherlich nicht schaden, ein wenig netter zu sein. Sie haben dir nichts getan.«

»Spielst du jetzt seinen Anwalt?«, konterte er, war aber noch zuvorkommend genug, mir die Glastür aufzuhalten. Ich warf ihm einen langen Blick zu und ging durch die andere Tür. Er schnaubte.

»Erstens, ich habe im Plural gesprochen. Also falls Tristan nicht zweimal existiert«, ich versuchte, bei meinen eigenen Worten nicht nach Neo Ausschau zu halten, »habe ich damit ihn *und* Natalie gemeint. Zweitens, wieso Anwalt? Er ist kein Krimineller. Klar, er ist ziemlich arrogant, nervt oftmals mit seiner respektlosen Art, aber er ist auch witzig.«

»Witzig und vermutlich gefährlich.« Ich wartete, dass er sich erklärte, und musste mich glücklicherweise nicht lange gedulden. Seine Stimme war fest und seine Miene entschlossen. »Lydia, nachdem du ihn getroffen hast, da ... ich habe ein paar Infos über ihn eingeholt.«

»Was für Infos?«

»Er ist vor ein paar Jahren wie aus dem Nichts aufgetaucht, hat auf der Straße ein paar Mordenox erledigt und wurde dann von einem Bellator angesprochen. Ich weiß nicht, wie Tristan die Oberste der Signa Inferre von sich überzeugen konnte.«

»Du hältst ihn also für ... für was genau?« Ich runzelte die Stirn.

»Ich weiß es nicht. Ich traue nur niemandem, der seine Vergangenheit so vor den Blicken anderer schützt.«

»Vielleicht hat er was Schlimmes erlebt«, schlug ich leise vor, als ich daran zurückdachte, wie er mich abgespeist hatte, nachdem ich ihn nach seiner Familie gefragt hatte.

»Ja, vielleicht. Trotzdem, bitte sei vorsichtig.«

»Ace!« Wir wurden von Lockingtons Assistentin Erin Platt unterbrochen. Sie war eine große, aufgeweckte Frau. Während meines Aufenthaltes hier war ich ihr des Öfteren begegnet, da sie ständig Memos an Ace und die Mitglieder seiner Familie auslieferte, die ganz dringend und überaus eilig waren.

»Platt«, begrüßte Ace sie mit einem gezwungenen Lächeln. Wir blieben mitten im Foyer stehen, das wie immer unzählige Protectoren durchquerten, als würden sie tatsächlich besondere Bankgeschäfte tätigen. »Was kann ich für dich tun?«

»Dir ist bewusst, dass die *Cresceo* schon in fünf Tagen ist, oder?« Sie hantierte mit dem Haufen an Unterlagen und Heftern rum, die sie in einem gefährlich instabil wirkenden Stapel in den Armen trug, während an ihrem Ellenbogen eine schwere Handtasche baumelte. Mit ihrem Handrücken schob sie die schwarz eingerahmte Brille zurück auf ihre Nase. »Zwei Markierungen fehlen noch, die du längst hättest einsammeln müssen.«

Aces Schultern versteiften sich. Er hasste es wohl, an seine Pflichten erinnert zu werden. Auch wenn ich nur die Hälfte von dem Gesagten verstand, war die Rüge doch offensichtlich.

»Es ist mir bewusst«, presste er hervor. »Es gab nur viel zu tun.«

»Dinge, die wichtiger sind als die *Cresceo?*«, erwiderte sie pikiert.

»Natürlich nicht. Ich werde mich direkt darum kümmern«, versprach er.

Platt schien von seinen angespannten Nerven nichts zu ahnen. Ihre Aufmerksamkeit galt schon wieder anderen Dingen, während sie in ihren Dokumenten kramend weiter durchs Foyer stolperte.

Ace öffnete die linke Hand, die er zu einer Faust geballt hatte, und wandte sich steif zu mir um.

»Ich muss noch mal los. Bleib hier. Stell nichts an«, brummte er und wollte sich bereits umdrehen, als ich ihn mit einer Hand an seinem Parka zurückhielt.

»Entschuldige, aber ich bin nicht dein Haustier, dem du befehlen kannst, Platz zu machen, solange das Herrchen aus dem Haus ist«, zischte ich harsch, was ich überhaupt nicht von mir gewohnt war. Vielleicht war ich noch von der Beerdigung aus dem Gleichgewicht gebracht. »Ich werde dich begleiten.«

Er rieb sich frustriert über das Gesicht. »Es wird dunkel und die Bellatoren sind nicht hier. Das ist keine so gute Idee. Die Mordenox werden deine Ignis sehen und uns angreifen.«

»Werden sie nicht«, widersprach ich.

»Lydia.«

»Ich meine es ernst. Ich kann meine Ignis verbergen.«

Er riss die Augen auf. »Wie?«

»Es war eines der ersten Dinge, die man mir beigebracht hat und in denen ich von Anfang ziemlich gut war.« Ich zuckte nonchalant mit den Schultern. »Es verlangt eine besondere Konzentration, weshalb ich es nicht ständig mache, aber es ist möglich.« Der Protector schien noch immer nicht ganz überzeugt. »Du wirst sehen können, ob ich die Wahrheit sage. Auch vor dir sollte meine Glut verborgen sein.«

Als ich das tiefe Seufzen seinerseits vernahm, wusste ich, dass ich gewonnen hatte. »In Ordnung.«

Ich tat mein Bestes, nicht triumphierend zu lächeln.

FÜNFZEHN

Die gröbste Anspannung verließ Ace, nachdem er mir erlaubt hatte, mit ihm zu kommen. Wir entschieden, dass es besser wäre, wenn wir uns vorher umziehen würden. Draußen schneite es zwar nicht, doch es war kalt und ich hatte zudem keine Lust, ihm in Pumps zu folgen, in denen schon jetzt meine Füße schmerzten. In meinem Zimmer angekommen, kramte ich die Kleidung, die ich in die Tasche gepackt hatte, raus und legte sie unsortiert aufs Bett. Ich brauchte nicht lange, um mich für blaue Jeans, einen gemusterten Strickpullover und braune Stiefel zu entscheiden.

Ace wartete im Flur auf mich. Seine Miene war verschlossen, was mich daran erinnerte, dass wir uns vor Platts Auftauchen gestritten hatten. Mehr oder weniger. Konnte man es streiten nennen? Er hatte mich lediglich davor gewarnt, dass Tristan ein paar Geheimnisse hegte, die mir nicht gefallen könnten.

Wir beschlossen, den Bus zu nehmen, obwohl eher Ace derjenige war, der das vorschlug und nicht einmal eine Antwort abwartete. Er lieferte auch keine Erklärung ab, als würde er wirklich nur meine Anwesenheit dulden.

»Hab ich was Falsches gesagt?«, fragte ich vorsichtig, als wir die nächste Haltestelle erreichten und auf den Bus warteten. Ein Pärchen in unserem Alter kuschelte sich auf der Bank eng aneinander. Ich sah fort.

»Wie kommst du darauf?«

»Du benimmst dich komisch.« Ich drückte mich vielleicht etwas ungeschickt aus, aber ich wusste nicht, wie ich sein Verhalten besser beschreiben sollte.

Ace deutete mit einem Kopfnicken die Straße hinauf, was meine Aufmerksamkeit auf den ankommenden Bus richtete. Für ein paar Minuten waren wir beide zu abgelenkt, um das Gespräch fortzuführen, und im Bus selbst war es zu voll, um Lauscher ausschließen zu können. Also warf ich dem Protector immer wieder nervöse Blicke zu, die er gekonnt ignorierte. Seine Haltung war steif und unnahbar. Er erinnerte mich an die Version, die mich bis zu Tristans Wohnung verfolgt hatte. Ich hatte eigentlich gedacht, wir wären uns nahe genug gekommen, damit er mir gegenüber diese Fassade fallen lassen konnte. Aber vielleicht war sie nicht mal eine Fassade. Vielleicht sah ich etwas in ihm, das gar nicht da war.

Als wir ausstiegen, hielt ich ihn am Ärmel seines Parkas zurück und wartete, bis er mich endlich ansah. Bedauern flimmerte in seinen dunkelbraunen Augen auf.

»Was ist los?«

»Nichts.« Er seufzte. Ich glaubte ihm nicht. »Es ist total dämlich.«

»Warum nur glaube ich dir das nicht?«, lachte ich leise und bemerkte, dass die ersten kleinen Schneeflocken fielen.

»Ich weiß nicht, wie ich mit dir umgehen soll«, rückte er nun endlich mit der Sprache raus. »Ich möchte dich nicht bevormunden, aber als dein Freund will ich dich am liebsten vor allen Gefahren beschützen.« Er lächelte entschuldigend.

»Du machst deine Sache doch gar nicht so schlecht«, gab ich zurück. »Einmal von deiner Abneigung gegen Tristan abgesehen, aber selbst da ist dein Misstrauen begründet.«

»Da muss ich deiner Einschätzung wohl vertrauen, hm?« Ace streckte seine Hand nach mir aus, bekam meinen Schal zu fassen und zog leicht daran, sodass ich näher kam. »Und was ich noch sagen wollte, ist, dass … du bist so unglaublich stark. Was du erlebt hast und was du hast tun müssen, das hätte jeden anderen Menschen zerbrechen lassen, aber nicht dich. Du kannst stolz auf dich sein.«

Meine Augen brannten und ich musste Kraft sammeln, um nicht hier und jetzt in Tränen auszubrechen. Da ich aber meinen Gefühlen irgendwie Ausdruck verleihen musste, trat ich vor und umarmte Ace. Wenige Sekunden später erwiderte er die Umarmung und zog mich enger an sich, während ich mein Gesicht in der Kuhle zwischen Hals und Schulter vergrub.

Nachdem ich mich wieder halbwegs gefangen hatte, machten wir uns leicht verlegen auf den Weg zu den nördlichen Außenbezirken von Arden Creek, in denen sich das Studentenviertel direkt neben der Schrotthalde befand.

»Was meinte Platt eigentlich mit Markierungen?«, traute ich mich nach einer Zeit des Schweigens zu fragen, in der Hoffnung, die Anspannung zwischen uns etwas zu lockern.

»Prinzipiell bedeutet das nur, das zu tun, was ich sonst auch tue. Menschen ausfindig machen, die die Ignis in sich tragen«, erläuterte er ruhig, während er neben mir herging und die dunkle Gegend im Auge behielt. »Aber anstatt sie direkt ins Hauptquartier zu locken, werde ich sie nur markieren. Für die *Cresceo*.«

»Die *Cresceo* ist dieses Ritual, dass ihr seit einem Jahr geplant habt, oder?«

»Genau. Es ist ein sehr altes Ritual, das wir schon seit zwei Jahrhunderten nicht mehr vollzogen haben. Es soll Arax'va wieder zu seiner alten Stärke verhelfen. Wir markieren die Menschen, sodass wir sie an diesem Tag alle finden und zu uns holen können. Die Glut wird dann von allen gleichzeitig dem Wiederkreis hinzugefügt.«

»Ich bewundere dich, Ace. Wirklich.« Ich konnte ihn nur wie gebannt ansehen, so sehr war ich von ihm und seinen Worten verzaubert. Sie berührten mich. *Er* berührte mich und ich konnte nicht mehr von der Hand weisen, dass ich ihn mochte. Vielleicht mehr als einen bloßen Freund.

Er zog die Brauen zusammen. »Inwiefern?«, hakte er zögerlich nach, als wäre ihm mein Kommentar nicht ganz geheuer.

»Dein unerschütterlicher Glaube. Auch wenn ich ihn nicht teile, so lerne ich ihn doch zu schätzen. Er macht so viel von dir aus und es gibt nichts, dass ich an dir nicht mag.« Ich schloss eilig meinen Mund, da ich nicht vorgehabt hatte, direkt so ehrlich zu sein.

»Es gibt nichts, das ich lieber tue, als die Ignis zu sammeln«, sagte er, ohne zunächst auf mein Geständnis einzugehen. Sein Blick war in weite Ferne gerichtet. »Das ist meine Bestimmung und sie gibt mir Kraft.« Als er lächelte, zeigten sich wieder Grübchen in seiner Wange. »Und es gibt auch nichts, das ich an dir nicht mag.«

Ich kam nicht umhin, sein Lächeln zu erwidern, bevor wir uns wieder auf den Weg konzentrierten.

»Hier wären wir.« Er deutete auf die Straße, in die wir gerade eingebogen waren. Auf der linken Seite grenzte ein Maschendrahtzaun den Schrottplatz von uns ab. Auf der rechten Seite reihte sich Bar an Bar, in denen das Leben pulsierte und von jungen Menschen ausgekostet wurde. Die verschiedenen Musikstile vermischten sich hier draußen miteinander und wurden zusammen mit den Stimmen zu einem angenehmen Hintergrundsummen.

»Und wie gehst du jetzt vor?«, fragte ich, als wir den Bürgersteig entlangschlenderten, ohne Anstalten zu machen, eines der Etablissements zu betreten, dabei hätte ich nichts gegen eine heiße Schokolade einzuwenden gehabt. Nun, vielleicht schenkte man hier auch nur Alkohol aus.

»Wenn ich jemanden mit der Glut finde, markiere ich sie blau. Das funktioniert allein auf der metaphysischen Ebene und es kann ausschließlich von Protectoren entdeckt werden. Es hält nur eine gewisse Zeit an, aber währenddessen wird ihre Glut auch von Mordenox nicht gefunden werden können.« Bei diesen Worten wandte er sich mir zu. »Da fällt mir ein …« Er betrachtete mich von oben bis unten, bis er auf Höhe meines Herzens … oder meines Busens stoppte. »Keine Ignis. Du hattest recht.«

Ich drehte mich schnell weg, damit er nicht die Röte in meinen Wangen sah. Er hatte nicht mal bemerkt, wie peinlich das gewesen war.

»Natürlich hatte ich recht. Ich würde dich nicht anlügen«, betonte ich, als er zu mir aufgeschlossen war. »Und danach?« Ich versuchte das Gespräch wieder in sichere Bahnen, weit weg von mir, zu lenken.

»Muss ich herausfinden, wie die Person heißt, wo sie wohnt und was sie am Tag der *Cresceo* vorhat, damit wir sie mit möglichst wenigen Problemen *entführen* können.« Er zuckte mit den Schultern. »Also langweilige Detektivarbeit.«

»Ganz und gar nicht«, grinste ich breit und äußerst amüsiert. »Ich bin gespannt, wie du an diese Infos gelangst.«

»Ich sagte doch schon in der Bar, ich bin sehr charmant, wenn ich möchte.«

Wir blieben schließlich vor einer gut besuchten Bar, die den Namen *Millenia* trug, stehen und beobachteten die Menschen, die ein und aus traten, bis sich etwas in Aces Haltung änderte und ich wusste, dass er eine strahlende Glut entdeckt hatte.

»Kann ich zusehen? Wie das funktioniert mit der blauen Markierung?«, fragte ich eilig.

Ohne zu zögern, griff er nach meiner Hand und zog mir ganz langsam den Handschuh aus, sodass er sie mit seiner bedecken konnte. Während dieser Geste bohrte sich sein Blick in meine Augen und ein aufgeregtes Flimmern regte sich in meinem Bauch.

»Sieh hin«, raunte er heiser und löste dann endlich seinen Blick von mir. Ich folgte der Richtung, in die er schaute, und sah durch den grauen Filter das helle rötliche Licht, das in der Brust eines jungen, betrunkenen Mannes pulsierte. Er torkelte aus der Bar, nur um sich ein paar Meter weiter vor einem Zaun zu übergeben. Wie gebannt starrte ich die Glut an, die sich langsam veränderte und von einer bläulich schimmernden Blase umfangen wurde. Das Licht wurde gedämpft, doch die Ignis war noch immer zu sehen.

»Wie nah musst du der Person sein, um das tun zu können?«

»Sie muss sich in meinem Sichtfeld befinden und je näher ich ihr bin, desto leichter fällt es mir.«

»Kannst du das auch bei mehreren gleichzeitig tun?«, hakte ich nach, da ich das Thema so faszinierend fand. Diese Fähigkeit war neu für mich und ich fragte mich insgeheim, wieso Giffin nie etwas davon hatte verlauten lassen, dass die Protectoren zu so etwas Faszinierendem imstande waren.

Er schüttelte den Kopf. »Es geht immer nur bei einer Person, da es großer Anstrengung bedarf. Mehr als drei pro Tag schaffe ich nicht.«

»Danke.« Ich lächelte.

»Wofür?«

»Dafür, dass du mich nicht einfach abspeist, sondern mir ehrlich antwortest.«

»Ich mag es, dass du dich dafür interessierst«, gab er zu und erwiderte mein Lächeln. »So, das war jetzt der einfache Teil.« Er ließ mich los und schritt mit hochgezogenen Schultern zu dem Betrunkenen hin.

Aus der Distanz schien er sich vorbildlich um einen sich übergebenden Mitbürger zu kümmern, doch wenn man wusste, wonach man suchen musste, erkannte man, dass Ace den Geldbeutel stibitzte. Er linste nur kurz hinein, dann hatte er ihn auch schon wieder zurück in die Hosentasche des Mannes gesteckt, ohne dass dieser auch nur den Hauch einer Ahnung hatte.

Der Protector tätschelte ihm den Rücken, bevor er zu mir zurückkehrte und breit grinste. Ich schüttelte lachend den Kopf.

»Du bist unglaublich.«

»Vielen Dank.« Grinsend griff er in seine Jacke, holte sein Smartphone hervor und tippte die Daten des Betrunkenen ein, um sie später an Platt weiterzureichen.

»Wirst du ihn dann entführen? An dem Tag der Cresceo?«

Er lächelte verschmitzt. »So in etwa. Jemand wird abgestellt werden, ihn zu bewachen, und dann wird er betäubt und zu uns gebracht.«

»Oh. Wow.« Eine wahrhaftige Entführung. »Wurde bisher niemand von euch erwischt? Von der Polizei?«

»Das kommt gelegentlich vor, aber wir haben ein paar Kontakte, die uns dann aus der Patsche helfen.« Er zwinkerte mir zu. »Bist du hungrig?«

»Ein wenig, ja«, gab ich zu und folgte ihm zu einem Imbisswagen. Der Geruch von Fastfood wehte zu uns herüber. »Vielleicht doch etwas mehr«, sagte ich lachend, nachdem mein Magen laut geknurrt hatte.

Wir bestellten uns Burger mit Pommes und aßen sie an einem der Stehtische. Das heiße Essen wärmte mich schnell auf, sodass ich meine Handschuhe nicht wieder anzog. Ace griff nach meiner linken Hand, um mir unterwegs wieder zu zeigen, was er sah. In dem Moment, in dem die Welt ergraute, tauchte jedoch Neo direkt vor mir auf. Wir hatten uns ein wenig vom Imbiss entfernt und waren ziemlich nah am Eingang der Schutthalde. Die Sonne war mittlerweile untergegangen, aber durch die Wolken und den Schnee wirkte es heller, als es eigentlich um diese Uhrzeit war.

»Alles okay?« Ace sah mich neugierig an. Offensichtlich hatte er mein Zögern bemerkt.

Neo bewegte seinen Arm hin und her und deutete dann zum Schrottplatz, ehe er hektisch den Kopf schüttelte. Es erinnerte mich an den Moment, da er eine Leiche entdeckt hatte, selbst die Saite in meinem Inneren wurde erneut zum Schwingen gebracht. Nur dass es schien, als würde mich Neo dieses Mal davon abhalten wollen, in die Richtung zu gehen. Das Herz pochte mir bis zum Hals. Ich runzelte die Stirn. Wieso hatte er mich dann darauf aufmerksam gemacht? Als hätte er meine Gedanken gelesen, zuckte er mit den Schultern. Offensichtlich hatte er sich nicht dagegen wehren können.

»Komm mit.« Ich zog Ace an der Hand hinter mir her zum verschlossenen Tor. »Zutritt verboten«, murmelte ich enttäuscht.

»Warum bist du auf einmal so erpicht darauf, eine Müllhalde zu besuchen?«

»Erstens ist das ein Schrottpatz und zweitens glaube ich, dass da etwas ist«, erwiderte ich. »Meinst du, wir kommen hinein?« Niemand schien mehr dort zu arbeiten. Ein paar Scheinwerfer waren zwar noch an, aber es bewegte sich nichts auf den Halden.

»Ich halte das zwar für keine so gute Idee«, betonte er ernst, »aber ja. Hier entlang.«

Er führte mich weiter von der Feiermeile fort, bis wir eine Stelle im Zaun gefunden hatten, die bereits aufgeschnitten worden war. Wir waren zwar zuvor hier vorbeigekommen, allerdings war es mir nicht aufgefallen. Ace achtete anscheinend penibel auf seine Umgebung. Während er den Draht zurückhielt, schlüpfte ich durch das Loch. Auf der anderen Seite angekommen, tat ich das Gleiche für ihn.

»Wieso denkst du, dass hier etwas ist, was ausgerechnet *wir* entdecken müssen?«, stieß er nicht gerade glücklich hervor und klopfte den Schnee von seinen Knien.

»Weißt du wirklich nicht, wie Dormi die Opfer von Mordenox finden?«

»Nicht so ganz«, gab er zu.

»Wir werden von einer Art Geist begleitet, der nur dann erscheint, wenn auf seinem Radar eine neue Leiche auftaucht.« *Im Normalfall,* fügte ich lautlos hinzu.

»Und dieser … Geist ist jetzt hier?« Als ich nickte, fuhr er sich mit einer Hand übers Gesicht. »Heißt das, es gibt ein weiteres Opfer? Hier?«

»Es gibt nur einen Weg, das herauszufinden«, antwortete ich leise.

Neo hatte den Versuch aufgegeben, mich zur Rückkehr in die Bank zu bewegen, gesellte sich stattdessen scheinbar ruhig und resigniert zu uns, als wir den kleinen Abhang hinunterliefen und den Asphalt erreichten. Wie erwartet, waren die Maschinen allesamt für die Nacht abgeschaltet.

»Lydia«, begann Ace, hielt dann aber inne, da er so wie ich etwas gehört hatte. Schreie, vereinzelt und gedämpft, aber sie waren da.

Bis sie plötzlich verstummten.

Ace und ich sahen uns mit aufgerissenen Augen an, ehe wir zu einem Sprint ansetzten und in die Richtung liefen, aus der die Stimmen gekommen waren. Schon bald erreichten wir eine Kreuzung. Unschlüssig blieben wir stehen. Links und rechts waren wir von Metallbergen umgeben, die uns die Sicht aufs weite Gelände versperrten.

»Und jetzt?«, keuchte ich und zerrte an meinem Schal, da mir warm wurde.

»Ich glaube, ich höre was«, ließ Ace verlauten, umfasste meinen Arm und zog mich die nächstgelegene Halde hinauf. Der Schrott klapperte unter uns, aber wir ließen uns nicht von diesem unebenen Grund aufhalten, bis der Protector so heftig an meinem Arm zerrte, dass ich beinahe hingeflogen wäre.

Ich landete auf allen vieren und sah ihn wutschnaubend an. Schmerz durchfuhr meine Hände und Arme. Ace legte einen Finger auf seine Lippen. Mit den Fingern der anderen Hand deutete er nach vorne. Da ich aber noch kniete, konnte ich nicht über die Halde hinaus sehen, obwohl ich schlürfende Geräusche vernahm, die mir durchaus bekannt vorkamen.

Ganz langsam, meine am Metall aufgeschnittenen Hände ignorierend, hob ich den Kopf und kroch näher zum höchsten Punkt, bis ich nach unten schauen konnte. Mindestens acht Mordenox stahlen die Ignis von doppelt so vielen Menschen. Die meisten waren bereits tot und starrten ins Leere, doch noch immer tat sich die Hälfte der Nachtbeißer an den restlichen gütlich. Ihre Zähne hatten sie in den Hälsen ihrer Opfer vergraben, um die Glut aus ihren Körpern zu saugen.

»Wir müssen etwas tun«, zischte ich, nachdem ich meinen Kopf wieder eingezogen hatte.

»Wir können nicht einfach angreifen, Lydia. Sie würden uns töten«, raunte er genauso erschüttert wie ich.

»Aber …« Natürlich hatte er recht, doch ich sträubte mich dagegen, einfach so davonzulaufen, als ob nichts gewesen wäre. Gleichzeitig würde ich mich wegen des Schocks vermutlich ohnehin nicht bewegen können, selbst wenn ich gewollt hätte.

»Lass uns Natalie anrufen, okay?«, schlug er schließlich vor.

Ich nickte, erleichtert, dass er eine Möglichkeit gefunden hatte, die nicht unser beider sofortigen Tod beinhalten würde.

Wir kletterten mehr schlecht als recht leise die Halde herunter, während das Blut von meinen Händen in den Schnee tropfte. Am Boden angekommen, zog ich meine Handschuhe über. Am Schmerzempfinden änderte es nichts, aber dadurch hinterließ ich keine Spur mehr, die sie zu uns führen würde.

Ace holte sein Smartphone hervor und tippte eilig Natalies Nummer ein. Gerade als er sich das Handy ans Ohr hielt, tauchten vor uns zwei fliegende Mordenox auf, die ohrenbetäubend kreischten und ihre ledrigen Flügel bedrohlich ausbreiteten, bevor sie landeten. Ace ließ augenblicklich das Handy fallen und holte eine Pistole hervor.

»Lauf!«, brüllte er und ich rannte los, als wäre der Teufel persönlich hinter mir her.

Das Gelände war unwegsam und labyrinthartig. Ich hatte nicht den blassesten Schimmer, in welche Richtung ich lief, war mir aber immer gewahr, dass Ace dicht hinter mir blieb. Das war die Hauptsache. Nun ja, so lange, bis wir in einer Sackgasse landeten und von den Mordenox eingeholt wurden. Ich kam schlitternd zum Stehen, bevor ich vornüber in ein altes Auto hineingelaufen wäre.

Ace stellte sich vor mich und schoss mehrmals auf die finsteren Nachtbeißer, die sich uns kreischend näherten. Ich konnte nur hoffen, dass keine Verstärkung kam, denn dann wären wir wirklich erledigt. Doch es näherte sich ein dritter, als einer der beiden von mehreren Schüssen in die Brust getroffen wurde und davontorkelte. Seine ledrigen Flügel flappten aufgeregt auf und ab, bis sich eine weitere Kugel in seine Stirn bohrte.

Hektisch blickte ich mich nach einer potenziellen Waffe um, da der Protector auf Dauer nicht beide Mordenox von uns fernhalten konnte … da vernahm ich auch schon das grausame Klicken. Seine Munition war aufgebraucht.

Bevor ich in irgendeiner Art reagieren konnte, hatte mich Ace nach hinten geschubst, sodass ich mit dem Hintern zwischen einem ausgeschlachteten Wagen und einem kleineren Haufen Kabel im Schnee landete, während er den ersten Mordenox abwehrte. Die Pistole hatte er weggeworfen und durch ein lächerlich kleines Klappmesser ersetzt, mit dem er versuchte, die rasiermesserscharfen Zähne des Monsters von seiner Kehle fernzuhalten.

Ich griff nach dem erstbesten Gegenstand, um Ace zu helfen, und ergatterte eine halb verrostete Brechstange, die ich mit zwei Händen umfasste. Der zweite, noch lebende Mordenox ließ von Ace ab und betrachtete mich aus seinen böse funkelnden schwarzen Augen, als er sich mir langsam näherte. Die Überzeugung über seinen Sieg ließ die Bewegungen seines nackten, tintenschwarzen Körpers noch gefährlicher wirken.

»Es ist noch nicht vorbei«, wisperte ich mehr zu mir selbst als zu ihm. Es gab mir noch mehr Mut, dass Ace nach wie vor aufrecht stand und sich mit allem wehrte, was er hatte.

Ich hob die Brechstange etwas höher und hoffte, dass sie mir nicht aus den Handschuhen glitt. Dann setzte der Nachtbeißer auch schon zum Angriff an und stürzte sich auf mich. Ich schrie auf, schloss instinktiv die Augen und schlug mit der Stange wild und unkoordiniert um mich.

Durch das Glück der Dummen und Unfähigen hielt ich meinen Angreifer auf Abstand. Er jaulte auf, als ich ihn mit der Stange an der Schläfe traf. Dunkles Blut quoll aus der Wunde hervor und lief ihm in sein linkes Auge. Ich nutzte den Moment, um ihm die verrostete, halb zersplitterte Spitze der Stange in den Bauch zu bohren. Bevor ich das Stück Eisen jedoch mehr als ein paar Millimeter durch die Haut schieben konnte, riss der Mordenox seinen Arm hoch und schlug mit dem Handrücken gegen meine Wange. In meinen Ohren klingelte es, als ich zu Boden fiel und für ein paar Sekunden die Orientierung verlor.

Nicht aufgeben. Du schaffst das.

Ich wurde an den Haaren hochgerissen, aber nicht, bevor ich den Griff um eine spitze Metallplatte festigen konnte. In die Augen schossen mir vor Schmerzen die Tränen, die ich blinzelnd wegdrängte. Ohne abzuwarten, was die Kreatur der Nacht als Nächstes für mich geplant hatte, hob ich die Platte und rammte sie mit der Spitze zwei Mal hintereinander in den Hals des Nachtbeißers. Das Geräusch, das die Kollision verursachte, fuhr mir durch Mark und Bein. Seine Klauen lösten sich aus meinem Haar und das erste Blut benetzte meine Wangen.

Dadurch, dass ich seitlich zum Mordenox gehalten worden war, sah ich erst, was ich angerichtet hatte, als er gurgelnd zu Boden ging. Instinktiv entfernte ich mich von ihm, die Metallplatte noch immer fest umfassend. Die Kanten schnitten unangenehm in mein Fleisch, doch ich konnte sie nicht loslassen. Schwarzes Blut quoll aus dem geöffneten Hals hervor und breitete sich über dem Boden aus. Kleine Wolken stiegen auf, als die Hitze auf die Kälte des Schnees traf.

Erst als ich mir sicher war, dass er nicht mehr so schnell aufstehen würde, näherte ich mich ihm, um ihm die Metallspitze ins Herz zu stechen. Ace kämpfte neben mir noch immer und ich eilte ihm zu Hilfe, gerade als der Nachtbeißer die untere Hornspitze seines Flügels einsetzte und in einer grausamen, schnellen Attacke mehrmals in die Seite des Protectors stieß. Es erinnerte mich an den Angriff eines Skorpions.

»Nein!«, schrie ich, ließ die Metallplatte los und hob die Stange auf, die aus der Wunde im Bauch des zweiten Mordenox' gefallen war. Der Mordenox sah mich nicht kommen, als ich ihm mit der Stange gegen den kahlen Hinterkopf schlug. Ein lautes Knacken folgte.

Bevor ich dem Monster aber genügend Schaden zufügen konnte, stieß er ein ohrenbetäubendes Kreischen aus und schlug wild um sich. Sein Unterarm traf mich an der Schulter. Der Schlag schleuderte mich meterweit in einen Schrotthaufen. Die Stange fiel mir aus der Hand und grub sich in den Schnee, zu weit von mir entfernt. Als ich mich aus dem Haufen zu befreien versuchte, spürte ich, wie meine Haut trotz des Parkas an mehreren Stellen aufriss, während der Mordenox sich mir weiter näherte.

Ace kniete auf dem Boden und hielt sich die blutende Seite. Das Messer lag vor ihm, es wirkte, als hätte er keine Kraft mehr, es aufzuheben.

Panisch blickte ich um mich, nach einer geeigneten Waffe suchend, doch ich fand nichts außer Kabel, Metallsplitter und Batterieboxen. Das dämmrige Licht half mir nicht sonderlich bei der Suche und dann hatte mich der Mordenox schon erreicht, schlug mit seinen Flügeln und streckte eine Hand nach mir aus. Seine Klauen schlossen sich um meinen Hals. Als er mich anhob, spürte ich, wie mir die Luft aus den Lungen entwich und durch keinen neuen Sauerstoff ersetzt wurde.

Mein Blick bohrte sich in die Augen des Monsters und suchte nach der Menschlichkeit, die sich nur tagsüber in ihnen befand. Wie konnten sie sich Nacht für Nacht in diese Kreaturen wandeln und tagsüber mit ihrem Gewissen leben? Oder besaßen sie überhaupt kein Gewissen mehr?

Ich kratzte über seine Hände und Arme, weinte und schrie lautlos. Dann riss der Mordenox plötzlich die Augen auf, bevor er mich losließ und ich nach Luft schnappend auf die Knie fiel. Ich erkannte, dass Ace seine letzten Kräfte zusammengekratzt und dem Nachtbeißer das Messer seitlich in den Hals gestoßen hatte. Das Monster stolperte rückwärts, bevor es auf die Knie fiel und das Messer aus seiner hoffentlich tödlichen Wunde zog.

»Wir müssen hier weg«, sagte Ace, als wir das Kreischen von weiteren Mordenox vernahmen.

Ich erhob mich eilig, rieb meinen Hals und stützte Ace. Mir war klar, dass wir zu weit auf den Schrottplatz vorgedrungen waren, um ihn nun einfach so lebend verlassen zu können. Also übernahm ich die Führung, da Ace sich kaum auf den Beinen halten konnte. Die Wunde an seiner Seite blutete heftig.

Damit mein Plan funktionierte, durfte er jedoch für eine Weile kein Blut verlieren. Also nahm ich mir trotz seiner Proteste ein paar Sekunden Zeit, um meinen Schal behelfsmäßig um seine Mitte zu wickeln. Es würde nicht lange halten, aber das musste es auch nicht.

Wir stolperten aus der Sackgasse, ließen die sterbenden Mordenox zurück, um den anderen zu entkommen, bis ich nach Minuten der Angst gefunden hatte, wonach ich suchte.

Ein alter Van, der nur noch auf Felgen stand, wirkte wie der heilige Gral zwischen all den Schrottbergen.

Ich schleppte Ace zum hinteren Teil, ließ ihn los und schob ein paar Schrotteile weg, um die Tür zu öffnen. Es quietschte grausam. Ich hoffte voller Verzweiflung, dass die Mordenox noch zu weit weg waren, um es zu hören. Ace humpelte näher und ich half ihm, in den

Wagen zu steigen, bevor ich ihm folgte und die Tür wieder hinter mir schloss.

Beinahe undurchdringliche Dunkelheit umgab uns. Nur das Licht der Flutlichtstrahler erreichte uns durch die Frontscheibe. Gerade genug, um zu erkennen, wie bleich Ace aussah und wie schlecht es um ihn stand.

Ich verlor keine weitere Zeit, löste den Schal, öffnete seine Jacke und besah mir das Unheil, das der Mordenox angerichtet hatte. Es sah wirklich nicht gut aus.

SECHZEHN

Danke«, krächzte er, nachdem ich meinen Pullover auf seine Wunde gepresst und mit einem Schal befestigt hatte. Doch schon jetzt sah ich, dass sich die Blutung dadurch nicht stillen ließ.

Ich schloss den Reißverschluss seiner Jacke und deckte ihn mit meinem eigenen Parka zu, da er von heftigem Schüttelfrost übermannt wurde.

»Wofür? Dass ich dich in diese Falle gelockt habe?« Während der Worte sah ich Neo an, der mich traurig und enttäuscht anschaute. Er hatte mich gewarnt und ich hatte nicht auf ihn gehört. Ich war mir so sicher gewesen, dass ich das Schlimmste bereits überlebt hatte und dass mir nichts mehr würde zustoßen können, dabei war ich nichts anderes als das Mädchen, das hilflos zugesehen hatte, wie die Mordenox seinen Paten und seine Familie abgeschlachtet hatte. Ich hätte nicht derart unverantwortlich handeln sollen. Offensichtlich konnte es immer noch schlimmer kommen.

»Dass du mein Leben gerettet hast«, klärte mich Ace auf, meinen inneren Disput nicht realisierend.

»Du hast meines gerettet. Ich nehme an, wir sind quitt«, entgegnete ich, auch wenn ich das eigentlich nicht so sah. Ich hatte ihn in diese Situation hineinmanövriert.

Wieder wurde er durchgeschüttelt, seine Zähne klapperten und seine Augen presste er zusammen, bis der Anfall nachließ.

Wir konnten hier nicht bis zum Morgen ausharren. Das würde Ace nicht überleben. Leider war mein Handy noch in der Bank und Ace hatte seines verloren, als wir erwischt worden waren.

»Verdammt«, fluchte ich und rieb mir über meine nackten Unterarme, wobei ich das Blut von den Schnittwunden über meine Haut verteilte. Mir tat alles weh. Ich konnte nicht mal mehr sagen, wo ich mich geschnitten hatte und wo nur die Muskeln vor Überanstrengung brannten. Mein Körper war eine einzige schmerzende Masse.

Ich strich über Aces kühle Stirn, auf der sich einzelne Schweißperlen gebildet hatten. »Es tut mir so, so leid.«

Am liebsten hätte ich mich zu einer Kugel zusammengerollt und gewartet, bis alles vorbei wäre. Dafür war ich nicht ausgebildet. Das war nicht ich. Darauf war ich nicht vorbereitet. Ich war nur eine Somna. Ich konnte niemandes Leben retten.

Und doch …

Einen Entschluss fassend presste ich meine Lippen zusammen, beugte mich vor und legte meine Stirn an Aces. Er hob eine Hand und schob sie in mein schmutziges Haar.

»Ich muss gehen. Wir brauchen Hilfe und das dringend«, flüsterte ich schließlich. Noch waren wir nicht von den Mordenox entdeckt worden und ich hoffte, dass das ein gutes Zeichen war.

»Das ist verrückt«, erwiderte er, als ich mich zurückzog. Seine Hand verhinderte jedoch, dass ich weit kam. »Hast du gesehen, wie viele Mordenox sich noch hier befinden? Sie könnten Verstärkung holen. Haben es vielleicht schon getan.« Er hustete.

»Sieh mir in die Augen und sag mir, dass du das bis zum Morgen überleben wirst. Ohne medizinische Behandlung.« Ich sah ihn unbeirrt an. Er wich meinem Blick wie erwartet aus, aber anstatt Genugtuung zu empfinden, nistete sich bloß Angst in meiner Brust ein. Mir wurde das Herz schwer. Er durfte nicht sterben. Er sah nicht wie jemand aus, der bald sterben würde. Ich schüttelte den Kopf. Was ein unlogischer Gedanke! Giffin oder Ryder hatten auch nicht ausgesehen, als würden sie sterben. Natürlich, das war etwas anderes gewesen, aber … nein, es durfte einfach nicht dazu kommen. Nicht noch einmal.

Mit aller Macht hielt ich die Tränen zurück.

»Ich werde dich nicht allein gehen lassen«, beharrte er trotzdem weiterhin.

»Ace, sei vernünftig. Sie werden dein Blut riechen und …«

Er schüttelte den Kopf, ließ mein Haar los und holte etwas aus seiner Jackentasche hervor. Heidekraut. Ich riss überrascht die Augen auf.

»Zünde es an. Es wird ihre Sinne vernebeln und wir werden, wenn alles gut geht, genügend Zeit haben, mein Handy zu suchen«, eröffnete er mir seinen Plan, der absolut verrückt war. »Wir schaffen das. Zusammen.«

»Hättest du das nicht etwas früher zücken können?« Das Büschel war getrocknet und schmal. Es würde vermutlich nicht lange halten – aber vielleicht lange genug.

»Es hätte nichts gebracht. Heidekaut vernebelt ihren Geruchs- und Gehörsinn, aber nicht ihre Sehkraft. Wir haben uns immer in Sichtweite befunden.«

»Entschuldige, du hast recht«, murmelte ich verlegen.

Ich wusste nicht, was mich letztlich dazu brachte, seinem waghalsigen Plan zuzustimmen. Möglicherweise war es der Gedanke, ihn ansonsten hier ohne Schutz zurückzulassen. Was würde ich tun, wenn einer der Mordenox unsere Spur bis hierher verfolgte und seinen Job erledigte, während ich Hilfe holte? Was würde geschehen, wenn Ace hier verblutete? Allein? Nein. Das konnte ich nicht verantworten.

»Okay …«, nickte ich, griff nach meinem Parka und zog ihn an. »Neo, schau nach, ob der Weg frei ist«, sprach ich zum ersten Mal in der Anwesenheit eines anderen den Geist an.

Ace wirkte zunächst äußerst irritiert, dann breitete sich Verstehen auf seiner Miene aus.

»Der Geist?«

Ich nickte und half ihm, sich aufzurichten und zu den noch immer geschlossenen Türen zu kriechen.

»Zieh deinen Pullover aus«, befahl ich ihm. Gemeinsam befreiten wir ihn von dem blutdurchtränkten Kleidungsstück, ehe er wieder seine Jacke überziehen konnte. »Ich hoffe, dass sie die Spur aufnehmen und hierherkommen, damit unser Weg frei ist«, erklärte ich ihm, griff nach Heidekraut und Feuerzeug, das ich in seiner anderen Jackentasche fand, und wartete, bis Neo zurückkehrte und nickte.

Eilig zog ich meine Handschuhe an, dann öffnete ich die quietschende Tür gerade weit genug, um durchgehen zu können.

Wir beschlossen, sie geöffnet zu lassen, um uns dann ein paar Meter von dem Van zu entfernen, ehe ich das Büschel Heidekraut anzündete. Es rauchte ganz schön und schwelte langsam, ohne richtig zu brennen.

Normalerweise reichte es auch aus, das Heidekraut in normalem Zustand mit sich zu tragen, doch die Wirkung wurde durch den Rauch noch verstärkt. Da wir nicht wussten, mit wie vielen Mordenox wir es zu tun hatten, mussten wir es riskieren. Der Nachteil war, dass irgendwann kein Kraut mehr übrig sein würde. Spätestens dann mussten wir das Handy gefunden haben.

Es hatte heftig zu schneien begonnen, sodass wir kaum ein paar Meter weit sehen konnten, doch Neo bewies sich als unschätzbare Hilfe. Er wies uns den Weg, warnte uns, wenn die Luft noch nicht rein war, und spornte mich an, wenn Ace zu langsam wurde. Ich gab mein Bestes, ihn zu stützen, aber auch ich war nicht mehr im Vollbesitz meiner Kräfte.

Schließlich erreichten wir die Ebene, auf der wir die Mordenox das erste Mal gesichtet hatten. Sämtliche Leichen waren verschwunden. Nichts zeugte mehr von ihrem grausamen Überfall.

»Was bedeutet das?«, wisperte ich schockiert. »Das tun sie nie. Sie entsorgen nie die Leichen. Dazu sind sie gar nicht fähig. Ihre Instinkte sind zu ausgeprägt.«

»Gaspard steckt dahinter«, antwortete Ace.

Ich stimmte ihm wortlos zu. Wer sollte sich sonst in der Stadt befinden und handeln, ohne dass sich der Tenbrae bedroht fühlen würde? Irgendwie bezweifelte ich, dass er es einem anderen erlauben würde, die Fäden in Arden Creek zu ziehen.

»Lass uns weitergehen«, spornte ich ihn an und setzte unseren Weg fort. »Darüber können wir uns noch später Gedanken machen.«

Wir umrundeten den Hügel und fanden schließlich die Stelle, an der wir entdeckt worden waren. Unsere Fußspuren waren mittlerweile durch den starken Schneefall kaum noch zu erkennen, doch nach einer hektischen Suche und mit Neos Hilfe fand ich schließlich das schwarze Smartphone, das glücklicherweise trotz des Schnees noch funktionierte. Ich trocknete es an meinen Handschuhen ab, was mehr schlecht als recht funktionierte, doch es reichte aus, um es zu bedienen. Bevor ich jedoch Tristans oder Natalies Kontakt suchen konnte, hörten wir sich nähernde, im Schnee knirschende Schritte.

Das letzte Rest Heidekraut verkohlte gerade und fiel aus Aces zitternden Händen zu Boden. Wir beide sahen uns panisch an, bevor wir die Neuankömmlinge durch den Schnee erkannten.

»Tristan!«, rief ich erleichtert aus, ehe ich mich daran erinnerte, die Stimme zu senken. »Arax'va sei Dank. Wir sind hier!«

Er eilte auf uns zu, das Schwert in der einen Hand und eine Taschenlampe in der anderen. Beides steckte er weg, als er uns erreichte. Er berührte mich an der Schulter und sah mir in die Augen. »Was ist passiert?«

»Erzähle ich euch später. Mir geht's gut, aber Ace ist schwer verletzt.« Natalie war bereits an ihn herangetreten, um ihn zu stützen. »Er braucht dringend einen Arzt. Wir müssen ins Krankenhaus.«

»Nein, das können wir nicht«, presste Ace hervor, als ich Natalies Position neben ihm einnahm. »Das wirft zu viele Fragen auf.«

»Wir bringen ihn zu unserem Hauptquartier. Unsere medizinische Abteilung wird sich um ihn kümmern«, schlug Tristan zuversichtlich vor. »Ich nehme an, hier wimmelt es von Mordenox?« Er wartete mein Nicken ab. »Dann lasst uns diesen Platz schnellstmöglich verlassen.«

»Okay.«

Tristan löste Natalie ab und half Ace auf der anderen Seite, während Neo und Natalie unabhängig voneinander Ausschau hielten. Wir erreichten ihren Volvo, der direkt vor dem Eingang, den sie aufgebrochen hatten, parkte. Uns blieben weitere Zusammenstöße mit Mordenox erspart. Entweder hatten sie Aces Geruch im Van aufgenommen oder sie waren längst mit ihren Opfern verschwunden.

Ace und ich setzten uns nach hinten. Ich behielt seine Hand in meiner, drückte sie und versuchte dem Protector beizustehen, während er um sein Leben kämpfte. Ich öffnete seine Jacke, um nach der Wunde zu sehen, und bemerkte, dass sich sowohl mein Pullover als auch der Schal mit seinem Blut vollgesogen hatte.

»Beeilt euch«, wies ich Tristan an, der mich bestimmt nicht brauchte, um ihn anzuspornen, aber es ließ mich weniger hilflos fühlen. »Wir schaffen das«, flüsterte ich Ace ins Ohr, der nicht mehr bei vollem Bewusstsein war, jetzt, da das Adrenalin unserer Flucht allmählich nachließ und sein Blutverlust zu hoch wurde.

Ich strich ihm den Schweiß von der Stirn, als er seinen Kopf in meinen Schoß legte und seine Lider wie Schmetterlinge im Wind flatterten.

»Wie habt ihr uns gefunden?«, fragte ich die beiden Bellatoren, während wir durch Arden Creek rasten. Vorsichtig zog ich meine blutigen Handschuhe aus. Mir wurde warm.

»Ich habe Aces Anruf gesehen, konnte ihn aber nicht mehr erreichen«, erklärte Natalie und sah mich über den Kosmetikspiegel in der Sonnenblende an. »Tristan hat bei der Bank nachgefragt, ob ihr da wärt, aber niemand konnte euch finden, also haben wir das Handy geortet und sind gekommen.«

»Dankeschön«, murmelte ich und meinte es von ganzem Herzen. Dadurch hatten wir noch mehr Zeit gutmachen können, die Aces Überlebenschance erhöhte.

»Was ist passiert?«, fragte Tristan noch einmal.

»Ich hatte etwas gehört«, log ich, um ihnen nicht Neos Rolle erklären zu müssen. »Ace wollte nicht, dass wir nachschauen, aber ich hab ihn überredet.« Ich schluckte schwer, berührte weiterhin das braune Haar des leidenden jungen Mannes, der mir in so kurzer Zeit bereits ans Herz gewachsen war. Er war mutig, ruhig und aufmerksam anderen gegenüber. So jemand wie Ace war mir noch nie zuvor begegnet und ich war nicht bereit, ihn schon jetzt zu verlieren. »Ein paar Mordenox haben sich auf dem Platz versammelt und die Glut von mehreren Menschen gestohlen. Wir wollten euch gerade anrufen und um Verstärkung bitten, als wir entdeckt wurden.« Ich zitterte allein bei der Erinnerung an den Kampf. Es hätte ganz leicht anders ausgehen können. Wir waren nur knapp dem Tod entronnen und Ace würde vielleicht nicht mal das schaffen. »Die Mordenox haben die Leichen versteckt«, schloss ich schließlich, nachdem ich ihnen von dem Van und Aces Verletzung berichtet hatte.

»Versteckt?«, wiederholte Natalie ungläubig.

»Sie waren nicht mehr da, als wir zurückkehrten.« Ich zuckte mit den Schultern. »Ich weiß, wie bescheuert das klingt, aber das ist die Wahrheit. Gaspard hat es geschafft, sie wider ihre Instinkte handeln zu lassen.«

»Du meinst, weil sie ihre Opfer sonst nie mitnehmen?«

Ich nickte.

»Bist du dir sicher, dass es Gaspard war?«

»Welcher Tenebrae befindet sich sonst noch hier mit dieser Art von Macht?«, entgegnete ich und wusste, dass das Antwort genug sein würde. Es gab keinen anderen Tenebrae, der so mächtig war wie er. »Ich werde die Wandlungen nicht verhindern können und Gaspard wird eine Armee haben.«

»Eine Armee? Nur weil er es einmal geschafft hat, die Leichen vor Tagesanbruch wegzuräumen?«

»Wir wissen nur von einem Mal«, erwiderte ich und hob frustriert eine Hand. »Wir können nichts dagegen tun. Wo ist Arax'va, wenn wir ihn brauchen? Alles ist seine Schuld.« Ich stieß ein hohles Lachen aus. »Vorausgesetzt, er existiert überhaupt. Götter sind nicht umsonst Götter. Man hat doch ohnehin nie einen gesehen.«

»Wieso?«, fragte Tristan leise.

»Was?«

»Wieso soll alles seine Schuld sein?« Seine Stimme klang ungewohnt flach und kühl. »Vielleicht wollte er ja nicht, dass das Dunkle an Stärke zunimmt? Vielleicht ist er ja das Opfer?«

»Wovon zum Teufel sprichst du?«

»Vergiss es«, antwortete er. »Wir sind fast da.«

Ace stöhnte leise und mein Griff um seine Wangen wurde für einen Moment fester, während meine Gedanken noch immer um Tristans Worte kreisten. Was auch immer er damit hatte sagen wollen, eines war mir klar geworden: Er glaubte genauso wie Ace an die Existenz von Arax'va und beide waren von seiner Unschuld überzeugt.

SIEBZEHN

Das Hauptquartier der Signa Inferre entsprach nicht dem, was ich mir vorgestellt hatte, um es milde auszudrücken.

Wir fuhren bis vor eine heruntergekommene Kathedrale, die bereits an mehreren Stellen einzustürzen drohte. Ich erinnerte mich, einmal an ihr vorbeigelaufen zu sein, aber sie hatte nur für ein paar Momente meine Aufmerksamkeit halten können. Klar, in der Blüte ihrer Zeit hatte sie bestimmt mächtig und wunderschön ausgesehen, aber nun war sie nicht viel mehr als ein abrissreifes Gebäude. Und genau davor hielten wir an.

Tristan half Ace auf die Beine, bevor ich aussteigen konnte, um ihn zu stützen. Wir arbeiteten uns unglaublich langsam bis zum Eingang vor, der Schnee legte sich auf jede Oberfläche, die mein Körper ihm bot, und der Wind ließ meine Augen tränen. Dann erreichten wir das Innere, das nicht viel wärmer, dafür aber windgeschützter war.

»Wohin jetzt?«

»Folge mir«, antwortete Natalie, die vorausging und eine Taschenlampe gezückt hatte, mit der sie vorausleuchtete. Das hohe Dachgewölbe war an mehreren Stellen durchlöchert, sodass es zwischen den dunklen Holzbalken auf uns herabschneite.

»Er sollte mal ein paar Muskeln abbauen«, beschwerte sich Tristan, als Aces Gewicht immer schwerer zu werden schien, je tiefer dieser in die Ohnmacht hinabglitt.

Hinter dem steinernen Altar, der an einer Ecke zerbröckelt war, als hätte jemand mit einem Betonhammer seinen Frust abgelassen, wartete Natalie, bis wir zu ihr aufgeschlossen hatten. Anschließend führte sie uns bis nach hinten in den Kapellenkranz, wo sie vor einem Strebepfeiler stehen blieb und einen geheimen Mechanismus betätigte.

Die Wand des Pfeilers öffnete sich zur Hälfte und offenbarte dahinter einen Hohlraum. Eine schmale, sehr enge Wendeltreppe führte hinab in die Tiefe. Immerhin wurde der Weg nach unten von kleinen elektrischen Lampen erleuchtet.

»Ich werde vorausgehen und die Ärzte informieren«, verkündete Natalie, bevor sie verschwand und mich mit Tristan und Ace zurückließ.

»Es ist zu eng für uns drei nebeneinander«, sprach ich meine Bedenken aus.

Tristan stimmte mir zu. »Ich schaffe das schon. Geh vor.«

Trotz meiner Zweifel gehorchte ich. Mir blieb nichts anderes übrig, da wir nicht hier an Ort und Stelle stehen bleiben und Ace verbluten lassen konnten. Die Tür schloss sich hinter uns.

Der Weg nach unten war lang und beschwerlich.

Hin und wieder stützte ich Ace, damit sich Tristan eine kurze Pause gönnen konnte, dann schritten wir immer weiter hinunter. Die Fackeln, die in regelmäßigen Abständen leuchteten, gaben mir jedes Mal falsche Hoffnung, es endlich bis nach unten geschafft zu haben. Wieso zum Teufel hatten sie keinen leichteren Eingang? Sie waren Krieger! Kam es da nicht öfter vor, dass jemand verletzt war und dringend medizinische Hilfe benötigte? Keuchend stellte ich Tristan die Frage. Er antwortete mir in einer unserer Pausen.

»Es gibt andere Eingänge, aber keiner ist so nah an der Krankenstation wie dieser. Wir sind gleich da.« Er wischte sich den Schweiß von der Stirn und legte einen Arm um Ace, bevor wir weitergingen.

Nach unzähligen Minuten hatten wir es schließlich bis zum steinernen, feuchten Grund geschafft.

»Ich hatte mir eine Tour zwar anders vorgestellt, aber nun …«, keuchte Tristan unter Aces Gewicht. »Willkommen in den Katakomben der Signa Inferre.«

Drei kreisrunde, steinerne Tunnel zweigten von unserer Stelle ab und schienen alle ins Nichts zu führen. Ohne zu zögern, wählte der Bellator den rechten Weg und ich folgte ihm. Immerhin hatten wir nun wieder genug Platz, um Ace von beiden Seiten stützen zu können.

Kaum waren wir ein paar Meter weit gegangen, vernahm ich das Echo von schnellen, schweren Schritten, bevor vor uns mehrere Krieger auftauchten, die eine Trage bei sich trugen.

Vor Erleichterung hätte ich beinahe laut aufgeschluchzt.

Wir halfen ihnen dabei, Ace auf die Liege zu betten, bevor die Bellatoren sich beeilten, den Protector in ihre Krankenstation zu bringen. Schwer atmend blickte ich ihnen hinterher.

»Komm«, wisperte ich und begann dann zu laufen, um Ace nicht aus den Augen zu verlieren. Ich wollte und konnte ihn hier in der Fremde nicht allein zurücklassen.

Tristan folgte mir, obwohl er vermutlich genauso erschöpft war wie ich. Ich nahm mir fest vor, ihm später ausgiebig zu danken. Seine Hilfe sah ich nicht als selbstverständlich an, insbesondere, da er und Ace sich nicht mal leiden konnten.

Die Krankenstation war um Welten freundlicher als die düsteren Tunnel, die wir endlich hinter uns lassen konnten. Die Räume waren zwar auch aus dunklem Stein, aber das Licht war heller und das Mobiliar moderner.

Ace wurde gerade in eines der Zimmer getragen. Als ich ihm folgen wollte, wurde ich jedoch energisch von einer Kriegerin zurückgehalten. Ich war kurz davor, den letzten Nerv zu verlieren, als Tristan sich einmischte und erklärte, wer ich war. Die Bellatorin schien noch immer nicht begeistert von meiner Anwesenheit, stand mir aber immerhin nicht mehr im Weg.

Ace war mittlerweile auf einen silbernen OP-Tisch gehievt worden, sodass die Krieger den Raum verlassen konnten, um die Ärztin und den Krankenpfleger ihre Arbeit machen zu lassen.

»Und du bist?«, fragte mich die hochgewachsene, leicht übergewichtige Frau. Ihre Augen besaßen ein dunkles Braun.

»Lydia«, stellte ich mich vor. »Das ist Ace. Er wurde von einem Mordenox angegriffen.«

»Da ist er offenbar nicht der Einzige«, bemerkte sie mit einem durchdringenden Blick auf die Wunden an meinem Gesicht und den Händen. »Ich bin Lorelai Stanton und werde mich um ihn kümmern, in Ordnung?«

Als sie seine Jacke öffnete, erwachte Ace und verzog schmerzerfüllt das Gesicht. Ich sprang an seine Seite und strich ihm über die Wange.

»Es wird … alles gut«, raunte er heiser.

»Ist das nicht eigentlich mein Part?«, lachte ich gezwungen, während ich die Tränen zurückhielt.

»Ich werde ihn nicht sterben lassen«, versprach mir Dr. Stanton und sah mich abwartend an.

Widerwillig gesellte ich mich wieder zu Tristan und Natalie in den Vorraum. Beim Hereinkommen hatte ich die Kriegerin vollkommen übersehen.

»Es ist alles meine Schuld«, schluchzte ich, als die Tür hinter mir geschlossen wurde. Ich verlor den Halt, rutschte an der Wand hinab und verbarg das Gesicht in meinen Händen. Schmerz durchzuckte meine Handflächen und ich ließ sie wieder sinken. Das Blut war mittlerweile getrocknet und eine hauchdünne Kruste hatte sich auf den Verletzungen gebildet.

»Sag so was nicht«, sagte der Bellator und hockte sich neben mich.

»Aber es ist wahr! Neo hat mich davor gewarnt, nicht dort hinzugehen, aber ich wollte einfach nicht hören! Ich war so verdammt neugierig und …«

»Neo? Wer ist Neo?«

»Er ist eine Art Geist«, antwortete ich und versuchte es ihm auf die gleiche Art zu erklären, wie ich es für Ace getan hatte. »Jeder Dormis besitzt einen und durch diesen erfahren wir, wo sich die Opfer der Mordenox befinden. Zusammengefasst gesagt.«

»Das ist … interessant.« Er lächelte dankbar für meine Erläuterung.

Durch das Gespräch beruhigte ich mich überraschenderweise wieder und fühlte mich nicht mehr so, als würde ich jeden Moment auseinanderbrechen.

Bevor wir weiter ins Detail gehen konnten, wurden wir von Katriona Daltry gestört, die samt Gefolge den Krankenflügel betrat. Sie stürzte auf mich zu, während ich aufsprang.

Als mir die Oberste der Signa Inferre direkt gegenüberstand, überprüfte sie zunächst durch fahriges Abtasten, ob ich auch wirklich nicht schwer verletzt war. Ich schob ihre Hände von mir, da ich keine Berührung ertrug.

Sie verlangte augenblicklich zu erfahren, was geschehen war.

»Ich … Es war ein Desaster.« Konnte ich ihr alles schildern, ohne in Tränen auszubrechen? Irgendwie hielt ich das für unmöglich. »Haben

Sie Aces Familie bereits verständigt?«, entgegnete ich stattdessen. »Wenn nicht, sollten Sie das vielleicht als Erstes tun. Sie … Ace wird das bestimmt zu schätzen wissen.«

»Das werde ich sofort erledigen.« Sie presste die Lippen kurzzeitig zusammen. »Dann werden wir uns allerdings später noch einmal miteinander unterhalten.« Sie bedachte Tristan und Natalie mit einem strengen Seitenblick, dann stolzierte sie davon.

Ich seufzte.

»Du wirst um kein Gespräch mit ihr drum herumkommen«, sagte Tristan.

»Ich weiß, aber … ich brauche noch etwas Zeit«, flüsterte ich verloren, bevor ich meine Augen wieder auf die geschlossene Tür des Behandlungsraums richtete. Noch immer war kein Wort erklungen, wie es um Dr. Stantons Patienten stand.

»Sollen wir uns vielleicht um deine Verletzungen kümmern? Oder uns zumindest woandershin begeben?«, schlug Tristan vor, aber ich schüttelte vehement den Kopf und ließ mich wieder auf den Boden sinken. »Na schön, dann besorge ich uns was zu trinken. Kaffee?«

»Ja, gerne«, murmelte ich, war aber fast schon wieder so tief in Gedanken versunken, dass ich nicht mehr mitbekam, wann genau er verschwand. Was ich allerdings bemerkte, war Natalie, die sich neben mir niederließ. Sie streckte ihr linkes Bein aus, winkelte das rechte an und legte ihren Arm lässig darüber. Ihren Blick hatte sie die ganze Zeit über geradeaus gerichtet.

»Er wird es schaffen«, versicherte sie mir dann nach einer Weile des Schweigens. Ihr Blick wanderte zu mir.

»Was macht dich da so sicher?«

»Nur so ein Gefühl. Er wirkt wie ein Bellator und Bellatoren sind nicht so leicht kleinzukriegen.« Ihr Lächeln strahlte große Zuversicht aus, von der ich mich nur zu gerne anstecken lassen würde.

»Ich wünschte, ich wäre auch eine Bellatorin«, entschlüpfte es mir, bevor mich meine eigene Verlegenheit zurückhalten konnte.

»Wieso?«

»Ihr wirkt so stark, unabhängig und furchtlos. Alles das, was ich nicht bin.«

»Du bist das und noch viel mehr«, entgegnete sie freundlich. »Ich hingegen wäre jetzt Protectorin, wenn Daltry kein Veto eingelegt hätte.«

»Protectorin?«, rief ich erstaunt aus. »Besitzt du denn die nötigen Fähigkeiten? Ich meine, kannst du die Ignis in Menschen sehen?«

Sie zuckte mit den Schultern. »Ich besitze eine gewisse Affinität dafür, ja. Sie hätte ausgereicht, um mit der Ausbildung beginnen und meine Technik verfeinern zu können. Allerdings wollte unsere Oberste keinen weiteren Krieger verlieren.«

Daltry wurde mir unsympathischer. Es war offensichtlich, dass Natalie ihrem Traum noch immer nachtrauerte. Ich erinnerte mich daran, dass Tristan ihr Eifersucht vorgeworfen hatte, als sie mich davon hatte überzeugen wollen, lieber zu den Bellatoren zu gehen. »Und was ist mit der anderen Sache?«

»Mit welcher Sache?«

»Nun ja, die Protectoren gelten in unseren Kreisen nicht umsonst als religiöse Fanatiker, auch wenn das, wie ich allmählich einsehe, doch übertrieben ist«, gestand ich ein. »Glaubst du also auch?«

»Von ganzem Herzen. Es gab einen Moment der Finsternis in meinem Leben und Arax'va hat ihn vertrieben. Er hat mir einen Grund gegeben, weiterzuleben.«

»Wie meinst du das?« Stirnrunzelnd versuchte ich zu verstehen, was sie mir mitteilen wollte. Leider wurden wir von Tristan unterbrochen, der mit Kaffeebechern zurückgekehrt war.

»Wenn du magst«, murmelte sie so leise, dass ich sie kaum verstehen konnte, »kannst du mich auch Nat nennen.«

Ich lächelte dankbar.

Wir tranken den Kaffee im Stehen, als Lockington mit Aces Familie als Anhang auftauchte. Ihnen allen stand die Sorge deutlich ins Gesicht geschrieben, als sie, ohne mich zu beachten, an mir vorbeiliefen.

»Lydia?« Lockington sah mich abwartend an. Seine Augen waren zu Schlitzen verengt, als würde er jede noch so kleine Regung meines Gesichts analysieren wollen.

»Hm?«

»Wir warten hier. Geh bitte mit … « Er setzte eine Pause und wartete, bis ihm die Krankenschwester neben ihm ihren Namen genannt hatte. »Geh mit Wilma mit, damit sie sich um deine Verletzungen kümmert, und danach ruhst du dich aus. Keine Widerrede!«

Auch wenn sich alles in mir sträubte, von Aces Tür zu weichen, stimmte ich zu. Es würde mir nur schwererfallen, die mitleidigen Blicke seiner Eltern und seiner Schwester zu ertragen. Sie würden mich hassen, wenn sie die Wahrheit von mir und nicht von Tristan hören würden.

In einem sich anschließenden Behandlungszimmer entledigte ich mich des Parkas und meines Tops, damit Wilma meine Wunden säubern und desinfizieren konnte. Hin und wieder musste sie mit der Pinzette darin herumpulen, um kleine Metallstücke herauszuziehen.

»Sind Sie gegen Tetanus geimpft?«

Ich nickte und war froh, dass mir eine Spritze erspart bleiben würde.

»Jetzt schaue ich mir mal die Wunde an Ihrer Schläfe an.«

»An meiner Schläfe?«, fragte ich irritiert und hob reflexartig eine Hand. Meine Finger berührten eine schmerzhafte Stelle und ich sog bei dem Druck scharf die Luft ein. »Das hab ich überhaupt nicht bemerkt. Ich meine, mir tut alles weh, nur das war mir nicht aufgefallen.«

»Es sieht auch nur nach einer kleinen Platzwunde aus. Das Blut hat Ihr Haar an der Stelle ganz schön zusammengeklebt«, beschrieb sie mir, was sie sehen konnte, bevor sie sich daranmachte, meine Haare davon zu lösen. Es war keine angenehme Prozedur und ich war froh, als sie vorbei war.

Tristan und Natalie warteten auf dem Gang auf mich und ließen sich nicht davon überzeugen, mich zurückgehen zu lassen.

»Sieh es mal so, seine Familie möchte vermutlich unter sich bleiben und du kannst momentan eh nichts tun.« Aus einem mir unbekannten Grund fand ich Tristans Argumente nicht sonderlich aufmunternd, doch auch ich hatte gesehen, wie sie mich übergangen hatten. Ob nun absichtlich oder nicht, es schmerzte. Er legte eine Hand an meinen Rücken und führte mich in einen trostlosen Tunnel, dessen Wände aus Backstein errichtet worden waren. Irgendwo tropfte es und eine kühle Brise ließ mich erzittern, bevor wir durch eine genau eingepasste Tür traten.

»Das hier sind die Quartiere von fertig ausgebildeten Kriegern«, erklärte Natalie. »Ich dachte mir, du würdest lieber in der Nähe von Tristan und mir bleiben?«

Ich nickte, runzelte aber gleichzeitig die Stirn. »Tristan? Ich dachte, du lebst in deiner Wohnung?«

»Manchmal dort, manchmal hier. Nat ist schließlich meine Partnerin und es ist meistens besser, wenn wir zusammenbleiben.«

»Meistens, hm?« Ich hörte das Lächeln in Nats Stimme, sah aber nicht auf. Ace *musste* überleben. Es gab überhaupt keine andere Möglichkeit. »Hier sind wir.«

Sie öffnete eine Tür auf der linken Seite und ein gemütlich eingerichteter Raum kam zum Vorschein. Auch hier gab es natürlich keine Fenster, doch mehrere elektrische Stehlampen erhellten das Zimmer mit den Backsteinmauern. Nat hatte sich die Mühe gemacht, es etwas wohnlicher zu gestalten, indem sie rote und ockerfarbene Tücher aufgehängt hatte, die zu den Decken und Kissen auf den zwei gegenüberstehenden Einzelbetten passten. Der Boden war mit einem dunklen Fransenteppich ausgelegt, zudem gab es ein kleines Regal, eine unscheinbare Holzkommode sowie einen schmalen Schreibtisch und einen ungemütlich aussehenden Stuhl, dem eine Strebe in der Rückenlehne fehlte. Es war so viel mehr, als die kargen Katakomben hatten erwarten lassen.

»Versuch etwas Schlaf zu bekommen, ja?« Tristan war in der Tür stehen geblieben.

»Wohin gehst du?«

»Ich werde darauf achtgeben, dass du sofort Bescheid bekommst, wenn sich etwas an Aces Zustand ändert, und dann hau ich mich auch für ein paar Stunden aufs Ohr.«

Ich setzte mich tief seufzend aufs Bett, während er die Tür hinter sich zuzog und mich mit Nat allein zurückließ.

Mit den Fingerspitzen massierte ich meine Schläfen, da sich bereits heftige Kopfschmerzen ankündigten.

Natalie deutete auf einen besonders langen und dunklen Vorhang. »Dahinter ist ein kleines Badezimmer. Falls du dich frisch machen möchtest.«

»Danke.« Ich kämpfte mich zurück auf die Beine, schob den Brokatvorhang beiseite und zog ihn nach meinem Eintreten wieder zurück. Es gab ein dunkelgraues Waschbecken, eine Toilette und einen gesprungenen Spiegel mit Goldrahmen.

Müde rieb ich mir die Augen, bevor ich mir Wasser ins Gesicht spritzte, ohne meine bandagierten Hände zu nass zu machen. Es half mir, aus dem dunklen Loch zu klettern, in dem ich mich, seit Ace verletzt worden war, befunden hatte.

Schließlich kehrte ich zu Natalie zurück. Sie saß auf dem kargen Holzstuhl und tippte etwas in ihr schwarz glänzendes Smartphone. Als sie mich kommen sah, reichte sie mir einen dicken Strickpullover, den ich dankend annahm. Ich hatte meinen Pulli als Druckverband benutzt und im Top herumzulaufen war in dem Quartier der Signa Inferre keine so gute Idee. Ich wusste nicht mal, ob es hier irgendwo außer auf der Krankenstation eine Heizung gab.

Ich kuschelte mich in das linke Bett, legte meinen Kopf auf die Kissen und betrachtete Nat nachdenklich, während sie alle Lampen bis auf eine ausknipste, bevor sie sich auf dem rechten Bett niederließ. Sie schnürte ihre schwarzen Boots auf.

»Vorhin, da hast du über deinen Glauben an Arax'va gesprochen«, murmelte ich, nachdem sie unter ihre Decke geschlüpft war. Ich spürte, wie der Schlaf auf mich lauerte, doch ich konnte der Versuchung noch nicht nachgeben. »In welcher dunklen Zeit hast du dich ihm zugewandt?«

Natalie schwieg für lange Zeit und ich war mir schon fast sicher, sie würde nicht mehr antworten. Ich vernahm ein tiefes Seufzen, bevor ich beobachtete, wie sie sich auf den Rücken legte und an die Decke starrte. Ihr rotes Haar glänzte im Schein der Nachttischlampe.

»Ich habe mich in jemanden verliebt, der ... nicht der Richtige für mich ist«, sagte sie so leise, dass ich sie kaum verstand.

»Hat er dich auch geliebt?«

»Hat er.« Ich hätte taub sein müssen, um die noch immer existierenden Gefühle aus ihrer Stimme nicht herauszuhören. »Leider konnten wir unsere Liebe nicht geheim halten und da weder sein Vater noch ...« Sie stockte. »Nun, niemand war davon begeistert und uns wurde verboten, uns wiederzusehen. Die Zeit danach war sehr dunkel und traurig. Tristan und Arax'va halfen mir, die Trauer zu überwinden.«

»Aber du denkst noch immer an ihn?« Wieso konnte man das Glück anderer Menschen nicht einfach akzeptieren? Wieso mussten sich Eltern in das Liebesleben ihrer Kinder einmischen, nur weil sie längst veraltete Vorurteile hegten? Ich nahm zumindest an, dass das der

Grund war. Wieso sollte man sonst jemanden wie Natalie als Schwiegertochter ablehnen?

»Jeden Tag.« Ihre Mundwinkel zuckten. Sie hing noch einen Moment länger alten Erinnerungen nach, dann drehte sie sich zurück auf die Seite und blickte mich schelmisch an. »Und was ist mit dir?«

»Was soll mit mir sein?«, fragte ich ehrlich verwirrt.

»Du und Ace?«

»Nat!«, rief ich empört aus, konnte aber nicht verhindern, dass ich rot wurde. Sie lachte. »Ich hab Angst«, gestand ich schließlich. »Ich … ich mag ihn, aber ich hab Angst, dass er nach dem Angriff nichts mehr von mir wissen will. Es war meine Schuld.«

»Blödsinn. Du kannst ihm ruhig zutrauen, dass er Entscheidungen für sich selbst treffen kann. Wenn er nicht mit dir hätte gehen wollen, hätte er es nicht getan.«

»Ja, vielleicht.« Nat hatte natürlich recht, trotzdem ließ sich das Gefühl von Schuld nicht so leicht abschütteln.

»Schlaf jetzt. Tristan weckt uns, wenn sich etwas ändert.« Sie streckte ihren Arm aus und löschte das Licht.

»Gute Nacht, Nat.«

»Gute Nacht.«

Der Schlaf wollte nicht kommen. Die Müdigkeit und die Erschöpfung hatten sich tief in meine Knochen gegraben, doch ich wälzte mich bloß von der einen auf die andere Seite, bis ich den Versuch aufgab und in die Dunkelheit starrte. Ich fand keine Ruhe an einem Ort, vor dem ich mich als Kind gefürchtet hatte.

Das Quartier der Signa Inferre war legendär unter den Leuten meines Clans. In der Zeit, als Isla und ich noch beste Freundinnen gewesen waren, hatten wir nachts wach gelegen und die wenigen Informationen, die wir über Bellatoren zusammengetragen hatten, hin und her gerollt, bis wir uns das düsterste und unheimlichste Gebäude vorstellten. Dort wohnten die Bellatoren beisammen, aßen zum Frühstück rohes Fleisch und durchstreiften Arden Creek in der Nacht. In den Händen immer ihr Chilanum haltend und die glänzende Spitze des Schwerts auf die Bedrohung gerichtet, die jederzeit vom Himmel stürzen konnte.

Es fühlte sich surreal an, nun wirklich im Quartier der Krieger zu sein und mich nicht unwohl zu fühlen. Natalies Anwesenheit beruhigte mich, außerdem kannte ich sie mittlerweile gut genug, um sagen zu können, dass sie nicht mit rohem Fleisch gefüttert wurde.

Ein Lächeln zupfte an meinem Mundwinkel. Dann wanderten meine Gedanken weiter zu Ace und Tränen brannten mit einem Mal in meinen Augen. Es musste ihm gut gehen. Der Schmerz in meiner Brust war fast unerträglich. Ich presste die Lider fest zusammen, zog meine Beine an und umschlang meine Knie, um mir selbst Kraft zu geben. Immer wieder tauchten Szenen vor meinem inneren Auge auf, in denen Ace und ich nicht rechtzeitig fliehen konnten. Mordenox umkreisten, jagten und spielten mit uns wie mit ihrer liebsten Beute. Sie stießen uns gegeneinander, bohrten ihre Hörner in unsere Brust und rissen an unseren Armen und Beinen.

Ich schrie.

»Lydia. Wach auf!« Jemand schüttelte mich an den Schultern. Das Licht der kleinen orangenen Lampe beleuchtete Nats sorgenvolles Gesicht. Sie beugte sich über mich und betrachtete mich eingehend.

»Ich bin wach«, krächzte ich. Hatte ich wirklich geschrien? »Tut mir leid. Albtraum«, erklärte ich.

»Schon okay.« Sie bewegte sich zögerlich zurück zu ihrem Bett und setzte sich auf die Kante. Ihr Blick huschte zu der zierlichen schwarzen Armbanduhr an ihrem linken Handgelenk. Seufzend strich sie sich über das Gesicht. »Ich nehme an, wir könnten jetzt genauso gut frühstücken gehen.«

»Wie spät ist es? Ist Tristan noch nicht vorbeigekommen?« Ich hatte mich nun ebenfalls aufgesetzt und zog meine Schuhe an.

»Noch nicht. Es ist kurz nach sieben.« Sie schüttelte den Kopf einen Moment länger als nötig, dann erhob sie sich. »Also, frühstücken?«

Ich bezweifelte zwar, dass ich etwas herunterbekommen würde, nickte aber. Alles war besser, als noch einmal von derartigen Albträumen heimgesucht zu werden.

Nat zog sich noch schnell um und ich nutzte die Zeit, um mich im Bad frisch zu machen. Gemeinsam traten wir anschließend in den kalten Tunnel hinaus und schlugen die entgegengesetzte Richtung ein, aus der wir vor ein paar Stunden gekommen waren.

»Hey, wartet auf mich!« Tristan schloss im Laufschritt zu uns auf. Er hatte geduscht und sich umgezogen. Seine Haare waren noch feucht.

Ich hielt mitten in der Bewegung inne. »Gibt es Neuigkeiten?«

»Die Operation verlief erfolgreich. Er ist noch nicht aufgewacht, aber es ist nur eine Frage der Zeit. Alles wird gut.«

Erleichterung durchflutete mich. Er würde überleben. Alles würde gut werden. Ich wäre beinahe zusammengesackt, so schnell verließ mich die Anspannung, die mir eine so unruhige Nacht beschert hatte.

»Wir wollten gerade etwas frühstücken«, sagte Nat und deutete mit einem Kopfnicken den Tunnel entlang.

»Ich begleite euch.« Er grinste schief, legte ungefragt einen Arm um meine Schultern und führte mich neben Nat zu einer unterirdischen Halle. Sie wirkte wie eine unter der Erde vergrabene Fabrikhalle. Die Decken waren so hoch, dass ich nur Stahl und Kabel erkennen konnte, die Wände bestanden aus verschiedenen Stein- und Metallkonstruktionen und der Boden war aus Beton gegossen worden. Es roch nach Bacon und anderen Köstlichkeiten, die an einer riesigen Küchenzeile an der linken Seite zubereitet wurden. Es gab mehrere längliche Tische und karge Bänke, auf denen bereits zwei Dutzend Bellatoren saßen. Nur ein paar von ihnen hoben ihre Blicke, um Tristan und Nat zu begrüßen. Mir schenkte man kaum Beachtung, worüber ich froh war. Ich wollte nicht wie ein seltenes Tier begafft werden.

Es herrschte Selbstbedienung und da ich nach den tollen Neuigkeiten meinen Appetit wiedergefunden hatte, schaufelte ich meinen Teller mit Ei, Bacon und Minibagels voll. Wir setzten uns an ein freies Ende an einem der Tische.

»Möchtest du ihn gleich sehen?«, fragte Tristan mit vollem Mund.

»Ich … eher nicht«, murmelte ich betreten. Er würde mich vermutlich nicht sehen wollen. Genauso wenig wie seine Familie, die mir ganz sicher die Schuld geben würde. Über zwanzig Jahre lang war ihrem Sohn nichts geschehen und kaum kümmerte er sich um mich, wurde er lebensgefährlich verletzt.

»Okay.«

Ich lächelte Tristan dankbar an, als er das Thema nicht weiterverfolgte. »Was würdet ihr jetzt machen, wenn ich nicht hier wäre?«, wechselte ich das Thema. Meine Hände hielten die Kaffeetasse fest umfasst und wurden aufgewärmt.

»Vermutlich noch schlafen«, nuschelte Nat, die tatsächlich noch sehr müde aussah.

»Und danach?«, drängte ich lächelnd weiter.

»Wenn wir dir nicht zugeteilt worden wären, ständen unsere Namen auf dem Patrouillenplan. Der ändert sich jede Woche«, erklärte Tristan und schob sich anschließend ein ganzes Stück Bacon in den Mund.

»Darf ich ihn sehen?« Ich wollte so viel wie möglich aus meinem Besuch hier herausholen. Wer wusste schon, wann sich mir die nächste Gelegenheit bot, mich im Quartier der Signa Inferre umzusehen?

Er und Nat warfen sich einen kurzen Blick zu, dann zuckte er mit den Schultern. »Ja, wieso nicht?«

Wir brachten unsere Tabletts zurück, bevor wir die Halle durch einen weiteren Tunnel verließen, der genauso aussah wie alle anderen. Ich bräuchte vermutlich eine Karte, um mich hier allein zurechtzufinden.

Wir waren nicht lange unterwegs, bis wir vor einer mannshohen Tafel anhielten, auf der Zeiten, Stadtviertel und Namen der Bellatoren vermerkt waren.

»Oberste Daltrys Assistentin kümmert sich darum. Wenn man mit einer Schicht nicht einverstanden ist, kann man sie mit Lakritz bestechen«, lachte Tristan. Er hatte sich mit der Schulter gegen die abgerundete Wand gelehnt und betrachtete mich. »Wie lange willst du dich eigentlich noch verstecken?«

Ich riss überrascht die Augen auf und trat einen Schritt zurück. Sein Tonfall war noch immer leicht, doch er nahm den Worten nur einen kleinen Teil ihrer Schärfe.

Als ich zu einer Antwort ansetzte, wurden wir von Lockington und Daltry unterbrochen, die aus einer der Türen vor uns heraustraten. Sie waren tief in ein Gespräch versunken, weshalb sie uns erst sahen, als sie uns direkt gegenüberstanden.

»Lydia!«, rief der Oberste der Protectoren. »Genau dich habe ich gesucht.«

Das konnte ja heiter werden.

ACHTZEHN

Was ist los?« Ich umschlang meine Ellenbogen und blickte von der Obersten zum Obersten.

»Du solltest zurück in das Hauptquartier der Protectoren kommen. So war es abgemacht«, setzte Lockington an.

»Ich halte das für keine so gute Idee«, mischte sich die Oberste der Krieger ein. Heute trug sie einen nachtblauen Hosenanzug sowie eine gestärkte weiße Bluse. Ihr dunkelbraunes Haar hatte sie zu einem langen Pferdeschwanz gebunden und ihre Augen waren präzise geschminkt. Neben ihr sah ich vermutlich wie jemand aus, der seit Wochen auf der Straße gelebt hatte.

»Ach ja?« Lockington positionierte sich vor ihr und stemmte die Hände in seine schmalen Hüften. Er war ein wirklich attraktiver Mann, selbst die Verachtung über ihr Einmischen konnte nicht darüber hinwegtäuschen. Zudem trug er einen dunkelblauen Anzug, der die Farbe seiner Augen betonte.

»Ja«, beharrte sie und baute sich vor ihm auf, obwohl sie rund fünfzehn Zentimeter kleiner war als er. Er schien wenig beeindruckt zu sein, doch auch sie ließ sich nicht von seiner imposanten Erscheinung einschüchtern. »Sieh nur, was unter deiner Verantwortung geschehen ist! Ich wünsche mir keine Wiederholung dessen! Und du hast mir gerade zugestimmt, dass auch du nicht noch mal zu so einem Notruf gerufen werden möchtest.«

Ich verzog den Mund. Ihr Argument war prinzipiell nicht schlecht. Gebannt wartete ich Lockingtons Reaktion ab und konnte mich nicht ganz gegen das aufwallende Vergnügen in mir erwehren, nachdem es nun um Ace schon viel besser stand. Eine zentnerschwere Last war von meinen Schultern gefallen.

»Lydia ist weitestgehend unverletzt«, knurrte Lockington und hatte damit natürlich ebenfalls recht.

»Und Ace?«

»Ace hat nichts mit dir zu tun. Er hat seine Pflicht getan.« Ich runzelte die Stirn. Seine Pflicht? Das war wohl etwas unglücklich formuliert und das fand auch Daltry, da sie dem Obersten daraufhin ein missbilligendes Schnauben schenkte.

»Ihr habt mit den Vorbereitungen zur *Cresceo* doch ohnehin alle Hände voll zu tun.« Sie vollführte eine ausholende Geste. »Wir können uns hier besser um sie kümmern. Schließlich sind wir alle Krieger. Das ist unser *Job*.«

»Ihr seid Ungläubige!«, ereiferte sich Lockington, der zum ersten Mal in meiner Anwesenheit von seinem eigenen Glauben an Arax'va und dessen Macht sprach. »Wie soll sie sich da zurechtfinden?«

Daltry seufzte. »Auch der Clan Militum hat schon lange den Glauben an die drei Götter verloren. Spinne dir nicht etwas zusammen, das nicht vorhanden ist, Arthur.«

»Das ist …«

Ich war mir sicher, dass er nichts Nettes sagen wollte, weshalb ich mich endlich dazu überwand, die Diskussion zu unterbrechen.

»Ich bin die Oberste des Clan Militums«, begann ich zögerlich. Ich würde lügen, würde ich behaupten, dass mich die beiden nicht einschüchterten, doch ich musste endlich lernen, für mich selbst einzustehen. Niemand anderes würde es tun. »Ich werde nach Hause gehen.«

Stille senkte sich über uns. Man hörte niemanden atmen und auch mein Herz schien für den Moment stillzustehen. Tristan und Natalie tauschten einen vielsagenden Blick.

»Bist du dir sicher?« Daltry fand als Erste ihre Stimme wieder, auch wenn sie ein wenig belegt klang, als wäre sie gerührt. Das war natürlich absoluter Blödsinn, aber so leicht ließ sich der Gedanke nicht abschütteln.

»Wie soll das funktionieren?«, rief Lockington offensichtlich außer sich. »Der Schutz existiert nicht mehr. Gaspard kann einfach so einmarschieren!«

»Ich werde einen neuen Bannkreis ziehen«, erklärte ich. Das wäre wirklich das am leichtesten zu lösende Problem. »Dazu brauche ich lediglich ein paar Zutaten und vier Dormi. Ich werde sie noch heute kontaktieren, damit wir den Zauber im Morgengrauen weben können. Ich werde mich von niemandem mehr herumschubsen lassen, ganz egal, wie gut die Absichten sind.«

»Ich halte das für keine so gute Idee«, grummelte Lockington, hatte sich aber beruhigt, was wohl bedeutete, dass er nachgab. Auch Daltry erklärte sich schließlich einverstanden.

»Allerdings bestehe ich darauf, dass Tristan und Natalie weiterhin für deinen Begleitschutz zuständig sind«, fügte sie hinzu. »Und ich werde dich zum Hauptquartier der Protectoren begleiten. Ich würde dann gerne noch einmal mit dir sprechen.«

Ich hatte nicht den blassesten Schimmer, worüber sie noch mit mir reden wollte, zuckte aber mit den Schultern. »Von mir aus.«

»Gut. Tristan wird dich in zwei Stunden zu mir bringen.« Sie wandte ihren Blick ab und Lockington atmete hörbar aus.

Ein neues Gespräch begann zwischen ihnen darüber, wie von nun an mit den Mordenox umgegangen werden sollte, und die Obersten bewegten sich an uns vorbei in Richtung Speisesaal.

»Was möchtest du als Nächstes sehen?«, fragte Tristan, dessen Anwesenheit ich fast vergessen hatte. »Oder willst du doch zu Ace?«

»Nein, schon okay«, winkte ich ab, ehe ich ihm und Nat folgte. »Gibt es denn noch etwas, das ihr mir zeigen wollt?«

»Vielleicht.« Nat grinste. »Wie wäre es mit der Waffenkammer?«

»Fantastisch«, lächelte ich, obwohl ich kein großer Fan von Waffen war. Trotzdem interessierte es mich, mehr über Bellatoren zu erfahren.

»Du überraschst mich wirklich immer wieder«, wechselte Tristan das Thema, als wir in einen weiteren Tunnel einbogen. Die Fackeln flackerten auf, während ein halbes Dutzend Krieger an uns vorbeijoggte. Offensichtlich war das ihre Vorstellung von Frühsport.

»Weil ich gesagt habe, was ich will?«, hakte ich nach und blickte ihn von der Seite an. Er hatte seine Augen nach vorne gerichtet. Ein Luftzug ließ mich erzittern und ich vergrub meine Hände tief in meine Hosentaschen.

»Vor allem wie«, erklärte er. »Du hast dich wie eine Oberste angehört.«

»Das hab ich auch gedacht«, stimmte ihm Nat zu und band ihr rotes Haar zu einem festen Knoten zusammen.

»Aus deinem Mund klingt das irgendwie nicht wie ein Kompliment«, gab ich zu bedenken. Er lachte leise.

»Das sollte es aber.« Er blieb plötzlich stehen und wartete, bis ich mich zu ihm umgedreht hatte. Eine Hand legte er auf meine Schulter. »Hier bist du nun und du machst ganz eindeutig das Beste daraus.«

»Du klingst fast schon so wie Ace.«

Anscheinend war das nicht gerade die Antwort, die er sich erhofft hatte. Sein Körper spannte sich an und er ließ die Hand sinken, um den Weg erneut aufzunehmen.

»Wir sind wohl beide große Bewunderer.«

»Alle drei. Ich gehöre auch dazu«, grinste Nat und klopfte mir auf die Schulter.

»Hier ist es«, verkündete Tristan plötzlich.

Wir standen vor einem Gitter, das vom Boden bis zur Decke reichte und von zwei Kriegern bewacht wurde, die dahinter saßen und Karten spielten.

»Hey, Darl, kannst du mal aufmachen?«, rief Tristan. Beide Bellatoren wandten sich zu uns um. Derjenige, der einen schwarzen Backenbart trug und doppelt so alt erschien wie ich, erhob sich schwerfällig von seinem Stuhl.

»Tristan, Nat«, begrüßte er sie, bevor sich seine Augen argwöhnisch verengten. »Und wer bist du?«

»Das ist die Oberste des Clan Militums, Dummkopf«, antwortete Tristan für mich.

Darl grunzte etwas Unverständliches, öffnete aber schließlich das Gitter und ließ uns ein.

Die Waffenkammer war eher ein Waffensaal. Wir bogen nach links ab und fanden mehrere Wände und Regale voll mit Messern, Dolchen, Schwertern, Pistolen, Schießgewehren, Morgensternen und noch vieles mehr, das ich nicht benennen konnte. Mir fiel die Kinnlade hinab.

»Beeindruckend, hm?« Tristan grinste stolz, als wäre das alles hier allein sein Besitz. Er führte mich von einer Vitrine zur nächsten, erzählte mir von seinen liebsten Waffen und ließ mich sogar das eine oder andere Schwert halten, die viel zu schwer für mich waren. Ich traute mich nicht mal, sie vernünftig anzuheben, aus Angst, ihn oder Natalie aus Versehen zu verletzen.

Nat lachte leise und steckte mich damit an. Ich kannte die Bellatorin zwar noch immer nicht sehr gut, aber es freute mich, wenn sie ihre Sorgen für einen Moment vergessen konnte. Sie schien trotz ihres Glaubens immer noch ihrer großen Liebe hinterherzutrauern. Ich wünschte, ich könnte ihr helfen.

Ich wog gerade einen sichelförmigen Dolch in den Händen, als Tristan verkündete, dass er mich zu Daltry bringen müsste. Die zwei Stunden Schonzeit waren schon vorbei.

Seufzend hängte ich den Dolch zurück in seine Halterung und folgte ihm und Nat nach draußen. Natalie umarmte mich zum Abschied, was sowohl Tristan als auch mich überraschte.

»Was hab ich verpasst? Habt ihr euch in der Nacht eure dunkelsten Geheimnisse gestanden?« Seine Frage klang ziemlich unschuldig, doch es hatte sich ein Hauch von Eifersucht in seine Stimme geschlichen.

Ich legte eine Hand auf seinen Unterarm. »Möchtest du etwa auch über deinen Liebeskummer reden?«

Er schüttelte mich ab und stapfte beleidigt vorneweg. »Sehr witzig«, grummelte er. Ich brach in Gelächter aus und konnte mich nicht mehr von der Stelle bewegen.

»Schön, dass du über mich lachen kannst.« Tristan war stehen geblieben und hatte sich wieder zu mir umgedreht. Seine Augen glitzerten vergnügt.

»Du bist genauso mein Freund wie Natalie, wenn es dich beruhigt«, sagte ich schließlich und wischte mir die Tränen aus meinen Augenwinkeln.

»Das tut es, danke«, sagte er ehrlich. »Ich mag dich nämlich, Lydia.«

Ich wurde schlagartig wieder ernst. Mi blieb der Atem weg. Unsere Blicke verhakten sich ineinander und mein Herz pochte, als meine Gedanken zu Ace wanderten.

»Ich mag dich auch, Tristan«, antwortete ich vorsichtig und hoffte, er würde nicht mehr in unsere Freundschaft hineininterpretieren. »Auch wenn du mir manchmal zu …«

»Zu was?«

Ich sog die Luft geräuschvoll durch meine Zähne. »Manchmal bist du mir einfach zu waghalsig.«

»Ist das was Schlechtes?«

»Nicht unbedingt schlecht …«

»Hör zu, ich liebe es, Mordenox zu bekämpfen, und kann mir kaum etwas Besseres vorstellen. Zeigt das nicht genug, dass mir das Wohl der Menschheit am Herzen hängt?«

»Tut es das denn? Du sagst, du liebst das Kämpfen, aber dir scheint es mehr um den Akt an sich zu gehen und nicht darum, jemanden zu beschützen.«

Er schüttelte den Kopf. »Ich glaube, du hast zu viel Zeit mit unserem engstirnigen Protector verbracht. Lass uns gehen.«

Da ich ihn nicht weiter kränken wollte, nickte ich zustimmend.

Daltry wartete in ihrem Büro auf mich. Sie saß hinter einem schwarzen Schreibtisch, auf dem nur das Nötigste zu finden war. Die Wände waren ausnahmsweise einmal weiß verputzt und an ihnen hingen mehrere Fotos. Eines davon zog sofort meine Aufmerksamkeit auf sich. Es zeigte Daltry und Giffin zusammen auf einer Art Feier. Sein Arm lag um ihre schmale Taille und beide wirkten glücklich. Verliebt.

»Danke, Tristan«, sagte Daltry. »Du kannst gehen.«

»Wir sehen uns«, verabschiedete sich der Bellator, bevor er zurück in den Tunnel ging.

»Also … Sie und Giffin, Sie waren wirklich ein Paar?« Ich deutete mit dem Daumen über meine Schulter auf das Foto.

Daltry öffnete den Mund, schüttelte den Kopf und schloss ihn wieder. Sie atmete einmal tief durch und trat dann hinter ihrem Schreibtisch hervor.

»Ja. Waren wir. Es ist schon eine Weile her.«

»Mein Beileid«, murmelte ich und fing ihren überraschten Blick auf.

»Wieso?«

»Vermissen Sie ihn nicht?«

Sie lächelte leicht und es veränderte ihre gesamte Aura. Es glättete ihre Kanten, machte sie nahbarer und löste sie von dem Bild, dass ich mir von ihr als Oberste einer Kriegereinheit gemacht hatte.

»Danke, Lydia«, sagte sie bloß. »Komm. Ich bring dich zu den Protectoren, damit du dich um den Bannzauber kümmern kannst.«

Während wir nebeneinanderher schritten, erkundigte sie sich nach meinen Verletzungen und meiner Zeit hier in ihrem Quartier. Ich hatte natürlich nur Gutes zu berichten, da ich weder Tristan noch Nat in Schwierigkeiten bringen wollte. Wir erreichten schließlich eine Tiefgarage, die kleiner war als die der Protectoren. Es passte gerade einmal ein Dutzend Autos auf die Ebene und Daltry führte mich zu einem schwarzen BMW, an dem bereits ein Chauffeur auf uns wartete. Er hielt uns die hinteren Türen auf, bevor er selbst einstieg und den Motor startete.

Der Innenraum war genauso luxuriös wie das Äußere. Es duftete sogar noch nach *neuem Auto*. Ich schnallte mich an und genoss das Gefühl der kühlen Ledersitze an meinen Händen.

Ich wartete darauf, dass Daltry das Gespräch wieder aufnahm, doch sie schwieg bis zum letztmöglichen Zeitpunkt. Wir hielten vor dem Bankgebäude, aber Daltry hinderte mich mit ihrer Stimme daran, sofort auszusteigen.

»Giffin sagte mir einmal, dass er sich keine bessere Schülerin als dich hätte vorstellen können«, sagte sie, den Blick starr aus dem Fenster gerichtet. Es fiel ihr offenbar schwer, über ihn zu reden. Ich konnte sie nur zu gut verstehen.

»Das ist schwer zu glauben«, entgegnete ich und rieb über meinen Nasenrücken. »Er hat Isla ständig vorgezogen und mir andauernd gesagt, dass ich noch nicht bereit dazu wäre, als Somna zu arbeiten.« Ich hasste mich für den Neid, der noch immer in meiner Stimme zu hören war.

»Hatte er unrecht?«

Ich blinzelte überrascht. »Vielleicht nicht.« Schließlich hatte ich es wirklich nicht allein geschafft, die Glut in die Leiche zu setzen. Nur mit Aces Hilfe war es mir gelungen.

Sie nickte, als würde sie sich bestätigt fühlen, dann umfasste sie meine Hand und sah mich an. »Ich möchte nur, dass du dich bei mir meldest, wenn du Hilfe benötigst. Die Signa Inferre ist für dich genauso da wie die Protectoren.«

Ich fühlte mich durch ihr zuvorkommendes Verhalten etwas überrumpelt, entschied aber, ihr Angebot einfach anzunehmen, da es gut gemeint zu sein schien.

»Danke.« Ich entzog ihr meine Hand. »Bis dann.«

Eilig kletterte ich aus dem BMW und lief zum Eingang. Ein Protector hielt mir die Tür auf, als er das Quartier gerade verlassen wollte. Ich dankte ihm mit einem Lächeln und atmete erleichtert auf, als ich endlich im Foyer stand. Daltry fuhr davon.

Müde und erschöpft stieg ich in einen Lift. Ich wusste nicht, was ich von Daltry halten sollte. Sie hatte sich nicht wie erwartet verhalten und durch das Gespräch spürte ich die Trauer über den Verlust meines Clans wie eine neu geöffnete Wunde in meinem Inneren. Dabei hatte ich gedacht, ich würde bereits heilen.

Erst als ich im Loft angekommen war, fiel mir ein, dass ich Aces Familie vielleicht begegnen würde und ich darauf keinesfalls vorbereitet war. Zum Umkehren war es jedoch zu spät und ich sah mich im Flur bereits Maisie gegenüber, die mich von oben bis unten musterte. Als sie auf mich zueilte, spannte ich mich bereits an, da ich dachte, sie würde mir eine Ohrfeige verpassen, doch stattdessen zog sie mich in eine feste Umarmung. Ich war so verblüfft, dass ich sie nicht erwidern konnte.

»Geht es dir gut? Lockington sagte, dass es dir gut geht, aber es ist was anderes, es mit eigenen Augen zu sehen. Du bist, als wir angekommen sind, so schnell weggegangen«, plapperte sie drauflos und schob mich an meinen Schultern ein paar Zentimeter von sich weg. Also hatte sie mich wohl nicht absichtlich ignoriert. Ich hätte die Reaktion nicht sofort auf mich beziehen sollen. »Ace ist vorhin aufgewacht. Er wird wieder. Natürlich hat er sofort nach dir gefragt.«

»Hat er?«, wiederholte ich schwach.

»Oh ja. Warum hast du ihn noch nicht besucht?«

»Äh … viel zu tun. Daltry wollte mit mir sprechen«, benutzte ich die erstbeste Ausrede, die mir einfiel. »Ich muss ein paar Sachen erledigen, Maisie.«

»Ich verstehe.« Sie nickte. »Lockington unterrichtete uns bereits davon, dass du zurück nach Beringham gehst. Ich finde das sehr mutig von dir.«

»Äh, danke.« Ich zwang mich zu einem freundlichen Lächeln und war froh, als sie mich endlich losließ, damit ich in meinem Zimmer abtauchen konnte.

Dort angekommen nahm ich zunächst mein Smartphone zur Hand. Keine neue Nachricht von Gaspard. Es beruhigte mich keineswegs, obwohl es das eigentlich sollte.

Ich lenkte mich ab, indem ich Maureen Rosenfelt und Rachel Minsky kontaktierte. Beide waren Dormi und für zwei verschiedene, recht kleine Friedhöfe in Classwood zuständig. Ich wusste, dass ich mich auf sie verlassen konnte und tatsächlich ließen sie mich nicht hängen. Sie versprachen, mich vor dem Morgengrauen vorm Hauptquartier unseres Clans zu treffen. Ich bedankte mich bei ihnen, bevor ich auflegte, und begann, meine Tasche zu packen. Das Foto meiner Eltern und meines Bruders fiel mir dabei in die Hände und ich brauchte einen Augenblick, um mich zu fassen.

Meine Familie.

Jetzt wäre meine Chance gewesen, sie aufzusuchen und das Leben als Somna und Dormis endgültig hinter mir zu lassen, doch ich hatte die Position als Oberste angenommen. Es gab kein Zurück mehr. Vielleicht … ja, vielleicht hatte ich aber nun die Gelegenheit, ein paar dieser strengen Regeln zu ändern oder zumindest zu entschärfen.

So wie es aussah, musste ich mir allerdings erst über ein paar andere Dinge den Kopf zerbrechen.

Tristan schob seinen Kopf durch den Türspalt.

»Was machst du hier?« Ich sprang vom Bett auf und malte mir im Unterbewusstsein bereits diverse Horrorszenarien aus. »Was ist los?«

»Nichts. Ich dachte nur, ich komme schon mal vorbei, damit du nicht so allein bist. Außerdem muss ich dich morgen früh eh begleiten.«

Ich schloss erleichtert die Augen.

Einen Moment später trat er gänzlich ins Zimmer und sah mich neugierig an.

»Was?«

»Nichts. Hast du alles geregelt?«

»Sie treffen uns morgen früh direkt vorm Anwesen.«

»Gut.« Der Bellator rieb sich scheinbar nervös über den Hinterkopf. »Ich habe über deine Worte nachgedacht und … vielleicht liegst du gar nicht so falsch. Die Menschheit als Ganzes interessiert mich nicht sonderlich, dafür aber einzelne von ihnen, kannst du wirklich nicht darüber hinwegsehen? Ist es ein so schlimmer Fehler?«

»Natürlich nicht.« Ich zog ihn in eine kurze Umarmung. »Es macht dich nur sehr speziell.«

»Das beruhigt mich, schließlich will ich nicht, dass du dich gezwungen fühlst, dich von mir beschützen zu lassen«, gestand er. »Ich erledige dann mal ein paar Anrufe.«

Er salutierte und marschierte dann wie ein Soldat aus dem Zimmer.

Ich suchte mir ein paar warme Wechselklamotten zusammen und ging dann ins Badezimmer. Es dauerte eine Weile, ehe ich mich gewaschen hatte, da ich versuchte, Rücksicht auf meine frisch verbundenen Kratzer zu nehmen. Nachdem ich meine Haare geföhnt hatte, hielt ich meinen Blick im Spiegel fest. Es war das erste Mal seit einer geraumen Weile, dass ich mich stark genug fühlte, mir selbst in die Augen zu sehen. Die Ereignisse des heutigen Tages hatten mich auf eine Art wachgerüttelt, die ich nicht erwartet hatte. Ich war endlich vorgetreten und hatte die Verantwortung übernommen, die mir als neue Oberste des Clans auferlegt worden war. Natürlich war dies nur der erste Schritt, aber er war getan. Ich hoffte nur, dass Tristan sein Versprechen einhielt und mich nicht alleinließ.

Vorsichtig bewegte ich meine Mundwinkel nach oben und versuchte mich an einem Lächeln, das eher kläglich als fröhlich wirkte, aber es war ein Anfang. Anfänge sollte man niemals unterschätzen, denn sie legten den Grundstein für das, was noch folgen sollte.

Ich ließ Tristan in der Suite zurück und suchte den Tresorraum auf, um die Zutaten einzupacken, die wir vermutlich nicht mehr im Quartier besaßen. *Wir.* Ich sollte aufhören, an eine Gemeinschaft zu denken, die auseinandergerissen worden war.

Glücklicherweise hatten die Protectoren, ohne es zu ahnen, auch das Buch mitgenommen, das den Bannzauber bis ins kleinste Detail behandelte. Giffin hatte es mich gleich mehrmals lesen und rezitieren lassen. Vielleicht hatte er mich wirklich schon seit ich klein war auf die Rolle einer Anführerin vorbereitet. Wieso hatte er mit Daltry darüber geredet, aber nicht mit mir? Ich war so wütend auf ihn und fühlte mich dadurch schuldig, weil er tot war und ich nicht auf Tote wütend sein sollte.

Ich nahm das Buch, das nicht mal einen Titel trug und von Giffin stets nur als das Manifest bezeichnet worden war, zur Hand und studierte noch einmal die einzelnen Schritte. Ich schrieb mir die Kräuter und Liquide heraus, die ich dafür benötigen würde. Außerdem brauchte ich eine dunkelrote Kerze, die aus einem anderen Zauber gewebt worden war als diejenigen, die wir als Somna benötigten. Es wäre das erste Mal, dass ich einen Bann weben würde. Ich kam nicht umhin, mir zu wünschen, dass Ryder an meiner Seite sein wäre. Als mein Freund hätte er mir Sicherheit geben können. Gleichzeitig war es wohl das Beste, dass sein Verrat ans Tageslicht gekommen war, sonst hätten wir niemals erfahren, wie Gaspard ihn dafür benutzt hatte, die Bannzauber zu zerstören. Nun würde ich niemandem Zugang zum Sonnenzimmer gewähren, dem ich nicht vollkommen vertraute.

Ob sich Giffin dies auch vorgenommen hatte?

Nachdem ich alles zusammengepackt hatte, hielt ich kurz inne und starrte den leeren Tisch an, auf dem das letzte Mal noch eine Frau gelegen hatte. Ich fragte mich, ob ihre Eltern bereits von ihrem Tod erfahren hatten. Die Wahrscheinlichkeit war hoch, schließlich waren bereits ein paar Tage vergangen. Ich konnte mir nicht vorstellen, dass es im Interesse der Protectoren lag, diese Sache länger als nötig hinauszuzögern.

Seufzend löschte ich das Licht, ging langsam und nachdenklich in den kühlen, unterirdischen Flur und schenkte den Wächtern, die hier unten die Stellung hielten, ein freundliches Lächeln. Sie wirkten müde, aber nicht unaufmerksam. Ich bewunderte sie dafür, dass sie selbst in dieser tristen Umgebung ihren Posten beibehielten.

Im Apartment erwartete mich nicht nur Tristan, sondern auch Natalie. Sie erklärte mir, dass sie gegangen war, nachdem Ace bereits gesprochen hatte. Ich war ihr dankbar für diese kleine Information, so hielt sie mich für ein paar weitere Stunden davon ab, zu verzweifeln. Am liebsten hätte ich Ace angerufen, aber ich wollte mich auf meine Aufgabe konzentrieren. Danach würde ich jedoch mit ihm sprechen. Ich vermisste ihn einfach zu sehr und jede Stunde ohne ihn ließ den Schmerz unerträglicher werden.

NEUNZEHN

Rund eine Stunde vor Sonnenaufgang löste ich mich von dem Fenster und begab mich in das Wohnzimmer, in dem Natalie und Tristan auf den weichen Sofas liegend dösten. Maisie war verschwunden und Aces Eltern waren immer noch nicht zurückgekehrt.
»Ist es so weit?«, fragte Tristan verschlafen und rieb sich die Augen.

Nat strich sich die feuerroten Haare aus dem Gesicht, während sie ihren Mund zu einem Gähnen aufriss. Eilig schob sie eine Hand davor, dann hatte ich mich auch schon abgewandt, um meinen Rucksack zu holen. Uns blieb nicht viel Zeit, da das Ritual beendet sein musste, bevor der erste Sonnenstrahl die Erde berührte. Wir hätten es aber nicht vorziehen können, da noch immer die Gefahr bestand, von Mordenox angegriffen zu werden. Das Zeitfenster, das wir nun hatten, war zwar klein, aber so sicher wie möglich.

»Wir müssen uns beeilen«, spornte ich die Bellatoren an, da beide Morgenmuffel waren und sich wie Schlafwandler bewegten.

Schweigend stiegen wir fünf Minuten später in den Lift, um in der Tiefgarage von Lockington abgefangen zu werden. Er schien noch nicht lang auf uns gewartet zu haben, da er keine Ungeduld ausstrahlte.

»Habt ihr alles?«, erkundigte er sich, ohne sich großartig mit höflichen Floskeln aufzuhalten. Ein freundliches *Guten Morgen* wurde anscheinend überbewertet.

»Ja«, nickte ich, ehe ich den Mantel enger um meine Mitte schlang. Mir wäre zwar in dem Parka wärmer gewesen, doch der war mit Aces Blut befleckt.

»Hier. Ein neues Telefon.« Er reichte mir ein nagelneues Smartphone, das ich nur zögerlich annahm. Fragend blickte ich auf. »Ace erzählte mir davon, dass ihr deines verloren habt.«

Stirnrunzelnd steckte ich das Telefon ein und bedankte mich. Ace hatte seinen Vorgesetzten ganz offensichtlich belogen. Über den Umstand zu schweigen, dass Gaspard meine Nummer besaß, war in meinen Augen etwas anderes, als Lockington direkt anzulügen. Vielleicht war Ace auch noch zu benebelt von der Narkose gewesen. Ich hoffte dennoch, dass er sich genau überlegt hatte, was er da tat.

»Wir sehen uns dann spätestens in vier Tagen.«

Dann würde die *Cresceo* stattfinden und da ich nun die Oberste des Clan Militums war, war meine Anwesenheit obligatorisch.

»Auf Wiedersehen, Oberster Lockington.« Ich warf ihm einen letzten Blick zu und folgte dann den Bellatoren zum Volvo. Sie hatten beide auf mich gewartet, als würden sie mich nicht mit Lockington allein lassen wollen. Hatten sie diese Anweisung von Daltry erhalten oder handelten sie aus freien Stücken? Vielleicht war ihnen aber auch nur mein Unwohlsein in der Anwesenheit des Obersten aufgefallen. So oder so, ich war ihnen dankbar dafür.

Im Volvo setzte ich mich nach hinten, obwohl Natalie so freundlich gewesen war, mir den vorderen Platz anzubieten, doch ich wollte mit meinen verworrenen Gedanken allein sein. Noch immer hatte ich die Wendung, die mein Leben nur durch die Schuld des Tenebrae genommen hatte, nicht vollkommen verarbeitet und es fiel mir schwer, meine neue Rolle als Anführerin zu akzeptieren.

Schon in wenigen Minuten würde ich mich das erste Mal als Oberste den Mitgliedern meines Clans gegenübersehen. Ihnen würde ich Befehle erteilen. Sie würden mir gehorchen müssen. Theoretisch.

Ich würde jedoch nicht totalitär herrschen. Ich erinnerte mich daran, dass Giffin mir beigebracht hatte, wie wichtig es war, unseresgleichen zu leiten und ihnen zur Seite stehen. Es galt nicht, seine Meinung unter allen Umständen durchzusetzen, sondern es war unabdinglich, den Dormi und Somna zuzuhören. Zu der Zeit hatte ich bloß nicht erkannt, dass er mich dadurch auf die Rolle als seine Nachfolgerin vorbereitete. Ich hatte gedacht, er wollte mich mit unnützem Wissen überladen, damit ich keine Zeit hatte, mich auf die Ungerechtigkeit zu konzentrieren, dass ich keine Wandlung stoppen durfte.

Tristan und Nat wurden, nachdem ich meine Gedanken geordnet hatte und nur noch gegen meine Nervosität ankämpfen musste, in den bestehenden Plan eingeweiht. Es war zwar ein komplexer Bannzauber, der von mir und den anderen Dormi gewebt werden würde, allerdings gab es für Außenstehende nicht viel zu sehen. Tristan und Nat dürften sich lediglich nicht auf dem Gelände aufhalten, dann sollte alles funktionieren.

Die Dormi Maureen, Rachel und ihre Töchter Tara und Louisa warteten bereits vor dem gusseisernen Zaun. Sie waren in ihre dicken Mäntel gehüllt und standen dicht beieinander, um sich gegenseitig zu wärmen.

Als ich mich zu ihnen gesellte, begrüßten sie mich mit festen Umarmungen und wohlwollenden Worten, die mich tief in meinem Inneren berührten. Erst jetzt wurde mir wieder bewusst, wie sehr ich diesen Clan als meine Familie ansah, obwohl ich doch bereits eine andere besaß. Es minderte nicht die Trauer, die ich für die Verstorbenen empfand.

Ich machte die Bellatoren mit den Dormi bekannt, registrierte aber, dass beide Parteien zu müde waren, um sich lange damit aufzuhalten. Also entließ ich Nat und Tristan.

»Wartet hier oder seht euch um, aber betretet unter keinen Umständen das Grundstück, verstanden?«, wiederholte ich, weil ich so unglaublich nervös war und befürchtete, dass etwas schieflaufen könnte.

Kleine Wölkchen bildeten sich um unsere Münder und Nasen.

»Verstanden«, murmelte Tristan und spazierte ein paar Schritte an dem schwarzen Zaun entlang. Der Schnee knirschte unter seinen Füßen.

»Maureen und Rachel, ihr übernehmt den Westen und Osten. Tara, du stellst dich in den Süden und Louisa kümmert sich um den Norden«, instruierte ich die Mitglieder des Clans und verteilte die Krautbüschel, die ich noch in der Bank zusammengestellt hatte. »Kerzen habt ihr?«

Nickend holten sie ihre stämmigen Kerzen und Streichhölzer hervor, ehe ich einen ersten, beruhigenden Atem ausstoßen konnte. Wieso war ich so nervös? Wenn es mir heute nicht gelang, würde ich es morgen noch einmal versuchen.

Aber darum ging es überhaupt nicht, wie mir einen Moment später bewusst wurde. Es war mir wichtig, dass es auf Anhieb funktionierte, damit meine Leute Vertrauen zu mir aufbauen konnten. Sie sollten an mich glauben und die Gewissheit haben, von keiner schwachen

Somna geführt zu werden, die zehn Anläufe bräuchte, ehe ihr ein Bannzauber gelang.

Neo, der sich bisher rar gemacht hatte, gesellte sich zu mir, sobald ich durch das Tor ging und die Treppen zum Haus bestieg. Er schwebte in ruhiger, fast schon entspannter Manier neben mir her, was mir Kraft gab. Wenn ich mich in Gefahr befinden würde oder sich Mordenox näherten, hätte er sicherlich ein Stirnrunzeln aufgesetzt oder würde versuchen, mich von hier zu vertreiben.

Mit dem groben, altmodischen Schlüssel, den mir Lockington nach der Beerdigung gegeben hatte, öffnete ich die Tür. Abgestandene Luft wehte mir entgegen und die Kälte, die sich in den Wochen des Leerstands hier eingenistet hatte, als würde sie dieses Haus nun für sich beanspruchen, umhüllte mich.

»Zeit, dass du gehst«, wisperte ich, schaltete das Licht ein und ging zügigen Schrittes zum Sonnenzimmer, in dem ich das Ritual abhalten würde, ohne die Stellen anzusehen, an denen noch getrocknetes Blut zu finden war.

Es gab auch hier kaum Licht, da die Sonne noch nicht über den Horizont geklettert war. Ich beschloss aber, dass das Kerzenlicht ausreichte.

Geschwind schälte ich mich aus Mantel und Schal und begann dann, das Heidekraut, durchsetzt mit Geißblättern, in einem kleinen Kreis um mich herum zu verteilen. Nachdem das erledigt war, setzte ich mich im Schneidersitz in dessen Mitte und arrangierte drei unterschiedlich große und verschiedenfarbige Kerzen vor mir, deren Flammen leicht flackerten. Eine davon war die große rote, die aus Wollwachs gezogen und mit Rose, Mädesüß, Perilla und Heidekraut verfeinert worden war. Neo ließ sich mir gegenüber nieder. Mit großen Augen, die Tristans so ähnlich waren, beobachtete er meine zittrigen Bewegungen. Ich sollte mir sicherer sein bei dem, was ich tat, doch die allgegenwärtige Angst, nicht die Richtige für diesen Job zu sein, hüllte mich ein.

Es verflogen ein paar wertvolle Minuten, in denen ich neue Hennafarbe anrührte und damit einen dem Wiederkreis ähnlichen Kreis auf den Boden malte. Dieser bestand aus einem umkreisten Pentagramm, an dessen Spitzen unterschiedlich große Kreise thronten, die mit verschiedenen Symbolen ausgefüllt wurden. In der Mitte des Pentagramms gab es einen weiteren Kreis, in dem ich die Schriftzeichen, die besonders wichtig für den Bannzauber waren, niederschrieb. Die Clansymbole für Nacht, Schutz, Macht, Somna und Dormis wurden in die Zacken gemalt.

Nachdem ich mit dem Ergebnis zufrieden war, öffnete ich das Manifest in meinem Schoß. Nur dieses Buch gab mir die Sicherheit, solch ein Ritual zu vollziehen. Vorsichtig löste ich den Verband von meiner linken Hand. Mit der anderen hob ich ein kurzes, aber scharfes Schneidemesser und setzte die Klinge an meiner Handfläche an. Ein kurzer Schmerz durchzuckte mich, dann quoll bereits dunkles Blut hervor.

Eilig hielt ich meine verwundete Hand zu einer Faust geballt über einen Abschnitt des Pentagrammkreises.

Plötzlich von einer unheimlichen Ruhe ergriffen, schloss ich die Augen und kehrte in mich, bis ich den vertrauten Gesang meiner Clanmitglieder vernehmen konnte. Dies war nur durch die magische Verbindung möglich, die ich durch den Heidekrautkreis zwischen uns gezogen hatte. Wir waren nun alle Teil eines Ganzen und strebten nach dem gleichen Ziel: Schutz.

Die Worte in der alten Sprache perlten über meine Lippen, waren von Macht behaftet und blühten – einmal freigelassen – auf, verteilten sich auf dem Grundstück und schlugen Wurzeln zwischen den einzelnen Mitgliedern. Erst von Maureen zu Tara, dann von ihr zu Rachel bis zu Louisa und schließlich wieder zu Maureen, ehe die Macht wieder in mir ihren Ursprung fand.

Ich atmete aus.

Eine Welle aus warmem Licht schien aus mir herauszuströmen und das Anwesen zu erfassen, als ich die Lider wieder öffnete. Im nächsten Moment verblasste es und der Bann war gezogen. Zumindest nahm ich das an.

Zunächst war ich verwirrt, da Neo noch immer vor mir saß. Er war schließlich ein Geist, der genauso wie die Mordenox und Tenebrae von derartigen Bannzaubern vertrieben werden sollte. Dann erinnerte ich mich daran, dass derjenige, der den Zauber wob, im ständigen Kontakt mit seiner Macht stand und das nicht nur im Sonnenzimmer. Auch

Giffin war dies möglich gewesen, obwohl er nie von einer ständigen Präsenz gesprochen hatte, wie Neo eine war.

Ich pustete die Kerzen aus, als sich das erste Licht der aufgehenden Sonne durch die Wolken schob und den Raum erhellte. Die Vorhänge waren zurückgezogen, sodass ich über den Friedhof hinausblicken konnte. Die Welt war in Weiß und Gold getaucht und von grauen Steinen durchsetzt, die als Anker für Seelen agierten. Zumindest hatte ich das während meines ersten Jahres hier angenommen, als Giffin mir noch erlaubt hatte, ihn nach draußen zu begleiten, wo er sich um die einzelnen Gräber gekümmert hatte. Damals hatte ich noch nicht begriffen, dass der Boden, auf dem ich wanderte, von Skeletten durchsetzt war. Tote. Verschwundene. Und Monstren, die des Nachts Menschen überfielen. Vielleicht hatte ich die Wahrheit auch nicht sehen wollen, hatte mir hier eine idyllische Skizze gezeichnet und war blind geworden gegenüber der Tatsache, dass man mich meiner Familie entrissen hatte.

Nun war ich die Oberste. Es lag nun an mir, Somna ausfindig zu machen und in unserer Mitte willkommen zu heißen. Aber wäre ich auch dazu imstande? Würde ich an die Tür einer ahnungslosen Familie klopfen können und ihr Leben zerstören, als wären sie Keramik unter meinen Füßen? Ich wusste es nicht.

Das Gute war, dass es momentan dringendere Probleme gab als die Suche nach weiteren Somna. Gaspard musste gefunden und ausgeschaltet werden.

Meine Dormi hatten sich wieder vor dem Tor versammelt. Die Bellatoren schlossen erst zu ihnen auf, als ich mich ihnen von der anderen Seite näherte.

»Hat es funktioniert?«, fragte Tristan sofort und sah sich suchend um, als würde er nach einer leuchtenden Grenze Ausschau halten.

Ich schnaubte. »Das Quartier ist gesichert«, bestätigte ich leise. »Danke für eure Hilfe.«

Maureen und Rachel wechselten einen vielsagenden Blick.

»Bist du dir sicher, dass du hier wohnen willst? Nach allem, was geschehen ist …«

»Es ist richtig so«, antwortete ich gefasster, als ich mich fühlte. »Wir müssen unseren Clan zu seiner alten Stärke zurückführen und dazu gehört es, dass wir uns weder von der Vergangenheit noch von den Kreaturen der Nacht einschüchtern lassen.«

Die Dormi schienen mit meiner Antwort fürs Erste zufrieden zu sein, da sie das Thema auf sich beruhen ließen. Meine Einladung auf einen Kaffee schlugen sie allerdings aus. Vielleicht waren sie noch nicht bereit dazu, das Haus zu betreten.

»Du weißt, wo du uns findest«, sagte Rachel, nachdem sich die anderen bereits in Richtung Auto bewegt hatten. Sie drückte mich noch einmal, sodass ich ihr schweres, leicht würziges Parfüm einatmete. »Wir sind für dich da, Oberste.«

»Dankeschön.« Ich gab mein Bestes, nicht zu erröten. Es war komisch und abstrus, den Titel aus ihrem Mund zu hören, wenn er an mich adressiert war.

Tristan und Nat folgten mir die Treppen hoch. Ich hielt ihnen die Tür auf und ließ sie vor mir eintreten. Sie sahen sich neugierig um, als wären sie das erste Mal hier. Hatten sie nicht zu dem Team gehört, dass neben den Protectoren direkt nach dem Massaker hier aufgetaucht war?

»Na, wo können wir uns einnisten?«, fragte Tristan und sah mich aufmunternd lächelnd an. Neo starrte ihn stirnrunzelnd an, als er sich neben ihm positionierte. Es war gruselig.

»Wo auch immer ihr wollt«, winkte ich ab und machte mich bereits auf den Weg ins Sonnenzimmer.

»Bist du sicher?« Eine sorgenvolle Note mischte sich in seine Stimme. Ich wusste, würde ich mich zu ihm umdrehen, würde sein mitleidiger Blick mich zum Weinen bringen.

»Ja. Die Zimmer sind frei.« Ich schloss die Tür hinter mir und genoss das sanfte Morgenlicht auf meiner Haut, bevor Neo vor mir auftauchte und mich neugierig ansah.

»Ich bin froh, dass ich immer noch dich habe.« Ich zwang mich zu einem Lächeln.

»Und ich erst.«

Warte, was …?

ZWANZIG

»Du kannst reden?«, rief ich fassungslos aus. Ich konnte nicht glauben, dass er mir tatsächlich geantwortet hatte. »Seit wann?«

»Seit du den Bannzauber gewoben hast«, antwortete er mit einer klaren, jungen Stimme, die Tristans keineswegs ähnelte, obwohl die beiden doch gleich aussahen. Wenn man den Altersunterschied einmal außer Acht ließ.

»Das ist fantastisch!« Ich lachte und näherte mich ihm, um ihn zu umarmen, bis mir einfiel, dass das nicht möglich war. Selbst jetzt nicht. Noch immer schimmerte sein Körper im Licht und war nicht greifbar.

Er schob sich ein paar Strähnen seines dunkelblonden Haares aus der Stirn, während sich die Freude über seine neu gewonnene Sprechfähigkeit auf seinem ovalen Gesicht ausbreitete. »Jetzt kannst du mir endlich sagen, wer genau du bist und warum du mir ständig folgst. Ich meine, das ist anscheinend nicht normal für eine Somna.«

Langsam ließ ich mich auf dem Sofa nieder, da mir allmählich klar wurde, dass ich mich in einer entscheidenden Situation befand.

»Du weißt, wer ich bin.«

Neo setzte sich auf den niedrigen Tisch mir direkt gegenüber. Unsere Knie hätten sich berührt, wenn er nicht körperlos gewesen wäre. Sozusagen.

»Nein. Das weiß ich nicht«, widersprach ich vehement und schüttelte den Kopf. »Du siehst aus wie eine jüngere Version von Tristan und Giffin lehrte mich, dass wir als Somna nur mit Toten kommunizieren können.«

»Das ist nicht richtig.«

»Was davon?« Stirnrunzelnd beugte ich mich vor und beobachtete jede noch so kleine Regung auf Neos geisterhaftem Gesicht. Die

Freude war verschwunden und durch Trauer ersetzt worden. Nein, nicht Trauer, Enttäuschung. War er traurig, dass ich ihm nicht vertraute? Dass ich zu dumm war, um zu verstehen, was hier vor sich ging?

»Somna kommunizieren nicht mit Toten. Wir zeigen uns nur als solche, weil wir in unserer alternativen Gestalt nicht mit euch kommunizieren könnten. Aber wir sind keine Menschen. Sind es auch nie gewesen.« Für einen Moment strahlte seine Gestalt so hell, dass ich nichts mehr sehen konnte. Als ich blind zu werden glaubte, erlosch das Licht und ich konnte Neos Gestalt wiedererkennen. »Das ist meine wahre Form.«

Ungläubig riss ich die Augen auf. »Aber … was seid ihr dann? Und wieso wusste das Giffin nicht?«

»Wenn er davon gewusst hat, hat er vielleicht beschlossen, es für sich zu behalten.« Er zuckte mit den Schultern, die schmaler waren als Tristans. »Und was deine andere Frage angeht. Ich bin deine Macht. Deine Magie. Jede Dormis und jede Somna besitzt einen Machtkern, aber je größer dieser Kern ist, desto mächtiger ist auch der Geist.«

»Also … ist das der Grund, weshalb ich dich ständig sehen kann und warum du mich vor Gaspard beschützen konntest?« Meine Stimme bebte. Vor Nervosität faltete ich die Hände zusammen und wieder auseinander. »Ich bin stärker als alle anderen?«

»Es sieht so aus, ja.« Er lächelte leicht, aufmunternd und irgendwie viel zu weise für sein junges Gesicht. »Es gibt immer mal wieder sehr starke Somna und du scheinst dazuzugehören.«

»Aber, wenn du nur …« Ich stockte, versuchte meine Gedanken zu sammeln und mich wieder auf den Ausgangspunkt dieses Gesprächs zu besinnen. »Wenn du dich trotzdem nur als jemand Verstorbenes materialisieren kannst, wie kann es dann sein, dass Tristan genauso aussieht? Oder umgekehrt? Als ich ihn das letzte Mal gesehen habe, befand er sich eindeutig noch unter den Lebenden.«

»Ich habe lange darüber nachgedacht und bin zu keinem Ergebnis gekommen.«

Das war dann wohl mal ein Grund, wirklich enttäuscht auszusehen. Ich lehnte mich zurück und rieb mir mit Daumen und Zeigefinger über die Nasenwurzel. Dann fiel mir meine blutende Wunde auf und ich befestigte den Verband erneut darum. Er musste ausreichen, bis ich mir einen neuen besorgen konnte.

»Vielleicht hatte er noch einen Zwilling? Er könnte ja gestorben sein. Das wäre möglich, oder?« Ich dachte daran zurück, dass er eine Familie verleugnet hatte. »Sag mal, Neo, wie bist du darauf gekommen, dich als genau diese Person zu zeigen? Gab es einen entscheidenden Moment? Ich weiß nur, dass du mir vor … vier Jahren ungefähr das erste Mal erschienen bist.«

»Ich habe das nicht selbst entschieden.«

»Ach nein?« Ich hob fragend beide Augenbrauen. »Wer denn sonst?«

»Du.«

»Ich?« Das war absurd. Ich hatte Neo oder Tristan, wenn wir schon mal dabei waren, nie zuvor gesehen. »Das glaube ich nicht.« Ich schüttelte stur den Kopf, bevor ich mir einen neuen Zopf band, um meine Hände zu beschäftigen.

»Komm mit mir mit. Ich zeige dir, wie es dazu gekommen ist.« Der Geist … *mein* Geist erhob sich langsam und fließend, ohne die Augen abzuwenden. Seine Aura wirkte vertrauenswürdig und einladend, was ich vorher immer als selbstverständlich wahrgenommen hatte. Wieso fragte ich mich also nun, ob ich ihm tatsächlich vertrauen konnte? War der Zweifel an sich nicht schon paradox, da Neo ich war und ich Neo? Vorausgesetzt natürlich, er hatte die Wahrheit gesagt.

Schließlich gab ich mir innerlich einen Ruck und folgte ihm in den leeren Flur. Anscheinend hatten sich Tristan und Natalie für ihre Zimmer entschieden, da ich niemandem über den Weg lief. Stattdessen sah ich zerstörte Möbel und getrocknetes Blut, um das ich mich möglichst bald kümmern musste.

Unruhig knetete ich die Hände, schritt neben Neo her, bis wir mein Zimmer erreichten und eintraten. Die Holzdielen knarrten unter meinem Gewicht, da ich vergessen hatte, sie zu überspringen. Kaum lebte ich für eine Weile nicht mehr hier, schon hatte ich die einfachsten Dinge vergessen. Ich hatte im Unterbewusstsein angenommen, dass mir Angewohnheiten, die ich über Jahre hinweg gepflegt hatte, bereits in Fleisch und Blut übergegangen waren, aber offensichtlich hatte ich mich getäuscht.

Mein Zimmer lag im zweiten Stock auf der Westseite. Das Bett war gemacht, die Kissen verteilten sich unordentlich auf der Matratze, dem kleinen, durchgesessenen Sofa und dem Ohrensessel, der schon bessere Jahre gesehen hatte. Die langen dunkelgrünen Vorhänge waren vor einem der zwei Fenster zugezogen und machten den Raum noch dunkler. Der massive Kleiderschrank zu meiner Linken und der schmale Tisch zwischen Sofa und Sessel waren die einzigen Möbelstücke, die ich mir während meiner Zeit hier hatte selbst aussuchen dürfen. Den fransigen, ausgebleichten Teppich, der vor dem hohen Doppelbett ausgebreitet lag, hatte mir Isla zu meinem achtzehnten Geburtstag geschenkt. Es war eine Sache gewesen, bei der sie so wenig Geld wie möglich hatte ausgeben müssen und durchaus als Alibigeschenk etwas hermachte, damit sie nicht Giffins Wut oder Florences Enttäuschung über sich ergehen lassen musste.

»Und jetzt?« Ich wusste nicht, wie mir mein Zimmer dabei helfen sollte, herauszufinden, warum *ich* für Neos Aussehen verantwortlich war.

»Sieh in deinem Schrank nach. In deiner Erinnerungskiste«, antwortete Neo unbeirrt.

»In meiner Erinnerungskiste?«, wisperte ich, da ich fast vergessen hatte, dass sie existierte. Ironischerweise konnte ich mich nicht mehr daran erinnern, wann ich sie das letzte Mal geöffnet hatte, um mir den Inhalt anzusehen oder etwas hinzuzufügen. Das musste bereits Jahre zurückliegen.

Nervös rieb ich mir die verschwitzten Handflächen an meiner Jeans ab, öffnete dann die breiten Schranktüren und hockte mich hin. Unmengen an Kleidung starrten mir vorwurfsvoll entgegen, als wären sie enttäuscht, dass ich sie hier zurückgelassen hatte. Kopfschüttelnd senkte ich den Blick auf die untere Platte, auf der ganz hinten neben dem Bettbezug die hölzerne Erinnerungskiste ruhte.

Tief durchatmend zog ich sie hervor und stellte sie auf dem Boden ab, um sie für einen Moment von außen zu betrachten. Sie wirkte unscheinbar und nichtssagend. Nur ein kleines Schloss, das allerdings nicht mehr funktionierte, war das einzige Indiz, dass sich in dieser Kiste etwas Wichtiges, etwas von Wert befinden könnte.

Da ich keine Antworten bekam, indem ich allein die Kiste ansah, hob ich den Deckel an und klappte ihn zurück. Der Inhalt bestand größtenteils aus losen Blättern, einzelnen Fotografien, Schlüsselanhängern und kleinem Krimskrams. Ich ließ meine Fingerspitzen darüber schweben, ohne etwas zu berühren oder aufzuheben.

»Der Zeitungsausschnitt«, gab er mir einen Tipp.

»Welcher?« Es gab ein paar, die sich darin befanden.

»Der, in dem von deinem Bruder die Rede ist. Als er zum Schulsprecher gewählt worden ist«, erklärte er und setzte sich im Schneidersitz direkt neben mich.

Ich holte jenen Artikel hervor, der leider kein Foto von meinem Bruder zeigte. Stattdessen wurde lediglich sein Name mehrmals in den drei Spalten erwähnt. Carter Prescott.

»Dreh ihn um«, wisperte Neo, da er verstand, dass dies ein delikater Moment war. Zerbrechlich. Traurig.

Die Rückseite enthielt nur zum Teil einen Artikel, da ich beim Ausschneiden nicht darauf geachtet hatte. Allerdings war ein Foto zu sehen, auf dem Neo samt einem mittelgroßen Pokal posierte. Er trug enge Hosen und schwarze Reiterstiefel. Das Lächeln zog sich von einem Ohr zum anderen und die Freude sprühte förmlich aus seinen Augen.

»Das bist du«, erkannte ich erstaunt, bevor ich den unvollständigen Artikel überflog, um nach einem Namen zu suchen. Leider war die Bildunterschrift abgeschnitten, doch ich wurde auch so fündig. »Tim Hale. Er wurde von einem wilden Tier überfallen, das bis heute nicht gefunden wurde«, fasste ich den Artikel zusammen, ehe ich aufsah.

»Dein Unterbewusstsein hat das Bild aufgenommen und auf mich projiziert«, fasste Neo die Entdeckung zusammen.

»Also heißt du eigentlich Tim und nicht Neo?«

»Nein. Ich bin nicht Tim. Du hast mir nur sein Aussehen gegeben.«

Mir rauchte der Kopf.

»Okay. Dann bleibt es bei Neo, aber das erklärt noch immer nicht, warum Tristan so aussieht. Sein Nachname ist Crowe und nicht Hale.« Ich betrachtete noch einmal intensiv das Foto, das mir jedoch keinerlei Hinweise gab. Das Einzige, was ich wusste, war, dass Hale vermutlich von einem Mordenox getötet worden war. Hier in Arden Creek und auch außerhalb wurden Unfälle wie diese oft wilden Tieren zugeschrieben, da niemand an die Existenz der Kreaturen der Nacht glauben wollte. Das war die Standarderklärung, die der Clan nach einer oberflächlich geführten Obduktion abgab. »Meinst du, Tristan hat seinen Namen geändert?«

»Ich weiß es nicht. Warum fragst du ihn nicht einfach?«

Ich schnaubte. »Einfach? Als ob hier irgendetwas einfach wäre.«

»Er weiß doch von mir. Du hast es ihm erzählt.«

»Schon, aber was ist, wenn Ace recht hat? Was ist, wenn Tristan tatsächlich etwas verheimlicht, das uns schaden könnte?« Ich hatte es nicht zugeben wollen, doch Aces Warnung bezüglich Tristan hatte mich verunsichert. Ich war nun die Oberste des Clans und musste mir deshalb genau überlegen, welches Wissen ich an wen weiterreichte.

»Wie willst du es sonst herausfinden?«

»Ich weiß es nicht …«

Ich verweilte noch ein paar Minuten in dieser Position und besah mir alte Andenken, die das Heimweh in mir neu entfachten. Es fiel mir schwer, nicht einfach in den nächstbesten Bus zu steigen, abzuhauen und zurück zu meinen Eltern zu fahren. Ich vermisste sie selbst nach fast dreizehn Jahren so sehr. Mittlerweile hatte ich sogar die Hoffnung aufgegeben, dass der Schmerz jemals nachlassen würde.

Irgendwann stellte ich die Kiste wieder zurück an ihren altbewährten Platz und beschloss, etwas Schlaf nachzuholen. Müde und geistig erschöpft streifte ich die Schuhe von meinen Füßen und war schon eingeschlafen, bevor mein Kopf das Kissen berührte.

Am Nachmittag erwachte ich. In meinem Zimmer war es dunkel und von Neo war keine Spur zu sehen, worüber ich eigentlich ganz froh war. Ich war zu erledigt, um mich mit seiner Existenz auseinanderzusetzen und dem Mysterium um Tristan auf den Grund zu gehen.

Ich band meine Haare zu einem neuen Zopf und suchte dann Florences Putzutensilien zusammen. Dieses Quartier sollte weiterhin mein Zuhause sein und dafür musste die Erinnerung an den grausamen Überfall verschwinden. Vielleicht würden sich dann auch nach und nach andere Clanmitglieder zurück ins Haus trauen.

Nach kurzem Zögern begann ich in der Küche mit dem Saubermachen. Hier gab es zumindest nur getrocknete Blutlachen. Die Möbel waren allesamt intakt und jemand hatte neue Fenster eingesetzt, was mich nicht unwesentlich erleichterte.

Ich versuchte mich gedanklich von dem Blut zu distanzieren und es nicht als Blut, sondern als Wein zu sehen, den jemand vergossen hatte. Andernfalls hätte ich niemals die Kraft gefunden, den Boden zu schrubben.

»Alles in Ordnung?« Ich zuckte zusammen, bevor ich über meine Schulter blickte. Tristan näherte sich mir stirnrunzelnd.

»Du meinst, ist es für mich in Ordnung, das Blut meiner Familie aufzuwischen?«, fauchte ich, bevor ich meine Lippen zu einer dünnen Linie zusammenpresste. Kopfschüttelnd setzte ich mich zurück auf meine Fersen. »Tut mir leid, Tristan.«

»Lass mich dir helfen. Und Nat auch. Wir übernehmen das Wohnzimmer, okay?«

»Das braucht ihr nicht …«

»Aber wir wollen.« Natalie erschien ebenfalls in der Küche und bediente sich sofort an dem Vorrat Gummihandschuhe. »Wir sind ein Team, oder nicht?«

Meine Mundwinkel zuckten. »Sind wir«, bestätigte ich. Das Wischen und Putzen fiel mir danach leichter.

Nachdem ich die Küche gereinigt hatte, konzentrierte ich mich auf den Flur und dann auf die Schlafzimmer, in denen Dora, Matt, Camilla und Jordan getötet worden waren. Ich rollte die besudelten Teppiche ein, legte sie auf die Veranda und sammelte die zerstückelten Stühle und das zerbrochene Porzellan ein. Tristan und Nat fertigten das Wohnzimmer ab, bevor sie mir in den Schlafräumen halfen.

Gegen zehn Uhr in der Nacht wurden wir fertig und versammelten uns erschöpft, aber im einvernehmlichen Schweigen in der Küche.

Tristan setzte einen Topf mit Wasser auf und suchte in der Speisekammer nach seiner liebsten Teesorte. Rooibostee mit Vanille. Irgendwie hatte ich ihn nicht für einen Teetrinker gehalten.

»Also, wir haben mit Daltry darüber gesprochen, dass wir hier durchgehend wohnen werden«, sagte Natalie, nachdem sie sich neben mir an den Bauerntisch gesetzt hatte. »Was hältst du davon?«

Seufzend schob ich die noch leere Tasse zwischen meinen Händen hin und her.

»Ich kann euch für eure Unterstützung gar nicht genug danken, aber ich weiß nicht, ob ich für immer so leben kann.«

»Nur so lange, bis wir Gaspard gefunden haben«, warf Tristan zuversichtlich ein und nahm den Topf vom Herd.

»Und wann wird das passieren? Er hat diesen Überfall nicht mal eben so geplant und genau deshalb wird er sich nicht erwischen lassen.«

»Wir sind gut in dem, was wir tun, Lydia«, versuchte mich Nat zu überzeugen. »Und wir sind neu motiviert. Unsere Ressourcen konzentrieren sich nicht mehr hauptsächlich auf die Mordenox, sondern darauf, Gaspard zu finden.«

Ich nickte bloß und widmete mich dem gut duftenden Tee.

Den restlichen Abend verbrachten wir gemeinsam in der Küche, redeten über belangloses Zeug, tranken literweise Tee und lachten über unlustige Witze. Gegen Mitternacht verabschiedete ich mich ins Bett und erwartete eine rastlose Nacht. Ich sollte nicht enttäuscht werden.

Stunde um Stunde wälzte ich mich von einer auf die andere Seite, seufzte und hieb frustriert die Fäuste auf die Matratze. Meine Gedanken ließen sich einfach nicht von dem Massaker lösen, das hier in diesem alten, knarzenden Haus stattgefunden hatte.

Meine Vorhänge waren aufgezogen, sodass ich den Schnee sehen konnte, der sich rieselnd auf dem Fenstersims anhäufte.

Ich stöhnte frustriert, bevor ich meine nackten Beine über die Bettkante warf und mit müden Augen auf den Wecker schielte. Kurz vor sieben. Bald würde die Sonne aufgehen.

Mit langsamen Bewegungen zog ich mir Strumpfhosen, Jeans, T-Shirt und Wollpullover an. Im Flur schlüpfte ich in meine Boots, Islas grünen Parka und band mir einen Schal um. Ich hielt kurz inne, wartete, ob mich jemand gehört hatte, doch nachdem weder Tristan noch Natalie aus ihren Zimmern stürzten, öffnete ich die Haustür und trat nach draußen.

Sofort wurde ich von der eisigen Kälte in eine beinahe fürsorgende Umarmung genommen. Es war, als würden alle Sorgen von mir abfallen. Endlich musste ich nicht mehr gegen das Einschlafen ankämpfen, da die Müdigkeit mit einem Mal von mir abfiel. Ich durfte existierten, atmen und über schöne Dinge nachsinnen.

Ich blieb natürlich auf dem Gelände, da der Bannzauber Gaspard und seine Mordenox fernhalten würde, bis die Sonne auch noch die letzten Zentimeter über den Horizont gekrochen war.

Sobald ich den Pfad erreicht hatte, der zum hinteren Teil des Hauses führte und von Rhododendronhecken eingerahmt wurde, die mich vor neugierigen Blicken schützten, wurde ich langsamer.

Dicke Schneeflocken schälten sich aus der Dunkelheit und berührten meine Wangen, wo sie dann zerschmolzen.

Die Welt war nicht länger in komplizierte Muster gekleidet und strukturiert. Sie existierte in mir und war ein Teil von mir, weniger furchteinflößend, weniger unsicher. Meine Zukunft wirkte plötzlich heller und schöner.

Alles war still, bis diese Reinheit von herannahenden Motorgeräuschen gestört wurde.

In meinem Bauch kribbelte es vor Aufregung.

Keuchend drehte ich auf dem Absatz um und rannte zum Eisentor, hinter dem jemand auf seinem Motorrad zum Stehen kam. Das Licht der Straßenlampen verhinderte zunächst, dass ich etwas durch das spiegelnde Visier erkennen konnte, dann nahm Ace den Helm ab. Mein Herz setzte aus.

Seine Miene war ernst, nachdenklich, aber nicht abweisend.

Ich wartete, bis Ace das Tor öffnete und zu mir trat, bevor ich mir wieder erlaubte zu blinzeln, aus Angst, er wäre nur eine Halluzination und würde verschwinden, sobald ich nicht mehr hinsah.

»Du bist wirklich hier«, entschlüpfte es mir dann doch und nichts konnte mich davon abhalten, ihn zu umarmen. Er zuckte kurz zusammen.

»Ich heile zwar schnell, aber nicht so schnell«, lachte er. Anscheinend war die Wunde noch immer vorhanden, aber störte ihn nicht, wenn ihm niemand wie eine Irre um den Hals fiel.

»Tut mir leid.« Ich rückte von ihm ab und rieb mir blinzelnd über die tränenden Augen. »Ich hatte solche Angst, dass du es nicht schaffen würdest. Es tut mir so leid, dass ich dich in diese Situation gebracht habe.«

Seine dunklen Augen fuhren über mein Gesicht, während ich das seine musterte. Kantig, unrasiert, wie ich es in Erinnerung hatte. Das kleine Grübchen in seiner linken Wange und die Wärme in seinen braunen Iriden, die mich zu umfassen schien.

»Ich kann meine eigenen Entscheidungen treffen«, wiederholte er schließlich unbewusst Natalies Worte und griff nach meiner Hand. Mit seiner anderen berührte er meine Wange. »Ich sehe, du bist fleißig gewesen.«

»Du meinst den Bannzauber?« Ich öffnete vor Erstaunen den Mund. »Du kannst ihn sehen?«

»Eher … fühlen«, gestand er beinahe stolz. Ich schüttelte meinen Kopf und wich Aces fragendem Blick aus.

»Ich weiß nicht, was ich tun soll, Ace. Ich möchte nicht einfach darauf warten, dass mich Gaspard findet und seinen Job erledigt.«

»Wahrscheinlich weiß er schon, wo du bist«, war seine wenig aufmunternde Antwort. Seine Hand wanderte meine Wange hinab und berührte meinen Hals. Sie fühlte sich warm und rau an.

»Großartig«, murmelte ich niedergeschlagen. »Solange ich hierbleibe, wird er mich nicht bekommen, aber wie lange werden die Signa Inferre brauchen, um ihn zu finden und zu töten? Tristan und Nat schienen zwar zuversichtlich, aber ich bin mir nicht ganz sicher, ob sie sich nur meinetwegen so geben. Sie suchen ihn ja nicht erst seit gestern. Wahrscheinlich glauben sie nicht mal selbst an einen Erfolg …«

»Ich bin mir nicht sicher.« Er seufzte, bevor er mich wieder näher zu sich heranzog. Eine Schneeflocke schmolz auf seiner Braue. »Aber ich *bin* mir sicher, dass die *Cresceo* dabei helfen wird, ihm Schaden zuzufügen. Das Licht wird die Dunkelheit schwächen.«

»Hoffentlich. Gerade befinde ich mich an einem Punkt, an dem ich für alles bete, dass uns auch nur im Ansatz helfen könnte«, erklärte ich leise und überbrückte den letzten Schritt, der uns voneinander trennte. »Ich werde es nämlich nicht noch einmal erlauben, dass dir oder jemand anderem, der mir etwas bedeutet, etwas zustößt.«

»Das kann ich nur unterstützen.«

Da war es, das geheime Lächeln, bevor er sich zu mir vorbeugte und seine Lippen auf meine legte. Der Kuss schmeckte nach Hoffnung und einem Hauch von Honig. Gleichzeitig jagte er mir einen angenehmen Schauer über den Rücken, ehe ich mich enger an Ace presste und meine Hände in seine kurzen Haare schob. Ich stellte mich auf die Zehenspitzen, drückte meinen Rücken durch und es war noch immer nicht genug.

Das hier zwischen uns war unerwartet und überwältigend, gleichzeitig könnte es der Anfang von etwas Wundervollem sein. Ich wollte daran glauben.

»Lydia«, raunte er zwischen zwei Küssen, bevor wir vom Klingeln meines Smartphones gestört wurden.

EINUNDZWANZIG

Maureen begrüßte mich am anderen Ende der Leitung.

»Hey, was ist los?«

Ich löste mich von Ace, der jedoch nicht zuließ, dass sich unser Abstand allzu sehr vergrößerte. Seine Hände verweilten an meinen Hüften.

»Einer meiner Leute hat ein Mädchen gefunden. Sie ist von einem Mordenox getötet worden«, sagte die Dormis mit deutlicher Trauer in der Stimme. »Wir haben den Abschnitt bereits gesichert und halten Zivilisten fern.«

»Ich bin sofort da. Schick mir die Adresse, ja?«

Ich wartete keine Antwort ab, legte auf und erwiderte Aces musternden Blick. Wie gerne würde ich mich wieder in seinen Armen vergraben und die Verantwortung vergessen, die nun auf meinen Schultern lastete, doch andere Dinge hatten Vorrang.

Noch im Gehen weihte ich ihn in die Neuigkeit ein und hoffte, dass er fit genug war, mich zu begleiten. Ich wollte ihn nicht darum bitten, aus Angst, er käme nur mit, um mir einen Gefallen zu tun, obwohl er sich selbst nicht gut genug fühlte.

»Was soll ich tun?«, fragte er sofort.

Vor dem Eingang blieb ich stehen, stellte mich auf die Zehenspitzen und belohnte den Protector mit einem kurzen, bittersüßen Kuss. »Bist du wirklich bereit? Körperlich, meine ich.«

»Ganz sicher.« Er tippte mir mit einem Finger gegen die Nasenspitze. »Also?«

»Okay. Aber sobald du dich zu schwach fühlst …«

Er unterbrach mich mit einem weiteren Kuss. »Versprochen.«

Das stellte mich zufrieden und ich konnte mich auf die Informationen von Maureen konzentrieren und was das für uns bedeutete. »Wir müssen Nat und Tristan wecken, wenn sie noch schlafen«, erklärte ich ruhiger, als ich mich eigentlich fühlte. »Schließlich darf ich das Haus nicht ohne Begleitschutz verlassen.«

»Sind sie oben?«, erkundigte er sich, nachdem wir das Haut betreten hatten.

»Ich denke schon.«

Nachdenklich sah ich Ace hinterher, der bereits in Richtung knarzender Holztreppe verschwunden war. Meine Sohlen versanken in dem weichen, ausgeblichenen Teppich, der sich im Flur der Länge nach erstreckte. Wie oft hatte ich Florence gebeten, einen neuen bunten Teppich zu kaufen und wie oft hatte sie mir zu erklären versucht, dass das nicht nötig war. Auf diesem Teppich waren bereits so viele Dormi und Somna gegangen, dass er zu einem nicht austauschbaren Teil des Hauses geworden war.

Jetzt verstand ich sie.

Es war unsinnig, die Bellatoren mitzunehmen, da mir etwas sagte, dass sie keine Chance gegen einen Tenebrae wie Gaspard haben würden, und trotzdem akzeptierte ich sie als meine Beschützer. Auch wenn ich niemals zulassen würde, dass sie sich zwischen ihn und mir stellten, um dann ihr Leben zu verlieren. Vielleicht war es so nur einfacher, mit Lockington und Daltry auszukommen.

Nervös rang ich meine Hände und ging unruhig auf und ab, bis ich ein undefinierbares Geräusch vernahm, das aus dem Wohnzimmer gekommen war. Neugierig trat ich in den gemütlichen Raum, der mir oft genug als Rückzugsort gedient hatte, da ich mich gerne in der Nähe der vollgestellten Bücherregale aufgehalten hatte. Abgesehen davon gab es vier unterschiedlich breite und verschiedenfarbige Sofas, die um einen altmodischen Fernseher herum positioniert waren. Zwei Sessel, die in hellen Farben schimmerten, waren vor drei der fünf Bücherregale gerückt worden, die nicht nur antike Ausgaben, sondern auch diverse Kinder- und Märchenbücher beinhalteten. Die Neulinge im Clan hatten sich diese gegenseitig vorgelesen, wenn die erwachsenen Clanmitglieder keine Zeit gehabt und sie ihre Eltern vermisst hatten.

Eilig wandte ich den Blick ab, bis ich Tristans schlafende Gestalt auf dem länglichen braunen Ledersofa fand. Das Licht, das unter dem Schirm einer Tischlampe hervorschimmerte, ließ sein Haar heller wirken, als es eigentlich war.

Ich öffnete den Reißverschluss meiner Jacke, da die Heizung den Raum aufgewärmt hatte.

Nachdem ich an Tristans Seite geeilt war, beugte mich zu ihm hinab und rüttelte ihn kräftig an der Schulter wach. Wir oder eher ich sollte keine weitere Zeit verschwenden. Ich wusste nicht genau, wie Maureen die Zivilisten fernhielt und ob das mit rechten Dingen zuging. Was würden wir tun, wenn wir von einer Polizeistreife entdeckt werden würden? Wir besaßen zwar Kontakte bei der Polizei, aber das artete jedes Mal aufs Neue in Machtspielchen aus. Giffin hatte mir eingetrichtert, dass es das Beste war, sie nicht in unsere Sache mit einzubeziehen, wenn es nicht unbedingt notwendig war.

»Tristan«, rief ich, als er nach dem zweiten Rütteln noch immer nicht erwacht war. Plötzlich riss er die Augen auf, starrte durch mich hindurch und packte so schnell meine Schultern, dass ich nicht mal mehr Zeit hatte, schockiert aufzuschreien. Im nächsten Moment lag ich halb unter ihm auf der Couch, während meine Beine über den Rand hinausragten und meine Füße über dem Boden schwebten.

Er atmete heftig ein und aus, während in seinen Augen der Wahnsinn lauerte. Ich war sprachlos, rührte mich nicht und wartete darauf, dass er aus diesem beängstigenden Zustand erwachte. Ich drückte zur Abwehr eine Hand gegen seine Brust, doch er näherte sich nicht weiter.

»Tristan? Ich bin es«, sagte ich so sanft wie möglich.

Nach und nach wurde das Raubtier von ihm zurückgedrängt und der Tristan, den ich kannte und schätzte, kehrte zurück.

»Alles in Ordnung?«, traute ich mich zu fragen, als seine Atmung regelmäßiger geworden war und sein Herz nicht mehr derart heftig unter meiner Hand klopfte.

»Warum hast du mich geweckt?« Seine Stimme klang rau und abgenutzt.

»Maureen hat ein weiteres Mädchen gefunden«, stotterte ich, da ich meinen Schock über sein grobes Verhalten noch nicht verwunden hatte. »Sie sagt, sie wurde von einem Mordenox getötet. Ich setze da eher auf Gaspard. Er ist zu still gewesen in letzter Zeit. Wir müssen los und sie hierher oder zur Bank bringen, ehe sie sich verwandelt.«

»Das kann noch Stunden dauern«, schüttelte er den Kopf. Das längere Haar fiel ihm in die Stirn, sodass sich ein schmaler Schatten über seine Augen ausbreitete.

»Findest du wirklich, wir befinden uns in einer Position, in der wir auch nur eine Stunde vergeuden können?«, konterte ich. »Wie kannst du das so locker nehmen?«

Ich verstand ihn nicht. Mal war er zuvorkommend, freundlich und aufopferungsvoll und dann offenbarte er wieder diese sorgenfreie, verantwortungslose und grobe Seite. Er war unberechenbar.

Seine Augen verdunkelten sich vor Wut. Ich wollte ihn von mir schubsen, da sein Griff um meine Oberarme zu schmerzen begann und ich seine Nähe nicht mehr länger ertrug. Dann war Ace plötzlich hinter Tristan und riss diesen zornfunkelnd an der Schulter zurück. Der Bellator stolperte nach hinten und fiel auf den Boden, bevor mir Ace eine Hand hinhielt. Sofort flüchtete ich an seine Seite.

»Der große Held …«, begann Tristan eine seiner Provokationen, die er sich nur für Ace aufhob, bevor er von einem grausamen Husten geschüttelt wurde. Plötzlich krümmte er sich, zitterte und bebte, während der Husten anhielt.

Ace und ich wussten nicht, was wir tun sollten, als Natalie auftauchte und zu ihrem Partner eilte. Sie reichte ihm ein Taschentuch, das er sich vor den Mund hielt und welches schon bald mit Blut befleckt war. Nach ein paar Minuten ließ der Husten endlich nach, ohne dass wir ihm hätten helfen können.

»Was zum Teufel war das?« Es verlangte mich nach Antworten. »Und jetzt komm mir nicht wieder mit der Ausrede, dass du eine alte Erkältung mit dir rumschleppst!«

»Ich leide unter einer chronischen Krankheit. Nichts Tödliches, aber es ist auch nicht sonderlich angenehm«, antwortete er erst, nachdem ihm Nat wie eine fürsorgliche Krankenschwester ein Glas Wasser gebracht hatte. Anscheinend wusste sie über seine Kondition Bescheid. »Im Winter ist es stärker als sonst. Die Kälte macht mir zu schaffen.«

Ace und ich wechselten einen unsicheren Blick. Es fiel mir schwer, ihm diese Erklärung abzukaufen. Wieso hatte er mir bei unserer ersten Begegnung dann eine Lüge aufgetischt, als er gesagt hatte, dass er sich noch mit einer alten Erkältung herumschlug?

»Wenn du dich nicht gut genug fühlst, können wir auch ohne dich gehen«, schlug ich ihm vor.

»Nicht nötig«, presste er zwischen zusammengebissenen Zähnen hervor, während in seinen Augen ein wütendes Feuer loderte, das ich nicht einordnen konnte.

»Schön.« Ich breitete die Arme aus. »Dann lasst uns endlich gehen.«

Ace und ich setzten uns hinten in den Volvo, Natalie übernahm die Fahrerposition und Tristan stieg auf der Beifahrerseite sein. Die Stimmung hätte nicht gedrückter sein können.

»Hat jemand schon über die Möglichkeit nachgedacht, dass dies eine Falle sein könnte?«, erkundigte sich Nat, nachdem sie den Motor gestartet hatte. »Gaspard könnte warten, bis du dort auftauchst und dich dann erledigen.«

»Das glaube ich nicht«, stritt ich ab. Noch immer schwebten mir Gaspards Worte im Kopf herum, dass ich früher oder später zu ihm gehen würde. Wenn das wahr wäre, wenn er das wirklich glaubte, würde er mir nicht auflauern. Aber was, wenn er mich nur in falscher Sicherheit wiegen wollte?

»Wieso haben deine Dormi die Leiche nicht zu uns gebracht?«

Der Gedanke war mir überhaupt nicht gekommen. Das wäre durchaus eine Option gewesen. Allerdings, wenn ich jetzt so darüber nachdachte, war es mir wichtig, zu sehen, wo der Überfall stattgefunden hatte.

»Ich will den Ort sehen«, antwortete ich wahrheitsgemäß, auch wenn ich den Grund dafür nicht näher erläuterte. Das würde lediglich auf Gegenwind stoßen, insbesondere von Ace, und das wollte ich unter allen Umständen vermeiden.

Wir erreichten den Stadtteil Harlington in etwas mehr als zwanzig Minuten. Durch das graue Tageslicht und den einsetzenden Schnee war der Verkehr chaotisch und langsam. Harlington befand sich außerdem am weitesten von Beringham entfernt.

Plötzlich zittrig in Armen und Beinen, brauchte ich mehrere Anläufe, ehe ich den Gurt lösen konnte. Ace warf mir einen verständnisvollen Blick zu und wartete, bis ich ausgestiegen war, bevor er ebenfalls das Auto verließ. Wahrscheinlich befürchtete er, ich würde vor Panik nicht mehr rauskommen, wenn ich einmal allein war.

Obwohl es eisig kalt war, musste ich meine schweißnassen Hände an meinem Mantel abwischen.

Ich war mir ziemlich sicher, dass es sich hierbei um keinen Hinterhalt handelte. Aber *ziemlich sicher* war eben nicht zu hundert Prozent sicher. Ich ahmte Tristan nach und blickte zu den Dächern hinauf, was ich jedoch nicht lange durchhielt. Der Schnee fiel in meine Augen und ich musste diese zusammenkneifen.

Die Leiche lag dieses Mal zwar in einem ähnlich abgelegenen Viertel wie auch das erste Mädchen, doch anstatt uns in einer Seitenstraße wiederzufinden, mussten wir einen kleinen Abhang hinabschlittern. Maureen hatte ein Auto an der linken Seite der Brücke abgestellt, sodass man uns nicht sah, während wir uns hinabbewegten.

Die Dormis selbst wartete unter einer der Brücken, die sich über den rauschenden Fluss spannten. Es gab mehrere dieser kleinen, unscheinbaren Brücken, die jedoch allesamt im Schatten der großen Steinbrücke standen, die Beringham mit dem Zentrum von Arden Creek verband.

Die Lichtkegel der Taschenlampen der bereits Anwesenden richteten sich zunächst nicht auf die Leiche, sondern auf uns. Jemand, der zufälligerweise vorbeikäme, würde zwar bemerken, dass sich hier diverse Menschen tummelten, aber da weder Geschrei noch eine andere Art von Aufruhr zu vernehmen war, würde man womöglich nur einen großen Bogen machen, um das Geschehen bereits an der nächsten Ecke wieder zu vergessen.

»Wir sollten uns beeilen.« Mit diesen Worten wurden wir von Maureen begrüßt, die mit drei anderen Dormi zur Stelle war. Freddie, Martina und Erin, die allesamt ungefähr in Maureens Alter waren und denen ich nur während der üblichen Festlichkeiten des Clans begegnet war, traten wortlos zur Seite und beäugten meine Begleiter misstrauisch. Als ich in ihre Richtung sah, nickten sie mir respektvoll zu. Anscheinend wussten sie nicht, wie sie mit einem Protector und zwei Bellatoren umgehen sollten. Es kam nicht sehr oft vor, dass man beiden gleichzeitig begegnete.

»Ich denke, wir schaffen den Rest allein. Wo ist die Leiche?«, sagte ich, um die Verantwortung auf mich zu nehmen.

Maureen nickte deutlich erleichtert. Normalerweise hätte sie die Leiche ins Quartier gebracht und wäre längst wieder zu Hause, aber ich war froh, dass sie mich angerufen hatte. Es herrschten ungewöhnliche Zeiten und noch hatten wir, oder eher gesagt ich, nicht zu einer neuen Regelmäßigkeit zurückgefunden.

Sie deutete auf den dunkelsten Abschnitt unter der Brücke und leuchtete mit ihrer Lampe in diese Richtung. Sofort erkannte ich eine junge Blondine, die in einer seltsam verrenkten Position auf den rauen Steinen lag und deren nackte Füße von Wasser umspült wurden.

»Siehst du es?«, wisperte Ace, der neben mich getreten war.

Am liebsten hätte ich mich von ihm in die Arme nehmen lassen, aber das war natürlich keine Option.

»Leider ja«, antwortete ich und stieß ein tiefes Seufzen aus.

Dies war eindeutig Gaspards Werk, der erneut sein Opfer nach ihrer Ähnlichkeit zu mir ausgesucht hatte. Ihr herzförmiges Gesicht, die dunkelblonden Haare und die Stubsnase passten zu mir. Da sie ihre Augen geschlossen hatte, konnte ich ihre Farbe nicht erkennen, aber es bedurfte keines großen Ratens. Gaspard war ein Perfektionist und hätte sich nur mit blaugrünen Augen zufriedengegeben. Selbst ihre Größe schien mit der meinen übereinzustimmen.

»Was meint ihr?«, erkundigte sich Maureen, die sich noch immer nicht wegbewegt hatte. Anscheinend hatte ihre Neugier über ihr Bedürfnis, diesen Ort endlich zu verlassen, gesiegt.

»Nichts. Geh nur. Wir bringen sie ins Quartier«, beschwichtigte ich sie und erlaubte Tristan und Nat, die Frau in unseren Kofferraum zu tragen.

»Er wird keine Ruhe geben, ehe er mich hat«, sagte ich ruhig, während ich die nunmehr leere Stelle unter der Brücke betrachtete.

»Und das wird nicht geschehen.« Ace berührte mich leicht am Arm.

»Aber ich kann auch nicht zulassen, dass er weiterhin diese Frauen tötet. Sie sind unschuldig!«

»Er würde es so oder so tun. Glaubst du, er hört auf zu töten, nur weil er dich hat?«

Das war ein berechtigter Einwurf. Wahrscheinlich hatte Ace recht, allerdings beruhigte es nicht mein schlechtes Gewissen. Immerhin würde Gaspard nach meinem Tod seine Opfer nicht mehr nach ihrem Aussehen aussuchen. Die Ähnlichkeit zu mir wäre dann egal. Aber würden dann nicht einfach andere Menschen dran glauben müssen?

Kopfschüttelnd wandte ich mich ab. Es gab keine Nachricht für mich. Allein die Frau sollte wohl ausreichen, mich davon zu überzeugen, zu ihm zu gehen. Selbst wenn es mich dazu bringen würde, ich hatte keine Ahnung, wo er sich aufhielt.

Wir fuhren zurück ins Hauptquartier. Die Stimmung war natürlich angespannt. Niemand, auch nicht Tristan, fühlte sich danach, ein Gespräch zu beginnen, wenn uns doch allen bewusst war, dass sich eine Leiche im Kofferraum befand. Wie oft würde ich das noch durchstehen müssen, ehe ich mich an das Gefühl gewöhnt hatte?

»Entschuldige«, sagte ich, als wir durch das hintere Tor fuhren. »Wir hätten den Leichenwagen nehmen sollen. Es fällt mir erst jetzt ein.«

»Du hattest viel im Kopf«, winkte Nat ab. »Wir haben auch nicht daran gedacht.«

Sie hatte zwar recht, aber das beruhigte mich nicht. *Ich* war Clanoberste. Wer wenn nicht ich sollte solch wichtige Dinge im Kopf behalten? Es stand in meiner Verantwortung.

Tristan und Nat brachten die Frau ins Sonnenzimmer. Ich konnte Ace ansehen, dass er gerne geholfen hätte, doch seine Verletzung hielt ihn zurück. Ich war ganz froh darüber, dass er sich nicht trotzdem daran beteiligte. Wir konnten es wirklich nicht gebrauchen, dass sich seine Wunde erneut öffnete. Ich brauchte ihn gesund.

Im Sonnenzimmer war der leblose Körper auf dem hölzernen Boden abgelegt worden. Es gab zwar einen langen Tisch, aber ich zog die unmittelbare Nähe des Bodens vor, da auch Giffin so gearbeitet hatte.

Dieser Raum war das Zentrum des Bannzaubers und ich war seine Weberin, weshalb ich meine Macht, anders als die Dormi, die bei mir zu Gast waren, nicht nur hier benutzen konnte. Für sie wäre das Sonnenzimmer der einzige Raum, der ihnen diese Möglichkeit bieten würde, und für mich war es eine Art Sicherheit. Dies war ein Brauch, den ich fortführen konnte.

»Danke.« Ich lächelte Tristan und Nat zu. »Es reicht, wenn Ace bei mir bleibt. Ich brauche seine Hilfe.«

»Wir patrouillieren draußen«, verkündete Tristan, ohne mich anzusehen. Natürlich kannten wir uns noch nicht sehr lange und unser Verhältnis war nicht sonderlich eng, aber durch den Vorfall vor unserem Aufbruch schien eine neue Mauer zwischen uns entstanden zu sein. Ich wusste nicht, wie ich sie überwinden sollte oder ob ich dies überhaupt wollte. Vielleicht machte ich aus einer Mücke einen Elefanten oder sein grobes Verhalten, gepaart mit seiner Unehrlichkeit und Aces Hinweis auf seine geheimnisvolle Vergangenheit, ließen mich misstrauischer und nachtragender werden, als ich es eigentlich von mir gewohnt war.

Während ich mich meines Mantels entledigte, spürte ich Aces durchdringenden Blick in meinem Nacken und erwiderte diesen, nachdem ich mich zu ihm umgewandt hatte. »Was ist los?«

»Wie kommst du darauf, dass etwas los ist?« Er zog seine Jacke ebenfalls aus.

»Du starrst mich an, als wäre ich der Feind.«

»Mir ist klar geworden, warum du den Ablageort unbedingt mit eigenen Augen sehen wolltest.«

Mir lief es eiskalt den Rücken hinab. »Ach ja?«, wisperte ich, da ich in Anwesenheit einer Toten nicht schreien wollte.

»Du wolltest sehen, ob Gaspard dir eine Nachricht hinterlassen hat. Du hast es sogar gehofft.«

»Das ist Blödsinn. Können wir uns jetzt um diese Angelegenheit hier kümmern?«

»Du weißt, dass ich recht habe. Ich weiß, dass ich recht habe. Wieso können wir nicht darüber reden?«

»Weil es wichtigere Dinge gibt«, grummelte ich. »Hilfst du mir jetzt?« Es würde nur in einem Streit enden und das wollte ich unbedingt vermeiden.

Neo erschien mit nachdenklicher Miene vor mir, sagte jedoch nichts, wofür ich dankbar war. Ich wollte nicht mit ihm reden, wenn mich jemand anderes dabei beobachten konnte. Noch hatte ich mich nicht daran gewöhnt, dass Ace über meinen unsichtbaren Begleiter Bescheid wusste.

Ich bereitete das Heidekraut vor, rührte das Henna an und zeichnete den Wiederkreis auf ihren nackten Bauch. Nachdem ich das Kraut an ihre Halswunde und in ihren Mund gelegt hatte, zündete ich die dunkelblaue Kerze an, um das Wachs in die Mitte des Kreises träufeln zu lassen. Ace setzte sich neben mich, streckte eine Hand aus und berührte meinen bloßen Unterarm, sodass ich die Glut in ihm und in mir sehen konnte.

Es war nicht mehr schwer, einen Teil meiner eigenen Ignis abzuzapfen und diesen dann in die Brust der Frau zu legen.

Sie würde sich in keine Mordenox mehr wandeln.

Seufzend strich ich über die Stirn der Frau, bevor ich mich vornüber beugte, um ihre Jacke zu schließen. Erst dann fiel mir auf, dass sich das Blut nicht nur in ihrem Nacken verteilte, sondern auch in ihrem Dekolleté. Ich zog den Kragen vorsichtig auseinander und erkannte, dass Gaspard mir sehr wohl eine Nachricht hinterlassen hatte. In ihre Haut war das Wort *deine* geritzt worden.

»Das kann nichts Gutes bedeuten«, stieß Ace hervor und sprach damit meine eigene Befürchtung aus.

ZWEIUNDZWANZIG

Nachdem ich vorsichtig überprüft hatte, dass dies das einzige Wort war, das in die Haut der jungen Frau geritzt worden war, legte ich eine Decke über ihren Körper und rannte hinaus. Neo und Ace folgten mir dicht auf den Fersen.

»Wohin gehst du? Lydia!«

»In die Küche«, antwortete ich und hoffte, dass ich die anderen dort vorfinden würde.

Tristan und Nat waren glücklicherweise bereits von ihrer Patrouille zurückgekehrt und hielten sich wie erhofft in der Küche auf. Etwas brutzelte auf dem Herd, das gefährlich gut roch und mich für einen winzigen Moment ablenkte.

»Wo ist die andere Leiche?«, fragte ich die drei, da ich nicht annahm, dass Neo etwas darüber wusste.

»Welche Leiche?«, fragte Tristan, der erst mich und dann Ace ansah. Er wirkte, als würde er an meinem Verstand zweifeln.

»Das erste von Gaspards Opfern«, erklärte ich und versuchte mich zu beruhigen. »Wo ist sie?«

»Wir haben eine Nachricht gefunden«, mischte sich Ace ein und berichtete den Bellatoren von unserer Entdeckung. »Lydia denkt jetzt wohl, dass er auch schon auf der ersten Leiche ein Wort für sie hinterlassen hat.«

Ich versuchte mich nicht daran zu stören, dass er keineswegs unterstützend oder freundlich klang. Warum sah er nicht ein, dass ich recht gehabt hatte? Gaspard wollte ein Spiel spielen und ich würde es nicht gewinnen können, wenn ich nicht alle Hinweise kannte. War ich die Einzige, die diese Wahrheit erkannte? Waren alle anderen wirklich so blind? Oder war ich das eigentliche Problem?

»Wir Bellatoren haben nichts mit der Entsorgung der Leichen zu tun«, sagte Nat und rührte fast geistesabwesend in der Pfanne herum. Der Geruch von Ei und Bacon stieg mir in die Nase.

»Ich nehme an, sie wurde an ein Bestattungsunternehmen übergeben, das die Familie kontaktiert«, antwortete Ace. Ich erinnerte mich, schon mal danach gefragt zu haben. »So läuft es normalerweise, auch wenn dieser Schritt meistens vom Clan initiiert wird.« Der Clan. Also von mir.

»Wir müssen sie finden«, rief ich aus. »Das ist der Grund, weshalb mich Gaspard nicht mehr angerufen hat. Er hat mir bereits Nachrichten hinterlassen. Ich war nur zu blöd, um sie zu finden!«

»Du warst nicht zu blöd«, entgegnete Ace unnachgiebig und umfasste meine Unterarme. Er wartete, bis ich seinen Blick erwiderte, bevor er weitersprach. »Du bist nur unschuldig. Wer hätte damit rechnen sollen, dass er seine Opfer noch weiter schändet? Er ist ein Monster. Wir müssen ihn nicht verstehen. Und ehrlich gesagt würde es mir mehr Angst machen, wenn wir es tun würden.«

Die Spannung in meinen Schultern ließ nach und auch die Hitze, die ich in meinem Kopf gespürt hatte, verebbte. Es war, als würde ich aus einem Fiebertraum erwachen.

»Natürlich. Du hast recht. Trotzdem müssen wir wissen, was hier vor sich geht. Es hilft niemandem von uns, im Dunkeln zu tappen.«

Seine Miene wurde weicher, die Fältchen um seine Augen vertieften sich jedoch, als er mir ein kleines Lächeln schenkte.

»Ich werde Lockingtons Assistentin anrufen. Platt weiß bestimmt, wohin die Leiche gebracht wurde. Dann kümmern wir uns darum, dass die andere Frau in ein vernünftiges Unternehmen kommt, damit sich ihre Familie anständig verabschieden kann.«

»Ich rufe Maureen an und frage sie, welche Unternehmen zu uns gehören.«

Natürlich gäbe es noch die Option, sie in unserer Kapelle aufzubahren, aber da es hier kein Personal außer mir gab, war es sinniger, sie woandershin transportieren zu lassen.

Nach einer halben Stunde hatte ich Maureen davon überzeugt, dass sie am Nachmittag die Leiche abholen würde. Wir entschieden außerdem, sie als Verantwortliche für diesen Teil der Prozedur einzusetzen.

Sobald sie ihren Friedhof in fähige Hände übergeben hatte, würde sie zu mir ins Hauptquartier ziehen, um mich zu unterstützen. Es war ein großes Zugeständnis ihrerseits, da sie noch immer Hemmungen hatte, das Haus, in dem Freunde und Familie getötet worden waren, überhaupt zu betreten.

Ace berichtete, dass die Leiche der anderen jungen Frau morgen früh beerdigt werden sollte. Es hatte sich alles verzögert, da man Probleme damit gehabt hatte, ihre nächsten Verwandten ausfindig zu machen. Sie befände sich momentan in einer Kapelle in Harlington, die ebenfalls meinem Clan gehörte. Da ich aber keine weitere Person in die Sache mit hineinziehen wollte, beschloss ich, die Kapelle aufzusuchen, ohne die Familie, die ihren Sitz dort hatte, vorher zu benachrichtigen. Wenn alles nach Plan lief, würden wir hineingehen, die Nachricht finden und wieder nach Hause kommen, bevor der Mittag gänzlich vorbei war.

Ich hätte es zwar besser gefunden, den Schutz der Nacht abzuwarten, aber ich konnte nicht riskieren, noch mehr von der Zeit zu verschwenden, die mir Gaspard voraus war.

Die anderen erklärten sich damit einverstanden. Auch ihnen würde es den Job erleichtern, auf mich aufzupassen, je weniger andere Leute um mich herumwuselten. Vor unserem Aufbruch machte ich mir Sorgen um Aces gesundheitlichen Zustand. Er wirkte sehr blass, als würde ihm seine Wunde mehr zu schaffen machen, als er zugab. Er ließ sich jedoch nicht davon abbringen, uns zu begleiten, auch wenn es für ihn womöglich das Beste gewesen wäre, sich auszuruhen. Ich hätte liebend gerne protestiert, wusste aber, dass ich bloß gegen eine Wand reden würde. Keinesfalls würde mich Ace mit Tristan und Nat gehen lassen, wenn er nicht selbst ein wachsames Auge auf den männlichen Bellator richten konnte.

Der Friedhof Ellmar in Harlington war schmal und übersichtlich. Mehrere Erlen wuchsen zwischen den Gräbern in die Höhe und boten genügend Schutz vor neugierigen Blicken. Das Haus, in dem die zuständigen Dormi wohnten, war dementsprechend winzig und stand an dem gegenüberliegenden Ende des Friedhofs. Leider befand sich deshalb die Kapelle nicht in ihrem Bannkreis. Wir würden uns beeilen müssen, um keine ungebetene Gäste anzuziehen. Immerhin würden uns keine Mordenox erwarten und wir stünden im Fall der

Fälle nur einem Tenebrae gegenüber. Ich hegte die Hoffnung, dass er nicht ohne seine Sklaven eine Konfrontation mit zwei Bellatoren suchen würde.

Die Sonne hatte sich für ein paar Stunden durch die Wolken gekämpft, der liegen gebliebene Schnee fing das Licht auf und reflektierte es millionenfach. Jeder unserer Schritte knirschte und unser Atem stieg in blassen Kondenswolken auf.

Ich vergrub meine Hände tiefer in den Taschen und versuchte das Zittern zu unterdrücken, das mich sofort befallen hatte, nachdem ich aus dem Volvo gestiegen war. Ace bewegte sich dicht neben mir, während Tristan vorging und Nat uns folgte. Neo befand sich auf meiner anderen Seite, die Augen neugierig auf seinen älteren Doppelgänger gerichtet, der seinerseits immer mal wieder in seine Richtung blickte, als könnte er seine Anwesenheit spüren. Im Flüsterton fragte ich Neo, ob er eine bestimmte Aura von Tristan empfing, doch er schüttelte den Kopf.

»Er ist wie jeder andere auch«, war seine wenig befriedigende Antwort.

Die Kapelle war ein altes, steinernes Gebäude mit gewölbten Glasfenstern, durch die man nichts als Dunkelheit erkennen konnte. Ich hob mein Kinn an und sah zum schneebedeckten Spitzdach hinauf, um zu überprüfen, ob uns keine Mordenox erwarteten, ehe ich mich daran erinnerte, dass es Tag war.

»Abgeschlossen«, kommentierte Ace seinen Versuch, die breiten Doppeltüren zu öffnen. Er rüttelte noch einmal daran, doch bis auf das schabende Geräusch von Eisen auf Eisen geschah nichts weiter.

»Habt ihr nicht … irgendwelche Fähigkeiten, sie zu öffnen?« Ich sah speziell die Bellatoren an, doch auch Ace schenkte ich ein vieldeutiges Augenzwinkern. Er hatte mich schon des Öfteren überrascht. Warum nicht auch jetzt?

Dieses Mal bewegte sich allerdings Nat vor und holte eine kleine Tasche, die wie ein Geldbeutel aussah, aus ihrem Parka hervor. Mehrere längliche, spitze Metallstäbe und Haken kamen zum Vorschein. Sie kniete sich in den Schnee, um sich dann an dem Schloss zu schaffen zu machen.

Meine Augen flogen von Grabstein zu Grabstein, bis das erlösende Klicken zu hören war.

»Los geht's«, murmelte ich, ehe ich Aces Hand in meine nahm und zusammen mit ihm Tristan und Nat in die Kapelle folgte. Die Bellatoren schalteten ihre Taschenlampen ein, sodass wir nicht gegen die drei Reihenbänke liefen, die allesamt mit kleinen ledernen Bibeln ausgestattet waren. Es drang zwar etwas Licht durch die schmalen Buntglasfenster, aber mit den Lampen kamen wir schneller voran. Hier drin war es mindestens genauso kalt wie draußen, wenn nicht sogar noch kälter.

Vorne war der Sarg aufgebahrt, der Deckel geschlossen, während es um ihn herum unnatürlich leer war. Ich nahm an, dass dort am frühen Morgen die Blumenkränze ihren Platz finden würden.

Als ich den abgegrenzten Bereich erreichte, löste ich mich von Ace, um eine Hand auf den hölzernen, sehr edel aussehenden Sarg zu legen. Die Struktur war glatt und kühl.

»Wir müssen uns beeilen«, drängte Nat und half mir dann dabei, den oberen Teil des Deckels zu öffnen.

Die junge Frau, deren Namen ich noch immer nicht wusste, hatte die Augen geschlossen, wirkte aber keineswegs so, als würde sie noch schlafen. Ihre Wangen waren unnatürlich bleich, sodass die Schminke zu aufgesetzt wirkte. Sie ähnelte mehr einer Porzellanpuppe als mir.

Sie trug eine Bluse, die ich aufknöpfen musste, um einen Blick auf ihr Dekolleté zu werfen. Natürlich sträubte sich alles in mir, aber es musste getan werden. Ich *benötigte* die Nachricht, das Wort.

Zunächst glaubte ich, dass es kein eingeritztes Wort gab, doch da richtete Tristan das Licht auf die Haut und ich erkannte, dass man versucht hatte, die Wunde mit Puder abzudecken. Doch konnte man sie noch immer lesen: *habe.*

»Habe deine«, wiederholte ich beide Worte zusammengesetzt und runzelte irritiert die Stirn. »Was soll das bedeuten?«

»Ist das wirklich so wichtig?«, konterte er harsch. »Wir sollten gehen.«

»Was ist in dich gefahren?«

»Es nervt mich, dass du so erpicht darauf bist, Gaspards Rätsel zu lösen. *Das* ist in mich gefahren. Es wird nur mit deinem Tod enden und du rennst ihm ohne den geringsten Selbsterhaltungstrieb entgegen!«

»Das stimmt doch nicht«, widersprach ich heftig und stemmte die Hände in die Hüften. »Trotzdem ist es wichtig, dass wir herausfinden, was Gaspard geplant hat, und wenn wir dazu sein kleines Spiel spielen müssen? Bitte schön.«

Ace strich sich frustriert durch sein kurzes Haar, bevor er ein tiefes Seufzen ausstieß und aus der Kapelle schritt.

»Lass ihn gehen«, sagte Tristan ruhig, nachdem er den Deckel geschlossen hatte. »Er hat recht. Du solltest etwas mehr Abstand halten.«

»Was weißt du schon?«

Seine Miene versteinerte sich. »Anscheinend mehr als du. Wieso kannst du die Sache nicht auf sich beruhen lassen?«

»Auf sich beruhen lassen?«, echote ich ungläubig. »Ist dir nicht klar, dass er mich töten wird, wenn ich ihn nicht zuerst erledige?«

»Du?« Er lachte höhnisch auf. »Ich glaube, du verwechselst dich gerade mit einem Bellator. Selbst Ace hat bessere Chancen als eine Somna, einen Tenebrae zu besiegen.«

»Was auch immer. Kümmere dich um deine eigenen Angelegenheiten.« Er hatte eindeutig einen Nerv getroffen. Offensichtlich litt ich an Selbstüberschätzung. Ich war eine Somna und eine Dormis. Nichts weiter.

Ich lief zurück zum Auto, wo Ace bereits wartete. Er sagte jedoch kein Wort und sah mich nicht einmal an.

Über die Nachricht nachgrübelnd, nahm ich die Fahrt nach Hause kaum wahr. Ich konnte mir nicht vorstellen, was Gaspard von mir haben könnte. Es könnte alles sein und nichts. Ich besaß keinen Gegenstand, für den ich mich selbst opfern würde. Er hatte mir alles andere genommen.

Im Quartier angelangt, wollte ich nichts anderes mehr tun, als mich in meinem Bett zu vergraben und zwölf Stunden zu schlafen. Tristan sah das jedoch anders. Während Ace im Foyer einen Schritt auf mich zutrat und wirkte, als würde er sich für sein Verhalten entschuldigen wollen, zerrte mich Tristan an meinem Ärmel ins Wohnzimmer und schloss die Tür hinter uns.

»Was ist los?« Misstrauisch beäugte ich ihn, während er unruhig auf und ab lief. Ich blickte sehnsüchtig über meine Schulter nach hinten, in der Hoffnung, Ace würde uns folgen. Doch die Tür blieb geschlossen.

Tristans Miene verriet die Unruhe, die in seinem Inneren zu wüten schien. Die Augenbrauen hatte er zusammengezogen, als er endlich für mehr als nur für fünf Sekunden auf einer Stelle ausharrte.

»Es tut mir leid.« Die Worte rollten über seine Lippen. »Ich hätte nicht so überreagieren dürfen.«

»Wir stehen alle unter Strom. Es ist verständlich, dass wir uns dann auch mal in den Haaren liegen.«

»Vielleicht …« Er schien nicht sonderlich überzeugt, ließ das Thema aber auf sich beruhen.

»Weißt du …«, begann ich, unsicher darüber, ob es eine so gute Idee war, das Thema zu wechseln. »Ich habe es Ace schon gesagt … Mittlerweile bin ich bereit, nach jedem Strohhalm zu greifen, also … wenn es Arax'va wirklich gibt oder gegeben hat, vielleicht gibt es eine Möglichkeit, wie er uns helfen kann.«

»Was meinst du?« Seine Stimme klang staubtrocken.

»Irgendetwas muss mit Corama und Belmin geschehen sein, wenn ich den Protectoren glaube. Sie sagten, dass ihre Statuen zerstört worden sind und nur Arax'vas noch heil ist«, erklärte ich und begann nun selbst, den Raum zu durchqueren. Meine Fingerkuppen berührten währenddessen Lehnen, Bucheinbände und dekorative Holzfiguren. »Wenn sie wirklich tot sind, dann, na ja, dann müssen wir einfach einen neuen Weg finden, damit Arax'va genug Kraft erlangt. Ich hoffe, dass die *Cresceo* dieser Weg ist, auch wenn … vielleicht braucht er jemand Neues an seiner Seite?«

»Also denkst du, dass Cora und Belmin einfach nur Statisten waren? Nebenfiguren, die Arax'va ab und zu mal halfen?«, entgegnete er mit einer besonderen Schärfe, die mich verwirrte.

»Nein, ich …«

»Sie waren für Tausende von Jahren zusammen. Seite an Seite. Du kannst sie nicht einfach vergessen oder durch jemand anderes ersetzen!« Er war nun eindeutig außer sich.

»Natürlich nicht, aber …«

»Aber was?« Er holte Luft, um seine Tirade fortzusetzen, als er erneut zu husten begann. Bevor ich auch nur einen helfenden Schritt in seine Richtung tun konnte, war er aus dem Zimmer verschwunden.

Ich blieb zurück und starrte ratlos in den Flur. Wie immer schaffte es Tristan hervorragend, mich mit seinem Verhalten durcheinanderzubringen. Dieses Mal allerdings würde ich mich nicht aussperren lassen. Ich wollte mich nicht fühlen wie noch eine halbe Stunde zuvor, als es mir vorgekommen war, dass unsere Gruppe jeden Moment auseinanderbrechen würde.

Entschlossen ballte ich die Fäuste und lief Tristan nach. So leicht würde er mir nicht davonkommen!

DREIUNDZWANZIG

Tristan hatte sich in sein Schlafzimmer zurückgezogen, das zuvor unbesetzt gewesen war. Ich war erleichtert, dass ich nicht in Islas oder Lolas Zimmer gehen musste, um mit ihm zu reden. Er lag rücklings auf seinem Bett und hatte die Hände hinter seinem Kopf verschränkt. Sein Blick war starr gen Decke gerichtet, als würde er meine Gegenwart nicht mal würdigen wollen.

Leise schloss ich die Tür hinter mir und durchquerte den rechteckigen Raum, der nur ein Fenster besaß, das zur Vorderseite hin ausgerichtet war. Vielleicht hatte Tristan deswegen dieses Zimmer ausgesucht, um unsere Besucher frühzeitig zu sehen.

Kurz vor dem Bett blieb ich stehen und wartete darauf, dass mich Tristan endlich ansah, doch er blieb stur. Seufzend pikste ich ihn mit dem Finger in die Seite.

»Es tut mir leid, wenn ich etwas gesagt habe, dass deinen Glauben … angreift. Wirklich«, sagte ich leise.

Endlich erkannte er meine Anwesenheit an und rückte weiter in die Mitte, damit ich Platz hatte, mich neben ihn zu legen. »Ich weiß einfach zu wenig über unsere Götter. Der Clan hat mich dazu erzogen, den Glauben der Protectoren zu akzeptieren, aber selber die Religion mit Vorsicht zu genießen.« Er schwieg. »Bist du noch wütend?«

»Ich war es nie. Manchmal bin ich einfach nur ein Hitzkopf.« Er ließ seine Arme auf die Matratze sinken, sodass sich unsere Haut fast berührte.

»Manchmal?«

Er grinste.

»Ich möchte mehr über Arax'va erfahren«, sagte ich schließlich in die Stille hinein. »Vielleicht finden wir etwas, das seine Macht stärken könnte. Das würde uns gegen Gaspard helfen, nicht wahr?«

»Wir?« Er schmunzelte, umfasste aber meine Hand, die ich ihm nicht entzog. »Okay. Lass uns Bücher wälzen.«

»Perfekt.« Ich lächelte und erhob mich dann.

»Jetzt?«

»Wieso noch weitere Zeit verlieren? Gaspard wartet nicht auf uns und in ein paar Tagen ist schon die Cresceo.«

Er stieß ein theatralisches Seufzen aus, stand jedoch auf und folgte mir nach unten in die Küche, wo wir auf Ace trafen. Die Anspannung zwischen uns hatte sich noch immer nicht gelegt, aber ich beschloss, sie zu ignorieren.

»Wir brauchen Bücher«, begann ich ohne Umschweife.

»Ach ja?«

»Bücher über die drei Gottheiten. Ich möchte mehr über Arax'va erfahren und vielleicht finden wir etwas, das uns helfen könnte«, erklärte ich unser Vorhaben. »Als Protector hast du Zugang dazu.«

Er hob skeptisch die linke Augenbraue.

»Denkst du nicht, wir haben jedes Buch mehrmals gelesen? Vorwärts *und* rückwärts?«

Natürlich hatte er recht, das änderte aber nichts an der Tatsache, dass *ich* nicht in ihnen gelesen hatte. Und wenn ich schon nichts Hilfreiches fand, so fühlte ich mich doch etwas gewappneter für die Aufgabe als Oberste des Clans. Auch wenn Giffin nicht gläubig gewesen war, so hatte er sich doch mit der Religion der Protectoren beschäftigt.

»Hilfst du uns jetzt oder nicht?«

Ace ließ seinen Blick von mir zu Tristan wandern und wieder zurück. »Natürlich. Ich kann einfach nicht nein sagen.«

Seufzend nahm er das Smartphone aus seiner Hosentasche und zog sich in den Flur zurück. Tiefes Bedauern stieg in mir auf. Ich wollte ihn nicht noch mehr enttäuschen und hoffte, dass er die Gründe für meine Recherche nachvollziehen konnte. Unsicher ging ich ihm hinterher und wartete, bis er das Gespräch beendet hatte und sich zu mir umdrehte.

»Du verstehst es, oder? Warum ich das tun will?«

»Du brauchst etwas, woran du dich festhalten kannst.« Er steckte sein Handy ein. »Und ich unterstütze dich darin, aber ich will nicht, dass du dir falsche Hoffnungen machst.«

»Das mach ich nicht. Versprochen. Außerdem …« Ich lächelte leicht. »Im schlimmsten Fall bekehren mich die Informationen in den Büchern und ich werde zu einer Gläubigen.«

Kopfschüttelnd zog er mich an sich und küsste mein Haar. »Ich weiß nicht, wie ich das finden soll. Dann hätten wir ja gar kein Thema mehr, über das wir streiten können.«

Ich hielt es für das Beste, nicht meine Besessenheit bezüglich Gaspards Nachrichten zu erwähnen und genoss stattdessen seine Umarmung. Den Rest des Tages verbrachte ich damit, mich in Giffins Unterlagen einzulesen. Es kam mir seltsam vor, an seinem Schreibtisch zu sitzen und die Briefe zu lesen, die er in seiner Schreibschrift verfasst hatte. Ich ordnete die Dokumente in verschiedene Stapel, die entweder den Clan selbst betrafen oder geschäftlicher Natur waren. Hoffentlich würde mir Maureen dabei helfen, mich durchzuarbeiten. Ich konnte mir nicht vorstellen, dass ich ohne ihre Unterstützung würde Fuß fassen können.

Am Nachmittag ließ sie die Leiche abholen. Sie selbst blieb mit einem gepackten Koffer bei uns und versuchte sich ihr Unbehagen nicht anzumerken zu lassen. Das Haus war ihr anscheinend noch immer nicht geheuer.

Ich bot ihr Giffins ehemaliges Zimmer an, doch auch sie entschied sich für ein Schlafzimmer, das vorher leer gestanden hatte.

Ace hielt sein unausgesprochenes Versprechen. Vor dem Abendessen erschienen zwei befreundete Protectoren, die kistenweise Bücher in unser Wohnzimmer trugen. Sie wirkten glücklich darüber, dass ich plötzlich Interesse an ihrer Religion zeigte.

Während sich Maureen die nächsten Tage um unser leibliches Wohl kümmerte und ein Auge auf unsere Finanzen warf, verbarrikadierten Tristan und ich uns im Wohnzimmer und wälzten Bücher. Am meisten interessierten mich die Legenden, die sich um die drei Gottheiten woben und die vermutlich größtenteils ein Lügengebilde waren. Trotzdem wurde in jeder der Geschichten deutlich, wie nah sie sich gestanden hatten.

»Das ist der Grund, weshalb du abgehauen bist, oder?« Ich lehnte mich in dem Sessel zurück. Eines der dicken Bücher mit einem bräunlichen Ledereinband lag aufgeschlagen auf meinen Oberschenkeln. »Du hast gewusst, wie eng Arax'va, Corama und Belmin einander waren. Natürlich kann man so jemanden nicht einfach ersetzen.«

Tristan blinzelte, als würde er sich erinnern müssen, wo er sich befand. Anscheinend hatte ihn seine Lektüre genauso gefangen genommen wie meine mich.

»Sie sind eine Familie«, bestätigte er meine Ahnung.

»Waren«, verbesserte ich ihn. »Angeblich sind Corama und Belmin ja verschwunden. Zumindest sagen uns das die Protectoren.«

Daraufhin schwieg er und wir gruben uns tiefer in die Religionsgeschichte, bis wir das letzte Buch beendet und nichts gefunden hatten, was uns auch nur ansatzweise helfen könnte. Frustriert klappte ich das kleine Notizheft zu, welches das Tagebuch eines Protectors gewesen war, und starrte geradeaus. Mein Verständnis über die Götter war angewachsen und ich fühlte mich dem Glauben näher als zuvor, doch all dies änderte nichts daran, dass Arax'va nach wie vor geschwächt war. Wir waren den Kreaturen der Nacht hilflos ausgeliefert. Es gab keinerlei Hinweise darauf, was man tun sollte, wenn Götter verschwanden. Einzig die *Cresceo* wurde angepriesen, da sie die drei Gottheiten stärken sollte.

»Ich geh ins Bett. Gute Nacht«, verkündete ich und gähnte laut. Nachdem ich aufgestanden war, streckte ich mich ausgiebig.

»Schlaf gut«, murmelte Tristan, der bereits mit geschlossenen Augen auf dem Sofa lag. Ein Buch lag aufgeschlagen auf seinem Oberkörper, als hätte er es bereits vergessen.

Nachsichtig lächelnd legte ich das Buch weg, deckte ich ihn zu und wandte mich dann der Tür zu, von wo aus Ace mich mit zusammengepressten Lippen beobachtete.

»Habt ihr was herausgefunden?«, fragte er schließlich.

Ich bewegte mich langsam auf ihn zu, bis wir beide im Flur standen. »Nein, nichts. Du hattest recht.«

Er nickte. »Bis morgen.«

»Bis morgen«, flüsterte ich und beobachtete, wie er sich von mir entfernte.

Seufzend kehrte ich in mein Zimmer zurück, zog mich um und legte mich unruhig ins Bett. Mein Innerstes war ein großes Durcheinander, das ich erst sortieren musste, bevor ich auch nur an Schlaf denken konnte.

Also drehte ich mich auf die Seite und handelte jeden einzelnen störenden Aspekt ab. Gaspard, der mir kryptische Nachrichten hinterließ und mich ganz offensichtlich tot sehen wollte. Neo, der reden konnte, aber dessen Tipps keine Lösungen offenbarten. Tristan, der wie Neo aussah, seltsame Hustenanfälle hatte und ein Bellator war, der an die drei Gottheiten glaubte. Natalie, eine Kriegerin, die gerne eine Protectorin gewesen wäre. Es schien, als wäre Ace der einzig Normale unter uns.

»Ich will nicht mit dir reden«, grummelte ich und hob die Tasse, die mit dampfendem Tee gefüllt war, an meine Lippen.

Neo schnaubte, ließ mich aber in Ruhe und verließ den Flur. Ich saß an einem der Fenster mit einem Liebesroman in meinem Schoß, während draußen die Sonne aufging. Endlich einmal hatten sich die schweren Wolken verzogen, obwohl es noch immer zu kalt war, als dass der Schnee schmelzen würde.

Heute war der Tag der *Cresceo.* Wir würden schon bald aufbrechen, weil Ace beim Ritual helfen sollte. Ich könnte erst später dazustoßen, doch ich wollte mich nicht von ihm trennen. Selbst von der Version, die er mir seit fast vier Tagen gezeigt hatte. Er verhielt sich höflich, aber distanziert, ganz besonders, wenn sich er, Tristan und ich in einem Raum befanden, was durch die Recherche nicht sehr oft vorgekommen war. Die meisten Stunden des Tages hatte ich mit Tristan im Wohnzimmer verbracht und obwohl die Tür stets offen gewesen war, schauten Nat und Ace nur gelegentlich vorbei und blieben nie sehr lange. Ich war enttäuscht, dass Ace sich nicht mehr einbrachte, aber offensichtlich verlangte ich zu viel damit, dass er mehr als fünf Minuten in Tristans Anwesenheit verbrachte. Seufzend blätterte ich zwei Seiten zurück, da ich mich nicht mehr daran erinnern konnte, was ich als Letztes gelesen hatte.

Nach der *Cresceo* würde trotz Gaspards drohender Präsenz der Alltag weitergehen. Ich würde mich um den Clan kümmern müssen und die Bellatoren würden in Schichten arbeiten. Ich würde das Haus zwar nach wie vor nicht allein verlassen dürfen, aber Daltry hatte entschieden, dass sie nicht länger rund um die Uhr Krieger für mich abstellen konnte, auch wenn Tristan und Nat protestiert hatten. Ich wusste nicht, was die Protectoren bezüglich Ace entschieden hatten. Bisher hatte ich mich nicht getraut nachzufragen.

Ich legte Buch und Tee auf die Fensterbank, um mir über das Gesicht zu reiben. Mir war nicht klar, wie ich das alles auf die Reihe bekommen sollte. Trotz all meiner Zweifel blieb nur die Möglichkeit, es zu schaffen. Zu versagen war keine Option.

»Wir sollten in einer halben Stunde aufbrechen. Es gibt viel zu tun.« Ich musste mich zusammenreißen, um nicht vor Schreck zusammenzuzucken. Ace war wie aus dem Nichts neben mir aufgetaucht.

»Sicher.« Seine Lippen waren wieder zu einer schmalen Linie zusammengepresst, als er kurz nickte und sich bereits zum Gehen wandte.

»Ace? Gibt es etwas, dass du mir sagen willst?« Ich konnte sein unterkühltes Verhalten einfach nicht mehr ertragen, da ich dachte, dass wir uns bereits vertragen hatten.

»Warum fragst du?«

Stirnrunzelnd betrachtete ich seine breiten Schultern, seinen Rücken und schließlich die Hände, die flach an seinen Seiten herabhingen. Er trug heute ein dunkelgraues Sweatshirt und eine rote Kappe, die verkehrt herum auf seinem Kopf saß.

»Weil … Ganz offensichtlich gehst du nicht normal mit mir um. Du ignorierst mich sogar die meiste Zeit«, fügte ich unsicher hinzu, die Hände knetend.

Er wandte sich mir zu. »Tut mir leid, dir das sagen zu müssen, aber du bist nicht das Zentrum der Welt, Lydia.«

Ich fuhr blinzelnd zurück. »Tu das nicht. Dreh mir nicht die Worte im Mund herum. Du weißt ganz genau, was ich gemeint habe.« Ich erhob mich langsam.

»Du willst den Grund dafür erfahren?« Er breitete die Arme zu seiner sarkastisch klingenden Stimme aus. »Es macht mich wahnsinnig, dich zu sehen, wie du die Bücher auf der Suche nach einer Lösung wälzt.«

»Wie bitte?« Ich musste mich bemühen, nicht zu stottern.

»Du verstehst nicht, was mein Glaube mir bedeutet! Was diese Bücher und ihr Inhalt mir bedeuten. Du liest sie gemeinsam mit Tristan, ohne ein offenes Herz zu haben. Ohne dich von den Worten berühren zu lassen.«

»Warte einen Moment, ich hab ...«

»Es macht nichts. Es ist meine Sache und ich muss damit zurechtkommen.« Er wandte sich bereits ab. »Ich werde versuchen, nicht mehr von dir zu erwarten, meinen Glauben ernst zu nehmen.«

»Ace!« Er hörte nicht auf mich und lief davon. Die Haustür knallte einen Augenblick später ins Schloss.

Ich haderte mit mir. Florence würde mir in dieser Situation raten, den Mann in Ruhe zu lassen, damit er sich abreagieren könnte. Lola hätte vehement widersprochen und das, obwohl sie erst dreizehn Jahre alt gewesen war und keine Ahnung von Männern hatte. So in etwa wie ich, doch ihre Intuition war schon immer beeindruckend gut gewesen. Ich vertraute auch jetzt darauf.

Mich zusammenreißend rannte ich durch den Flur, ignorierte Maureen, die ihren Kopf aus der Küche steckte, und schlüpfte in meine Stiefel. Die Jacke ließ ich an der Garderobe hängen, dafür war keine Zeit mehr.

Beinahe über meine eigenen Füße stolpernd, nahm ich zwei Stufen auf einmal, ehe ich mich am Fuß der Treppe umsah und Ace mitten auf dem Friedhof stehend und ins Nichts starrend entdeckte. Erleichterung darüber, dass er nicht einfach losgefahren war, durchflutete mich.

Es dauerte keine zehn Sekunden, da war ich an seiner Seite. Zwar außer Atem, aber bei ihm. Auch er hatte sich keine Jacke übergezogen, doch uns beiden schien die Kälte nichts auszumachen, während die Sonne uns in orangenes Licht tauchte.

»Es war nicht deine Sache«, stieß ich atemlos hervor. »Es ist unsere.«

»Lydia. Es reicht.«

»Nein. Tut es nicht«, widersprach ich vehement. »Ich habe dich geküsst, weil *ich* es so wollte. Weil *du* mir etwas bedeutest. Und dazu gehört auch dein Glauben«, wisperte ich, seinen Blick mit dem meinen festhaltend. »Ich gebe zu, dass ich ihn nicht verstehe. Nicht gänzlich jedenfalls, aber ich will es tun. Ja, ich lese diese Bücher in der Hoffnung, eine Lösung zu finden, aber siehst du denn nicht die Wahrheit dahinter?«

»Was für eine Wahrheit?«

»Ich suche nach einer Lösung, weil ich *glaube* ...« Er blickte verdutzt drein und ich nutzte die Chance, eilig weiterzureden. »Ich *glaube* an die Gottheiten. Ich weiß vielleicht nicht, inwiefern sie existiert haben, aber ich *glaube* daran, dass es eine Macht wie die ihre gibt und dass diese Macht von etwas gestört worden ist. Vielleicht ist es Coramas und Belmins Verschwinden, vielleicht auch etwas anderes, aber ich will es herausfinden. Ich will Arden Creek, der Menschheit und uns helfen. Du hättest all das gewusst, wenn du dich nicht derart ausgeklinkt hättest. Tristan und ich haben dich nicht ausgeschlossen.«

Ace lachte verlegen. »Das war wohl ich ganz allein, hm?«

»Tut mir leid, aber ja.« Ich versuchte mich an einem Lächeln. »Natürlich will ich euch alle an Bord haben. Ich weiß, dass sich die Welt nicht um mich dreht, aber es ist nun mal eine Tatsache, dass es Gaspard auf mich abgesehen hat und deshalb kann ich mich nicht verstecken oder Dinge langsam angehen lassen. Es bleibt mir offensichtlich auch keine Zeit, mich dir ständig zu erklären, aber ich wünsche mir, dass du mir vertrauen kannst. Darauf vertrauen, dass ich dich zu sehr mag, als dass ich deinen … unseren Glauben nicht genug respektieren würde.«

»Manchmal bin ich echt ein Blödmann. Ich weiß nicht, wie ich mich für meine Engstirnigkeit entschuldigen soll.« Ace nickte. Dann presste er kurz die Lippen zusammen. »Hin und wieder denke ich, dass ihr uns gar nicht mal so falsch seht.«

»Was genau meinst du damit?« Ich berührte ihn leicht am Arm und war froh, als er sich der Berührung nicht entzog.

»Dass wir fanatische Idioten sind. Wir werden in dem Glauben erzogen, dass uns allein die drei Gottheiten helfen könnten und niemand anderes. Weder Bellatoren noch der Clan.« Er legte eine Hand auf meine. »Es fällt mir schwer, aus diesem vorgefertigten Rahmen auszubrechen, aber ich will es versuchen. Für dich will ich es versuchen, Lydia. Bitte hab noch ein wenig Nachsicht mit mir, denn ich … empfinde so viel für dich.«

»Das werde ich«, versprach ich schnell. »Und du wirst das Gleiche für mich tun müssen.« Er fühlte genauso wie ich! Am liebsten wäre ich vor Freude in die Luft gesprungen.

Als Antwort presste er seine Lippen auf meine.

Ich zerschmolz in seinen Armen, unter seinem leidenschaftlichen Kuss, und glaubte wirklich daran, dass alles gut werden könnte. Meine

Hände fuhren seinen Rücken hoch und runter und unsere Lippen lösten sich nur Millisekunden voneinander, um Atem zu schöpfen. Ich könnte Stunden damit verbringen, ihn zu küssen.

Als sich die Kälte schließlich in meine Knochen fraß, mussten wir uns voneinander lösen und das Innere des Hauses aufsuchen. Außerdem wurde es allmählich Zeit, uns auf den Weg zu machen.

Wir liefen durch das Haus, um die anderen einzusammeln und die Sachen zu packen, die wir brauchen würden. Jedes Mal, wenn wir uns trafen, warfen wir uns glücklich lächelnd Blicke zu, bei denen mein Herz vor Aufregung flatterte.

Tristan stand im Flur an der Wand gelehnt, wirkte kränklich und keineswegs wie auf dem Weg der Besserung. Ich machte mir große Sorgen um ihn, wusste aber, dass er nicht darüber reden wollte. Hoffentlich vertraute er sich wenigstens seiner Partnerin an, die nervös an ihrem Ohrläppchen spielte. Als sie mich näher kommen hörte, ließ sie die Hand sinken.

»Fertig?«

Ich nickte und reichte ihr ihre Jacke, die an der Garderobe gehangen hatte. Maureen trat aus der Küche und wischte sich gerade die Hände an einem gemusterten Tuch ab. Sie erinnerte mich schmerzlich an Florence, obwohl sie sich äußerlich kaum ähnelten. Ich war froh um ihre Anwesenheit, die sie noch immer viel Kraft kostete. Hin und wieder hatte ich bereits beobachtet, wie sich ein Schatten über ihr Gesicht legte, wenn sie an Giffins oder Florences Zimmer vorbeiging.

»Wir machen uns jetzt auf den Weg«, sagte ich unnötigerweise in ihre Richtung. Natürlich hatte sie es selbst bemerkt.

»Ich komme später nach. Wie abgesprochen«, nickte sie, bevor sie mich noch einmal lächelnd an sich drückte.

Tristan und Natalie setzten sich in den Volvo, während Ace und ich das Motorrad nahmen. Die Straßen waren mittlerweile größtenteils vom Schnee befreit, sodass wir damit kein Problem haben würden.

Ich hielt mich an Ace fest und kniff die ersten zwei Minuten die Augen zu. Als ich sie wieder öffnete, sah ich Neos Kopf vor mir. Sein Körper verschwamm immer stärker, sodass ich seine Füße nicht mehr sehen konnte. Er wirkte mehr denn je wie ein Geist.

»Es gibt eine weitere Leiche«, sagte er. Ich hörte ihn trotz des Lärms der Maschine so klar, als würden wir uns in einem stillen Raum befinden. »West Bloom.«

»Verdammt«, fluchte ich, obwohl es in meinem Bauch vor Erwartung rumorte. »Ace!«, rief ich und wartete, bis er mir an einer Ampel haltend seine Aufmerksamkeit schenkte, um ihm von der Neuigkeit zu berichten. Er war alles andere als begeistert. »Lass uns nachsehen.« Natürlich gab es noch Mordenox in der Stadt, die sich Opfer suchten, aber seit dem Abend auf dem Schrottplatz hatten wir keines mehr aufgefunden. Nur noch Gaspard hinterließ seine Opfer.

»In Ordnung«, gab der Protector schließlich nach und fuhr in den Stadtteil West Bloom.

Meine Hände gruben sich fester in seine Jacke. Würde ich jetzt endlich erfahren, was Gaspard von mir besaß?

VIERUNDZWANZIG

Ich gab Neos Wegbeschreibungen an Ace weiter. Wir wurden in ein abgelegenes Viertel gelotst, in dem sich mehrere leer stehende Häuser aneinanderdrängten und es Dutzende zugemüllte Ecken gab. Die Umgebung wirkte, als würde sie von dem Sonnenlicht nie ganz erreicht werden. Schatten umhüllten Häuser und Gärten.

Mir drehte sich der Magen um.

Die junge Frau saß auf einem alten, schmutzigen Gartenstuhl, wurde aber nur durch einen dunkelgrünen Schal, der um ihre Mitte und die Stuhllehne gebunden war, aufrecht gehalten. Ihr Kopf war nach vorn gefallen und das blonde Haar verdeckte ihr Gesicht, sodass ich die fatale Ähnlichkeit mit dem meinen nur erahnen konnte.

Ich war mittlerweile vom Bike abgestiegen und hielt den Helm wie ein Schutzschild vor meinen Körper. Ace hatte nur einen Blick auf die Leiche geworfen, die durch den Zaun und die Betonmauern drum herum gut versteckt war, bevor er sein Handy hervorholte, um Nat von unserem Umweg in Kenntnis zu setzen.

»Meinst du, er befindet sich noch in der Nähe?«, fragte er, nachdem er das Gespräch beendet hatte. Mit grimmiger Miene sah er sich um, als würde Gaspard jeden Moment vom Dach springen.

»Nein. Neo hätte mich gewarnt.« Ich klang sicherer, als ich mich eigentlich fühlte. Der Geist hingegen wirkte wie mein Fels in der Brandung, während er unbewegt auf die Leiche hinabblickte.

Vorsichtig legte ich den Helm ab und näherte mich dem Opfer. Als ich die Leiche erreicht hatte, bemerkte ich das außergewöhnliche Blumenmuster, und mir wurde klar, dass ich den Schal, der sie festhielt, kannte. Auf der rechten Seite fehlte einer der sechs Bommel … genau wie bei meinem.

Ich teilte Ace meine Entdeckung mit, der genauso bestürzt wirkte wie ich. »Wie ist das möglich?«

»Ich weiß es nicht …« Kopfschüttelnd hielt ich inne. »Er muss noch einmal zurückgekehrt sein, bevor wir den Bannzauber erneuert haben.«

»Warum greift er uns nicht einfach an? Worauf wartet er?« Er stieß ein frustriertes Stöhnen aus und fuhr sich mit beiden Händen durchs Haar. »Ich hasse es, dass er mit uns spielt, als wären wir Mäuse in seinem Käfig. Er hält den Käse und wartet, bis wir den Weg zu ihm gefunden haben.« Mir wäre keine bessere Beschreibung eingefallen.

»Ich muss nachsehen«, sagte ich also ruhig, statt ihm zu widersprechen. Abwartend sah ich ihn an. Ich hatte unseren Streit nicht vergessen und wollte ihn wissen lassen, dass ich nicht wieder in einen irrationalen Strudel gerissen wurde. Tief Luft holend beugte ich mich hinab. Der Kragen des Pullovers war in dunkles Blut getaucht, das zwar nicht getrocknet war, sich aber auch nicht mehr warm anfühlte. Der Mord lag also schon einige Zeit zurück.

Eine Gänsehaut breitete sich über meinem gesamten Körper aus, als ich den Kragen herunterzog und ihre Haare zur Seite schob, um einen besseren Blick auf ihren Hals zu erhaschen.

Ich spürte, wie sich meine Muskeln anspannten. Erschrocken zuckte ich zurück, als ich das schwerwiegende Wort erkannte. Beinahe wäre ich rücklings hingefallen, wenn Ace meine Schultern nicht umfasst hätte.

»Familie«, wisperte ich, als er mir hoch half. »Er hat meine Familie.«

Es war, als würde ein Schalter in meinem Kopf umgelegt werden. Ich konnte plötzlich nicht mehr klar denken und wurde allein von Hysterie gelenkt, als ich vor Aces Berührung zurückzuckte und fanatisch den Körper der Frau nach weiteren Wörtern absuchte. Ihre Arme, ihren Nacken. Ich wäre noch weitergegangen, wenn mich Ace nicht zurückgehalten hätte. Seine Arme schlossen sich wie Schraubstöcke um meinen Körper.

»Lass mich los!«, schrie ich. Mir war es egal, ob man uns entdeckte.

»Atme tief durch, Lydia. Das dort ist eine Person. Ein Mensch, den man brutal aus seinem Leben gerissen hat. Denkst du nicht, du könntest etwas würdevoller mit ihm umgehen?« Seine Worte sickerten langsam, aber wirkungsvoll in mein Innerstes und geboten der Hysterie Einhalt.

»Du hast recht«, würgte ich über mich selbst erschrocken hervor und löste mich von ihm. Ich stolperte zur nächsten Ecke und übergab mich. Ace trat neben mich und legte eine kühle Hand in meinen Nacken. Er wartete geduldig, bis die Übelkeit nachließ, ehe er mir ein Taschentuch reichte. Mit zittrigen Fingern wischte ich mir über den Mund.

»Es ist nur … er hat meine Familie, Ace.« Meine Stimme brach zum Ende hin. Er berührte mich sachte an der Wange.

»Was soll das bedeuten? Er hat einen großen Teil deines Clans doch bereits getötet … Vermisst ihr noch jemanden?«

Ich hob den Blick, obwohl ich mich am liebsten verkrochen hätte. Gaspard hatte mich wieder einmal unerwartet und schmerzhaft getroffen.

»Er meint nicht den Clan, Ace, sondern meine leibliche Familie«, erklärte ich leise, da ich meiner Stimme nicht mehr traute. »Er muss sie gefunden und entführt haben.« Ich hätte damit rechnen müssen. Irgendwie. »Ich …«, begann ich panisch, bevor mir klar wurde, was ich tun musste. Mit fahrigen Bewegungen zog ich mein Handy hervor und wählte die Nummer von meinem alten Zuhause, die ich mir jede Nacht aufs Neue einprägte. Ich hatte mir immer eingeredet, wenn ich sie vergaß, würde es endgültig keinen Weg mehr zurück geben.

Niemand hob ab. Selbst nach dem achten Klingeln nicht. Nicht einmal einen Anrufbeantworter gab es. Verzweifelt schob ich das Telefon zurück und kämpfte gegen die Tränen an.

»Das sollte nicht mal möglich sein«, schluchzte ich. »Giffin hat dafür gesorgt, dass wir jeglichen Kontakt zu unseren Familien abbrechen, um genau so eine Situation zu vermeiden.«

»Woher soll also Gaspard von ihnen wissen? Er spielt nur mit dir«, beschwichtigte mich Ace, aber wir konnten beide nicht die Augen vor der Wahrheit verschließen, dass es doch eine geringe Möglichkeit gab. Und diese würde ausreichen.

»Aber warum heben sie nicht ab?«

»Vielleicht arbeiten sie gerade? Oder sie sind im Urlaub?« Er rieb mit dem Daumen über meine Wange. »Gerate nicht in Panik. Versuch es später einfach noch mal.«

Das Herannahen eines Autos ließ uns aufhorchen. Glücklicherweise handelte es sich nur um Nat, die den Volvo neben Aces Motorrad abstellte. Ihre Miene wirkte grimmig und ernst, wurde sogar noch dunkler, als sie die Frau sah, die durch meine Attacke noch schlimmer aussah.

Ich schämte mich zutiefst.

»Wo ist Tristan?«, fragte Ace als Erster und kam mir damit zuvor.

»Ich habe ihn bereits abgesetzt. Ihm ging es nicht so gut«, antwortete sie leise.

»Wir müssen sie zuerst zurückbringen«, sagte ich mit so viel Entschlossenheit, wie ich aufzubringen imstande war. »Es dauert zwar noch eine Weile, bis sie sich wandelt, aber ich will das verhindern, bevor die *Cresceo* beginnt.«

»Wir könnten sie auch zu uns bringen«, schlug Ace vor. »Du müsstest doch noch alles dahaben, was du brauchst, oder? Außerdem könnte ich dir helfen.«

Ich nickte, da ich mich nicht traute, das Ritual allein durchzuführen, und Ace wurde bei seinen Leuten gebraucht. Das war für uns alle die beste Lösung.

Am liebsten hätte ich mich irgendwo versteckt, um nie wieder hervorzukriechen. Gaspard hatte mich zu etwas werden lassen, dem ich selbst nicht mehr in die Augen sehen konnte. Ein Monster unter meiner Haut.

Ace und Nat hievten den Körper der Frau in den Kofferraum, danach wartete Ace darauf, dass ich zu ihm aufs Bike stieg, doch ich schüttelte den Kopf. Mit einem kurzen Seitenblick auf Nat, die sich noch einmal den Fundort genauer ansah, trat ich zu ihm und legte eine Hand auf seine, welche er bereits auf dem Lenker positioniert hatte.

»Ich fahre mit Nat. Sie soll nicht allein mit der … Leiche sein«, erklärte ich ihm.

»Bist du sicher?«

Ich nickte. »Keine Sorge, ich habe mich beruhigt. Es … Ich versuche rational zu bleiben.«

Zum Abschied lächelte er gezwungen, dann entzog er mir seine Hand und klappte das Visier herunter. Sekunden später heulte der Motor auf, dann verschwand Ace hinter der nächsten Kurve.

Ich sah noch einen Moment die nunmehr verlassene Straße entlang, dann wandte ich mich zu Nat um. Sie hockte gerade vor der Fundstelle, als hätte sie etwas unter dem Stuhl entdeckt. Zögerlich schloss ich zu ihr auf.

»Du hast nicht zufällig einen Pfefferminzbonbon, oder?«

Sie lächelte zu mir hoch, erhob sich und holte aus ihrer Innentasche tatsächlich ein Bonbondöschen hervor. Dankbar nahm ich mir zwei Drops daraus, legte sie auf meine Zunge.

»Hast du was entdeckt?«, frage ich hoffnungsvoll.

»Nein. Nichts, dass uns einen Hinweis darauf geben könnte, wo er deine Familie gefangen hält. Wir könnten uns noch einmal mit der Position der Fundorte beschäftigen, wenn die *Cresceo* vorbei ist«, antwortete sie leise. »Weißt du, ich h…«

Sie beendete ihren Satz nicht, sondern spannte sich abrupt an und zog ihr Chilanum hervor. Das Schwert eines Bellators der Signa Inferre. Die Klinge glänzte selbst im grauen Tageslicht gefährlich. Nat schob mich leicht hinter sich und ich gehorchte augenblicklich. Mein Herz klopfte bis zum Hals. War nun das Ende gekommen? Hatte Gaspard nur darauf gewartet, dass sich Ace entfernte? Ich konnte nicht anders, als erleichtert aufzuatmen. Meinem Protector würde nichts geschehen. Er würde sich nicht für mich opfern, weil er es als heldenhaft empfand, sondern er würde leben. Dieser Gedanke war der einzige, der mir half, aufrecht stehen zu bleiben.

»Ich bin es nur«, erklang eine sanfte Stimme und ein junger Mann trat hinter der linken Ecke hervor. Seine Haut war dunkel, sein Haar kurz geschoren und der Zug um seinen Mund war mir nur allzu bekannt. Doch ich erkannte ihn an seiner geraden Nase, der Struktur seiner Gesichtsknochen unter der glatten Haut. Er musste mit Gaspard sehr eng verwandt sein, und das bedeutete, dass auch er ein … Tenebrae war.

»Etienne«, wisperte Nat. Das Schwert in ihrer Hand bewegte sich nicht, aber etwas in ihrer Haltung hatte sich verändert. Ich konnte nur nicht genau bestimmen, was es war.

»Wir haben uns lange nicht mehr gesehen.« Er lächelte verlegen. Ich hätte es nicht geglaubt, wenn ich es nicht mit eigenen Augen sehen würde. Ein Tenebrae, der verlegen war!

»Was machst du hier? Du solltest nicht hier sein«, zischte die Bellatorin, die sich offensichtlich von dem Schock erholt hatte, Etienne hier zu sehen. Immerhin eine von uns beiden.

»Nat?«, fragte ich unsicher und legte eine Hand auf ihre Schulter.

Die Bewegung lenkte die Aufmerksamkeit des Tenebrae auf mich. Seine Augen waren so dunkel wie Gaspards, doch mir begegnete keine Kälte.

»Nein, *ihr* solltet nicht hier sein. Mein Vater hätte euch hier auflauern können«, widersprach er und richtete seine Aufmerksamkeit wieder auf die Rothaarige.

Sein Vater? Gaspard war sein Vater?

»Und warum hat er es nicht getan?«

»Er will mit ihr spielen und er hat großes Vertrauen in seine eigenen Pläne«, antwortete er leise und setzte einen Schritt nach vorne.

»Bleib, wo du bist«, warnte ihn die Kriegerin.

»Ich habe dich vermisst.« Plötzlich war jede Maske, die er zuvor noch getragen hatte, verschwunden. Seine Miene war entblößt und die Sehnsucht, die er empfand, nur zu deutlich. Ich konnte nicht glauben, was ich sah. »Wir hätten davonlaufen sollen.«

»Du weißt, dass sie uns gejagt hätten.« Die Schwertspitze senkte sich leicht. Ich hoffte, Nat wusste, was sie da tat.

»Ich weiß nur, dass ich unglücklicher bin als je zuvor.«

»Etienne … ich kann nicht. Nicht jetzt.«

Wieder zuckten seine Augen einen Moment zu mir, dann nickte er.

Ich ignorierte Nats warnenden Blick, als ich vortrat. »Hat er wirklich meine Familie?«, würgte ich hervor.

»Ich kann dir nicht helfen.«

»Du kannst nicht oder du willst nicht?«, zischte ich, nicht wissend, woher ich den Mut dazu fand.

»Macht es einen Unterschied?«

»Für mich schon«, mischte sich Nat ein und ich warf ihr ein dankbares Lächeln zu.

»So oder so, ihr solltet die Stadt verlassen, Nat. *Du* solltest sie verlassen. Mein Vater wird nicht haltmachen, ehe Arden Creek ihm gehört«, sagte er ruhig, ohne weiter auf meine Fragen einzugehen. »Ich werde mein Bestes geben, ihn von dir fernzuhalten, aber …«

»Danke für die Warnung.« Die Schwerspitze richtete sich wieder nach oben, was Etienne ebenfalls bemerkte. Ich wollte nach vorne springen, ihn am Kragen festhalten und durchschütteln, bis er mit der Sprache rausrückte, doch ich war wie erstarrt. Also doch nicht mutig genug …

»Ich liebe dich, Nat.«

Ich keuchte, Nat hingegen erwiderte nichts, bevor sich Etienne in eine größere Form eines Mordenox' verwandelte und durch seine Flügel der Rücken seines blassgrauen Hemds zerrissen wurde. Er wandte sich schließlich ab, lief ein paar Meter in die entgegengesetzte Richtung und begab sich dann in die Lüfte.

Wir blickten ihm sprachlos nach, bis seine schwarze Gestalt von den dichten Wolken verschluckt wurde und ich endlich begreifen konnte, was gerade passiert war. »Was zur Hölle war das?«, rief ich außer mir. Meine Hände zitterten und meine Knie waren weich wie Gummi.

»Lass uns zuerst von hier verschwinden.«

Da ich ihre Meinung teilte, gab ich nach, doch sobald wir im Volvo saßen, wiederholte ich meine Frage, wenn auch weniger aufgebracht. Ich hatte mich wieder halbwegs beruhigt.

»Er …« Sie runzelte die Stirn, ohne den Blick von dem Verkehr zu nehmen. »Erinnerst du dich an das, was ich dir über meine … dunkle Zeit erzählte?«

»Du meinst, von der dich dein Glaube an die Gottheiten gerettet hat?«

Sie nickte.

»Wenn ich mich richtig erinnere, hast du gesagt, du wärst unglücklich … verliebt gewesen.« Der Groschen fiel. »In einen Tenebrae!«

»Als ich ihn kennenlernte, wusste ich nicht, was er war, und er hatte keine Ahnung, was ich war. Wir haben uns ineinander verliebt, bis wir eines Nachts einem Mordenox begegneten und wir die Geheimnisse des anderen aufdeckten. Es war nicht schön.« Sie stockte und biss sich kurz auf die Unterlippe. »Aber unsere Liebe war größer und so blieben wir zusammen, verheimlichten unsere Beziehung vor den Leuten, die uns am nächsten standen, aber wie du dir vielleicht denken kannst, bekamen sowohl Daltry als auch Gaspard Wind davon. Sie verboten uns den Kontakt zueinander. Etienne gehorchte nur unter der Bedingung, dass mir nichts zustoßen würde. Daltry schlug nach diesem Vertrauensbruch meine Bitte ab, zu den Protectoren zu wechseln. Seitdem habe ich Etienne nicht mehr gesehen, obwohl …«

Ich legte eine Hand auf ihre und sie lächelte traurig.

»Ich fühle manchmal seine Anwesenheit. Als ob er mich noch immer beschützt.«

»Auch wenn es mir nicht gefällt, denke ich, dass du recht hast. Er wirkte zumindest … ehrlich.« Es fiel mir schwer, Verständnis aufzubringen, aber Nat wirkte, als würde sie schon genug Schmerzen erleiden. Ich wollte ihr nicht etwas sagen, was sie ohnehin schon wusste: dass ihre Beziehung von Anfang an zum Scheitern verurteilt gewesen war. Tenebraes konnte man nicht trauen.

»Würdest du es für dich behalten? Bitte? Tristan weiß es, aber Ace … ich glaube nicht, dass er es verstehen würde.«

»Tristan weiß Bescheid?«

»Ja, er ist der Einzige, der bereit war, mich als seine Partnerin zu nehmen. Alle wissen, dass ich einen großen Fehler begangen habe, und niemand wollte seine Karriere dadurch beschmutzen lassen.«

»Aber sie wissen nichts von Etienne?«

»Nein, Daltry, Lockington und Giffin haben ihr Bestes getan, meinen Fehltritt unter Verschluss zu halten. Ich durfte auch nur weiterhin als Kriegerin arbeiten, nachdem ich mich einer psychologischen Behandlung unterzogen habe …« Sie ließ ihre Schultern sinken. »Die offensichtlich nicht das Geringste gebracht hat.«

»Ich werde es für mich behalten«, versprach ich, auch wenn ich ihre Befürchtung nicht teilte. Ace sah Nat als eine Freundin an und er würde sie nicht verstoßen.

»Danke.«

Wir schwiegen für die restliche Fahrt und schon bald wurden wir von den Betonwänden der Tiefgarage umfangen.

Es war mehr los als üblich. Protectoren stapelten Kisten in Vans, stiegen ein, fuhren los, kamen an und riefen sich gegenseitig wichtige Aufgaben zu, die noch erledigt werden mussten.

Wir warteten vor den Fahrstühlen auf Protectoren, die uns mit einer Bahre helfen würden. Sie ließen nicht lange auf sich warten, was mich allerdings erschreckte, war, dass die Bahre schon besetzt war. Ein bewusstloser Mann Mitte vierzig lag darauf und wurde zu einem der

Vans getragen. Ace trat hinter ihnen aus dem Lift und begrüßte mich mit einer kurzen Umarmung.

»Sie werden sich morgen an nichts mehr erinnern«, kommentierte er meinen verwirrten Blick.

»Vorausgesetzt, sie überleben das Ritual«, entschlüpfte es mir schneidend.

»Das werden sie«, sagte er leise. »Vertraust du mir nicht?«

Ich verschränkte meine Hand mit der seinen. »Doch.«

Er hob unsere Hände und hauchte einen Kuss auf meine Knöchel. »Dann vertraue mir auch, wenn ich dir sage, dass wir besser geworden sind und seit Jahren niemand mehr gestorben ist. Heute wird es nicht anders sein.« Seine braunen Augen leuchteten warm und voller Überzeugung.

Ich liebe ihn, schoss es mir durch den Kopf.

»Sie werden also erst jetzt in die Oper *Dupre* gebracht?«, wechselte ich eilig das Thema, bevor ich noch etwas Dummes sagte. Man hatte mir schon vor ein paar Tagen den Ort der *Cresceo* mitgeteilt, auch wenn ich nach wie vor nicht wusste, wo genau er sich befand.

»Nur ein paar wenige. Die meisten sollten schon dort sein oder sich auf dem Weg dorthin befinden. Es ist wichtig, dabei kein Aufsehen zu erregen.«

»Klar, sonst wären all die Mühen umsonst gewesen«, stimmte ich ihm zu, ehe die Protectoren mit der nunmehr leeren Bahre zu uns aufschlossen. Sie hievten die Leiche aus dem Kofferraum und schafften sie in den Fahrstuhl. Ace, Nat und ich folgten in einem zweiten. Noch einmal versuchte ich vergeblich, meine Eltern zu erreichen.

Was sollte ich nur tun?

FÜNFUNDZWANZIG

Alle waren rundum beschäftigt. Ace konnte nur zehn Minuten für mich entbehren, um mir dabei zu helfen, die Wandlung der Frau zu verhindern, indem ich einen Teil meiner Glut in ihre Brust pflanzte. Neo blieb durchgehend an meiner Seite, solange ich mich im Tresorraum befand.

»Die Aufregung steigt«, kommentierte ich das Kribbeln in meinen Händen, nachdem Ace wieder verschwunden war. »Ich hab keine Ahnung, was uns erwartet.«

»Wenn das Licht dadurch stärker wird, werden vielleicht ein paar Mordenox sterben«, überlegte Neo laut, während er an einer Stelle auf und ab schwebte.

»Das könnte sein. Es wäre ja auch möglich, dass Gaspard selbst stirbt, weil die Dunkelheit für jemanden wie ihn nicht mehr ausreicht.«

»Und was ist mit Etienne?«

»Was soll mit ihm sein?«

»Natalie wäre sicherlich traurig, wenn ihm etwas zustößt.«

»Ich weiß nicht, ob es eine Möglichkeit gibt, ihn zu schützen, und ob … es überhaupt richtig wäre«, erwiderte ich langsam. »Er hat sie zwar gewarnt, die Stadt zu verlassen, aber wirklich geholfen hat er uns nicht.«

»Es war nur so ein Gedanke«, erklärte sich Neo.

Ich nickte unsicher, bevor ich den Tresorraum verließ, um mich in die Lobby zu setzen, so wie es abgemacht war. Neo konnte mir leider nicht folgen. Es machte mir aber nicht viel aus, da ich mich damit zufrieden gab, die umherwuselnden Protectoren zu beobachten und zu versuchen, meine Familie zu erreichen.

Nat war verschwunden und ich kam nicht umhin, mich zu fragen, ob sie sich erneut mit Etienne traf. Noch immer konnte ich es nicht glauben und mittlerweile nagten Zweifel an mir, ob die Entscheidung richtig gewesen war, Ace nichts zu sagen. Ich war mir sicher, dass er sie nicht verurteilen würde und er sollte von der Warnung des Tenebrae wissen. Ich wiederholte Etiennes Worte in meinem Kopf und war beinahe davon überzeugt, dass sein Vater als Nächstes die Bellatoren angreifen würde.

Meine Aufmerksamkeit wurde erneut von dem Freizeichen abgelenkt. Noch immer hob niemand ab. Seufzend beendete ich den nicht angenommenen Anruf und lehnte mich an die Rückenlehne der metallenen Bank, die in der Mitte der Lobby stand. Hinter mir befand sich ein marmorner, trockener Brunnen. Vielleicht hatte Ace ja doch recht und es gab eine plausible Erklärung für das Nichtbeantworten meiner Anrufe …

»Ist hier noch frei?« Maisie, Aces Schwester, blickte abwartend auf mich herab. Ich hatte ihr Herantreten überhaupt nicht bemerkt.

»Sicher.« Reflexartig rückte ich weiter nach rechts, obwohl bereits genug Platz gewesen wäre. Maisie ließ sich freundlich lächelnd neben mir nieder. Sie erinnerte mich sehr an ihre Mutter und weniger an ihren Bruder. Maisie war zwar nicht klein, eher so groß wie ich, aber sie besaß zierliche Gliedmaße.

»Lockington hat mich geschickt«, eröffnete sie unser Gespräch, nachdem wir ein paar Momente mit Schweigen verbracht und zwei Protectoren beobachtet hatten, die sich wegen eines Dokuments stritten.

»Ach ja?«

»Du bist die Oberste des Clan Militums. So kannst du der *Cresceo* nicht beiwohnen.«

»*So?* Was meinst du mit *so?*« Stirnrunzelnd erwiderte ich ihren durchdringenden Blick. Nein. Sie war ganz und gar nicht wie Ace. Eher gelassen und berechnend. Ace trug sein Herz offen zur Schau. Sie verbarg das ihre. Und doch erinnerte ich mich an unser Gespräch, als er noch auf der Krankenstation gelegen hatte. Dort war sie mir viel erreichbarer und netter vorgekommen.

»Du musst dich anders kleiden«, erklärte sie. Ihre zierlichen, geschwungenen Augenbrauen hoben sich gekonnt. »Wir haben nur noch zwei Stunden Zeit, dich herzurichten.«

»Ist das wirklich nötig?« Ich war so aufgeregt und nervös, dass ich mich kaum auf die Gegenwart konzentrieren konnte.

Sie legte ihren Kopf leicht schief. »Es ist deine Entscheidung.«

Natürlich war es meine Entscheidung. Sie würde mich wohl kaum allein in ihr Loft schleppen und mir wie einer Puppe die Kleider ausziehen können. Ich verstand auch nicht wirklich, was an meiner roten Bluse und den schwarzen Jeans so falsch war. Ich fand, dass sie elegant genug waren. Allerdings erkannte ich, dass man als Oberste oft auch kleine Dinge tun musste, die zwar unangenehm waren, aber andere zufriedenstellten. Letztlich würde es mir nicht wehtun, Lockington zu gehorchen.

»In Ordnung«, gab ich also nach. »Gehen wir.«

Maisies Haltung entspannte sich. Ich hatte vergessen, dass auch sie nur ihren Job erledigte. Wahrscheinlich behagte es ihr genauso wenig wie mir, dieser Bitte nachzukommen.

Mit dem Aufzug erreichten wir schnell die Etage ihres Apartments, während ich noch ein weiteres Mal versuchte, meine Familie zu kontaktieren. Ich wäre gerne zu ihnen fahren, aber ich war mir nicht sicher, ob ich den Weg finden würde. Oder waren meine Eltern ohnehin umgezogen, nachdem erst ich und dann mein Bruder sie verlassen hatten? Immerhin befand sich Carter höchstwahrscheinlich auf einem College. Bedeutete dies, dass Gaspard lediglich meine Eltern hatte? Aber wieso schrieb er dann *Familie* und nicht *Eltern?*

Maisie hatte den offiziellen Teil ihre Aufgabe erfüllt und plapperte nun über die unwichtigen Themen. Es fiel mir schwer, diesen Umschwung zu akzeptieren, da er mir doch unehrlich und falsch vorkam. Aber Maisie war Aces Schwester und deshalb gab ich mir Mühe, das Gespräch freundlich zu halten. Irgendwann, als wir ihr Zimmer betreten hatten, fühlte es sich dann nicht mehr ganz so merkwürdig und künstlich an.

Das Bett war genauso breit und pompös wie jenes, auf dem ich hier genächtigt hatte. Die Wände waren weiß und an einigen Stellen mit edlem Holz vertäfelt, während auf dem Boden ein magentafarbener Teppich lag. Die Deko beschränkte sich auf einzelne Accessoires wie der mit Blumen gemusterte Schirm der Nachttischlampe oder die Windlichter auf der hölzernen Kommode.

»Wie kommst du so als Oberste zurecht?«, lenkte sie vom Thema über die Vorzüge, immer einen Lippenstift dabeizuhaben, ab. Mit gezielten Bewegungen zog sie mehrere Kleider aus ihrem Schrank hervor und hing diese an die Rückseite der Schranktür.

»Es ist ganz okay«, winkte ich ab, bevor ich meine Hände ineinander faltete. Sollte ich mich hinsetzen oder stehen bleiben? »Jeder versucht mir unter die Arme zu greifen und das macht schon viel aus. Ich muss zwar noch einiges lernen, aber das wird schon gehen.«

»Das freut mich zu hören«, verkündete sie.

»Übst du den gleichen Job wie Ace aus und markierst Menschen mit strahlender Ignis?«, erkundigte ich mich bei ihr, um nicht mehr über mich und meine heikle Situation zu sprechen.

»Manchmal, wenn Not am Mann ist. Ansonsten kümmere ich mich um die Koordination unserer Leute, damit sich nicht ein Dutzend von ihnen während einer Suche auf einem Haufen befinden.«

»Cool.« Sie arbeiteten also ähnlich wie Bellatoren. Organisiert und pedantisch. Daltry hatte recht gehabt, als sie sagte, dass wir zusammenhalten sollten, denn so groß die Kluft zwischen unseren Clans auch geworden war, im Inneren unterschieden wir uns gar nicht so sehr.

»Wie wäre es damit?« Sie hielt mir ein rotes Kleid hin, das mir jedoch viel zu auffällig und zu eng anliegend war. Ich entschied mich für die zweite Option. Ein dunkelblaues Satinkleid mit tiefem Ausschnitt, der aber nicht zu gewagt war.

»Ich hoffe, es passt mir.« Zweifelnd erwiderte ich Maisies freundlichen Blick, als sie mir das Kleid reichte. Ich war bei Weitem nicht so schlank und zierlich wie sie.

»Das sollte es, ich habe es für dich ausgesucht«, lachte sie und ging zur Tür. »Lockington hat mir gestern den Auftrag gegeben, etwas Passendes für dich zu besorgen, für den Fall, dass du selbst nicht bereits anständig gekleidet bist.« Ich versuchte vergeblich, nicht das Gesicht zu verziehen, doch sie fing meinen Blick auf. Statt mich zu tadeln, wurde jedoch ihre Miene weicher. »Er hat sich gedacht, dass du gedanklich von anderen Dingen abgelenkt bist. Ich glaube nicht, dass er dich bevormunden wollte.«

Über diese Perspektive hatte ich überhaupt nicht nachgedacht. Bei einem Mann, der mir sympathischer war als Lockington, wäre das logisch, doch bei ihm fiel es mir schwer, so etwas zu glauben. Dies war nur ein weiterer Aspekt, in dem er mich kontrollieren konnte.

Du lässt es doch zu, erinnerte mich eine enervierende Stimme in meinem Inneren, die sich nur schwer verdrängen ließ.

Nachdem Maisie das Zimmer verlassen hatte, zog ich mich gemächlich um. Mir war klar, dass uns nicht mehr viel Zeit blieb, bis wir uns auf den Weg machen mussten, aber ich wollte mich auch nicht hetzen. Nicht dass ich dazu in der Lage gewesen wäre, da meine Gedanken noch immer um Etiennes Auftreten und Gaspards Nachricht kreisten und mich ablenkten. Woher hatte der Tenebrae die Adresse meiner Familie gehabt? Das Einzige, was ich mir vorstellen konnte, war, dass Giffin sie irgendwo notiert hatte und diese Notiz Gaspard in die Hände gefallen war. Und was war mit Etienne? Wusste sein Vater, wo dieser sich herumtrieb und hatte ihn vielleicht als … Ablenkung genutzt? Es gab so unendlich viele Möglichkeiten …

»Warum muss ich mich noch mal aufbrezeln?«, fragte ich tief seufzend, als Maisie zurückkam. Auch sie hatte sich umgezogen und strahlte in einem schulterfreien, jadegrünen Kleid, das bis zum Boden reichte und ihren zierlichen Körper perfekt zur Geltung brachte. Sie sah fantastisch aus.

»Du repräsentierst deinen Clan«, wiederholte sie die Antwort, die wir beide kannten. »Du siehst bezaubernd aus.« Sie umfasste meine Schultern und drehte mich in Richtung Spiegel, der mir meinen verblüfften Gesichtsausdruck direkt vor Augen führte. Ich konnte mich nicht daran erinnern, jemals ein solch schönes Kleid aus so edlem Stoff getragen zu haben. Den Protectoren schien es finanziell um Welten besser zu gehen als meinem Clan. Ich sollte Ace nach ihrem Geheimnis fragen. »Jetzt setz dich, damit ich noch etwas mit deinen Haaren machen kann.«

Widerstrebend gehorchte ich und ließ mir von ihr das Haar kämmen und hochstecken. Wir hatten keine Zeit mehr für eine komplizierte Frisur oder übermäßig viel Schminke, aber Maisie schaffte es dennoch, mich hübsch herzurichten. Ich liebte das Rouge auf meinen Wangen und beschloss, es nun öfter zu benutzen. Vorausgesetzt, Gaspard würde mich am Leben lassen.

Schließlich durfte ich mich wieder bewegen, um mir schwarze Pumps anzuziehen, bevor ich meine zwei Handys in die Tasche schmuggelte, die mir Maisie reichte. Sie passte viel besser zu dem Outfit als mein klobiger Rucksack.

Ich überprüfte noch einmal mein Aussehen, ehe ich ein weiteres Mal versuchte, meine Eltern zu erreichen. Es fiel mir schwer, nicht in

Panik auszubrechen. Ganz egal, dass sie mich aufgegeben hatten, ich würde anders reagieren. Ich würde um sie kämpfen.

Entschlossen steckte ich das Smartphone wieder ein und schloss mich Maisie an, die in den Flur getreten war. Ich hörte leise Stimmen, die ich ihr und Ace zuordnete, bevor ich ihm Sekunden später gegenüberstand. Verblüfft hielt ich in der Bewegung inne, mein Kleid glatt zu streichen, und riss die Augen auf. Ace sah … fantastisch aus.

Anscheinend war es auch für ihn obligatorisch, sich herauszuputzen, denn er trug einen schnittigen schwarzen Smoking mit Fliege, an der er bis vor einer Sekunde noch herumgefummelt hatte, als läge sie zu eng um seinen Hals.

Unsere Blicke trafen sich, nachdem wir die gegenseitige Musterung abgeschlossen hatten. Maisie schien in diesem Moment nicht mehr existent zu sein und meine Lungen waren auch irgendwie verschwunden. Wie sollte ich weiteratmen?

»Okay.« Maisie zog das Wort absichtlich in die Länge, um unsere Aufmerksamkeit zu erringen. »Ich fahre dann schon mal vor. Wir sehen uns später, großer Bruder.« Sie küsste ihn auf die Wange, bevor sie mir zuwinkte. »Lydia.«

Ich entspannte mich erst, als sich die Tür hinter ihr geschlossen hatte.

»Du siehst gut aus.« Ich zwang mich zu einem Lächeln, das unter seinem brennenden Gesichtsausdruck zu zerfallen drohte.

»Und du wunderschön«, erwiderte er, bevor er meine Hand in seine nahm und sie an seinen Mund führte, um einen zärtlichen Kuss auf die Innenseite zu hauchen. Ich spürte, wie sich das Blut in meinem Körper erhitzte, dann schoss die Erkenntnis wie ein schmerzvoller Blitz durch mich hindurch. Ich entriss ihm meine Hand. Wie konnte ich mich amüsieren, wenn meine Eltern gerade vielleicht gefoltert wurden oder sogar schon tot waren?

Ace sah mich verletzt, aber auch besorgt an. Er wich jedoch nicht zurück, sondern trat noch näher, als würde er mir nicht erlauben, mich vor ihm zu verstecken.

»Was ist los?«

»Ich … ich hab Angst, dass meinen Eltern etwas geschieht«, entschlüpfte es mir. »Gaspard hat sie vermutlich eh nicht, aber das Gefühl … es lässt sich schwer abschütteln«, versuchte ich zu erklären.

»Wir müssen daran glauben, dass das Licht siegt, Lydia. Die *Cresceo* hilft uns weiter. Ganz sicher.«

»Aber ob es noch rechtzeitig ist?« Ich spürte, wie die Last der letzten Tage und Wochen endlich ihren Tribut einforderte. Die Wut aufgrund meiner Hilflosigkeit brach sich endlich Bahn. »Was ist, wenn Gaspard sie schon längst getötet hat?«

»Es gibt nichts, das du tun könntest, um das zu ändern.« Ace blieb ruhig und ließ sich nicht von mir provozieren. »Ich glaube, dass Gaspard dich nur terrorisieren will. Vermutlich weiß er nicht mal, wo sie sind oder dass sie existieren. Woher soll er denn wissen, dass deine leiblichen Eltern nicht Teil des Clans sind?«

»Warum erreiche ich sie dann nicht?«, fragte ich ruhiger, aber auch verzweifelter. Tränen schlichen sich in meine Augen.

Ace berührte meine Oberarme. »Es gibt unzählige Gründe und keiner von ihnen muss etwas mit dem Tenebrae zu tun haben.«

Vielleicht …

Ich ließ mich von ihm trösten und brach unsere Diskussion ab. Ganz egal, wie sehr ich Ace meine Angst zeigte, er würde sie nicht verstehen. Nicht in dem gleichen Ausmaß, wie ich sie fühlte, und das war nicht seine Schuld. Er war ein Mensch, der seinen Schmerz und seine Angst anders als ich verarbeitete. Er half mir, nicht in ein tiefes Loch zu fallen, aber die panischen Gedanken, die ich hegte, konnte er nicht vollends tilgen.

»Es gibt noch etwas, das du vielleicht wissen solltest«, sagte ich vorsichtig.

»Okay.« Abwartend sah er mich an.

»Aber du musst mir vorher versprechen, dass du Natalie nicht sofort verurteilst und versuchst, dich daran zu erinnern, dass sie mit uns befreundet ist, okay?« Sein ernstes Nicken reichte aus, um mich in meiner Entscheidung zu bestärken, das Versprechen, das ich Nat gegeben hatte, zu brechen. »Nachdem du vorhin vom Fundort verschwunden bist, da wurden wir von einem Tenebrae überrascht. Etienne. Er ist Gaspards Sohn.« Als Aces Gesicht weiterhin regungslos blieb, fuhr ich fort: »Er wollte Nat warnen. Sie soll möglichst bald die Stadt verlassen. Ich glaube, sein Vater hat vor, die Signa Inferre anzugreifen. Er sagte natürlich nicht, wann und wie, aber ja … Für mich klang es danach.«

»Hat er … dir etwas getan?«

Ich erwiderte seinen durchdringenden Blick. Was ich für Regungslosigkeit gehalten hatte, offenbarte sich nun als kaum zurückgehaltener Zorn. Sein Wangenmuskel zuckte.

»Nein. Er …« Ich räusperte mich, während ich seine linke Hand umfasste, die zu einer Faust geballt war. Er lockerte sie nur sehr zögerlich. »Er und Natalie waren ein Liebespaar. Er liebt sie anscheinend immer noch, sofern Tenebrae so etwas überhaupt empfinden können. Nat hat mich gebeten, dir nichts zu sagen, aber ich dachte, dass du es wissen solltest. Es betrifft schließlich uns alle.«

Ace hob meine Hand an seinen Mund und hauchte einen Kuss auf meine Knöchel, ehe er tief durchatmete.

»Ich weiß es bereits«, sagte er langsam, als würde er noch immer um Kontrolle kämpfen. »Daltry berichtete Lockington davon, und er sagte es mir. Ich dachte nicht, dass sie noch im Kontakt stehen und ich wusste nicht, dass er Gaspards Sohn ist.«

»Es wirkte nicht so als ob. Natalie hatte ihr Chilanum gezogen und sie war bereit, mich vor ihm zu beschützen. Sie hätte ihn nicht an mich herangelassen«, beschwichtigte ich den Protector, der sich allmählich zu beruhigen schien.

Er nickte. »Ich bin froh, dass ich mich nicht in ihr getäuscht habe.«

Ich versuchte mich an einem Lächeln. »Also … ist alles gut?«

»Alles ist gut. Danke, dass du es mir gesagt hast. Ich werde nach der *Cresceo* Lockington darüber unterrichten, aber ich versuche Nat herauszuhalten«, fügte er schnell an, als er meinen empörten Gesichtsausdruck auffing. »Jetzt lass uns gehen. Wir sind schon spät dran.«

Gemeinsam fuhren wir zur Oper *Dupre,* die sich in demselben Stadtteil wie mein Clanhaus befand. Beringham war das älteste Viertel von Arden Creek, sodass sich niemand über das alte Opernhaus wunderte, das niemand mehr zu nutzen schien. Nun, bis auf uns.

Die Autos wurden weiter weg geparkt, um kein großes Aufsehen zu erregen. Außerdem hatten die Vans Vorrang, die die Menschen *brachten,* da sie für das Ritual essenziell waren.

Die Fassade der Oper war rissig und ergraut. Der Stein alt und ungepflegt, genauso wie die Buntglasfenster, die die oberste Etage schmückten. Statuen, die auf kleinen Vorsprüngen standen, waren ebenfalls so von der Witterung zerstört, dass ich nicht mehr erkennen konnte, was sie darstellen sollten.

Das Innere hingegen leuchtete in kräftigen Farben und erinnerte mich an eine katholische Kirche. Die Decken waren bunt bemalt und zeigten verschiedene geschichtliche Szenen, die durch das Licht der Kronleuchter noch imposanter wirkten. Es war bei einem genaueren Blick jedoch deutlich, dass man sich nicht die Mühe gemacht hatte, alles von Staub zu befreien.

Die Stimmen der anderen Protectoren hallten überall im Foyer wider und reichten sogar nach hier oben. Ich fragte mich, was die Nachbarn dachten, was hier vor sich ging. Sicherlich hatte jemand der Offiziellen eine Genehmigung erhalten, sonst hätte sich die Polizei bestimmt längst eingeschaltet.

Ich musste niesen, als wir den Vorhang zu unserer Loge erreichten und Ace diesen aufzog. Tristan und Nat befanden sich bereits in der Loge, wir aber blieben davor stehen. Mein Herz pochte aufgeregt, doch entgegen meiner Befürchtung ließ sich Ace nichts anmerken und bestärkte mein Vertrauen darin, dass es richtig gewesen war, ihm von unserer Begegnung mit Etienne zu erzählen.

Ich blickte zu Tristan, der gefährlich bleich aussah und dessen Wangen eingefallen waren.

Ace bemerkte mein Zögern, also ließ er den Vorhang fallen und legte einen Arm um meine Taille. Es war ein unbeschreibliches Gefühl, ihm so nah sein zu können.

»Ich muss jetzt gehen, aber wenn alles vorbei ist, hole ich dich hier ab, okay?« Ich nickte und erwiderte seinen festen Kuss, der so viele Emotionen in mir auslöste. Deutlich widerwillig riss er sich von mir los, um dann die Treppen hinunterzupreschen, die wir erst vor wenigen Minuten hinaufgestiegen waren.

Nat trat aus der Loge und positionierte sich an der Wand neben dem Vorhang.

»Du schaust nicht zu?«, fragte ich überrascht, da ich gerade von ihr das Gegenteil erwartet hätte. Schließlich hatte sie mir damals gestanden, dass sie am liebsten zu den Protectoren gehören würde.

»Nein. Es schmerzt zu sehr, dabei zuzusehen und nicht mithelfen zu können«, wisperte sie, ohne mich anzuschauen, als würden ihre

Worte bereits genug preisgeben. Sie wollte mir nicht auch noch einen Einblick in ihre Seele geben, was ich nur zu gut verstand.

»Ich wünschte, die Dinge würden sich leichter ändern lassen.« Mit der Hand berührte ich ihre Schulter, bevor ich mit der anderen den Vorhang beiseiteschob.

»Ich auch.« Ihr Blick nahm einen weit entfernten Ausdruck an und ich ahnte, dass sie an Etienne dachte.

SECHSUNDZWANZIG

Ich setzte mich auf einen der fünf purpurfarbenen Sessel, die zwar muffig rochen, sich aber nicht schmutzig anfühlten. Tristan räkelte sich bereits in seinem, während seine dunklen Augen auf mich gerichtet waren. Noch war die Oper erhellt und man konnte, wenn man sich über die steinerne Balustrade beugte, die hereinströmenden Menschen beobachten. Mir war nicht klar gewesen, wie viele Protectoren, Bellatoren und Mitglieder des Clan Militums existierten. Erstaunlich und beängstigend zugleich.

Und *ich* trug für ein Drittel dieser Gruppe die Verantwortung? Unfassbar.

»Du siehst gut aus«, ließ Tristan wie einen Stein auf flaches Gewässer in das Schweigen fallen.

Stirnrunzelnd versuchte ich seine Miene zu lesen, doch sie war so verschlossen wie eh und je. Allein die Blässe seiner Wangen war auffällig.

»Danke«, antwortete ich lediglich, in der Hoffnung, er würde das Thema damit auf sich beruhen lassen. Ich wollte mich viel lieber über seine Gesundheit und seine Familie unterhalten. Neo tauchte beinahe wie gerufen neben mir auf und stupste Tristan mit einem Finger in die Schulter. Der Bellator zuckte zurück, rieb sich die Stelle, als hätte er die Berührung spüren können, und runzelte verwirrt die Stirn.

Schließlich konzentrierte er sich wieder auf mich und unser begonnenes Gespräch. Er hob fragend seine Augenbrauen, vielleicht auch etwas provozierend.

»Was? Darf ich dir deshalb nicht mal mehr ein Kompliment machen?« Seine Fragen feuerte er wie Kanonenkugeln auf mich ab, ohne Rücksicht auf Verluste.

»Natürlich darfst du, deshalb habe ich mich bedankt.« Meine Wangen erhitzen sich, als ich an den Kuss zwischen Ace und mir zurückdachte. Verlegen wandte ich meinen Blick ab und hielt ihn nach vorne gerichtet. Die gegenüberliegenden Logen füllten sich ebenfalls mit Menschen, doch sie lagen zu weit entfernt, um die Besucher genauer zu erkennen.

»Das klang für mich eher so, als würdest du mich abspeisen«, brummte er beleidigt. Neo ließ endlich von seiner Schulter ab, trat an meine Seite und zog verschiedene Grimassen in Richtung Tristan, der sich jedoch nicht aus der Ruhe bringen ließ. Er sah den Geist ja auch nicht, also machte Neos Verhalten keinen Sinn für mich.

»Was ist los mit dir?«, zischte ich irritiert und meinte damit sowohl ihn als auch Tristan. »Ich dachte, du wolltest dich benehmen? Kamen wir die letzten Tage nicht gut zurecht? Wieso bist du so provokant?«

»Er sieht komisch aus«, antwortete Neo. »Ich bin mir nicht sicher, was falsch ist, aber es *ist* etwas falsch mit ihm.«

Tristan öffnete seinen Mund, nur um ihn Sekunden darauf wieder zu schließen. Anscheinend fiel ihm keine Erwiderung ein oder er hatte es sich anders überlegt. Lange Zeit sah er mich an, ehe er die Lider senkte und seine Hände in seinem Schoß zusammenfaltete. Ich ließ mir währenddessen Neos Worte durch den Kopf gehen und wünschte mir, es gäbe eine Möglichkeit, mich lautlos mit ihm zu unterhalten.

»Du hast recht. Entschuldige«, sagte der Krieger schließlich.

Ich quittierte seine Worte mit einem strammen Nicken. Manchmal kam es mir so vor, als würde Tristan unter drastischen Stimmungsschwankungen leiden. Es war schwer, ihn einzuschätzen und seine Reaktion vorherzusagen. Unberechenbar gar.

Meine Tasche festhaltend beugte ich mich ein Stück nach vorne. Die meisten Leute saßen bereits auf ihren Plätzen, plauderten miteinander oder beobachteten die mit Vorhängen verdeckte Bühne, immer auf der Suche nach einer versteckten Bewegung, die den Beginn ankündigen würde. Dann endlich wurde das Licht gedimmt und die Stimmen versiegten. In meinem Bauch rumorte es vor Aufregung. Was würde uns alle an diesem Abend erwarten?

Meine Handflächen fühlten sich feucht an, während ich sie über das Leder der Tasche rieb. Damit machte ich es nur noch schlimmer, aber ich hatte kein Tuch bei mir, das ich zum Abwischen hätte benutzen können. Im nächsten Augenblick hatte ich meine schweißnassen Hände dann auch schon wieder vergessen, da die etwas löchrigen schwarzen Vorhänge auseinandergezogen wurden.

Das Bühnenbild war einerseits karg und traurig, da sich keinerlei Möbel oder Requisiten darauf befanden, andererseits strahlte es eine einzigartige Atmosphäre aus. Allem voran durch die leblosen Körper, die in zwei unterschiedlich großen Kreisen auf dem schäbig aussehenden Boden angeordnet waren. Es gab einen inneren und einen äußeren Kreis, die von weißen Kerzen, die jeweils zwischen zwei Personen leuchteten, erhellt wurden. Schatten tanzten zwischen den Körpern, um den aufgemalten Wiederkreis, der eine abgewandelte Version von dem Symbol war, das ich auf die Opfer der Nachtbeißer aufmalen musste. Dieser hier bestand aus einem gefüllten Außenkreis, auf dem in regelmäßigen Abständen Symbole für Luft, Nässe, Wasser, Kälte, Erde, Trockenheit, Feuer und Hitze aufgezeichnet waren. All diese Elemente wurden durch präzise Linien miteinander verbunden, sodass innerhalb des Kreises ein kantiges Konstrukt entstand. Im Zentrum thronte eine einsame Kerze.

»Werden die Menschen nicht vermisst?«, wisperte ich so leise, dass ich mir nicht mal sicher war, ob Tristan mich gehört hatte. Doch er antwortete mir mit einem Kopfschütteln. Auch er hatte sich vorgebeugt und sah hinab. Neo hatte sich in die Schatten verzogen. Seine Gestalt flimmerte auf und verschwand wieder, wie Neo es oft tat, um sich von seiner Langeweile abzulenken.

»Die Protectoren haben sich mit den meisten von ihnen verabredet, sodass sie an diesem Tag von niemandem erwartet werden. Die Restlichen haben vermutlich niemanden in ihrem Umkreis, der sie nach nur einem als Tag vermisst melden würde. Außerdem werden sie schon heute Nacht wieder ohne Erinnerungen nach Hause zurückgebracht werden.«

Bewegung in den Schatten auf der Bühne ließen mich weiter in meinem Sitz nach vorne rutschen, damit ich auch ganz sicher nichts verpasste.

Männer und Frauen in langen weißen Roben betraten die Bühne. Einer von ihnen trug eine schwarze Robe, vermutlich Lockington, doch all ihre Gesichter wirkten ernst und konzentriert, was ich nur erkennen konnte, da ihre Haare zurückgekämmt oder in einem Zopf befestigt waren. Ich zählte sie ab und erkannte, dass ihre Anzahl zu jener der bewusstlosen Personen passte, die vermutlich noch eine Weile unter der Wirkung der Drogen liegen bleiben würden. Zwei Dutzend. Ich hoffte sehr, dass sie alle das Ritual überleben würden.

Erst jetzt merkte ich, dass ich meinen Mund vor Staunen geöffnet hielt. Eilig schloss ich ihn wieder und fuhr mir mit der Zunge über meine trockenen Lippen.

Ich konnte Ace erkennen, obwohl ich so weit weg saß. Es waren seine breiten Schultern, vielleicht auch sein kurzes Haar oder aber der sehnsüchtige Blick, den er in meine Richtung warf, der mir sofort bekannt vorkam.

Bei seinem Anblick flatterte mein Herz aufgeregt.

Es war mir noch immer unvorstellbar, dass ich in all dem Schrecken jemanden wie ihn getroffen hatte.

Jemanden, der mein Herz zum Rasen brachte.

Jemanden, der mich beruhigte, einfach indem er seine Arme um mich schloss.

Jemanden, der so gut war.

Dann öffnete Lockington seinen Mund und begann eine Melodie anzustimmen, die die Stille der Oper problemlos füllte. Sie riss die Schatten aus den Nischen und die Erinnerungen von den Sitzen, bis sich eine zweite und dann eine dritte Stimme dazugesellte und der Rhythmus sich beschleunigte, bis alle Protectoren, die am Ritual teilnahmen, ihre Stimmen erhoben hatten.

Gänsehaut breitete sich auf meinem gesamten Körper aus. Mein Atem ging nur noch flach und es war mir nicht möglich, meinen Blick von diesem Wahnsinn, von dieser Schönheit zu nehmen.

»Normalerweise wird die Ignis einzeln dem Wiederkreis des Ewigkeitsgefüges hinzugefügt«, flüsterte Tristan so nah an meinem Ohr, dass ich vor Schreck zusammenzuckte. Ich hatte keine Frage gestellt, trotzdem hatte er erkannt, dass ich das Geschehen nicht ganz verstand. »Währenddessen geht leider immer ein kleiner Teil der Macht verloren. Das soll durch dieses Ritual umgangen werden.«

»Ewigkeitsgefüge?« Ich erinnerte mich nicht daran, dass ich das Wort jemals gehört oder gelesen hätte.

»Das ist der alte Begriff für das Gefüge aus dem Wiederkreis, Arax'va, Belmin und Corama.«

»Und es kam dir nie in den Sinn, das mal zu erwähnen, während wir all die Bücher zu dem Thema gewälzt haben?«, erwiderte ich.

»Es ist ein veraltetes Wort«, raunte er, bevor er sich wieder zurücklehnte. Als ob dies sein Schweigen erklären würde!

Ich presste irritiert die Lippen aufeinander und überlegte, das Thema weiterzuverfolgen, doch da hatte mich diese einzigartige Melodie wieder in ihren Bann geschlagen.

Ich konnte natürlich nicht die Glut in den Körpern der Menschen sehen, doch durch das Heben der Arme der Protectoren und dem Beenden ihrer Musik erkannte auch ich, dass das Ritual vollbracht war. Die Ignis war dem Wiederkreis hinzugefügt worden.

Die Menge brach in tosenden Applaus aus und auch ich fühlte die Euphorie in mir aufwallen. Als ich mich erhob, um meine Freude darüber auszudrücken, dass offenbar niemand gestorben war, bemerkte ich Tristans gekrümmte Gestalt am Boden der Loge.

Erschrocken ließ ich meine Tasche fallen und kroch zu ihm hinüber. Er war von seinem Sitz gerutscht und zuckte auf eine unnatürliche Weise.

»Was passiert mit dir?«, rief ich völlig außer mir. Meine Hände schwebten unsicher über seinen Körper. Er verkrampfte sich so sehr, dass ich befürchtete, er würde sich seine Zunge abbeißen. Dann ließ der Moment nach und seine verkrampften Glieder lösten sich für wenige Sekunden. Die Angst stand ihm deutlich ins Gesicht geschrieben, während er die Augen zusammengekniffen hielt.

»Die Glut …«, keuchte er. »So viel Macht. Sie verzehrt mich.«

Blinzelnd sah ich auf ihn hinab. Halluzinierte er?

»Tristan …« Ich beugte mich weiter vor, als er dann seine Lider hob. Rot glühende Augen starrten mir entgegen.

Ein spitzer Schrei entfloh mir, der in dem Lärm der Masse unterging.

»Ich bin nicht Tristan.« Seine Augen schienen bis tief in meine Seele zu schauen und noch viel weiter. Sie sahen alles. Er sah alles. »Ich bin Arax'va, das Licht und der Funke und der letzte Gott des Ewigkeitsgefüges.«

SIEBENUNDZWANZIG

Ich starrte ihn sprachlos an. Mein Herz setzte für einen Moment aus und ein eiskalter Schauer rann meinen Rücken herab. Die roten Augen erwiderten meinen Blick, obwohl ich ihn am liebsten abgewandt hätte, doch als ich endlich wieder zu mir fand, drehte ich mich nicht weg. Stattdessen versuchte ich Tristan beim Atmen zu helfen, indem ich ihn in die stabile Seitenlage brachte. Neo näherte sich mir von der anderen Seite. In seinem Gesicht stand simple Neugier geschrieben.

Tristan … ein Gott.

War dies überhaupt möglich? Er konnte doch einfach nur verrückt sein, die Augen waren eine Nebenwirkung irgendeines Medikaments und …

Ein Gott.

Ich war kurz davor, zu hyperventilieren, und musste mich für ein paar Sekunden darauf konzentrieren, normal zu atmen. Meine Finger krampften sich um den Saum meines Kleides zusammen.

Atme, Lydia, atme.

Ich musste Tristan helfen, sonst würde er schon bald ersticken. Gott oder kein Gott.

Ich konnte nicht sagen, was ihn daran hinderte, vernünftig zu atmen. Ich wollte und konnte nicht daran glauben, dass es die Macht war, die die *Cresceo* dem Wiederkreis hinzugefügt hatte. Aber selbst wenn, kam sie wirklich derart ungefiltert bei ihm an? Ich verstand so wenig von diesen Dingen, die ein Teil von mir noch immer für religiösen Unfug hielt.

»Was soll ich machen?«, rief ich hilflos aus. »Wie kann ich dir …«

»Die Macht ist zu stark«, unterbrach er mich keuchend, bevor er nach meiner Hand griff. Ein Blick in sein Gesicht verriet mir die

Angst, die ihn ergriffen hatte. »Ich kann sie nicht allein halten. Sie verzehrt mich …«

Ich war überwältigt von dem Wissen, das er mir offenbart hatte. Die Fragen häuften sich zu einem massiven Berg an und ließen sich nur schwer ignorieren.

Er verkrampfte sich erneut und brach dabei beinahe mein Handgelenk. Panik breitete sich in mir aus.

»Okay. Das reicht«, zischte ich und entriss ihm entschieden meine Hand, als sich sein Körper für wenige Sekunden entspannte. »Ich hole Natalie.«

»Nein!« Hektisch schüttelte er seinen Kopf. »Sie würde ihren Mund nicht halten und … sie ist so verdammt gläubig.« Seine Lippen pressten sich schmerzverzerrt zusammen. »Es gibt … eine Möglichkeit.«

Ich horchte auf, erleichtert, dass er mir endlich einen Weg offenbarte, wie wir dieses Desaster beenden könnten. »Wie?«

»Ich muss von einem Mordenox gebissen werden.«

»Bist du verrückt?«

»Das ist der einzige Weg.«

»Es wird dich töten! Das kann nicht dein Ernst sein!«

»Ich bin ein Gott«, war seine einzige Erwiderung darauf.

Entsetzt blinzelte ich. »Selbst wenn … würde das nicht der Finsternis nützen? Wenn ein Mordenox diese Macht in sich aufnähme?«

»Willst du mir jetzt helfen oder nicht?«, grunzte er und versuchte sich trotz der Schmerzen aufzusetzen. Sein rasselnder Atem stieß mich derart ab, dass ein eiskalter Schauer meinen Rücken hinabrann. Das leuchtende Rot seiner Augen wurde immer schwächer, bis es schließlich ganz verblasste, als würde Tristan sich darauf konzentrieren, es zu unterdrücken.

Ich gab nach und griff nach meiner Tasche. Vielleicht würde er sich ja beruhigt haben, ehe wir einen Mordenox fanden. Es konnte doch noch immer sein, dass er mich veralberte und einfach nur … drogenabhängig oder dergleichen war.

Das Gute war, dass das Schauspiel auf der Bühne weiterging. Ich konnte nicht genau sagen, was da vor sich ging, aber ich hörte genug Stimmen und Gesang, um sicher zu sein, dass man uns erst einmal nicht vermissen würde.

Ich half Tristan dabei aufzustehen und gemeinsam traten wir durch den Vorhang. Neo folgte mir nicht, was ich als ein gutes Zeichen wertete. Offensichtlich fand er nicht, dass ich mich in große Gefahr begab.

»Lydia? Was ist passiert?« Nat tat einen Schritt auf uns zu, hielt dann jedoch inne.

»Tristan geht es nicht gut. Ich bringe ihn zu den Toiletten.« Kaum zu glauben, dass ich noch bis vor wenigen Wochen davon überzeugt war, nicht gut lügen zu können.

»Komm, ich mach das«, bot sie freundlicherweise an, aber ich winkte ab.

»Geh nur in die Loge. Das Ritual ist vorbei, aber es gibt noch ein paar Extras, glaube ich.« Ich versuchte mich an einem überzeugenden Lächeln. »Los. Niemand wird dich dabei beobachten und du bist ganz für dich.« Diese Worte lagen zwar in einer Lüge begründet, doch sie waren wahr. Vielleicht konnte sie sich in diesen Momenten fallen lassen und in Was-wäre-wenns schwelgen. Ich fragte nicht, ob Etienne in dieser Zukunftsversion einen Platz besaß.

Sie nickte schließlich und stob ohne Weiteres durch den Vorhang.

»Gut gemacht«, lobte mich Tristan kraftlos, der bis gerade ausschließlich auf den marmornen Boden hinabgesehen hatte. Anscheinend hatte er befürchtet, Nat würde nicht gehen, wenn sie erkannte, wie schlecht es ihm tatsächlich ging.

Es war nicht schwer, ungehindert nach draußen zu gelangen. Bis auf ein paar abgestellte Posten von Daltry waren die pompösen Treppen und das offene Foyer leer. Die Bellatoren beachteten uns kaum, nur einer erkundigte sich nach Tristans Wohlbefinden, da sie sich kannten. Tristan schaffte es, ihn davon zu überzeugen, uns gehen zu lassen und gab ihm das Versprechen, dass wir nur kurz frische Luft schnappen würden.

Ich atmete erleichtert auf, als wir in die Nacht traten und die kalte Luft meine Lungen füllte.

»Und wie willst du jetzt einen Nachtbeißer finden?«, fragte ich, da ich noch immer nicht damit einverstanden war, und konzentrierte mich einen Moment später darauf, meine eigene Ignis zu verschleiern.

»Du kannst es zwar nicht sehen, aber ich leuchte allein für Mordenox und Tenebrae wie ein Signalfeuer«, hustete er, bevor er genügend Kraft aufbrachte, um mich weiter durch die Straßen zu lotsen. Dann wurde sein Körper wieder schwerer und ich hatte Probleme damit, ihn aufrecht zu halten. »Mich wird schon jemand finden.«

»Wird es dich wirklich nicht umbringen?« Was er vorhatte, war verrückt, und doch konnte ich ihn nicht davon abhalten.

»Ich sterbe, wenn wir es nicht tun. Okay, dort um die Ecke.«

»Ist es dir deswegen in den letzten Wochen so schlecht gegangen?« Stirnrunzelnd konzentrierte ich mich darauf, sein Gewicht anders zu verlagern, damit ich nicht sofort schlappmachte. Vielleicht sollte ich vorerst mitspielen und ihn als … Gott sehen, so schwer es mir auch fiel. »Ich meine deine Hustenanfälle.«

»Teilweise. Ich bin geschwächt und das äußert sich mittlerweile auch in körperlicher Gebrechlichkeit. Da entlang …«

Kopfschüttelnd gehorchte ich ihm und bog in eine Gasse ein, die sich immer weiter verschmälerte, bis ich die Wände auf beiden Seiten mit ausgestreckten Armen berühren könnte. Ich lehnte Tristan gegen die Wand, bevor ich meine Tasche fester packte und auf ihn hinuntersah. Die Zweifel in mir wurden immer lauter und ließen sich kaum noch in den Hintergrund drängen.

»Versteck dich dort hinter dem Container«, gab er mir eine letzte heisere Anweisung, ohne mich dabei anzusehen.

Verunsichert blieb ich noch einen Moment länger stehen, bis mir klar wurde, dass es kein Zurück mehr gab. Er würde sich von mir nicht mehr davon abbringen lassen. Ich hoffte, dass ich das Richtige getan hatte und nicht für seinen Tod verantwortlich sein würde. Die Chancen standen nämlich ziemlich hoch.

Wie angewiesen ließ ich mich auf einem Stück Pappe, das ich umdrehte, um mich nicht in den Schnee zu setzen, hinter dem Container nieder. Zitternd schlang ich die Arme um mich, doch viel Wärme gewann ich dadurch nicht.

Die Augen hatte ich ununterbrochen auf Tristan gerichtet, der sich mittlerweile in den Schnee gesetzt hatte und weiterhin von Krämpfen heimgesucht wurde.

Ein paar Minuten vergingen, in denen ich nichts weiter hörte als die Motorengeräusche vorbeidüsender Autos, bis ich das Vibrieren meines Handys wahrnahm. Noch einmal die Gasse hinaufsehend, kramte ich das Telefon hervor. Natalie hatte mir eine Nachricht geschickt, in der sie fragte, wo wir blieben. Das schlechte Gewissen ignorierend, schaltete ich es ab, bevor mein Blick an dem anderen Handy in der Tasche haften blieb. Ohne weitere wertvolle Sekunden zu verschwenden, schaltete ich das Smartphone an. Es dauerte nicht lange, bis eine verpasste Nachricht aufblinkte.

Da war sie. Gaspards letztes Puzzlestück.

Mein Herz pochte, als ich ihren Inhalt abrief. Es handelte sich um eine Adresse. Nichts weiter. Keine zusätzlichen Instruktionen. Er ging davon aus, dass ich seinen Code entschlüsselt hatte und wartete nun auf mich.

Entschlossen, alles richtig zu machen, schrieb ich zurück, dass ich einen Beweis brauchte. Es vergingen höchstens ein paar Sekunden, als hätte er mit meiner Forderung gerechnet, bevor ich eine Antwort bekam. Es war ein Foto von einem Elefantenkuscheltier, das ich nur allzu gut kannte. Es war meines gewesen und ich hatte es bei meinem Bruder zurückgelassen.

Ich wiederholte die Adresse mehrmals lautlos, bis ich sie mir eingeprägt hatte, dann schaltete ich das Handy wieder aus und legte es zu dem anderen zurück in die Tasche. Bevor ich mir einen Plan über meine unmittelbare Zukunft zurechtlegen konnte, wurde das monotone Rauschen der Autos durch etwas Unnatürliches, Gefährliches gestört.

Ein Mordenox schälte sich aus dem dunklen Nachthimmel und landete mit ausgebreiteten Flügeln unweit vor Tristan. Seine ledrige Haut glänzte im Schein des Mondes. Zähnefletschend klappte er seine Flügel ein und näherte sich auf krallenartigen Füßen dem nunmehr lächelnden Bellator.

»Endlich«, grunzte er, bevor sich der Mordenox auf ihn stürzte, ihn am Kragen packte und daran hochzog, damit er seine messerscharfen Zähne in seinen Hals graben konnte.

Ich selbst bemühte mich, mucksmäuschenstill zu bleiben, aus Angst, einen weiteren Mordenox auf mich aufmerksam zu machen. Um dieser Kreatur nicht dabei zuzusehen, wie sie womöglich einen meiner Freunde tötete, lehnte ich mich mit geschlossenen Augen an den Container, kämpfte gegen die Kälte an und versuchte die schlürfenden Geräusche zu ignorieren. Der Mordenox nahm nur einen minimalen Anteil von Blut in sich auf. Seine Nahrung bestand aus der Glut, die Tristan durch das Ritual in sich trug.

Als das Schlürfen schließlich verklang, wagte ich einen Blick und erkannte einen torkelnden Nachtbeißer, der fast schon einen verwirrten, dümmlichen Ausdruck zur Schau trug. Er entfernte sich immer mehr von Tristan, flatterte mit seinen Flügeln, ohne aufzusteigen, und hielt seine Arme von seinem Körper gestreckt, als gehörten sie nicht länger ihm. Sekunden später breitete sich ein Glühen aus, das in der Brust des Mordenox' seinen Ursprung fand und schließlich alles von ihm einnahm. Er stieß ein animalisches Kreischen aus, ehe sein Körper in Licht und Staub verging

Staunend starrte ich auf die Stelle, an der er bis vor wenigen Sekunden noch gestanden hatte. Er war wirklich fort.

Als ich mich wieder halbwegs gefasst hatte, eilte ich zu Tristan, der sich selbst aufgerappelt hatte. Eine Hand war an die tiefe, blutende Wunde an seinem Hals gepresst. Trotzdem schien es ihm deutlich besser zu gehen als noch wenige Minuten zuvor. Seine Wangen waren paradoxerweise nicht mehr blass und auch sein Husten und das krampfartige Schütteln waren verschwunden.

»Was zur Hölle war das?«, fragte ich mit zittriger Stimme. Ich war völlig durchgefroren, doch ich brauchte eine Erklärung. Natürlich war ich erleichtert, dass Tristan überlebt hatte, das hieß jedoch auch, dass er die Wahrheit gesagt hatte. Er war Arax'va. Einer der drei Gottheiten unserer Religion. Teil des Ewigkeitsgefüges. Unser angeblicher Retter. Noch nie in meinem Leben war ich so enttäuscht gewesen.

»Ich hatte keine normale Ignis in mir. Das war bereits gewandeltes Licht und das wiederum kann von einem Mordenox nicht in Finsternis gewandelt werden.« Er rieb sich lässig den Schnee von seiner Kleidung. »Es hat ihn von innen verbrannt und dann verschwinden lassen.«

»Ich … Das …« Sprachlos starrte ich ihn an. Nun, da seine Deckung aufgeflogen war, wirkte er anders; vielleicht gab er sich auch anders. Stärker, weiser, sicherer. »Hättest du mir das nicht vorher sagen können?«

Er schenkte mir einen überheblichen Blick. »Etwas sagt mir, dass du mich nicht freiwillig dem Mordenox überlassen hättest und du das Licht hättest schützen wollen.«

»Es ist also wirklich fort? Es hilft uns nicht, die Mordenox zu besiegen?«

»Nein. Ich bin nicht stark genug, um es zu nutzen …«

»Tristan …«, begann ich, obwohl mir die Worte fehlten.

»Komm. Wir gehen zurück. Du bist halb erfroren.« Er reichte mir seine Anzugjacke und schubste mich dann leicht in die richtige Richtung. Eilig zog ich die Jacke über.

»Bitte … erklär es mir.«

Seine Augen suchten die meinen und ich erkannte bodenlose Trauer in ihnen. Trotzdem gab ich nicht nach, sodass er der Erste war, der sich abwandte. Seufzend senkte er seine Schultern.

»Ich bin Arax'va und wurde dafür erschaffen, das Licht stets stärker zu halten als die Finsternis. Genauso wie Belmin und Corama«, begann er, während wir unseren Weg langsam fortsetzten. »Sie … *Wir* waren unzertrennlich für mehrere tausend Jahre, bis sich Belmin in Corama verliebte und sie sich in ihn. Eine Weile hielten sie ihre Beziehung vor mir geheim, doch das ging nicht lange gut. Ich bemerkte die Veränderung und erkannte, was sie mir verschwiegen hatten. Die Minuten darauf waren die schlimmsten meines Lebens.« Seine Stimme klang weit entfernt, als würde Tristan nicht mehr neben mir stehen, sondern aus der Vergangenheit heraus erzählen.

»Minuten?«

»Ja. In wenigen Minuten hat sich alles verändert und ich bin für das Desaster, in dem ihr euch nun befindet, verantwortlich«, gestand er, ohne dass er wirklich schuldig klang. Es handelte sich um eine Tatsachenbeschreibung ohne jegliches Gefühl. »Ich war so außer mir über diesen Verrat, dass ich meine Macht nutzte und sie … verbannte. Von diesem Tag an sollten sie all ihrer Kräfte beraubt ihr restliches Leben als normale Menschen verbringen.« Er stieß ein hohles Lachen aus, ehe er das Gesicht für einen Moment in seinen Händen vergrub. »Ich bekam, was ich wollte und sie wurden zu Menschen. Doch anstatt dass ihre Macht auf mich überging, senkte sie sich zurück in den Wiederkreis und ließ mich verkrüppelt zurück.«

»Was … bedeutet das genau?«

»Ich bemerkte zuerst nicht, dass ich allein nicht ausreichte, um das Licht zu schützen, und der Wiederkreis wurde immer instabiler, da er nicht dafür geschaffen war, die Macht der Gottheiten für so lange Zeit zu bewahren. Die Erkenntnis setzte erst nach ein paar Jahrzehnten ein, doch da war es bereits zu spät.«

Es fiel mir schwer, nicht stehen zu bleiben, um ihn zu schütteln. Verbitterung hatte einen einst guten Mann zerstört und ihn grausam und egoistisch werden lassen. Oder er war nie wirklich gut gewesen, aber das wollte ich nicht so recht glauben.

»Wieso hast du die beiden bestraft, Tristan … Ich meine, Arax'va?« Aufmerksam beobachtete ich jede Regung in seinem so attraktiven Gesicht. Wir waren rund zwanzig Meter vor dem Eingang zur Oper stehen geblieben. Die Blutung an seinem Hals war gestillt, während sich das wehmütige Lächeln auf seinen Lippen ausbreitete.

»Ich habe sie geliebt«, raunte er heiser, mich ansehend, als würde er um Absolution bitten. »Seit der Stunde unserer Geburt habe ich Corama geliebt. Leider hat sie nie das Gleiche für mich empfunden.« Er senkte den Kopf. »Es war falsch, sie zu verbannen, aber ich spürte nur noch diesen Schmerz in mir. Diesen allumfassenden Zorn. Beides … sagen wir, es war unmöglich sie zu bändigen.«

»Konntest du als Gott nicht dagegen ankämpfen? Und wie war es möglich, dass du sie verbannen konntest? Sie waren zu zweit!« Es fiel mir schwer zu glauben, dass die Gottheiten, die ich für den größten Humbug gehalten hatte, tatsächlich gelebt und geliebt hatten; fühlende Wesen gewesen waren.

»Ich hätte es tun können, aber ich habe keinen Sinn darin gesehen«, gestand er ohne Reue. »Und ich habe sie ausgetrickst. Zuerst verbannte ich Corama und danach Belmin. Sie wussten nicht, was ich vorhatte, bis es vorbei war.«

Er klang so kalt. Wie konnte er so … kühl sein?

»Was hast du seitdem getan?« Ich wollte ihn nicht weiter mit Vergangenem quälen, doch die Neugier siegte.

»Hier und dort gelebt. Mich selbst und den Wiederkreis verflucht. Bis ich vor vier Jahren dann sah, wie ein Junge von einem Mordenox getötet wurde. Ich kam zu spät und konnte nicht mehr helfen, aber … das Gefühl zu helfen, zu beschützen wurde so übermächtig, dass ich mich dazu entschloss, etwas zu ändern. Es erinnerte mich an die Zeit, während der Corama und Belmin noch an meiner Seite gewesen waren. Also nahm ich die Gestalt des Jungen an und arbeitete darauf hin, ein Bellator zu werden. Es war gar nicht so einfach. Daltry ist ziemlich penibel, was Krieger angeht, die nicht bereits im Programm geboren wurden, aber letztlich wurde sie von meinem Kampfgeist überzeugt und wirklich, es gibt niemand besseren als mich.«

»Moment!«, ich hob eine Hand. »Du hast die Gestalt des Jungen angenommen? So siehst du also eigentlich gar nicht aus?«

»Nein«, lachte er leise. »Ich kann nur die Gestalt von bereits Verstorbenen annehmen. Ich nehme an, du fragst, weil dein Geisterfreund genauso aussieht wie ich?«

Ein weiterer Schock. »Du kannst ihn sehen?«

»Aber sicher. Ich bin Arax'va«, winkte er ab und massierte seinen Kiefer. »Keine große Sache. Vorhin hätte ich ihm allerdings gerne eine gegeben. Sein Herumgestochere hat mich genervt. Wo ist er jetzt?«

Ich starrte ihn an, konnte nicht glauben, dass er seine Existenz als etwas Unbedeutendes abstempelte.

Er war ein Gott, der keiner sein wollte.

»Du … du hast nie etwas gesagt!«, protestierte ich schwach, seine Frage ignorierend.

»Ich war nur ein Bellator, erinnerst du dich? Es gab keinen Weg, dir zu erklären, warum ich ihn sehen kann, ohne meine wahre Identität zu enthüllen. Nicht dass ich es heute vorgehabt hätte. Ich hatte nur nicht damit gerechnet, dass mir das Ritual derart zusetzen würde.«

Einen schweren Atem ausstoßend hob ich meine Hände an die heißen Wangen und schüttelte den Kopf. Verzweifelt versuchte ich, meine Gedanken zu sammeln.

»Das kann nicht dein Ernst sein«, flüsterte ich schließlich, als mir bewusst wurde, was er gerade gesagt hatte. Er war zu einem Bellator geworden, weil er dadurch Menschen helfen konnte. Das musste ein schlechter Scherz sein.

»Natürlich ist es das«, erwiderte er etwas indigniert.

»Du sagst mir, dass du uns beschützen möchtest, aber anstatt einen Weg zu finden, uns zu retten oder Corama und Belmin aufzuspüren, verschwendest du deine Zeit als Bellator!«

»Tu ich nicht …«

»Und ob!«

»Was ich sagen wollte …«, sprach er gefährlich leise. Eine Warnung, dass ich ihn nicht noch einmal unterbrechen sollte. Sie erzielte ihre Wirkung. Er war ein Gott, wenn auch ein geschwächter, und ich bloß ein einfacher Mensch, der ihm im Notfall nichts entgegenzusetzen hatte. »… ist, dass ich nicht nach ihnen suche, weil ich sie längst gefunden habe. Corama und Belmin sind beide eines natürlichen Todes gestorben. Glücklich. Zusammen.«

»Das … das ist schrecklich«, entschlüpfte es mir. »Ich meine, dass sie tot sind.«

»Sie haben es so gewollt.« Seine knappe Antwort hätte mich nach dem bereits Gesagten nicht überraschen sollen und doch tat sie dies.

»Ach ja?« Tristans oder Arax'vas Verhalten machte mich zornig. Er war keineswegs der große Retter in der Not, sondern allein von Egoismus angetrieben. »Ich frage mich, wie lange deine Haltung noch gut geht. Gaspard hat beinahe einen gesamten Clan ausgelöscht. Er wird nicht mehr damit aufhören, uns zu terrorisieren, nicht jetzt, da er schon so weit gekommen ist! Als Nächstes sind vermutlich die Bellatoren an der Reihe und dann, wenn es nichts mehr gibt, für das es sich zu beten lohnt, müssen auch die Protectoren dran glauben. Deine *Familie*, ein weiteres Mal zerstört! Weißt du, Gaspards Sohn Etienne, er hat Nat gewarnt, ihr geraten, die Stadt zu verlassen. Wahrscheinlich hat er geahnt, dass niemand sie beschützen wird. Nicht einmal ihr Partner!« Die letzten Worte schnitten wie ein Messer durch sein Schweigen. Ich konnte nicht glauben, wie ich mit einer Gottheit sprach, aber ich konnte genauso wenig damit aufhören. »Es wird alles deine Schuld sein«, fügte ich hinzu, leiser und kontrollierter.

»Vielleicht habe ich damals … impulsiv gehandelt, aber jetzt stehe ich auf eurer … unserer Seite!«

Ich sah ihn lange an, versuchte hinter seine Fassade zu schauen und einen Blick auf den Menschen … den Gott dahinter zu erhaschen. Es musste mehr in ihm stecken als Bitterkeit und Feigheit, oder?

»Kennst du eine Möglichkeit, der drohenden Finsternis ein Ende zu bereiten?«, fragte ich langsam. Ich wollte ihm glauben, wollte sehen, dass Aces Glaube in das Gute der Götter gerechtfertigt war, aber es fiel mir schwer.

»Lydia …« Sein Ton war flehend und schuldbewusst.

»Also gibt es eine?« Verblüfft riss ich die Augen auf, ehe mir klar wurde, was das bedeutete. »Und du hast bisher nichts getan? Ich habe vielleicht nicht an dich geglaubt, aber Ace ist sich sicher, dass du jemand

Großartiges bist. Und jetzt müsste ich ihm sagen, dass alles, an das er geglaubt hat, eine Illusion ist.«

»Du verstehst nicht. Es würde mich das Leben kosten.«

»Du … warum?« Diese Enthüllung nahm mir den Wind aus den Segeln.

»Gottheiten entstehen immer dann, wenn es eine Störung im Ewigkeitsgefüge gibt, doch zuvor müssen sich die alten dem Wiederkreis anschließen und dann werden neue Götter geboren. So bin ich entstanden. Gleichzeitig mit Corama und Belmin.«

»Also … wirst du dich in dem Kreis auflösen?«

»Er wird mich, meine Existenz, meine Gedanken verzehren und mit der Macht Coramas und Belmins verbinden. Daraus werden neue Götter geboren.«

Schweigen senkte sich über uns für einen Moment, in dem wir uns nicht ansahen. Ich musste nachdenken, aber die Zeit war knapp, also verließ ich mich auf meine Intuition. Die Anspannung aus meinem Körper vertreibend, hob ich die Augen und wartete, bis er endlich aufblickte.

»Du bist aus einem einzigen Grund hier auf der Erde. Lebend«, sagte ich langsam. »Du bist ein Gott. Es ist nicht vorgesehen, dass du dich fürchtest.«

»Ob vorgesehen oder nicht, ich tue es.« Er fasste sich ins Haar. »Muss ich mein Leben wirklich aufgeben, nur weil ich ein Gott bin? Ich liebe das Leben. Warum also soll *ich* es aufgeben?«

Ich konnte nicht glauben, dass von allen guten Seelen auf dieser Erde ausgerechnet er das Schicksal unserer Stadt in den Händen hielt. »Wie lange weilst du schon auf Erden, Arax'va?«

»Ich … ein paar tausend Jahre. Ich erinnere mich nicht mehr genau.« Er schluckte angestrengt.

»Verstehe«, sagte ich ruhig und wandte mich ab.

»Wohin gehst du?«

»Ich muss Ace finden. Denn im Gegensatz zu dir würde ich alles tun, um die zu retten, die mir wichtig sind.« Ich schüttelte seine Jacke ab und reichte sie ihm. »Du weißt, was du tun musst. Entscheide dich, wer du sein willst. Tristan oder Arax'va.«

ACHTUNDZWANZIG

Als ich das hell erleuchtete Foyer betrat, kam mir der Gedanke, dass es besser gewesen wäre, nicht wegzulaufen. Tristan war einer der drei Funken. *Er* war Arax'va. Es lag in seinen Händen, unser aller Schicksal zu verändern, zu *verbessern.* Wieso sah er nicht, dass er ein Opfer bringen musste, um uns zu retten?

Ich dachte darüber nach, ob ich mein Leben für die Menschen hier in Arden Creek opfern würde, und die Antwort war einfach: Nein.

Aber würde ich mein Leben für die Menschen geben, die mir etwas bedeuteten? Meine Familie, der Clan, Natalie, Ace? Ja. Ein klares Ja. Vielleicht machte mich diese Unterscheidung auch nicht gerade zum Gutmenschen des Jahrhunderts, schließlich hing ich an meinem Leben. Ich *wollte* es leben. Doch es wäre nicht mehr lebenswert, wenn ich all meine Freunde sterben sah, wenn ich wusste, dass ich sie hätte retten können.

Ich konnte kaum glauben, wie sehr sich unsere Situationen ähnelten, aber unsere Überzeugungen unterschieden sich vollkommen.

Mein Kopf glühte vor Anstrengung, als ich die Treppen hochtrabte, um Nat zu suchen. Sie sollte mir helfen, Ace zu finden, damit ich ihm von den Neuigkeiten berichten konnte. Ich wusste nur noch nicht, ob ich gleich mit *allem* durch die Tür platzen sollte.

Nat ging vor dem Vorhang aufgeregt auf und ab, ihr Handy in Händen und die Stirn gerunzelt. Ich erkannte sofort, dass sie sich Sorgen machte, insbesondere, als sie ihren Blick hob und mir ein erleichtertes Lächeln schenkte.

»Wo ist Tristan?«, erkundigte sie sich sofort, ihr Telefon wegsteckend.

»Sind die Feierlichkeiten schon vorüber?«, wich ich aus und versuchte durch die nur halb geschlossenen Vorhänge etwas zu erkennen.

Es war jedoch zu dunkel und das Stimmengewirr von Menschen drang lediglich gedämpft zu mir herüber.

»Seit ein paar Minuten gibt es eine Pause. Also?« Sie schaute prüfend hinter mich, als würde sich Tristan hinter mir verstecken. Allein die Vorstellung war absurd, doch Nat schien verzweifelt zu sein.

»Was ist los? Tristan ist draußen, ihm geht es besser«, versuchte ich sie zu beruhigen.

»Nichts«, winkte sie ab. »Ich bin bloß etwas … Irgendwie hab ich das Gefühl, dass etwas nicht stimmt.«

»Dein Gefühl trügt dich nicht. Komm mit, ich muss Ace finden.«

Ohne Widerworte folgte sie mir nach unten und erwies sich als eine unschätzbare Orientierungshilfe. Wir ließen uns von niemandem aufhalten, obwohl man uns mehrmals dazu bewegen wollte, auf unsere Plätze zurückzukehren, doch die Protectoren ließen schnell von uns ab, wenn der eiserne Blick der Bellatorin auf sie fiel. Was auch immer Natalie so aufgewühlt hatte, sie war wieder in ihre Rolle als unnahbare Kriegerin geschlüpft, die von niemandem aufgehalten werden konnte. Ich bewunderte sie um ihre Stärke und fragte mich einmal mehr, wie es Etienne gelungen war, zu ihr durchzudringen.

Auf der Bühne hatte ein weiteres Spektakel begonnen, von dem ich jedoch nur die durchdringende Musik wahrnahm. Es dauerte ein paar Minuten, ehe wir das Zimmer gefunden hatten, in dem Ace gerade seinen Mantel auszog. Bei unserem Eintreten sah er uns sofort an, dass etwas passiert war.

»Was ist los?« Er ließ seinen Mantel fallen und trat näher, bevor Nat die Tür hinter uns zugezogen hatte. Wir waren allein in dem schmalen Raum, der lediglich aus einem abgenutzten Sofa und einer schlecht beleuchteten Schminkkommode bestand. Der Spiegel war an mehreren Stellen zersprungen und wirkte alt und verbraucht.

»Ich habe eine Nachricht von Gaspard erhalten«, sprudelte es aus mir hervor, als hätten die Worte die ganze Zeit knapp unter der Oberfläche geschlummert. »Zuerst hat er mir nur eine Adresse geschickt. Ich nehme an, dass ich ihn dort treffen soll.« Ich stockte. »Dann habe ich um einen Beweis gebeten, der zeigt, dass er meine Familie wirklich gefangen hält, und er hat mir ein Foto von einem Kuscheltier geschickt, das ich Carter, meinem Bruder, damals überlassen habe.«

»Das ist eine Falle«, riefen Nat und Ace gleichzeitig, aber in unterschiedlichem Wortlaut aus und befeuerten mich damit aus beiden Richtungen, da die Bellatorin noch immer hinter mir stand.

»Natürlich«, antwortete ich etwas indigniert. *Natürlich* war mir klar, dass es sich dabei um eine Falle handelte. Die Chance, dass ich den Treffpunkt lebend verließ, war verschwindend gering. »Deshalb brauche ich dich. Euch«, korrigierte ich mich selbst und begann unruhig auf und ab zu laufen, was in dem schmalen Raum kaum zu bewerkstelligen war. Ich rieb mir nachdenklich über die Stirn, bevor ich fühlte, wie mich eine tiefe Ruhe überkam.

»Ihr müsst meine Familie herausholen, wenn ich es nicht mehr kann. Ich will nicht riskieren, dass ihnen etwas passiert, wenn ich versage.«

»Das ist verrückt!« Ace sah mich mit weit aufgerissenen Augen an, bevor er sich mir in den Weg stellte. Seine Miene wirkte verletzt, so als hätte ich direkt in seine Brust gegriffen und sein Herz mit einer Hand zerquetscht.

»Ich gehe mit oder ohne dich, Ace. Mit *euch*«, ich warf Nat einen vielsagenden Blick zu, »habe ich eindeutig bessere Chancen.«

»Was ist dein Plan? Du willst da reinspazieren und dich töten lassen?«

Ich griff nach seinen Händen und hob sie an meine Lippen, um jeweils einen Kuss auf seine Knöchel zu hauchen.

»Natürlich nicht. Du kannst mir schon ein bisschen mehr als das zutrauen«, erwiderte ich, den Stich in meinem Herzen ignorierend. »Versprich es mir, Ace. Rette meine Familie.« Unsere Blicke begegneten sich und hielten einander fest, bis das Schweigen zu drückend wurde und Ace sich abwandte.

»Ich verspreche es. Vorausgesetzt, wir machen vorher einen Plan *und* du weihst uns in deinen ein.«

»Wir haben keine Zeit«, widersprach ich und ließ ihn los.

»*Wir machen ein Plan*«, stieß er unerbittlich hervor.

»Einverstanden«, gab ich schließlich nach. »Du und Nat, ihr braucht aber noch Unterstützung.« Ich stockte und drehte mich zu der Kriegerin herum, die bisher bloß stoisch geschwiegen hatte. »Vorausgesetzt natürlich, du bist dabei.«

»Was ist mit Tristan?« Sie band ihre langen, leuchtend roten Haare zu einem neuen Pferdeschwanz, während sie abwechselnd Ace und mich betrachtete.

»Er soll sich ausruhen. Es ist besser, wenn er sich nicht einmischt.« Es machte mir nichts aus, nur die halbe Wahrheit zu erzählen, trotzdem konnte ich nicht verhindern, dass meine Ohren heiß wurden. Ich hoffte, dass die Haarsträhnen und das schlechte Licht das Schlimmste vertuschten.

»Ich bin dabei.« Ihr anschließendes Nicken war knapp, harsch und selbstbewusst. Sie wusste ganz genau, worauf sie sich einließ, und stand trotzdem an meiner Seite.

»Danke«, antwortete ich, ehe ich meine Schultern straffte. »Wir gehen zurück zum Hauptquartier des Clans, damit ich mich umziehen kann. Kennst du ein paar vertrauenswürdige Bellatoren? Wir dürfen nicht zu viele sein, da Gaspard sicherlich Außenposten aufgestellt hat, und wenn sie sehen, dass ich nicht allein komme, werden sie es an ihn weitergeben.«

»Daltry wird mich umbringen«, murmelte sie. »Aber ja, selbst ich habe im letzten Jahr Freundschaften geschlossen. Was sagt ihr? Sechs Leute?«

»Eine angemessene Zahl.« Ace nickte.

»Ihr werdet sie nur brauchen, um meine Familie zu befreien, während ich Gaspard ablenke. Von ihm lasst ihr die Finger«, beschwor ich meine Freunde. »Im besten Fall braucht ihr überhaupt nicht zu kämpfen und wenn ihr eine Chance habt, mit meiner Familie ungesehen zu entkommen, dann ergreift sie.«

»Wenn wir eine Chance haben, *ihn* zu erledigen, dann werden wir sie nutzen«, entgegnete Ace stur.

Ich ließ meine Hände über seine Arme wandern und prägte mir sein Gesicht ganz genau ein. Die sanften braunen Augen, die Grübchen an seinen Wangen und die blasse Narbe auf seinen Wangenknochen. »Ich will leben. Willst du es auch?«

Es dauerte eine gefühlte Ewigkeit, ehe er mich an sich zog. »Ich versuche wirklich, es nicht an meinem Ego kratzen zu lassen, dass du mich für so unfähig hältst«, brachte er mit einem trockenen Lachen hervor.

»Ich halte dich nicht für unfähig, aber ihn für furchtbar stark«, widersprach ich leise, dann lösten wir uns voneinander. »Wenn alle da sind, besehen wir uns das Haus oder das Gebäude genauer. Ich weiß nicht, was uns dort erwartet.«

Es war leicht, das Gebäude erneut zu verlassen, da allesamt noch mit den Feierlichkeiten beschäftigt waren und wir den Hinterausgang benutzten. Wir fuhren mit dem Volvo. Tristan ließ sich nicht blicken und es erleichterte mich. Es würde unseren Zeitplan erheblich einschränken, wenn ich den anderen von dem Gott in Menschengestalt berichten müsste. Wenn alles funktionierte, würde ich später noch genug Zeit haben, sie in Tristans Geheimnis einzuweihen.

Minuten später und fast jedes Tempolimit überschreitend fanden wir uns im Flur des Hauptquartiers wieder. Maureen war wie erwartet nicht hier, da sie an der *Cresceo* teilnahm. Es erleichterte die Situation ungemein, sodass wir ihr nichts von unserem Vorhaben erzählen mussten.

»Ich ziehe mich um.«

»Und ich rufe die anderen Bellatoren an.«

»Denkst du, sie werden den Mund halten?«, fragte Ace auf dem Weg in die Küche.

Ich wartete keine Antwort ab und machte mich auf den Weg in mein Zimmer, um dann in Rekordgeschwindigkeit das Kleid gegen Jeans und Pullover auszutauschen. Die Stiefel hatte ich aus dem Flur mitgenommen und schlüpfte nun in sie hinein, ehe ich das alte Handy in meine Hosentasche gleiten ließ.

»Hältst du das wirklich für eine so gute Idee?«, fragte Neo und hätte mich damit beinahe zu Tode erschrocken. Noch immer hatte ich mich nicht daran gewöhnt, dass er sprechen konnte. »Es könnte vielleicht eine andere Lösung geben. Einen *sichereren* Plan.«

»Gibt es den?«, antwortete ich traurig. »Ich will nicht wie Tristan sein … oder Arax'va, der die Verantwortung von sich schiebt. Ich möchte handeln. Mutig sein. Mein Schicksal in die Hände nehmen und mich meinem Albtraum stellen.«

»Und was ist, wenn dein Plan nicht funktioniert? Wenn Gaspard davon weiß«, gab meine Macht zu bedenken. Natürlich kannte er meine Gedanken, obwohl ich sie nicht laut ausgesprochen hatte, doch die Empfindung in mir musste so stark sein, dass sie auch ohne laut ausgesprochene Worte in ihm widerhallten.

»Das Risiko muss ich eingehen, Neo.« Ich blinzelte heftig, während ich mehrmals ein- und ausatmete. »Ich will nicht sterben. Nicht jetzt, da ich Ace gefunden habe und allmählich in die Rolle der Obersten hineinwachse. Aber ich will auch nicht die Schuld für den Tod von weiteren Menschen tragen. Ich bin kein Gott, aber – die Götter stehen mir bei – ich bin auch kein Feigling.«

Nat und Ace saßen in der Küche und diskutierten hitzig über die brenzlige Situation. Als ich mich zu ihnen gesellte, verstummten sie.

»Die Bellatoren müssten gleich hier sein. Wir haben sie von den wichtigsten Aspekten bereits unterrichtet.« Ace erhob sich von dem Hocker und legte einen Arm um mich. Sofort wurde mir leichter ums Herz.

»Sehr gut.«

»Wie genau sieht unser Vorgehen aus?«, fragte Nat und schälte beinahe geistesabwesend einen Apfel.

»Ich werde ins Haus gehen und versuchen, Gaspard abzulenken. Sobald ich ihn von meiner Familie weggelockt habe, werdet ihr hoffentlich die Chance haben, sie zu befreien. Vermutlich müsst ihr gegen ein paar Mordenox kämpfen, aber …«

»Das kriegen wir schon hin«, unterbrach mich Nat mit einem warmen Lächeln. »Ich hab genug Waffen im Auto für uns drei und die anderen Krieger sollten ebenfalls bewaffnet zu uns stoßen.«

Ich wollte sagen, dass ich keine Waffen brauchte, weil mein Plan weder Messer noch Schwert vorsah, aber das hätte sie bloß beunruhigt.

»Und wie willst du dich von Gaspard befreien?«, fragte Ace zweifelnd.

»Ich sagte euch bereits, dass ich einen Plan habe, und nein, ich möchte nicht darüber reden, denn ich bin abergläubisch.« Neo schnaubte.

»Du befürchtest, etwas könnte schiefgehen, wenn du uns davon erzählst und währenddessen meine Nerven beruhigst?«

»Bitte vertrau mir, okay?«

Ace blieb nur für ein Nicken Zeit, bevor die ersten Krieger ohne anzuklopfen das Haus betraten. Wir begrüßten einander und versicherten ihnen, dass unsere Operation geheim bleiben musste, um unauffällig zu bleiben. Je mehr Leute wir waren, desto höher stieg die Wahrscheinlichkeit, entdeckt zu werden.

»Was ist, wenn es nur ein Bluff war?« Nat hob eine Schulter. »Jemand muss es aussprechen.«

»Du meinst, wenn er niemanden entführt hat?«, hakte Ace nach, während ich nervös auf meiner Unterlippe herumkaute.

»Genau. Wenn er Lydia sieht und auf der Stelle tötet.«

»Das wird er nicht. Etienne hat betont, wie sehr er seinem Spiel Gefallen gefunden hat. Glaubt mir, seinen Triumph wird er auskosten wollen.«

»Wir werden alles tun, um deine Familie zu beschützen«, versprach mir einer der jungen Krieger, bevor wir alle uns auf den Weg machten. Ich setzte mich zusammen mit Ace, Nat und einem rothaarigen Krieger in den Volvo. Die anderen fünf Bellatoren folgten in einem unauffälligen Gefährt.

»Wenn ihr meine Familie befreit habt, bringt sie hierher«, beschwor ich insbesondere Ace, der zusammen mit mir hinten im Auto saß.

Es dauerte schmerzlich lange, bis wir den Rand von Beringham erreicht hatten und vor dem kleinen, von innen beleuchteten Einfamilienhaus etwas langsamer fuhren, ehe wir an einer Ecke weiter hinten anhielten. Die Nachbarschaft wirkte friedlich, bewohnt, freundlich, doch ich wusste ganz genau, wer hier auf mich wartete.

Wir stiegen gleichzeitig aus dem Auto und schlossen leise die Türen, als sich Sekunden später die anderen zu uns gesellten. Zusammen umrundeten wir schleichend das Haus, blickten über die Mauer in den rechteckigen Garten und sahen durch die Fenster in einen beleuchteten Raum. Personen ließen sich jedoch nicht ausmachen. Über uns bewegte sich auch nichts und keine verräterischen Geräusche von Flügelschlägen drangen an meine Ohren. Unauffällig kehrten wir zum Auto zurück.

»Wir verteilen uns in der Gegend und werden auf alles achtgeben. Pass auf dich auf«, sagte Nat und klopfte mir auf die Schulter.

Ich nickte, umarmte Ace ein letztes Mal und ließ mir von ihm einen kleinen Dolch geben, den ich problemlos in dem Ärmel meines Mantels verstecken konnte. Als ich mich abwandte und die Straße entlangschritt, war es allein Neo, der an meiner Seite blieb.

»Du kannst noch immer umkehren«, schlug er vor und legte den Kopf schief. Er hatte Tristan nie unähnlicher ausgesehen als in diesem Augenblick. Sorge stand in seinen Augen geschrieben.

»Du kennst die Antwort doch schon«, erwiderte ich mit einem Lächeln, dann stieß ich das kleine Tor zum Vorgarten auf und betrat den freigeschaufelten Kiesweg. Die Steine knirschten unter meinen Füßen, ehe diese den flachen Stein der Eingangstreppe berührten.

Ohne mir die Mühe zu machen, zu klopfen oder zu klingeln, drehte ich den Türknauf und trat direkt in ein Wohnzimmer ein. Sofort wurde ich von Wärme, Licht und vier Nachtbeißern empfangen. Gaspard saß in einem Sessel und hielt ein Glas mit einer samtbraunen Flüssigkeit gefüllt in der Hand.

»Seht nur, was der Wind hereingetragen hat«, lachte er, während es in seinen Augen gefährlich aufblitzte.

NEUNUNDZWANZIG

Ein weiterer Tenebrae schälte sich aus den Schatten und setzte sich neben Gaspard. Die Ähnlichkeit zwischen den beiden war unverkennbar, nun, da sie nebeneinanderstanden. Etienne.

»Setz dich«, befahl Gaspard mit seiner rauen, tiefen Stimme und deutete mit seiner freien Hand auf das Sofa ihm gegenüber. »Ihr dürft gehen.« Die Mordenox verschwanden aus meinem Sichtfeld, worüber ich sehr erleichtert war. In dem unnatürlichen Licht sahen sie noch unnatürlicher, noch gruseliger aus.

Zögerlich steuerte ich das Sofa an, ließ mich aber nicht darauf nieder. Stattdessen überwand ich meine Angst und Nervosität, um Gaspards amüsierten Blick zu erwidern.

»Ich will meine Familie sehen. Wo ist sie?«, forderte ich mit zitternder Stimme. Mir war so kalt.

»Deine Familie?«, lachte der Tenebrae und blickte seinen Sohn an. »Woher soll ich denn wissen, wo sie sich befindet?«

Mir stockte der Atem. Mit offenem Mund starrte ich das Monster an, das mich in meinen Albträumen heimgesucht hatte. Mein Verstand weigerte sich strikt, die Information zu verarbeiten, doch irgendwann sickerte die Wahrheit in mein Bewusstsein und es fühlte sich an, als würde mir der Boden unter den Füßen weggerissen werden.

»Du … die Nachrichten! Sie waren doch von dir, oder nicht? Und das Kuscheltier …« Ich klang wirklich erbärmlich. Mit einem Mal schien alles einzustürzen.

»In der Tat. Mir war … langweilig. Die Mädchen waren zu leichte Opfer und auch wenn es seinen Reiz besaß, sie nach der Ähnlichkeit zu dir auszusuchen, verflog er doch schon sehr bald«, erklärte Gaspard so leise und ruhig, als würde er mit mir über das Wetter plaudern. Er schlug ein Bein über das andere und faltete dann seine langgliedrigen Finger in seinem Schoß. Etienne fiel in das raue Lachen seines Vaters mit ein. Ich fragte mich einen flüchtigen Moment lang, ob es auch Tenebrae gab, die nicht böse waren; die nicht ihrer Natur erlagen und Menschen töteten, denn soweit ich wusste, konnten sie auch ohne Ignis überleben. Hatte sich Nat so sehr von ihm täuschen lassen? Er ließ es sich zumindest nicht anmerken, dass er mich bereits zuvor einmal getroffen hatte.

Kurz schoss mir der Gedanke durch den Kopf, seinem Vater von seinem kurzen Besuch und der Warnung zu erzählen, doch ich sah keinen Nutzen für mich. Gaspard würde dann vermutlich nur wütender werden und diese Wut an mir auslassen.

Da meine Beine mich nicht mehr trugen, ließ ich mich schließlich auf dem Sofa nieder. Ich wusste, mir stand der Schock ins Gesicht geschrieben, doch das störte mich nicht. Der einzige Trost, der mir dadurch gespendet wurde, war der, dass meine Familie höchstwahrscheinlich nach wie vor in Sicherheit war. Ihnen würde nichts geschehen und ich müsste so oder so mit den Konsequenzen zurechtkommen. Und dann holte mich Gaspard wieder zurück aus meinem Loch des Selbstmitleids.

»Aber du bist nicht umsonst hier. Ich habe deine Eltern zwar nicht gefunden, aber dafür jemand anderen.« Er nickte seinem Sohn zu, der daraufhin aus dem Wohnzimmer verschwand, um wenige Minuten später mit Carter zurückzukehren.

Ich stieß einen erstickten Schrei aus und wollte vom Sofa aufspringen, doch ein Blick in Gaspards Richtung ließ mich innehalten.

Carters Hände waren hinter seinem Rücken gefesselt, das linke Auge war zugeschwollen und eine Platzwunde an der Schläfe hatte seine linke Gesichtshälfte mit Blut benetzt. Sein blondes Haar lag feucht an seinem Kopf, als hätte er im Schnee gestanden oder stark geschwitzt. Er war größer, als ich ihn in meiner Vorstellung gesehen hatte, und ähnelte damit noch mehr unserem Vater. Sein Blick begegnete meinem erst mit Entsetzen, dann mit Unglaube. Er hatte mich erkannt. So wie ich ihn.

Tränen brannten in meinen Augen und rannen meine Wangen hinab.

»Lydia?«, raunte er und wurde dann von Etienne zu Boden geschubst. Sein leises Stöhnen löste in mir mehr aus, als es ein lauter Schrei getan hätte. Er war so tapfer, obwohl er vermutlich keine Ahnung hatte, was hier vor sich ging. Er musste vor Angst außer sich sein!

»Hör auf!«, schrie ich. »Ich bin hier. Lasst ihn gehen!«

Gaspard schwieg scheinbar eine Ewigkeit, bis er sich zu einer Antwort herabließ.

»Wieso nicht? Der Junge trägt nicht mal eine ordentliche Glut in sich und ist wertlos. Eine Leiche weniger, um die wir uns kümmern müssen. Setz ihn in einen Bus, Etienne.«

»Lydia, nicht ...«

»Es ist okay, Carter.« Meine Fingernägel gruben sich in meine Handballen, als das Bedürfnis, aufzuspringen, um ihn in die Arme zu nehmen, überwältigend stark wurde. Doch ich hielt mich zurück, um seine Sicherheit nicht zu gefährden.

Etienne führte Carter aus dem Zimmer und ich konnte nur hoffen, dass er sich an die Anweisung seines Vaters hielt. Als ich das Zuschlagen der Haustür vernahm, sackte ich vor Erleichterung in mich zusammen. Ich hoffte, dass Ace und die Bellatoren ihnen folgten, um sicherzustellen, dass ihm nichts passierte.

Gaspards Mundwinkel zuckten leicht. Mich überkam eine dunkle Vorahnung, das Atmen fiel mir schwer.

»Er wird ihn nicht gehen lassen, oder?«, wisperte ich mit fremder Stimme. Sie schien aus einem anderen Mund zu kommen. Mein Körper fühlte sich taub an.

»Nein.«

Ich sollte es wohl zu schätzen wissen, dass er ehrlich war, aber in diesem Moment, in dieser Sekunde wollte ich nur aufspringen und ihm die Augen auskratzen. Noch nie war ich eine aggressive Person gewesen, aber ... oh, wie sehr wollte ich ihn leiden sehen!

Tränen rannen meine Wangen hinab und ich konnte nichts dagegen tun. Carter würde sterben, wenn ihm die anderen nicht zu Hilfe eilten.

»Und jetzt?«, hauchte ich zittrig. Ich durfte meinen Glauben nicht verlieren, denn schon bald würde mein eigentlicher Plan in Kraft treten. Ich hoffte, dass er funktionierte.

»Jetzt, meine Liebe, genieße ich meinen Triumph. Die letzte Somna in meiner Gewalt. Ich bin bereit, sie zu zerquetschen.« Er beugte sich vor, um erneut an seinem Glas zu nippen, das er auf dem niedrigen Sofatisch abgestellt hatte. »Weißt du, was für eine Anstrengung das war, meine Mordenox dazu zu bringen, ihre Opfer nicht einfach liegen zu lassen? Nun brauche ich mir deshalb keine Gedanken mehr zu machen …«

Ich erinnerte mich an den Schrottplatz und daran, dass keine Leichen zurückgeblieben waren. Wie viele Mordenox hatte er noch gewandelt? Wie lange hatte er seine Nachtbeißer schon abgerichtet? Mir lief ein eiskalter Schauer den Rücken hinab.

»Niemand wird mich mehr aufhalten.«

Ich bin noch da!, wollte ich schreien, doch keine Silbe perlte über meine Lippen. Es gab nur noch einen Weg, wie ich diesen Ort lebend verlassen würde, und dieser war schmal und beschwerlich. Keineswegs sicher.

»Warum jetzt? Warum nach all der Zeit?«

»Du weißt doch, dass das Licht immer schwächer wird … Es hat mich viel Kraft gekostet, meine Mordenox zu trainieren und sie gefährlicher und stärker zu machen.« Er hob belehrend einen Finger. »Giffin hat dir bestimmt gesagt, dass wir bloß ein Haufen nachtschwarzer, gehirnloser Kreaturen sind, und das, obwohl ich ihn Jahr für Jahr daran erinnert habe, dass wir mehr sind. Dass wir niemals vergessen.«

»Es war also … was? Zufall, dass du genau zehn Jahre nach deinem unglückseligen Aufeinandertreffen mit ihm zugeschlagen hast?«

»Mehr oder weniger.« Er zuckte mit seinen Schultern. »Ryder hatte ein wenig mehr Überzeugung gebraucht, als ich angenommen hatte, sonst wäre alles wohl etwas früher geschehen.«

Ryder. Er hatte sich doch gewehrt und dennoch war er nicht stark genug gewesen.

»Du weißt also nicht, wo sich meine Eltern befinden?«, lenkte ich das Thema auf das Wichtige. Ich musste wissen, ob er die Wahrheit sagte, und das konnte ich nur, wenn ich ihn zum Weitersprechen brachte und mehr erfuhr. Wie hatte er Carter finden können?

Er verdrehte die Augen. »Wie ich schon sagte, sie sind nicht hier. Die Adresse, die ich in Giffins Unterlagen fand, war anscheinend nicht mehr gültig. Ihr Glück, Carters Pech. Ich habe ein paar Colleges nach seinem Namen abgesucht und siehe da – er befand sich ganz in der Nähe. Das Kuscheltier lag neben einem Bild von dir als Sechsjährige. Sehr süß.« Er schmunzelte. »Es war also nicht mehr nötig, nach ihnen zu suchen.«

Grübelnd biss ich auf meiner Unterlippe herum, bis mich ein scharfer Schmerz durchfuhr und ich Blut schmeckte. Gaspard ließ mir nur wenige Sekunden der Ruhe, ehe er sich erhob und mir mit einem Handzeichen befahl, ihm nachzukommen.

»Lass uns etwas frische Luft schnappen.«

Er führte mich in den hinteren Teil des Raumes, in dem sich eine Tür befand, die in den Garten führte, in den wir zuvor reingesehen hatten. Der Tenebrae ließ mich in die Kälte vorausgehen, bevor er zu mir aufschloss. Ich ahnte, was mir nun unmittelbar bevorstand und konnte doch nichts dagegen tun.

Der ummauerte Garten war klein und unscheinbar. Eine unberührte Schneedecke lag über Weg und Pflanzen, ließ mich ein wenig Hoffnung schöpfen, dass es doch noch Schönheit in der Welt gab, die nicht von Gaspard zerstört werden konnte. So irrational diese Hoffnung auch war, sie machte mir Mut, die finstere Kreatur anzusehen und mich meinem Schicksal zu stellen.

»Wirst du mich jetzt töten?«, fragte ich leise, während sich kleine Wölkchen vor meinem Mund bildeten und in den wolkenverhangenen Nachthimmel aufstiegen.

»Das war der Plan, ja«, nickte Gaspard, verschränkte die Hände hinter seinem Rücken und sah hinauf. Er wirkte menschlich, nachdenklich und keineswegs wie ein Monster; dann aber erwiderte er meinen Blick und der Moment war vorbei. »Ich kann nicht riskieren, dass du entkommst.«

»Aber?«

»Kein Aber«, schloss er und zückte eine handliche Pistole.

Nein! Das darf nicht passieren!

Neos Augen wurden riesig, aber ich richtete meine Aufmerksamkeit allein auf den Tenebrae. Jetzt durfte ich keinen Fehler machen.

»Was?«, rief ich provozierend aus. »Du brauchst eine Pistole, um mich zu töten? Was bist du? Ein *Mensch?*«, lachte ich und drängte die Angst bis in den hintersten Winkel meines Selbst.

»Ich dachte, ich tue dir damit einen Gefallen. So geht es schnell.« In seinen dunkelbraunen Augen blitzte es amüsiert.

»Ein Gefallen? Es zeigt nur, wie schwach und *menschlich* du bist.« Ich ahnte bloß, dass er einen gewissen Stolz besaß, und versuchte diesen anzugreifen, in der Hoffnung, ihn damit provozieren zu können. »Hätte ich das vorher gewusst, dann wäre ich mit einer Handvoll Bellatoren hergekommen, die dich mit links erledigt hätten!«

Er biss an.

»Ich bin überrascht. Du siehst dich dem unmittelbaren Tod gegenüber und trotzdem kannst du nicht deinen vorlauten Mund halten«, zischte er und warf die Pistole in den Schnee. »Wie du willst.« Das Grinsen, das sich daraufhin auf seinen Lippen ausbreitete, ließ mich erschaudern.

Schließlich spannte sich sein ganzer Körper an, bevor er sich wandelte. Seine Haut färbte sich schwarz, sein Kopf wurde länglicher, die Zähne spitzer und ich konnte nichts anderes tun, als zu fliehen versuchen. Ich reagierte instinktiv, denn in meinem Inneren wollte ich leben. In meinem Inneren vertraute ich nicht mal meinem eigenen hirnrissigen Plan.

»Warum müssen alle immer weglaufen?«, knurrte Gaspard mehr genervt als wütend, denn schon im nächsten Augenblick hatte er mich am Arm gepackt und zu sich zurückgezogen. Ich schrie auf, ließ meinen Dolch hervorschnellen und streifte damit seine Wange. Er brüllte auf und schlug mir die Klinge aus der Hand. Er riss meinen Kopf brutal an den Haaren zurück.

»Gute Nacht«, zischte er, bevor er sich mit seinen Zähnen von hinten meinem Hals näherte. Es war vorbei.

Ich spürte, wie sich die scharfen Fangzähne in meinen Hals gruben. Schmerzen, brennende Schmerzen folgten daraufhin und zogen sich durch meinen gesamten Körper, während sich der Tenebrae von meiner Ignis ernährte.

Das Letzte, was ich sah, war Neo, dessen Präsenz immer schwächer wurde, ehe sie ganz verschwand und ich das Bewusstsein verlor.

DREIẞIG

Ich dachte, ich wäre tot. Es war ein schwebendes Gefühl, das mich ergriffen hatte, und es war wunderschön. Ich wollte nichts festhalten, wollte mich nicht an etwas binden und auf keinen Fall verspürte ich das Bedürfnis, den Schmerz zuzulassen, der unweigerlich auf mich warten würde, sollte ich nach dem Anker greifen, der wie der heilige Gral vor mir aufleuchtete. In diesen Minuten existierte ich allein als ein Bewusstsein von vielen, ohne Vergangenheit, Gegenwart oder Zukunft. Ich fühlte nichts und fühlte alles. Es war nicht erkennbar, wo ich begann oder wo ich endete. Alles gehörte zu mir und nichts war ein Teil davon.

»Lydia!« Eine Stimme wirbelte meine Existenz durcheinander, bis sie einen wunden Punkt fand, der meine Welt erschütterte. »Wach auf!« Die Erde bebte und der Anker fand von allein den Weg in meine Hand, ehe mich der Schmerz erreichte und ich schreiend die Augen aufriss.

Es war kalt, als ich einatmete und meine Lungen zu gefrieren schienen. Gegen die Trägheit und den Schmerz in meinem Hals ankämpfend, öffnete ich die Augen und blickte in Neos besorgtes Gesicht, das in der Dunkelheit kaum auszumachen war, so durchsichtig war sein Körper.

»Endlich!«, rief er erleichtert aus und lehnte sich auf seine Fersen zurück. »Dein Plan hat funktioniert!«

Beinahe wäre ich in hysterisches Lachen ausgebrochen, doch dafür fehlte mir noch die Kraft.

»Er hat gedacht, dass er dich bis auf das letzte Glutpartikel ausgesaugt hat, doch er hatte keine Ahnung von der Ignis einer Somna und dass sie nicht vollständig vernichtet werden kann«, freute sich Neo.

Mein Kopf pochte schmerzhaft.

»Er musste etwas darüber gewusst haben«, widersprach ich raunend und richtete mich langsam auf. Ich zitterte wie Espenlaub, da meine Kleidung komplett vom Schnee durchweicht war. »Sonst hätte er den Clan nicht in dieser Art und Weise ausgelöscht, sondern sich an ihnen genährt. Die Somna wären wundervolle Energiequellen gewesen.«

»Vielleicht hatte er nur davon gehört, dass sich weder Somna noch Dormi in Mordenox wandeln können?«

»Eine plausible Erklärung«, gab ich nickend zu. »Also wollte er seine Zeit nicht mit ihrer Glut verschwenden.« Stöhnend versuchte ich aufzustehen. »Vielleicht hat er auch gedacht, dass sich unsere Glut überhaupt nicht in Dunkelheit wandeln lässt.«

»So oder so, du hattest Glück, dass er sich derart provozieren ließ.«

»Das Glück der Dummen«, murmelte ich. »Wo sind sie?«, fragte ich. Niemand war hier draußen zu sehen und die Lichter im Haus waren gelöscht. Das Blut an meinem Hals fühlte sich kalt und schmierig an.

»Sie ... äh ...«, druckste Neo herum und wich meinem forschen Blick aus.

»Neo! Sag es mir!«, forderte ich ihn vehement auf.

Seine Schultern sackten ein. »Ace war hier. Er hat dich gesehen und dachte ... er denkt, du bist tot, Lydia. Ich glaube, er wollte dich mitnehmen, aber dann hat er gesehen, wohin Gaspard verschwunden ist.« Er holte tief Luft und ich konnte erkennen, wie viel es ihm ausmachte, dass er nicht mit Ace hatte reden können. Wenn Tristan dabei gewesen wäre, wenn uns Arax'va geholfen hätte, würde Ace nun nicht denken, ich wäre tot. Das Atmen fiel mir schwer.

»Und wohin ist er gegangen?«

»Er wollte zur Oper *Dupre*, um so viele Protectoren wie möglich zu töten. Mehr habe ich nicht mitbekommen, bevor ich für eine Weile in der Dunkelheit verschwunden bin.«

Bei dem Gedanken daran, wie Gaspard seine Zähne in Aces oder Maisies Hals schlug, wurde mir schlecht.

»Die Protectoren? Aber ... ich dachte, er würde sich als Nächstes den Bellatoren widmen.« Nicht dass das besser gewesen wäre. »Oh Götter, die Oper?« Mein Gehirn arbeitete noch nicht wieder in Normalgeschwindigkeit.

Neo hob den Blick und deutete mit einem Finger über die Mauer hinweg. Feuer und Rauch bedeckten die Dächer der Stadt.

»Nein«, keuchte ich, bevor ich all meine Kräfte mobilisierte und so schnell rannte wie noch nie zuvor in meinem Leben. *Ace.*

EINUNDDREIẞIG

Einzelne Schneeflocken rieselten geräuschlos herab, als Feuerwehrwagen und eine Polizeikolonne an Neo und mir vorbeidüsten. Unsere Richtung war dieselbe, unsere Angst eine andere. Hatte Gaspard sein Ziel bereits erreicht oder würde er auch nicht davor zurückschrecken, die menschlichen Helfer zu attackieren, wenn sie sich ihm und seiner Meute in den Weg stellten? Ich kannte die Antwort schon. Ihm und seinem Sohn war anscheinend nichts heilig.

Außer Atem und völlig entkräftet erreichte ich die Straße, an der das brennende Opernhaus in die Höhe wuchs.

Rotorangenes Licht glomm durch die Fenster und deutete bereits die zerstörerische Wut der Flammen an, die im Inneren wüteten. Durch den dichten Qualm war ich mir zunächst nicht sicher, doch tatsächlich, Mordenox umkreisten das einst wunderschöne Musikhaus und hielten nach neuen Opfern Ausschau. Wenn sich schon so viele hier draußen bewegten, wie viele befanden sich dann noch im Inneren und machten Jagd auf Protectoren und Bellatoren? Anscheinend war es Gaspard gleich, ob die Menschen von seiner Existenz erfuhren. Er hatte nicht vor, heute zu verlieren.

Ich senkte meinen Blick. Menschen liefen schreiend umher, Verletzte kämpften sich hustend aus dem alten Gebäude heraus und stolperten auf die Krankenwagen zu. Polizisten waren gerade dabei, die Umgebung abzusichern, was meinen Plan vereiteln würde, wenn ich nicht schnell genug handelte. Also nahm ich mir keine weitere Zeit, um erneut Atem zu schöpfen, sondern lief stattdessen zielstrebig auf den Eingang zu. Ich vernahm laute Rufe, die vermutlich mir galten, doch ich reagierte nicht und niemand bekam mich zu fassen, bevor ich die Oper *Dupre* betrat.

Ich hustete, als der Qualm meine Lungen füllte, kämpfte mich aber mit einem Ärmel vor Mund und Nase weiter vor. Meine Augen tränten und ließen mich unkontrolliert blinzeln, bis ich das Foyer verlassen hatte und der Rauch nicht mehr ganz so dicht war. Der Flur erstreckte sich leer vor mir. Fast konnte ich mir einbilden, dass nichts geschehen war und dass die Feierlichkeiten jeden Moment fortgesetzt werden würden. Dann erreichte ich die hinteren Räume der Bühne und stolperte über die erste Leiche. Der Ruck kam so unerwartet, dass ich mein Gleichgewicht nicht halten konnte und mich Millisekunden später auf dem blutgetränkten Teppich wiederfand. Meine Hände berührten die noch warme Flüssigkeit, während ich meine Augen zwang, die Identität des Opfers zu überprüfen. Ich kannte den Mann nicht und verspürte Mitleid, aber auch Erleichterung darüber, dass es nicht Ace war. Er konnte noch am Leben sein. Ich wollte nicht daran denken, dass er dachte, ich wäre nicht mehr am Leben.

Nachdem ich bereits über die dritte Person gestiegen war und überprüft hatte, ob man ihr noch helfen konnte, wurde ich beinahe von einer flüchtenden Gruppe Protectoren überrannt. Im letzten Moment, bevor mich einer von ihnen mit einem Eisenstab niederschlagen konnte, erkannten sie, dass ich keine Mordenox war, und hielten inne.

»Entschuldige!«, rief die Frau mit der Waffe und strich sich ihr graues Haar zurück, das an ihrer verschwitzten Stirn klebte. Sie trug noch immer eine dunkle Kutte, was wohl bedeutete, dass sie Teil des Rituals gewesen war. »Wir dachten, du bist eines der Monster.«

»Schon okay«, hustete ich. Der Rauch fand seinen Weg allmählich auch bis in die Flure. »Habt ihr Ace gesehen?«, fragte ich und nutzte damit die Chance, um an Informationen zu gelangen. »Oder Maisie?«

Alle vier schüttelten den Kopf. In ihren Augen stand der Schrecken geschrieben, den sie noch immer durchlebten.

»Geht den Weg entlang und dann durch das Foyer.« Enttäuscht, dass sie keine positiven Nachrichten hatten, deutete ich in die Richtung, aus der ich gerade gekommen war. »Dann sollte euch auch schon Hilfe entgegenkommen.«

»Kommst du nicht mit?«, fragte die Jüngste unter ihnen.

»Nein. Ich muss Ace finden«, sagte ich fest und mit mehr Mut, als ich eigentlich empfand, bevor ich mich an ihnen vorbeischob und meinen Weg wiederaufnahm. Ich würde ihn finden.

Ich *musste* ihn finden.

Der Rauch wurde wieder dichter und brachte mich zum husten. Um meine Kräfte zu sammeln, lehnte ich mich für einen kurzen Moment an die raue, überraschend warme Wand und hielt eine Hand vor meinen Mund. Mich krümmend versuchte ich, zu Atem zu kommen. Vielleicht sollte ich doch besser weitergehen. Es war mittlerweile so warm hier, dass sogar meine Kleidung zu trocknen begann und mir nicht länger kalt war. Das war höchstwahrscheinlich keine gute Nachricht und sollte mich eher zur Umkehr bewegen, doch das stand nicht zur Debatte. Stattdessen machte ich es der Gruppe von Protectoren nach und suchte mir eine provisorische Waffe. Ich fand schließlich in einer der menschenleeren Kabinen Scherben mehrerer zerbrochener Spiegel und suchte mir das größte Stück heraus, um das eine Ende mit einem Stück Stoff zu umwickeln, damit ich mich nicht selbst daran schnitt. Es ärgerte mich, dass ich den Dolch im Garten liegen gelassen hatte. Er wäre mir jetzt zugutegekommen.

Hier konnte ich immerhin für ein paar Minuten halbwegs saubere Luft schnappen, ehe ich zurück in den Flur musste und mich sofort einem Mordenox gegenübersah, aus dessen Maul frisches Blut tropfte. Seine ledrige Haut war an einigen Stellen aufgeschnitten, so als wäre er bereits attackiert worden.

Bevor er sich auf mich stürzen konnte, erkannte ich auch, wer sich gegen ihn zur Wehr gesetzt hatte.

»Ace!«, rief ich, was das Falsche war. Dadurch wurde der heranlaufende Protector abgelenkt und achtete nicht auf den Mordenox seitlich von ihm, der die Chance nutzte, um ihm mit seinen scharfen Krallen über die Brust zu fahren. Ace schrie auf, als die Krallen durch Stoff und Haut fuhren, bevor er zurückweichen und den Kampf wiederaufnehmen konnte. Ich hätte mich selbst ohrfeigen können.

Um dem Protector zu helfen, hielt ich mich weitestgehend aus dem Geschehen heraus, beobachtete seinen Kampf und schließlich den folgenden Triumph, als er die Messerspitze in den Körper des Monsters stieß. Der Nachtbeißer kreischte ohrenbetäubend laut, fiel dann vornüber und rührte sich nicht mehr. Ace war von oben bis unten mit Asche und Blut bedeckt, doch in meinen Augen hatte er nie besser ausgesehen.

Ich konnte mich nicht daran erinnern, wie wir uns aufeinander zubewegten, trotzdem lagen wir uns eine Sekunde später in den Armen und wollten einander nicht mehr loslassen. Er lebte. Er war halbwegs unbeschadet und lebte. Ich konnte mein Glück kaum fassen. Ihm schien es ähnlich zu gehen, denn er berührte mich so, als würde er nicht recht glauben, dass ich echt war, ehe er seine Erleichterung mit einem leidenschaftlichen Kuss ausdrückte, den ich nur zu gern erwiderte.

»Ich dachte … Wir haben dich gesehen, du warst tot! Du hattest keinen Puls mehr …« Seine Stimme zitterte und es brach mir das Herz. »Was ist passiert?«, fragte er. »Ich wollte dich mitnehmen, aber dann haben wir das Feuer gesehen und … Mein Vater hat mich angerufen. Ich musste ihnen helfen …« Es klang wie eine Entschuldigung, dabei war sie gar nicht vonnöten. Ich war froh, dass er keine Zeit damit verschwendet hatte, mich vom Boden zu klauben.

»Ich hatte gehofft, dass Gaspard nicht dem Drang widerstehen kann, mir in den Hals zu beißen, um meine Ignis auszusaugen. Es war meine einzige Chance, zu überleben.«

»Und was wäre geschehen, wenn er dir einfach die Kehle durchgeschnitten hätte?«, erwiderte er wütend, hielt mich aber noch immer umfasst.

»Das war ein Risiko, das ich eingehen musste«, sagte ich leise, weil ich wusste, dass es keine Entschuldigung gab. Ich war leichtsinnig gewesen, aber ich würde ihm nicht sagen, wie kurz davor Gaspard tatsächlich gewesen war, dies zu tun. »Es tut mir leid.«

»Aber wie hat es funktioniert? Ich verstehe nicht …«

»Erinnerst du dich daran, als ich dir sagte, dass sich meine Ignis immer wieder erneuern kann? Damit ich stets genug habe, um etwas davon in die Opfer zu legen. Gaspard hat sie ausgesaugt, ja, aber nicht vollkommen. Das ist bei einer Somna unmöglich.«

»Das hättest du mir vorher wirklich sagen können.« Er schüttelte fassungslos den Kopf, bevor er mich erneut für einen kurzen Moment an sich zog.

»Ich sagte doch, ich bin abergläubisch.« Meine Fingerkuppen berührten seine Lippen. »Wie geht es meinem Bruder? Ihr habt ihn doch gesehen, oder?«

»Ja. Wir haben die Mordenox überwältigt, die ihn töten wollten. Er ist im Hauptquartier.«

»Mordenox? Ich dachte, Etienne hätte ihn begleitet.«

»Nein. Es waren nur drei Mordenox.«

Er öffnete den Mund, um etwas hinzuzufügen, als die Wände erzitterten. Etwas Schweres schien zusammengestürzt zu sein und wir erkannten beide sofort, wo es passiert war.

»Die Bühne. Das Gerüst bricht ein«, sprach er meine Gedanken aus. »Wir sollten helfen.«

»Wo sind Maisie, Nat und Tristan?«, fragte ich, anstatt ihm zuzustimmen. Ich war zwar noch immer nicht gut auf Letzteren zu sprechen, doch ich wollte ihn auch nicht hier zurücklassen, selbst wenn es all unsere Probleme lösen würde. »Und woher zum Teufel wusste Gaspard, dass die *Cresceo* hier und heute stattfinden würde?«

»Maisie ist unter den Kämpfenden. Nat ist los, um Tristan zu suchen.« Er presste die Lippen zusammen und sah über meinen Kopf hinweg den Flur entlang. »Ich hab keine Ahnung, von wem Gaspard seine Informationen bekommen hat.«

»Da es sich ohnehin nicht ändern lässt ... lass uns nachsehen, was passiert ist«, drängte ich ihn und gemeinsam machten wir uns auf den Weg zur Bühne, die auf der nordwestlichen Seite in Brand stand. Das Feuer war dabei so laut wie ein Monster, das sich an der Welt satt fraß. Auf der Bühne selbst kämpften Mordenox gegen Protectoren und Bellatoren. Daltry und Lockington waren auch unter ihnen und schlugen sich tapfer, doch es waren zu viele. Die Nachtbeißer kamen von allen Seiten, stürzten auch von oben auf sie herab und hatten ganz eindeutig einen Teil der Deckenkonstruktion heruntergerissen, um ihre Opfer darunter zu vergraben.

Sofort gerieten wir in den Kreis der Kämpfenden und Ace hatte große Mühe, mich zu beschützen. Ich wollte mich selbst verteidigen, griff dafür nach dem Dolch, den mir Daltry im Vorbeigehen hinstreckte, und unterstützte Ace so gut ich konnte.

Mir wurde mit erschreckender Deutlichkeit bewusst, dass ich keine ausgebildete Kämpferin war. Es kostete mich größte Überwindung, die Klinge ins Fleisch zu stoßen, sodass ich mich weitestgehend im Hintergrund hielt. Ich wollte nicht, dass sich Ace auf mich konzentrierte, wenn er um sein eigenes Leben kämpfte.

Als die Flut der Mordenox aber auch nach gefühlten Stunden noch immer nicht nachließ, wurde mir klar, dass wir Tristan finden mussten.

Er musste doch einsehen, dass er unsere einzige Hoffnung war. Würde er uns wirklich sterben lassen?

Ich blickte über die leeren Zuschauerränge nach oben in die Loge, die ich noch vor wenigen Stunden besetzt hatte, und erkannte zwei Gestalten. Eine von ihnen schaute unbewegt auf das Spektakel hinunter, während die andere Person an deren Ärmel zog, um sie zum Gehen zu bewegen.

»Sieh nur! Sie sind dort!« Ich deutete mit einer Hand nach oben. Ace hatte gerade seinen vierten oder fünften Mordenox erledigt. »Was willst du tun? Ich kann auch allein gehen.«

Ace schien mit sich zu ringen. Auf der einen Seite wollte er auf der Bühne bleiben und für seine Leute kämpfen, auf der anderen wollte er mich nicht allein lassen. Schließlich fällte er eine Entscheidung. »Ich bringe euch raus, dann kehre ich zurück.«

Ich nickte, da mir klar war, dass an seinem Entschluss nicht zu rütteln war. Entweder so oder gar nicht. Ich unterstützte ihn so, wie er mich noch Stunden zuvor in meiner Entscheidung unterstützt hatte.

Ohne uns absprechen zu müssen, nahmen wir den nächstgelegenen Notausgang und rannten die Treppen nach oben, ignorierten die zahlreichen Leichen und das Rufen der Feuerwehrmänner, die mittlerweile das Gebäude betreten hatten, und erreichten die Loge. Wir stürzten durch den Vorhang und blieben erst stehen, als wir die Sitze erreicht hatten.

Natalie wirbelte zu uns herum, Tristan wandte seine Augen nicht von der Bühne. Er schien wie hypnotisiert.

»Tristan? Komm mit uns«, sagte ich, bedeutete Ace, zurückzubleiben, und schlängelte mich langsam zwischen den Sitzen hindurch. Nat trat zur Seite, damit ich mich neben den Bellator stellen konnte.

»Du hattest recht, Lydia«, raunte Tristan oder Arax'va. »Er wird nicht von allein aufhören.«

»Nein.« Ich blieb stehen und streckte eine Hand aus, mit der ich seine Schulter berührte. »Er ist zu machthungrig.«

Seine Augen bewegten sich endlich von diesem schrecklichen Kampf fort und landeten auf mir. Ich erkannte Tränen in ihnen.

»Ich habe Angst.«

»Du weißt, dass es das Richtige ist.« Beinahe wäre ich über meine eigenen Worte gestolpert. Ich stand zwar hinter meiner Aussage, aber ich wollte Tristan nicht überreden. Es war für mich wichtig, dass er die Entscheidung aus seiner eigenen Überzeugung heraus traf und nicht, weil ich ihn überredete. »Wir sind für dich da. So oder so«, fügte ich deshalb noch hinzu.

»Ich habe mehrere tausend Jahre gelebt und noch nie habe ich mich so sehr gefürchtet«, gestand er und lachte trocken auf. Die Welt um uns herum war für uns beide ausgeblendet. Wir sahen und hörten nichts mehr außerhalb unserer Blase. »Mein Leben bedeutet mir so viel. Ich habe mich an meine Existenz geklammert und ich weiß nicht, wie ich meinen Griff lösen kann.«

»Tristan … Arax'va«, wisperte ich und ließ meine Hand über seinen Arm wandern, bis ich die seine zu fassen bekam und liebevoll drückte. »Du wirst nicht vergessen werden und vielleicht, ganz vielleicht ist es nicht dein Ende.«

Die Blase platzte, die Welt wurde laut und Natalie und Ace waren plötzlich wieder da. Unglaube stand in ihren Gesichtern geschrieben. Wie sollten sie in so kurzer Zeit verarbeiten, dass Arax'va tatsächlich existierte und dann auch noch ein Bellator namens Tristan war?

»Was hat das zu bedeuten?« Aces Augen waren weit aufgerissen. Er traute sich nicht, seinen Blick von Tristan abzuwenden.

»Tristan ist Arax'va«, fasste ich zusammen und musste beinahe lachen. Es klang so abstrus und absurd.

»Das … Ist das euer Ernst?«, stotterte der Protector und blickte von mir zu ihm.

»Ich weiß, ich muss eine Enttäuschung für dich … für euch sein«, flüsterte Tristan niedergeschlagen. So hatte ich ihn noch nie zuvor gesehen.

»Du bist keine Enttäuschung. Du hast dich bloß von deiner Angst lähmen lassen, was uns allen passieren kann. Entscheidend ist, wie du damit umgehst. Wie du weitermachst«, sagte ich mit Überzeugung.

Tristan nickte langsam.

»Du bist es wirklich«, hauchte Nat mit aufgerissenen Augen.

»In Fleisch und Blut«, grinste der Gott.

»Was für eine Ironie …« Ace lachte trocken auf. »Ich habe Arax'va so großes Vertrauen entgegengebracht und dir … *Tristan*, so misstraut.«

»Vielleicht konnte es gar nicht anders sein. Schließlich war ich nicht sonderlich nett zu dir«, antwortete Tristan verlegen. »Ein Blick in dein edles Herz hat mir nur immer wieder gezeigt, was für ein … Feigling ich bin. War.«

»Du sagst es. War«, wiederholte ich.

»Es tut mir leid, Tristan … Arax'va … ich hielt dich leider für das größte Arschloch und wollte Lydia vor dir beschützen«, erklärte sich Ace.

»Höre niemals auf damit.« Er zwang sich zu einem Lächeln, das Ace tatsächlich erwiderte. »Dann lass es uns tun, bevor Gaspard jeden hier getötet hat.«

Erleichtert nickte ich. »Wie können wir helfen?«

»Ihr müsst einen Kreis um mich bilden. In ihm werde ich schmelzen und wieder zum Teil des Wiederkreises werden, der die Dunkelheit zerstören und das Licht gebären wird, ehe alles wieder in Normalität mündet.« Mittlerweile hatte er sich vollends zu uns umgedreht. »So sieht es zumindest in der Theorie aus.«

Wir gehorchten Arax'va, der auf den freien Platz neben den Vorhängen deutete, sodass wir uns dort auf den Boden niederlassen konnten. Ich setzte mich im Schneidersitz hin und umfasste jeweils Tristans und Nats Hand, während Arax'va sich in unsere Mitte hockte.

»Ihr müsst Lydias Ignis berühren, um den Kontakt zum Wiederkreis herzustellen.« Diese Worte waren hauptsächlich an Ace und Nat gerichtet, die schließlich Protectoren waren oder, in Natalies Fall, eine angeborene Affinität dafür besaß. »Aber anstatt ihre Glut einzufügen, ersetzt ihr sie durch mich. Durch meine Existenz.«

»Ich bin mir nicht sicher, ob das funktioniert«, äußerte Ace seine Bedenken. Natalie hingegen wirkte plötzlich selbstsicher und frei von jeglichen Zweifeln. Ungefähr so, wie ich mich gerne fühlen würde.

»Das wird es«, versicherte ihm Arax'va und schloss die Augen.

In diesem Moment öffneten sich die Vorhänge und Gaspard erschien. Über seine linke Wange zog sich eine hässlich aussehende Wunde, die ich ihm nur wenige Stunden zuvor zugefügt hatte.

»Wen haben wir denn da?«

Etienne tauchte neben seinem Vater auf, wirkte aber weniger glücklich darüber, uns zu sehen. Ich verlor nicht viel Zeit, ihn zu mustern, sondern sprang wie die anderen auf und versuchte mich in irgendeine Stellung zu bringen, in der ich mich am besten verteidigen konnte.

»Etienne«, hauchte Nat und brachte uns alle damit zum Schweigen.

Er antwortete ihr nicht.

»Immer noch am Leben, wie ich sehe«, knurrte Gaspard keineswegs erfreut, mich zu sehen, und überging damit das Wiedersehen seines Sohnes mit seiner Geliebten. »Dabei dachte ich, ich hätte jeden einzelnen Tropfen Glut ausgekostet.«

»Anscheinend warst du nicht gründlich genug«, entgegnete ich. Die Wunde an meinem Hals schmerzte plötzlich heftiger, jetzt, da ich mich dem Verursacher erneut gegenübersah. Ein eiskalter Schauder rann mir den Rücken hinab.

»Was soll das hier werden? Ein Kaffeekränzchen?«, fragte er spöttisch.

»Woher?«, entfloh es Nat. »Woher wusstet ihr von diesem Ort?«

»Oh … es gab nur eine Handvoll Orte, an denen so ein großes Ritual stattfinden kann. Ryder ist allerdings zu früh gestorben, bevor er mehr von Giffin hatte erfahren können«, antwortete der mächtigste Anführer der Mordenox. »Es reichte, dass Lydia ihr Handy für ein paar Sekunden hier ganz in der Nähe anschaltete, und schon wussten wir, wo ihr sein würdet.«

»Aber die *Cresceo* … sie hätte an jedem anderen Tag vollzogen werden können.«

»Da liegst du falsch, kleine Bellatorin«, lachte Gaspard. »Sie kann nur zum Vollmond im ersten Monat des Jahres ihre ganze Wirkung entfalten. Als Protectorin hättest du das gewusst.« Das Blitzen in seinen Augen verriet, dass er irgendwie von ihrem Wunsch, Protectorin zu sein, erfahren hatte. Wahrscheinlich hatte Etienne seine Klappe nicht halten können. »Und wie bringen wir diese wundervolle Nacht nun zu Ende?« Er fletschte die Zähne.

Ace antwortete ihm, indem er vorpreschte und sein Messer in Gaspards Seite rammte. Dieser konnte sich jedoch wieder befreien und stürzte aus der Loge. Wir anderen folgten, um von einem halben Dutzend Mordenox eingekreist zu werden.

Fluchend zog ich Daltrys Dolch mit dem glatten Heft hervor und positionierte mich neben Nat, die sich endlich aus ihrer Starre gelöst hatte. Etienne hatte sich außerhalb des Kreises der Angreifer begeben und gab sich damit zufrieden, die Bellatorin zu beobachten. Sie und Tristan kämpften wie die Einheit, die sie bereits seit Jahren waren.

Ich war froh, dass ich meine Waffe nicht einsetzen musste, bevor es ein Mordenox dann durch die unsichtbare Grenze schaffte, die die Kämpfenden um mich gebildet hatten. Die Kreatur flatterte wütend mit den Flügeln, dann trafen mich ihre Krallen und hinterließen tiefe Kratzer an meinen Unterarmen, die ich zur Verteidigung hochgehoben hatte. Neo eilte mir zu Hilfe, indem er zwischen mir und dem Mordenox auf und ab schwebte, sodass mich dieser nicht sehen konnte. Es war der gleiche Trick, den er bei Gaspard angewandt hatte, damals, als ich noch feige gewesen war und mich versteckt hatte. Nun nutzte ich die Ablenkung und stürzte durch Neos körperlose Form hindurch, den Arm ausgestreckt und die Klinge nach vorne gerichtet. Sie traf zuerst auf die Rippen des Mordenox', doch mir blieb genug Zeit für einen zweiten Stich und dieses Mal fand die Spitze ihren Weg ins Herz. Schwarzes Blut rann meine Finger hinab, ehe ich den Dolch wieder herauszog und dabei zusah, wie der Mordenox tot in sich zusammenfiel. Ich spürte eine Welle der Genugtuung über mich hinwegrollen.

»Tut, was ihr tun müsst«, brüllte Ace in unsere Richtung, bevor er Gaspard, der sich gerade wandelte, weiterhin in Schach hielt. Natalie erledigte den letzten Mordenox. Etienne bewegte sich keinen Millimeter.

»Wir müssen das Licht zurückholen«, keuchte Natalie blutüberströmt und trat zwischen ihn und mich. »Es tut mir leid.«

Sprachlos starrte ich die beiden an.

»Ich verstehe«, antwortete er leise und ungefährlich, bevor er die Bellatorin in einer schnellen Bewegung an sich zog, um sie … zu küssen. »Ich liebe dich, Nat.«

»Ich dich auch«, flüsterte sie. Er ließ sie los und rannte davon, ohne seinem Vater zur Seite zu stehen.

»Das war …«, begann ich, aber mir fehlten die Worte.

»Wir haben keine Zeit!«, erinnerte uns ausgerechnet Arax'va. »Es muss eben zu zweit gehen. Du kannst es schaffen, Natalie.«

Ihr Blick war wieder fokussiert, als wir uns zurück in die Loge setzten. Arax'va war zwischen uns. Wir mussten uns weit vorbeugen, um unsere Hände zu halten und damit einen Kreis zu bilden. Meine Arme schmerzten und Blut tropfte aus den Wunden. Nur noch ein paar Minuten …

Es fiel mir schwer, meine Augen zu schließen, weil ich beinahe vor Angst um Ace zerfressen wurde, aber mir war klar, dass ich dadurch wertvolle Zeit verlieren würde. Nur so konnte ich dem Protector helfen.

Also fokussierte ich meine Aufmerksamkeit auf meine Macht, um Nat zu unterstützen.

Ich konnte nicht einschätzen, wie viele Minuten verstrichen waren, als ich ein leichtes Zupfen in meiner Brust verspürte und wusste, dass Natalie meine Ignis gefunden hatte. Unwillkürlich schlug ich die Lider auf und erschrak beinahe, denn wir wurden von einem schimmernden Licht umfasst. Das Licht schien lebendig zu werden, zu wirbeln, in verschiedenen Farben zu strahlen, wie Elektrizität zu knistern und sich von dem Kreis zu lösen, um sich einen Meter neben uns erneut zu sammeln. Eine Art Wand aus Licht und Regenbogenfarben entstand – oder war es ein Tor? Tausend Blitze und ein Regenbogen.

»Es funktioniert«, keuchte Arax'va und erhob sich ganz langsam. Als würde er durch Wasser waten, bewegte er sich in Richtung des Tores. Noch einmal blickte er mich über seine Schulter hinweg an.

»Ich bin mutig«, wisperte er, als könnte er es selbst nicht recht glauben. Als hätte er vollkommen vergessen, wie es war, seiner Angst ins Gesicht zu sehen.

Ich bin mutig.

Ich nickte und er verschwand.

Das Tor brach in sich zusammen. Die folgende Kraftwelle schlug mich nieder und raubte mir das Bewusstsein.

Blinzelnd erwachte ich aus der Ohnmacht, ohne zu wissen, wie viel Zeit vergangen war. Ich stöhnte, als sich der Schmerz erst in meinem Kopf und dann in meinem gesamten Körper ausbreitete. Um uns herum herrschte düstere Stille, Qualm drang noch immer in meine Nase, aber es war nicht mehr so heiß. Feuerwehrmänner durchbrachen das unheimliche Schweigen und riefen sich gegenseitig Befehle zu.

Vorsichtig setzte ich mich auf und sah nun durch das dämmrige Licht, dass das Tor und somit auch Arax'va verschwunden war. Nat lag neben mir und atmete flach, aber regte sich leicht, als wäre auch sie kurz davor, aufzuwachen.

Neo trat in mein Blickfeld und war durch meine schwache Ignis noch immer sehr blass, aber seine Miene verriet seine Freude.

»Hat es funktioniert?«, krächzte ich. Mein Mund fühlte sich trocken an.

»Sie sind alle tot«, antwortete er triumphierend. »Sobald sie von der Kraftwelle erfasst wurden, sind sie zu Asche zerfallen. Gaspard und alle Mordenox. Arden Creek ist frei.«

»Ace!«, rief ich aus, als ich mich daran zurückerinnerte, dass er gegen Gaspard gekämpft hatte. Sofort kam ich auf die Beine, ignorierte den Schwindel und stolperte aus der Loge hinaus.

Ace lag rücklings auf dem kühlen Marmorboden. Ein Hauch Asche haftete seiner Kleidung und seinem Gesicht an, doch seine Brust hob und senkte sich unverkennbar. Ich ließ mich an seiner Seite fallen, betrachtete seine beinahe friedliche Miene und schluchzte vor Erleichterung. Er hatte überlebt! Wir hatten überlebt!

Seine Lider flatterten. »Du wirst jetzt nicht weinen, oder?«, fragte er und lächelte leicht.

»Nur damit du mich in deine Arme schließt, um mich zu trösten«, antwortete ich und lachte, während ich gleichzeitig weinte.

Er richtete sich mit meiner Hilfe auf, bevor er tat, worum ich ihn indirekt gebeten hatte. Ich barg mein Gesicht an seiner Schulter und atmete seinen ganz eigenen Geruch ein.

»Hat es funktioniert?«

»Neo sagt ja. Ich weiß nicht, wie groß die Reichweite der Machtwelle war, aber … wir werden es wohl sehen.«

Schniefend löste ich mich von ihm, als Nat zu uns stieß. Sie wirkte traurig und freudig zugleich.

»Ich werde ihn vermissen«, flüsterte sie behutsam, als wüsste sie nicht, wie wir zu Tristan … Arax'va standen.

Ich erhob mich und drückte sie fest an mich. »Ich auch, aber er hat das Richtige getan.«

»Ich weiß.«

Herannahende Schritte zogen unsere Aufmerksamkeit auf sich und Momente später erreichten uns Daltry, Lockington und Aces Familie, die in aller Eile die Treppen hinaufgestiegen waren. Sie wirkten erschöpft, aber nur leicht verletzt.

»Was ist passiert? Wo sind sie alle hin?«, rief Daltry, die ich noch nie so aufgelöst gesehen hatte.

»Wieso denken Sie, dass wir etwas damit zu tun hätten?«, fragte Ace mit gerunzelter Stirn.

»Das Licht … es kam von hier«, antwortete sie nun etwas weniger drängend.

»Wir sollten hier besser verschwinden, bevor alles einstürzt«, schlug Nat vor. »Dann erzählen wir Ihnen alles ausführlich. Versprochen.«

Lockington schien wiedersprechen zu wollen, doch Aces Eltern nahmen ihm die Entscheidung aus der Hand, indem sie uns in die Arme nahmen und dann in Richtung Ausgang lotsten.

»Wir müssen einiges an Schadensbegrenzung betreiben. Die Menschen haben in dieser Nacht zu viel gesehen«, murmelte Daltry im Vorbeigehen zu sich selbst, als würde sie bereits neue Pläne schmieden.

Ich lächelte sanft, dann hakte ich mich bei Ace unter. Gemeinsam verließen wir die Oper.

EPILOG

Die Sonne kitzelte meine Nase, als ich das Gesicht gen Himmel streckte und die kühle Luft in meine Lungen sog. Es war ein schöner, winterlicher Tag, den ich bisher damit verbracht hatte, diverse Unterlagen zu sortieren. Nun gönnte ich mir aber einen Spaziergang in unserem Garten, bevor die Sonne für den Rest des Tages wieder verschwinden würde.

Es war kaum zu glauben, dass ich die Nacht der *Cresceo* überlebt hatte, wenn man sich einmal die Mühe machte und über meine Chancen nachdachte. Eigentlich hätte das nicht möglich sein dürfen und doch war es genau so geschehen. Nachdem Tristan … Arax'va sich wieder zu seinem Ursprung begeben hatte, zerstörte die Machtwelle sämtliche Tenebrae und Mordenox in einem Umkreis von zehn Meilen, wie wir später herausgefunden hatten. Arden Creek, einst Hochburg der Kreaturen der Nacht, war nun also frei von ihnen. Für den Moment jedenfalls. Es hatte geholfen, dass ihre Körper zu Asche zerfallen waren, so mussten wir den Menschen nicht erklären, was für Monster uns überfallen hatten. Wir blieben bei den üblichen Ausreden, dass wilde Tiere in die Stadt eingedrungen waren, und fügten sicherheitshalber noch ein paar Fledermäuse hinzu. Niemand bei Sinnen würde diese Geschichte glauben, doch genauso würde sich niemand bei Sinnen gegen das offizielle Statement aussprechen, wenn er nicht als verrückt abgestempelt werden wollte.

»Du wirst dich erkälten«, ermahnte mich Neo, der plötzlich vor mir erschien und schelmisch grinste. Er hatte seine Gestalt ein wenig verändert, wirkte älter und erinnerte mich damit an Tristan, der am Ende doch das Richtige getan hatte. »Deine Mutter wird dich gleich ausschimpfen.«

Ich lachte, während ich mit meinem Blick das Fenster der Küche suchte, in der meine Eltern vermutlich beisammen saßen. Carter hatte sie gemeinsam mit mir aufgesucht, nachdem er sich von seinem Schock erholt und ich ihn in alles eingeweiht hatte. Tatsächlich waren sie umgezogen, da sie nicht mehr länger ohne mich in dem Haus hatten leben wollen. Tränen hatten unser erstes Aufeinandertreffen nach so vielen Jahren geprägt, doch schnell waren sie von herzerwärmendem Lachen ersetzt worden. Es galt vieles aufzuholen, aber schon jetzt war ich glücklicher als in all den Jahren während unserer Trennung. Die Verantwortung einer Obersten machte mir zwar immer noch zu schaffen, aber da es keine nahende Katastrophe gab, wuchs ich allmählich hinein. Außerdem wurde mir so viel Hilfe zuteil, dass es fast schwieriger wäre, in dem Job zu versagen.

»Hallo, Schönheit«, erklang Aces Stimme hinter mir. Ich drehte mich zu ihm um und registrierte nur beiläufig, dass sich Neo verzog.

»Ace«, seufzte ich und küsste ihn zur Begrüßung. »Ich hatte dich erst später erwartet.«

»Nat hat mich gebeten, sie zum Flughafen zu fahren.«

»Sie ist also wirklich weg?«

Ihre Liebe zu Etienne war nie versiegt und auch wenn ich sie nicht verstand, hatten Ace und ich ihr dabei geholfen, ihn zu finden. Er hatte es noch rechtzeitig aus dem Radius der Zerstörung geschafft und würde nun mit Natalie ein neues Leben beginnen. Natürlich wussten nur wir davon. Niemand anderes hätte so etwas Unerhörtes zugelassen.

»Sie meldet sich bei uns. Das Versprechen hab ich ihr abgenommen.« Grübchen bildeten sich beim Lächeln auf seinen Wangen. Ich verlor mich so in seinen braunen Augen, dass ich beinahe meine nächste Frage vergessen hätte. Aber nur beinahe.

»Maureen sagte mir, das die Statue der drei Gottheiten wieder geheilt ist. Fast über Nacht. Ist das wahr?« Die Statue war an einem geheimen Ort, den nur Protectoren kannten und beschützten. Sie zeigte die Abbilder der Funken.

Ace nickte bestätigend.

»Ich frage mich, wie ihre Namen sind und ob Arax'va wirklich tot ist …«

»Es wäre schön, es zu erfahren.« Ace zuckte mit den Schultern. »Oberster Lockington versucht einen Weg zu finden, einen engeren Kontakt zum Wiederkreis und damit dem Ewigkeitsgefüge herzustellen.« Ich hatte ihm von der Bezeichnung berichtet, die Arax'va so beiläufig erwähnt hatte, in der Hoffnung, dass es ihnen irgendwie weiterhalf, das Gleichgewicht weiterhin aufrechtzuerhalten.

»Vielleicht werden sie uns begegnen? In Menschenform, so wie Tristan.«

»Ich weiß nicht, ob ich einen weiteren Tristan ertragen kann«, lachte er und ich stimmte in Erinnerung an diesen widersprüchlichen Gott mit ein.

»Und du?«, erkundigte ich mich schließlich, nachdem ich mich wieder beruhigt hatte. »Wirst du Lockington dabei helfen? Oder mir, wenn ich mich auf den Weg nach Boldon Village begebe, um eine mögliche Somna zu testen?« Natürlich würde ich sie nicht ihrer Familie entziehen, aber es war wichtig, dass sie die Wahl hatte, sich uns anzuschließen.

»Ich? Ich werde dir bis ans Ende der Welt folgen«, grinste er, bevor er mich hochhob, um mich dann mit einem Kuss alles vergessen zu lassen.

Ich war glücklich.

ENDE

Laura Labas

Ein Käfig aus Rache und Blut

ISBN: 978-3-95991-291-4, kartoniert, EUR 12,90

»Mein Körper sehnte sich nach Tod und Verwüstung. Ich ließ ihn gewähren.« Nach dem grausamen Mord an ihrer Familie wird Alison Talbot von ihrer Tante zur Jägerin ausgebildet. Von nun an streift sie durch die Rayons und tötet Dämonen, die die Erde erobert und zerstört haben. Allein der Wunsch nach Vergeltung treibt sie an.

Eines nachts wird sie von Dämonen entführt und zu Dorian Ascia gebracht, König einer der 21 Dämonenstädte, der ihr ein einzigartiges Training anbietet. Obwohl Alison ihm misstraut, nimmt sie das Angebot an. Fortan wird sie von dem Dämon Gareth trainiert, der sie nicht nur in den Wahnsinn treibt, sondern sie auch an ihrem Weltbild zweifeln lässt. Je mehr Zeit sie mit ihm verbringt, desto schwerer fällt es ihr, sich zwischen Rache und längst verloren geglaubten Gefühlen zu entscheiden

Laura Labas

Ein Thron aus Knochen und Schatten

ISBN: 978-3-95991-293-8, kartoniert, EUR 14,90

»Sie war die Hexenkönigin, die gekommen war, um erneut ihren Thron aus Knochen und Schatten zu besteigen.«

Alisons schonungslose Ausbildung schreitet weiter voran, obwohl sie und Dorians königliches Gefolge das Lager im Reich der Kaskaden verlassen müssen. Während sie versucht, die aufsteigenden Gefühle für ihren Trainer tief in sich zu vergraben und ihrer neuen Rolle als Anführerin gerecht zu werden, schmieden sowohl Dämonen als auch Menschen Pläne, die die Welt für immer verändern könnten. Alison muss sich endgültig entscheiden, auf welcher Seite sie steht. Die der Dämonen oder die der Menschen?

Laura Labas

Der verwunschene Gott – Von Göttern und Hexen

ISBN: 978-3-95991-334-8, kartoniert, EUR 14,90

Morgan Vespasian verdient sich ihren Unterhalt als Schmugglerin. Seit sie vom Alphawolf der Schmuggler entführt wurde, ist sie dazu verdammt, ihre Lebensschuld abzuarbeiten. Während eines Auftrags wird sie verraten und gerät zwischen die Fronten eines vergessenen Prinzen und eines verfluchten Gottes, die auf der Suche nach einem verwunschenen Schloss sind. Morgan muss sich schon bald für eine Seite entscheiden und bestimmt mit ihrer Wahl das Schicksal des gesamten Königreiches.

Marlena Anders

Ein Himmel aus Lavendel

ISBN: 978-3-95991-915-9, kartoniert, EUR 12,90

Deine Seele gegen eine Gabe. Oder einen Fluch?
Es heißt, es sei gar nobel, sein Leben für das eines geliebten Menschen zu geben. Doch niemand hat davon gesprochen, wie es sich anfühlt, diejenige zu sein, die diese Bürde auf sich nimmt. Darf man eine solche Entscheidung bereuen? Diese Frage stellt sich Emery in ihren dunkelsten Momenten. Denn weder ihre Mutter noch ihre Schwester wissen, auf was sie alles verzichtet, um ihnen ein normales Leben zu ermöglichen. Ein Fremder war es, der ihr für ihre Seele eine Gabe versprach – die Fähigkeit, in gefährlichen Situation wie ein Phönix in Flammen aufzugehen. Doch auch wenn der Phönix für neues Leben steht, bringt jede Verwandlung Emery einen Schritt näher an den Tod. Um dies zu verhindern, macht sich Emery verzweifelt auf die Suche nach einer Möglichkeit, um den Handel rückgängig zu machen. Dabei soll ihr Nael helfen, der ihr eine Ausflucht aus ihrem alten Leben bietet. Aber ihm sind seine eigenen Dämonen dicht auf den Fersen …